OP DE ROK VAN HET UNIVERSUM

D1671535

TONNUS OOSTERHOFF

DE BEZIGE BIJ

Tonnus Oosterhoff

Op de rok van het universum

ROMAN

2016
DE BEZIGE BIJ
AMSTERDAM | ANTWERPEN

Deze uitgave kwam mede tot stand met steun van
het Nederlands Letterenfonds.

Eerste druk oktober 2015
Tweede druk december 2015
Derde druk februari 2016
Omslagontwerp Nanja Toebak
Vormgeving binnenwerk Adriaan de Jonge
Druk Bariet, Steenwijk
ISBN 978 90 234 9574 1
NUR 301

debezigebij.nl
tonnusoosterhoff.nl

Belle: 'Oh, n'avez-vous pas honte? Seriez-vous lâche? Je connais vos griffes puissantes. Accrochez-les dans la vie, défendez-vous. Dressez-vous, rugissez. Effrayez la mort!'

La Bête ouvre les yeux et s'exprime avec souffrance: 'Belle, si j'étais un homme, sans doute je ferais les choses que vous me dites, mais les pauvres bêtes qui veulent prouver leur amour ne savent que se coucher par terre et mourir.'

JEAN COCTEAU, LA BELLE ET LA BÊTE

De wrede ezel

Een boerderijpoesje ligt in de hoek van de schuur op een stel eieren; een ervan komt uit. Poes staat verbaasd op en kijkt met schuin kopje neer op het barstende ei, raakt met zijn poot de barst aan. Na korte tijd komt een vogelhoofdje tevoorschijn. Kleddernat en piepend maakt een kuiken zijn doodsmakje in de wereld. Poes likt het ei leeg en het kuikentje schoon. Het diertje zoekt zaden op de grond rondom, waarna het zich aanvlijt tegen het katje, dat weer op de eieren is gaan liggen.

Een golden retriever en een kat slapen in elkaars armen. Als de hond geeuwend wakker wordt begint poes de bek van zijn kameraad af te likken, één pootje op diens neus voor balans. Hond moet een paar seconden tot zichzelf komen, dan geeft hij een dankbare lebber terug.

Een uit zijn weide uitgebroken paard komt in het zwembad van de buren terecht. De brandweer pompt het bad leeg opdat de pechvogel zichzelf via de tegeltrap kan redden. Maar deze operatie veroorzaakt bij het dier grote paniek, het glijdt steeds opnieuw uit op de natte tegels. Om het paard uit zijn benarde positie te bevrijden moet men het eerst met een geweer verdoven.

Een gezin vindt in het bos een zwaargewond ree, neemt het op en verzorgt het in een speciaal ingericht weiland. Twee jaar later staat de politie op de stoep: dit hert kan gevaarlijke ziektes onder de leden hebben en het is hoe dan ook niet hun eigendom, dus moet het in beslag genomen worden. De verzorgers hangt een gevangenisstraf van ten hoogste zestig dagen boven het hoofd wegens het wederrechtelijk in bezit hebben van het dier. De vrouw des huizes laat haar protegé het bos in lopen om hem de inbeslagname te besparen; maar ook dit blijkt strafbaar vanwege het hinderen van de bewijsvoering.

Een kano met twee jonge honden aan boord raakt los en drijft af naar een stroomversnelling. Een zwarte labrador springt in het water, zwemt naar de boot, neemt het touw in zijn bek en weet de veilige oever te bereiken.

Twee manlijke zwanen voeden samen de jongen van een van hen op.

Een meisje van drie jaar oud is met haar hond het bos in gelopen en verdwaald. Vier etmalen blijft ze zoek, terwijl het 's nachts al vriest, want het is diep in de herfst. Ze overleeft het avontuur doordat de hond als ze tussen de bladeren neervalt op haar gaat liggen; zo houdt hij zijn protegee warm.

In de winter groeien soms donkere pruiken op de muur en in de hoeken onder het plafond. Wie hierin met een stok port brengt een groot gewriemel teweeg: het zijn kolonies langpootspinnen.

Een insect legt eieren in een groter insect opdat de jongen te eten hebben zodra ze uitkomen.

De vogelspinhavik.

Een insect legt haar eieren in een klein zoogdier; dat zorgt voor een aangename temperatuur én vormt eiwitrijk voedsel als de jongen uitkomen.

Een spin legt haar eieren in de wang van een mediterende monnik.

De candiru wordt in Zuid-Amerika meer gevreesd dan de piranha. Want deze kleine vis leeft van vers bloed en trekt bij zwemmers de penis of de vagina in, waar hij vreselijke wonden veroorzaakt; hij is daarvandaan niet te verwijderen.

Een rottweiler heeft zo'n jeuk aan zijn anus, dat hij steeds na een paar stappen op het trottoir gaat zitten en met zijn reet over de tegels schuurt. Voetgangers die later over straat gaan verbazen zich over de vegen bloed die ze om de twee, drie meter aantreffen.

Een jonge poes voert keer op keer schijnaanvallen uit op een alligator en tikt hem daarbij speels op de neus. Om van het gedoe af te zijn laat het reptiel zich in het water glijden.

Een baby kruipt op een alligator af. Het reptiel wendt zich naar het kind toe. De moeder komt aanrennen met een inderhaast uit zijn staander getrokken tuinparasol waarmee ze de alligator op zijn neus timmert. Geschrokken en geïrriteerd laat het dier zich in het water glijden.

Een wetenschapper gaat na een onaangenaam verlopen scheiding met zijn nieuwe vriendin in de Everglades varen. Hij wordt door een alligator van zijn moerasboot afgetrokken en verslonden.

Twee dierentuinverzorgers poseren naast een manlijke leeuw voor een fotograaf; opeens trekt de leeuw een van hen bij de arm omver. De collega en een leeuwin doen hun best het beest vast te pakken en af te leiden opdat de man kan vluchten.

Een buffelkalf wordt aangevallen door een groep leeuwen, de rest van de kudde zet het op een lopen. De leeuwen trekken het diertje het water in. Daar probeert een krokodil het uit de klauwen van de leeuwen te trekken voor eigen consumptie. Buffeltje en leeuwen hijsen zich weer aan land, waar inmiddels de kudde zich weer gegroepeerd heeft. Nu worden de leeuwen door de runderen aangevallen; één van de roofdieren, die het ongeluk heeft op de hoorns genomen te worden, maakt een luchtreis van vele meters. Het kalf, dat voor dood lag, krabbelt overeind.

Een havik speurt in een boom naar de sneeuw op de grond, maar wordt plotseling woedend aangevallen door een ekster vanaf een hogere tak. De roofvogel bijt van zich af, maar het fanatieke gepik en geschreeuw van de ekster worden hem te veel, hij zoekt een veilig heenkomen.

Een jonge impala probeert de rivier over te steken, maar wordt gegrepen door een krokodil. Een nijlpaard komt te hulp, bevrijdt de kleine en brengt hem naar de oever. Daar valt het slachtoffer neer. Het nijlpaard doet zijn best het tot opstaan te bewegen en neemt het hoofdje daarbij zelfs in zijn grote bek. Uiteindelijk geeft hij het op en keert terug naar het water; de vogels die op zijn huid zijn neergestreken om parasieten te vinden vliegen weer op. Gieren verzamelen zich om de stervende impala, maar dan komt de krokodil terug om zijn prooi op te eisen.

Een baby kruipt in de richting van een alligator, die zijn bek al naar het kind opent. De moeder snelt toe, graait de baby voor de kaken van het roofdier weg en rent met haar kleine onder de arm verder de oever op. De alligator pakt haar onder de knie, maar struikelend weet ze haar weg te vervolgen.

Een koningscobra bijt een ervaren slangenhouder. De man weet zichzelf een adrenaline-injectie te geven en de politie te bellen, maar wanneer de ziekenbroeders bij zijn woning aankomen treffen ze hem bewusteloos aan.

Een grote python verdedigt een kantjilkalfje tegen een tijger. De kantjilmoeder ziet vanuit het struikgewas hoe de aanvaller zich stomverbaasd terugtrekt. Het kalfje huppelt naar zijn moeder en drinkt melk bij haar.

Onder een groepje inbrekers dat 's nachts een dierenwinkel wil overvallen wordt door een papegaai een bloedbad aangericht. Met zijn scheermesscherpe klauwen en bek bezorgt de vogel de politie zoveel textielresten en bloed, dat de opsporing van de daders aanzienlijk vergemakkelijkt wordt.

De witte haaien hebben moordseizoen. Ze springen hoog uit het water omdat ze van grote diepte snelheid maken om de zeehonden aan het oppervlak te verrassen. Meeuwen zwermen om het tafereel, tuk op afval van de slachtpartij.

Een walvis is een meter of twintig van de vloedlijn gestrand. Zijn lijk wordt omzwermd door haaien in de branding; soms is een golf rozig van bloed en schuim, andere golven zijn bruin van het opgewoelde zand. Een magere vrouw in bikini rent naar de walvis, tot haar enkels in het water, vlucht bij een nieuwe breker voor de branding uit, maar draait zich weer om zodra het water zich terugtrekt. Haar gezicht drukt een bijna extatische concentratie uit. Meeuwen hebben zich rondom verzameld, hopend op afval.

Een groep orka's is erin gespecialiseerd jonge walvissen van de moeder te isoleren. Deze worden vervolgens gedood.

Een andere groep orka's snijdt zeehonden de terugweg naar het veilige strand af en doodt ze.

Een verongelukte automobilist wordt, na maanden vermissing, met auto en al uit het kanaal gedregd. Uit het open portier glijden palingen die zich aan de overledene tegoed hebben gedaan. Ze haasten zich het water in. Een brandweerman barst uit in een nerveuze schaterlach, kotst vervolgens over de beschoeiing.

De dierenarts heeft het hondje Fitzi laten inslapen. In haar kist gaat een footootje mee van haar broertje Bobo dat tien jaar geleden is overreden.

Een mens past precies in een glazen kist onder water en weet zich daaruit ten overstaan van een enthousiaste menigte toeschouwers te bevrijden.

Een hond past precies in een doos.

Een poes past precies in een pantoffel.

De tandjes van de puntkokkel zijn zes keer taaier dan kevlar en tien maal zo hard als staal.

Als het bejaarde echtpaar thuiskomt, stapt meneer uit om de garagedeur open te doen, mevrouw zet alvast twee tassen bij de voordeur. Hun auto, een automaat, staat zacht te pruttelen. De hond staat per ongeluk met zijn poot op het gaspedaal en de auto gaat rijden, zodat de man bekneld raakt tussen achterbak en garagedeur.

Een hoogbejaarde man komt als hij op de parkeerplaats van de supermarkt zijn boodschappen in de auto wil zetten lelijk ten val. Op eigen verzoek wordt hij door omstanders in de wagen geholpen. Hij rijdt naar huis, maar zijn verwondingen blijken ernstiger dan hij dacht: heup en pols zijn gebroken, hij kan het autoportier niet openkrijgen. De automobilist probeert de aandacht van passanten te trekken door met zijn afstandsbediening zijn eigen garagedeuren open en dicht te doen. Na vier dagen wordt de oude man opgemerkt. Hij heeft in de tussentijd geleefd van de boodschappen die hij met zijn gezonde hand kon bereiken en openen.

Acht jaar geleden is een kat met zijn tweelingzus van huis weggelopen. Het zusje wordt na acht dagen teruggevonden, maar broertje blijft spoorloos en wordt na enige maanden als overleden beschouwd. Na acht jaar komt de verloren zoon echter in een dierenasiel aanlopen, hij wordt op grond van zijn chip geïdentificeerd. De eigenaars nemen hem weer in het gezin op. Het duurt even voor poes weer tam is, maar dan heeft hij zijn favoriete plekjes in huis teruggevonden en luiert daar de hele dag. De deur uit wil hij niet meer.

Een echtpaar raakt bij een boswandeling de hond des huizes kwijt. Na rondbellen en foto's plaatsen op de sociale media krijgen ze bericht dat het dier waarschijnlijk is overreden op een grote doorgaande weg langs het bos. Ze gaan naar de aangewezen plek en vinden zwaar verminkte resten, die ze verdrietig begraven. Enkele dagen daarna meldt zich, vermagerd en met een achterpoot trekkend, de hond aan de achterdeur. Het echtpaar heeft een dier ter aarde besteld dat sterk op de eigen hond leek.

Van twee vechthonden sterft er een tijdens het gevecht. De winnaar valt een paar uur later om en sterft eveneens: de wonden die hem door de verliezer zijn toegebracht hebben zijn nieren doen vollopen met eiwitten waardoor ze niet meer functioneerden.

Een vrouw zit dagelijks te breien bij een hok gorilla's, ze meent met één mannetje een goede band te hebben. De gorilla ontsnapt en sleurt haar tientallen meters mee, waarbij hij haar ernstig verwondt.

Een jongeman die meent een zielsband met een tijger te hebben laat zich uit het kabelbaantje vallen dat over de tijger-hokken in de dierentuin vaart. De tijger brengt hem zware verwondingen toe. Volgens de directie van de tuin hoeft het roofdier niet afgemaakt te worden; het vertoonde alleen maar natuurlijk gedrag.

Een vrouw springt in de gracht rond het ijsberenverblijf om bij de dieren te komen en ze te aaien. Een van de ijsberen springt ook in het water en kraakt haar bijna in een omhelzing. Toeschouwers gooien luid schreeuwend voorwerpen in het water, een oppasser schiet een alarmpistool af, alles om de ijsbeer af te leiden. De vrouw kan aan een uitgestoken paraplu omhooggehesen worden. Ze zal later een been moeten missen.

Een moeder laat haar tweejarige zoontje bij een groep coyotes op het hek zitten. Ze laat het kind los en het valt twee meter omlaag. De coyotes zijn er snel bij om de peuter te verscheuren.

Een grizzly in gevangenschap doodt zijn verzorger als deze hem bij het schoonmaken van het hok de rug toekeert.

Een natuuronderzoeker is trots op zijn goede relatie met een grizzly. Hij legt die op video vast. De beer verscheurt de onderzoeker terwijl de camera loopt en eet hem op.

Een vrouw in Zimbabwe denkt een avontuurtje met een dorpsgenoot te kunnen beleven in de vrije natuur. Een leeuw verstoort de vrijpartij en doodt de vrouw; de man weet te ontsnappen.

Een dierenverzorgster laat zich met genoegen keer op keer omhelzen door een mannetjesleeuw, door de tralies van de kooi heen; hij likt haar haren en schouder.

Een man laat zich in een groep door hem verzorgde leeuwen vallen. Ze nemen hem speels beet met hun tanden en klemmen hun dikke voorpoten om hem en om elkaar. In de vaalbruine kluwen is de verzorger soms onzichtbaar, zoals een zwemmer in woelige zee.

Een Franse natuuronderzoekster laat zich fotograferen, liggend te midden van een groep komodovaranen, die ongeveer even groot zijn als zijzelf is. Ze draagt een korte kaki broek en lacht verleidelijk naar de camera.

Een gewelddadige ezel, die een rivaliserende soortgenoot gedood heeft en ervan houdt biggetjes aan hun achterpoten rond te slingeren, bezorgt zijn eigenaar een boete van zesduizend dollar. Hij wordt overgenomen door een begrijpende vrouw: 'Hij deed deze dingen uit eenzaamheid. Ik geef hem liefde.'

Bij andere dieren houdt ze hem vandaan.

Jongens voetballen met een egel. Een vrouw roept hun toe op te houden; als ze dit niet doen filmt ze de scène met haar mobiele telefoon en belt de politie. De jongens vluchten, maar worden de volgende dag in de kraag gevat.

Een zwangere vrouw is woedend op haar man omdat hij niet heeft gestemd en zo een haar onwelgevallige partij aan de macht heeft geholpen. Ze achtervolgt hem met de gezins-suv over het parkeerterrein van een supermarkt. Hij zoekt een veilig heenkomen achter een lichtmast en zorgt dat de sokkel daarvan tussen hen in blijft. Als de echtgenoot ten slotte naar de ingang probeert te vluchten rijdt ze hem klem tegen de balustrade. Hij raakt ernstig gewond.

Een jongetje van een jaar of drie komt over een bospad aanlopen met een labrador aan de lijn. Iets voorbij een modderplas blijven hond en peuter stilstaan; het kind legt de handgreep van het leidsel zorgvuldig in het zand en keert terug om door de plas te lopen. Hij doet het nog eens, en nog eens, ditmaal met een aanloop. De hond staat eerst stil voor zich uit te kijken, draait de zware kop traag naar zijn kleine baas en dan weer naar voren. Als het jongetje klaar is pakt hij de handgreep weer op; de wandeling wordt voortgezet.

Op een bergweggetje laat een hond aan een touw een paard uit. Het asfalt ligt er slecht bij, het regent een spatje. De hond trekt het paard nu eens de ene, dan weer de andere kant op, juist als het grote dier een plukje gras wil nemen. Zo gaat het naar boven, naar omlaag, naar de overkant, en weer terug.

Een wallaby zit wijdbeens op een liggende hond, de poten aan weerszijden van het achterlijf. De hond, grijs om de snuit, kijkt lui naar het buideldier op, komt half overeind en probeert hem een lik te geven. De wallaby vangt de grote kop met zijn zwarte voorpootjes op en duwt die van zich af. De hond probeert het nogmaals, weer wordt hij opgevangen maar nu houdt de kangoeroe hem even vast en likt zijn natte neus. Keert zich daarop af alsof het oude dier uit zijn bek stinkt.

Een jonge poes speelt met een tamme rat, die hij vanaf zijn geboorte kent.

Een groep kinderen vindt een rattenkoning op een graanzolder.

Het venijn van de vioolspin veroorzaakt een grote, moeilijk helende wond, die zelf ook weer op een spin lijkt. Er zijn getuigenissen dat een dier verliefd werd op de door hemzelf toegebrachte wond en daarmee probeerde te paren.

De langpootspin draagt in zijn lijf een van de zwaarste vergiften ter wereld. Hun monddelen zijn er echter niet op gebouwd om het gif ook over te brengen, zodat zij er geen prooien mee kunnen vangen en zich er ook niet mee kunnen verdedigen.

Een Thaise monnik zweert om nooit meer een woord te zeggen en smeert zijn mond in met constructielijm. Dit resulteert in een ernstige ontsteking, zodat de lippen en grote delen daaromheen operatief moeten worden verwijderd.

Een snoek van een meter lang schrokt een snoekbaars van vijfenzeventig centimeter naar binnen. Deze zet in stress zijn rugvinnen op en kan niet meer voor- of achteruit. Beide dieren sterven.

In een Balinese dierentuin verorbert een python, die uit het nabijgelegen oerwoud komt, een papegaai. Omdat de vogel evenwel met een ketting aan een ijzeren stelling vastgeketend was, kan ook de rover niet meer loskomen.

Een rottweiler die altijd lief voor kinderen was, bijt, als de vrouw des huizes in een andere kamer tien minuten aan de telefoon is, haar twee peuters dood.

Een teckel en een kat leven samen onder één dak. Op een regenachtige dag wordt poes overreden. Zijn baas graaft een ondiep graf in de tuin. Weer binnen ziet hij de teckel in de regen zijn kameraad opgraven. Het hondje gaat op het lijk liggen, nu en dan likt het de vacht van het dode dier. Pas na een uur staat het op, krabt, doornat inmiddels, opnieuw zand en modder over poes en verlaat de plek.

Een dromer droomt dat hij met een spin overlegt over de herfst en hoe alle draden dan moeten lopen. Ze worden het niet eens; als de dromer de discussie wil beëindigen heeft de spin opeens zijn mond vol gif en kijkt hem dreigend aan.

Een motje zwerft onrustig door de plooien van het keukengordijn. Als de deksel van de koekenpan gaat, stort het insect neer naast de aardappelen en de kool en verschroeit in een tel.

Iemand droomt dat zijn kind op een krokodil afkruipt, het ondier maakt al aanstalten toe te happen. Hij trekt de parasol uit de terrastafel en timmert het reptiel daarmee op de neus, maar nu zijn er opeens twee of drie van hen.

Een dromer zit in een boom uit te kijken over een winterlandschap. Opeens wordt hij van boven zijn hoofd aangevallen door een vogeltje. Is het wel zo'n kleine vogel? Waarom durft hij hem dan aan te vallen? De vogel wordt meteen groter. Logisch dat ie boos is: ik zit ook op zijn eieren! beseft de dromer. Hij springt uit de boom. (Vlak voor of tijdens het ontwaken denkt hij: eieren? Eieren in de winter?)

Iemand droomt dat een orka een jonge zeehond niet opvreet, maar voorzichtig aan land brengt.

Een vrouw gaat met haar billen achteruit in de schoot van haar man liggen en glimlacht als hij zijn arm om haar heen slaat en haar in de hals kust. Maar is het wel haar man?

De beet van een komodovaraan veroorzaakt ontstekingen die na enkele dagen tot een pijnlijke dood leiden.

Een hond leidt een paard aan een leidsel over een weg op de berghelling. Plotseling lijkt de weg om te klappen, de helling wordt in een paar tellen onbegaanbaar steil. Het paard glijdt omlaag en de hond, die het touw niet wil loslaten, stort met hem mee de afgrond in.

Een ezel droomt dat hij zich verdedigt tegen een andere ezel en zijn bazin hoort hem kreunen.

Een ezel droomt dat hij zich verdedigt tegen een andere ezel en dat zijn bazin hem hoort kreunen.

Een bejaarde, volgens haar omgeving licht dementerende vrouw die met haar hond in een appartement woont, komt na een val in haar badkamer te overlijden. Als de hulpdiensten haar na enkele weken vinden heeft de hond, een Brusselse herder, het grootste deel van haar hoofd opgegeten.

'Zullen we dit stukje maar overslaan?'

'Hoe bedoel je?'

'Wat nu komt vind ik te zielig.'

'Wat komt er dan?'

'Over grote vissen die zeehondjes vangen.'

'Ja hoor eens, we kijken de hele film of niets... Doe jij je ogen nou dicht?'

'Nee.'

'Nee, maar je kijkt de andere kant op... Nou, ik doe de tv wel

uit... Zo zielig zijn die zeehondjes trouwens niet. Heb jij wel
eens gezien hoe zij pinguïns vangen?'
'Nee.'
'Dát is pas een rotgezicht.'
    'Ik ben eergisteren geopereerd.'
'Wat! Waarom vertel je me dat nu pas?'
'Maar het is prima verlopen hoor, het stelde niks voor. Ik was
er gelukkig vlug bij, want anders was ik blind geweest.'
'Jezus! Frans!'
'Het was een warme dag geweest, we hadden de deuren open
gehad, en toen ik ze dichtmaakte was er blijkbaar een bij binnengekomen, zo'n dikke zwarte hommel. Dus ik sloeg hem
dood met een krant, pats! Maar er was geen lijk: het was geen
hommel.'
'Wat heeft dat met die operatie te maken?'
'Ik had onthouden wat mijn oogarts een paar jaar geleden
had gezegd: u heeft vanwege uw bloeddruk en uw bijziend-
heid een verhoogde kans dat uw netvlies scheurt. Dus als u
eens een zwart vlekje ziet, metéén naar het ziekenhuis, want
dan begint het. Dus die tor, of die hommel, dat was dat zwarte
vlekje. Maar de operatie stelt niks voor, het gaat met laser.
Het is wel grappig. Je ziet even álle kleuren, alsof je in de hemel bent.'

    Een parasiet die een kattenlichaam nodig heeft om zich
voort te planten, maar in muizen leeft, heeft het vermogen het
gedrag van het knaagdier aan te passen, zodat het eerder aan-
getrokken wordt door de geur van katten dan erdoor afgesto-
ten: de kans is nu groter dat de gastheer van de parasiet wordt
opgepeuzeld.

    'Wie hebben we hier?'
'Hij wil niet praten. Ze hebben zijn mond dichtgelijmd.'
'Dat kan er ook nog wel bij. Hé! Opa! Eerwaarde!'
'Hij wil niet praten; hij kan niet praten. Hij spreekt trouwens
geen Nederlands.'

'Gebruikt hij medicijnen? ... Gebruikt u medicijnen? ... Do you use drugs? Knikt u maar ja of nee!'

'Zijn klooster heeft deze gegevens meegegeven.'

'Bekijk ze. En die bult op zijn kaak, wat is dat?'

'Meneer is zevenenzestig... Geen bloedverdunners... Hij is wel erg mager, vindt u niet?'

'Dien hem maar wat vocht toe. Even bloedtests afnemen. Het weefsel is vrij rustig. Een dag meer of minder maakt niet uit. Rare bult. Geen abces... Vreemd zacht, vind je niet? Beweeglijk. Voel jij es.'

'Eigenaardig. Meteen maar een biopt in het onderzoek meenemen?'

'Zou ik zeker doen. Doen! Nou, ík ga nu naar huis. Dat wordt morgen snijden, eerwaarde! Dan bent u uw mond kwijt!'

'Een beetje compassie, collega Crul.'

'Dat hoef ik me door jou niet te laten zeggen, Schröder.'

Een wesp legt in een spin één ei. Wanneer dit uitkomt voedt de larve zich met spinnenbloed tot hij moet verpoppen. Dan scheidt hij een chemische stof af die de spin ertoe aanzet een volstrekt ander web te bouwen dan gewoonlijk, met een bizarre vorm en stevige draden. Hij zal er geen vliegjes meer in vangen, maar het zal een beschermende wieg vormen voor de pop. Als het af is gaat de spin doodstil in het midden zitten en afwachten wat komen gaat: de babywesp werkt zich nu uit het spinnenlijf, doodt zijn gastheer met gif, verorbert het lijk en verpopt.

'Wat was dát voor een bons tegen de auto?'

'Misschien was ie al dood.'

'Maar wat wás het? Geen mens toch?'

'Ach welnee. Doe niet meteen zo dramatisch.'

'Wat dan?'

'Ik zag het niet goed.'

'Keer dan om, ga dan kijken.'

'Je mag hier niet keren... 't Was geen mens hoor. Een mens geeft een zwaardere klap. Een egel misschien.'

'Zo'n klap? Van een egel?'

'Nou ja, of een hond. Hij was vast al dood of gewond.'

'Sorry, mijn naam is Corrie! Mijn achternaam is Fles, ik deed het expres.'

Iemand die uit een reuzenrad te pletter valt bedenkt onder het vallen dat hij nooit een kaartje voor de attractie heeft gekocht.

'Maar dan mag u hier helemaal niet vallen!' zegt de kolossale geüniformeerde portier die hem opvangt met lange, aapachtige armen.

'Dat is waar ook!'

Een groep bewoners van een instelling zit in een kleine dierentuin op het terras.

'Wat wil meneer Wenckebach?'

'Nimonae.' Limonade. Mijnheer Wenckebach is in een droom gemaakt. Zijn gigantische zwarte schoenen hebben een heel andere vorm dan die van mensen die kunnen lopen, ze zijn even breed als lang. Enkels en dijen zijn reusachtige waterzakken rond de meloen van zijn reet. Maar het borstkasje is heel fijn, en aan zijn korte armen hangen tere, beweeglijke handjes. Misprijzend ziet hij neer op de mus die rond zijn rolstoel hipt en schuin naar hem opkijkt.

Een jongetje van drie probeert zijn broertje van één te leren lopen en tilt hem voor zijn buik de keuken door, tot ze samen omrollen over de drempel. Beide kleintjes zetten het op een krijsen. De moeder, die de twee ziet binnenstruikelen, neemt de baby op en geeft zijn broertje met haar vrije hand een tik. Ze raakt hem zo ongelukkig dat bloed uit zijn neus spuit.

Zesjarige Wies moet een kannetje melk halen en neemt haar broertje van twee in het karretje mee. Een wit hondje komt luid keffend over het bruggetje en probeert de kleine Roelof in zijn schoen te bijten. Wies zet het op een lopen, maar bedenkt zich, pakt een handje zand van de bouwplaats en gooit dat de aanvaller in het gezicht. Dan nog een hand, en dan nog een. 'Kst! Kst!' Het keesje haast zich terug over het brugje, blaft vanaf het eigen erf verder.

De drie broers in een gezin hangen aan elkaar, op hun vier zussen kijken ze neer. De meisjes daarentegen gedragen zich tegenover elkaar alsof er maar plaats voor één is.

'Mama, wanneer mogen we weer binnenkomen?'

'Over een kwartier.'

'Wanneer is een kwartier?'

'Vijftien minuten.'

'Maar hoeveel téllen?'

'Best wel veel. Zestig tellen, en dan vijftien keer achter elkaar.'

De oom die soms uit Utrecht komt: 'Hier jongens, stoepkrijt!'

De deur gaat dicht.

'Wat een goed idee van je! Stoepkrijt!'

'Wat ik niet moet bedenken voor een vlugge wip.'

'Haha. Nou, toe dan maar. Eerlijk verdiend!'

  'O, dit is goed, o dit is goed.'

'Is het goed baby? Smaakt jou de boerewors?'

'Het is goed, o ja! Ja! Maak me geen kind, Abel. Abel, maak me geen kind...' De takken van het bosje wijken.

'Wat is dat? Een leeuw! Een leeuw!'

'Abel, A..!'

'O Jezus Christus, een leeuw! Jezus Christus, vergeef me, een leeuw!'

Iemand hoort zijn vrouw in haar droom zeggen: 'Kom, we gaan in het meertje stoeien.'

Hij zegt zacht: 'Dan kom ik ook.'

Het is even stil aan de andere kant van het bed.

'Kom jij dan ook? Hahaha.'

Twee mannetjeskauwen uit hetzelfde nest vormen een liefdespaar. Ze hebben dikwijls seks, brengen elkander takjes en bedelen voedsel bij elkaar als een verliefd stelletje. Bespot door de rest van de kauwengemeenschap worden de broers niet.

Vanaf zijn vaste rustplaats, een balk vlak onder het torendak, kijkt een uil door het klokkengat slaperig neer op het dorp. Van tussen zijn schouders komt een overweldigende pijnscheut opzetten, die zijn hoofd vult en daar alle dimensies wegvaagt. Het dier valt half achterover, half opzij en tuimelt, een geluidloze bos veren, omlaag, door het luik van het klokkenhuis… Uit nog diepere schaduwen opent het vrouwtje, op de eieren, een oog. Waar is haar man gebleven? Ze realiseert zich niet dat haar eieren niet zullen uitkomen nu hij er niet meer is; ze slaapt alweer.

Een man en zijn vrouw gaan bij stromende regen hun zes honden in de rivier wassen. Ze worden verrast door het snel stijgende water en verdrinken. Vijf van de honden overleven het ongeluk.

Een fabeldier opereren.

If babies had guns they wouldn't be aborted.

'Als je weer zo doet mag je hem niet meer zijn.'

Geen antwoord.

'Hoor je dat, dus: tellen, of je mag hem niet meer zijn.'

'Mam, ik mag hem niet meer zijn!'

'Waarom mag hij hem niet meer zijn? Ga jíj daar soms over? Sinds wanneer beslis jíj dat?'

'Ja, hé, hij telt niet eens. Als wij ons verstoppen gaat hij heel raar zijn handen in zijn ogen drukken en hij roept: ik besta niet ik besta niet. Steeds achter elkaar. En hij komt nooit zoeken tot wij zijn handen van zijn ogen trekken.'

'Is dat zo, Roy?'

'Ik besta niet. Ik besta niet.'

 'Mitzi! Mitzi!'

'Mevrouw, mogen wij helpen Mitzi zoeken?'

'Ik ben bang dat ze niet komt als jullie haar roepen. Het is een erg schuw poesje. Aan míjn stem is ze gewend, maar verder is ze voor iedereen bang…' (Huilt.) 'Maar het is erg lief aangeboden, kinderen.'

'Maar als u briefjes met haar foto maakt, dan plakken wij die op lantaarnpalen.'

'En uw telefoonnummer.'

'Dat is erg lief aangeboden... erg lief van jullie.'

'Jongens, houd daarmee op!'

'Bemoei je er niet mee... oud wijf.'

'Houd op of ik droom de politie!'

De politie verschijnt binnen een seconde: 'Wat is er aan de hand?'

'Die jongens voetballen met een egel!'

'Welke jongens?'

'Nu zijn ze weg, de lafaards. Maar ik heb foto's genomen op mijn mobiel! Ik wil aangifte doen.'

Een dronken Rus probeert boven in het reuzenrad zijn vriendinnetje te kussen; ze geeft hem plagerig een duw, hij wankelt, vindt geen houvast en valt twintig meter omlaag.

Twee geliefden kussen elkaar boven in een reuzenrad. Ze verliezen hun evenwicht en vallen dertig meter naar beneden.

'Ik kwam je tegen in de stad, maar toen ik naar je riep was je het niet. Je was niet eens familie. Die man had ook een andere stem. Maar zo sprekend heb ik nooit iemand op je zien lijken.'

'Gek. Maar ik heb blijkbaar iets makkelijk verwisselbaars over me.'

'Onzin, je hebt een heel apart frommelgezicht.'

Twintig kippen passen precies in een aardappelkist met een plank erop en ijzerdraad eromheen, half onder water langsdobberend naar zee.

Een nijlpaard probeert een riviergids in te slikken.

'Het werd opeens donker, ik rook een verpestende geur van bederf. Ik voelde een gigantische druk van alle kanten en toen was het een kwestie van wie kan het langst zijn adem inhouden.' Het dier bijt een gat in zijn long, ontvleest zijn arm, maar krijgt de man niet doorgeslikt en spuwt hem uit op de oever.

Een poesje ligt op een mand krokodilleneieren waarvan er

één uitkomt. Het krokodilletje bijt poes in zijn poot, het diertje maakt een luchtsprong van schrik. Een tweede poes komt kijken en samen spelen ze met de pasgeborene, die steeds feller van zich afbijt maar de ontmoeting niet overleeft.

Twee geheime geliefden spreken af in een bosje buiten het dorp. De vrouw, die het eerst arriveert, verstopt zich haastig als ze een leeuw ziet naderen, waarbij ze haar sluier verliest. De leeuw, met bloed aan zijn bek van een vorige prooi, kauwt daarop. Als de man later pootafdrukken vindt en iets verderop de bebloede sluier, meent hij dat zijn geliefde door de leeuw is verscheurd en pleegt zelfmoord. De vrouw, die hem bij terugkeer uit haar schuilplaats levenloos aantreft, volgt zijn voorbeeld.

Een schoonheidskoningin wordt bij een kanotocht door een nijlpaard aangevallen en zodanig aan haar been verwond dat ze haar voet zal moeten verliezen. Nog voor de traumahelikopter is gearriveerd drukt ze hulpverleners en autoriteiten op het hart het nijlpaard geen kwaad te doen: 'Want het was niemands fout.'

De zestienjarige zoon van een filmdiva valt of springt uit het raam van het appartement dat hij samen met zijn moeder bewoont en wordt gespietst op de stijlen van het hekwerk. Omdat het midden in de nacht is blijft het ongeluk enige minuten onopgemerkt. Dan wordt de moeder door een taxi thuisgebracht en ontdekt haar jongen, die stervende is. Korte tijd later maakt zij een eind aan haar leven.

'Nou, Els, vertel je verhaal.'

'Nou, ik ben vrijwilligster bij een psychiatrisch verzorgingstehuis. Daar was een meneer, een heel aardige meneer, hij had een gezin, maar ik denk dat hij homo was. Hij was er slecht aan toe geweest, hij had allerlei kwalen en hij had zelfmoordpogingen gedaan. Maar het ging weer een beetje beter en het was bezoekuur en er zouden mensen voor hem komen. "Nou," zei de psychiater, "breng hem maar naar het dagverblijf. Houd je hem wel een beetje in de gaten?"

Ik had er geen goed gevoel over. Ik was er niet zo zeker van dat hij naar het dagverblijf kon, maar ik heb geen psychiatrisch inzicht. Dus ik haal hem op en ik rij hem naar het dagverblijf. Hij had door een of andere ziekte heel dikke voeten en kon nauwelijks lopen. "Voelt u zich goed, meneer?" "Heel goed, brengt u me maar een kopje koffie." Dus ik ga een kopje koffie voor hem halen. Ik zie een oude mevrouw bij de automaat hannesen met muntjes dus ik steek een handje toe. Opeens hoor ik geschreeuw en ik zie nog net een been. Hij was dus met die moeilijke voeten naar de balustrade gerend en had zich van de tweede etage naar beneden gegooid. Op slag dood. Het bankje onder het terras lag in tweeën omdat hij er met zijn hoofd op gevallen was.'

'Wat een akelige geschiedenis!'

'Ik ben meteen naar huis gegaan. Alle mensen dachten: Els houdt ermee op. Ik was zo boos op die man! Het had ook invloed op mijzelf. Mijn vriend en ik hadden een cruise afgesproken, ik had er geen zin in maar we zijn toch maar gegaan. We waren twee weken op dat schip en ik durfde niet bij de reling te komen. Ik heb de zee alleen door het raam gezien.'

'Was je ook boos op de psychiater? Die had jou tenslotte opdracht gegeven om hem naar het dagverblijf te brengen.'

'Hoe die zich voelt weet ik natuurlijk niet.'

Bij een brand draagt een moederhond haar vier pups een voor een het huis uit en zet ze neer in de brandweerauto. Als de brand geblust is worden de diertjes, die rook hebben ingeademd, bij de dierenarts langsgebracht. Een van de pups moet hij doen inslapen, maar de overige maken het, net als de moeder, goed.

'Dit jongetje...' De dominee wijst, strijkt met zijn hand over Roelof de Konings zachte haren, 'dit jongetje zal...' Maar hij maakt zijn zin niet af want boven in de kerk klinkt plotseling een ruisend gefladder. Iedereen kijkt naar boven, er vliegt daar geen engel, maar een kiekendief achtervolgt een drietal duiven, die zwenken om een veilig heenkomen te zoeken. De roofvogel stort zich op één ervan en schiet met zijn tegenstribbelend slachtoffer weg achter de koepelrand. Op de vloer klonk flats, flats, duivenpoep, en langzaam dwarrelen een paar grauwe veren omlaag.

Een Rus die bij een val uit een reuzenrad is omgekomen, wordt begraven. Zijn hond wil niet meer eten of drinken en sterft enige weken later. Zijn vrouw doet pogingen om de hond naast zijn baas in het familiegraf te doen begraven, maar krijgt hiervoor van de autoriteiten geen toestemming.

'Kunnen we beginnen? Meneer hier is weg, alle waarden zijn stabiel, ik heb niet de hele dag. Dus... kunnen... we... god.. ver... domme... be... ginnen? Donald! Ik word gestoord van het getreuzel van die man.'

'Dokter, dokter...' fluistert de assistente.

'Wat fluister je nou domme trien. Hebben we hier geheimen voor elkaar?'

'Ja maar: dokter Schröder zit in bad.'

'Zit in bád?'

'Komt u nou even mee om te kijken.'

'Kijken hoe Donald Schröder in bad zit? Wat voor perverse zak denk je dat je voor je hebt?'

'Komt u nu maar, het is niet goed met hem.'

Het badwater is vuurrood, de groene operatiekleding drijft als een ballon boven het lichaam van de chirurg.

Een bejaarde automobilist krijgt van zijn navigatiesysteem te horen dat hij rechtsaf moet en volgt de instructies meteen. Hij rijdt een kerkgebouw binnen.

'Mag Roeltje erbij horen?'

'Ik vind van niet. Voor deze club moet je elf zijn en hij is pas tien.'

'Ik vind van wel.'

'Ik ook.'

'Maar dan moet hij wel de proef afleggen en daar nooit iets over vertellen.'

'Roelof de Koning, wil je de proef afleggen en beloof je daar nooit iets over te vertellen?'

'Ja.'

'Hij zegt ja.'

Een bejaarde man met verzamelziekte wordt in zijn huis onder een berg rommel gevonden. De reddingswerkers zijn meer dan een uur bezig voor ze hem hebben bereikt. Hij is uitgedroogd en ook verder in slechte conditie. Hij moet waarschijnlijk zijn beide benen missen.

'Gelukkig hebben we hem op tijd gevonden, anders had het slecht kunnen aflopen,' zegt de brandweercommandant.

Een Zimbabwaanse ex-atleet heeft op zijn boerderij een nijlpaard als huisdier.

'Andere mensen hebben een cavia of een hond, maar ik heb een goede band met het gevaarlijkste dier van het continent.' Als het nijlpaard zeven jaar oud is, sleurt het zijn baas onder water en bijt hem dood.

'Kun jij erbij? Jij hebt kleinere handen.'

'Een dood beest? Wie weet wat voor ziektes het heeft, dank je wel, nee.'

'Hij is denk ik klem blijven zitten en toen doodgegaan.'

'Een jong poesje! Wat zielig.'

'Hij is helemaal uitgedroogd, misschien laat zijn vel los.'

'Haal dan handschoenen.'

'Misschien is ie ergens van geschrokken.'

'Ik vind het hier ook eng.'

'Moet je haar horen!'

'Ja! Moet je háár horen! Moet je háár horen.'

Iemand droomt dat zijn navigatiesysteem hem heeft verteld linksaf te gaan, maar de weg wordt snel smaller en aan weerszijden verschijnen seinen en spoordijken, want het is een spoor en daar komt de metro uit de tunnel, die wild met zijn lichten knippert. De dromer rukt aan de portierdeur om te ontsnappen maar bedenkt dat hij zijn pols gebroken heeft en daardoor geen kracht in zijn hand heeft.

'Ze zullen thuis wel zeggen dat ik expres deze kant op ben gereden. Maar de andere kant was niet beter,' hoort hij zichzelf zeggen.

In een grote pan wordt een uitgedroogd muisje aangetroffen. Een tiental keutels en enkele door urine uitgebeten vlekken in het metaal wijzen erop dat het geruime tijd op de bodem heeft doorgebracht, maar de wanden van de gamel waren te hoog om te ontsnappen.

'Wat zit je me vreemd aan te kijken.'

'Ja, ik weet niet... Je ziet er zo onzichtbaar uit.'

'Doorzichtig bedoel je.'

'Nee, niet doorzichtig... Nou ja, het doet er niet toe.'

Door in een schuur de bovenste lagen stropakken met beleid te stapelen hebben de clubleden een doolhof gemaakt. Aspirant-lid Roelof de Koning moet in het stikkedonker de weg naar de geheime schat vinden. De atmosfeer in de gangen is zo vol kaf en stof, dat een hoestbui je einde kan betekenen.

Een baby valt van de vierde verdieping, het kind mankeert niets.

Een zuigeling valt van de derde verdieping en is op slag dood.

Een kleuter bestuurt een stadsbus en parkeert het gevaarte keurig op de halte.

Een vijfjarig jongetje schiet zijn zusje van twee dood met een heus werkend kindergeweertje, dat hij op zijn verjaardag gekregen heeft.

Een automobilist krijgt van zijn navigatiesysteem te horen dat hij linksaf moet, rijdt het spoor op en blijft daar vastzitten. Een naderende trein kan niet meer remmen en schept de wagen.

'Roelof, Roel!'

'Ik ben er nog. Wees maar niet bang.' (Hoest.) 'Ik word nog negentig.'

'Hij durft alles.'

'Ik vind hem niet zo dapper. Het is meer dommigheid.'

'Onnadenkendheid.'

Een jongen van dertien schiet zijn zusje van zes dood met het geweer van zijn ouders.

Een vader schiet zijn twee kinderen, twaalf en zeven jaar oud, dood en slaat daarna de hand aan zichzelf.

'Wat staat zij nou te doen?'

'Ze staat over te geven in het water.'

'Josee, waar wijs je naar?'

Josee kokhalst.

'Gadverdamme, o, nou zie ik het ook. Kom kijken! Een hand in het water.'

'Een handschoen toch zeker?'

'Volgens mij is het een handje. Een handje van een kind.'

'Zwart.'

'Blauwig. Gadverdamme!'

'Gadverdamme! Josee!'

'Volgens mij is het een handschoen.'

Een vierjarig meisje valt in een gat van zeventien meter diep en dertig centimeter breed en wordt daaruit gered.

'Waarom zit jij in het kolenhok?'

'Ik heb straf.'

'Waarom?'

'Ik heb volgens mama gevaarlijk gedaan.'

'O, Roeltje Roeltje! Ik zal maar niet vragen hoe of wat…'

Roelof haalt zijn schouders op, leest verder in *Het testament van Tobi Thomson*.

'Nou, dan ga ik maar weer. Ik laat de deur op een kier staan.'

Wies laat de deur van het kolenhok op een kier staan.

Een auto staat vast op de spoorrails, terwijl de trein nadert. De bestuurder, een bejaarde man, weet zich in zijn paniek niet te bevrijden, hij krijgt het portier niet open. Iemand sleept hem juist voor de aanstormende trein uit de wagen, maar wordt op het laatste moment zelf geraakt.

'Daarmee of hiermee veroordeel ik u tot de stekeldood.'
Hamerslag. De dromer weet meteen wat dit betekent: in een bal gemaakt van binnenstebuiten gekeerde egelhuid opgesloten worden, waarna er met deze bal gevoetbald gaat worden door grote sterke jongens.
'Nee, nee!'
'Ja, ja! Volgende zaak.'
In de duistere gang die naar de arena leidt – het geschreeuw van de bloeddorstige menigte, de grinnikende beulsknecht – volgt, moeizaam, het ontwaken.
   'Nee, ik wil het hem zelf zeggen. Ik wil dat gezicht wel eens zien. Crul! Erik!'
'Zeg het eens.'
'Ik was je de uitslag van dat biopt nog schuldig. Hou je vast: het was een spinnennest.'
'Ik heb het gehoord.'
'Die ouwe monnik had een spinnennest in zijn wang! We maakten de cyste open en de beestjes renden zo het lab in.'
'Ik wist het al, ik heb het gelezen op internet.'
'Op internet? Hoe komt het daar?'
'Internet, ja, internet! Ja, hoe komt iets op internet?'
   'Mama, mama! Nee!'
Vader: 'Blijf van dat kind af! Zijn oor bloedt!'
'Laat me dat werk dan ook niet doen!' Ze laat zich in een stoel vallen. De bebloede schaar valt rinkelend op de grond. 'Je weet hoe vreselijk ik het vind.'
'Ik neem hem voortaan wel mee naar Moormann.'
'Het spijt me Roeltje, het spijt me zo!'
'Je had hem wel kunnen vermoorden.'
'Het geeft niet hoor, ik voelde niks.'
'Zoals je naar hem keek, ik dacht: ze steekt die schaar zo in zijn nek!'
'Het viel mee, papa, ik heb niets gevoeld, mag ik naar buiten?'
'Ik neem hem mee naar Moormann.'

'Ik zei toch gisteren al: neem hem nou mee naar Moormann.'
(Huilt hijgend, met vuisten tegen haar mond. Pakt de schaar
op. Gooit die weer van zich af. De schaar glijdt onder de fauteuil.)
'Ik neem ze alle twee mee.'
'Nee! Ík ga met Wies. Jij gaat met Roelof. Zo doen we het
voortaan.'

Roelof is buiten. Als hij zijn voetbal uit het kolenhok pakt
valt er een hooiwagen van de deur. Het beestje rent weg maar
Roelof zet er zijn voet op. Hij heeft meteen spijt van zijn gemene daad. Vier van de poten van de spin bewegen nog. Zolang
die poten rondzwemmen mag hij van zichzelf niet voetballen.
Na vijf minuten trekkebeent het lijk nog en de jongen besluit
helemaal niet meer te voetballen die middag. Hij sluit zich in
het kolenhok op met het Arendsoog-boek waarin hij bezig is.
Als Roelofs moeder 'Roeltje! Wiesje! Eten!' roept, de jongen
het hok verlaat en kijkt of de pootjes nu nóg wriemelen blijkt
het diertje afgevoerd. Door wie? Of wat?

Een mier opereren.

Een muisje opereren.

Een onvruchtbare mug wordt aan haar geslachtsdelen geopereerd. Voortaan kan ze weer nakomelingen krijgen.

Een bypassoperatie voor een vlo.

'Maar uw huisdier ís zo knorrig omdat hij de hele dag last
heeft van zijn tandvlees.' Het gebit van de oude hond wordt
door de assistente gereinigd.

Een kat kan volgens de dierenarts van een prothese worden voorzien, nadat bij een aanrijding een van zijn pootjes
verbrijzeld is. De bezitters zijn doodarm, maar hebben er toch
achthonderd euro voor over om poes weer vier pootjes te geven. Twee weken later wordt het diertje op bijna dezelfde
plaats opnieuw overreden; dit keer is het dood.

Een eenzame toerist ziet tijdens een wandeling onder een
struik een distelvink zitten. Voorzichtig haalt hij zijn fototoe-

stel uit het foedraal om het bontgekleurde vogeltje te vereeu-
wigen voor het wegvliegt. Maar terwijl hij nog bezig is de foto
te nemen steekt het lopend de weg over, waarbij duidelijk te
zien is dat één van de vleugeltjes uit het lood hangt. Het put-
tertje blijft zitten tussen de schoenen van de fotograaf. Die
bukt zich voorzichtig en tilt de patiënt op; van zijn handen
maakt hij een nestje om hem heen. Vier kilometer verderop,
weet de wandelaar, is een groot dorp. Daar brengt hij zijn protegé, die al die tijd rustig in zijn geschulpte handen zit, heen;
de plaatselijke dierenarts belooft het dier te genezen. De
barmhartige samaritaan laat een bedrag achter voor de behandeling en vertrekt.

'Is dit hem misschien?'
'Gelukkig, daar is hij weer.'
'Hij heeft hem!'
'"Is dit hem misschien?" zegt hij!'
De kinderen staan gebogen rond de schijf uitgedroogde ratten-
kadavers, een leren schild, de schildknop, een kluwen staar-
ten.
'Het zijn er twaalf.'
'Dertien!'
'Nee, daaronder zit nog een kleintje. Ach wat zielig.'
'Kun je er niet ziek van worden, Roel?'
De jongen haalt de schouders op.
'Och, als je maar goed je handen wast achteraf.'
'Je mag bij ons wel je handen wassen.'
'Je kunt er pest van krijgen.'
'Kom, meteen je handen wassen.'
'Je kunt er pest van krijgen, dan ben je in één dag dood.'
'Kom Roeltje, meteen wassen in het woonhuis. Wij verstop-
pen de schat weer en dan komen wij ook handen wassen.'
De kleine held loopt met de zoon des huizes mee, langs de
aardappelsorteermachine het halfduister van de schuur uit,
het erf over, waar een felle wind staat,

'Wat loeit die koe van jullie raar.'

'Dat is geen loeien, dat is boeren. Het beest is aan de wind. De dokter komt er straks een stang in steken.'

Eén hennetje in de toom blijft er prachtig uitzien: ze wordt blijkbaar niet getreden. Daarom wordt de jongedame een weekje met de haan apart gezet. Nu weet die wel raad met de weerspannige schoonheid! Verfomfaaid, bekrast, maar met een mooi nest kuikens gaat ze de lente in.

Een ezel krijgt een capuchon van een jongen te pakken, rukt hem af en slikt hem door. De jongen moet als hij thuiskomt voor straf naar het kolenhok. De ezel krijgt maagproblemen en vermagert sterk.

'Mooi,' zegt de boer. 'Er was toch niks met hem te beginnen. Naar de slacht ermee.'

Het lievelingsspel van Emmy, de vriendin van Wies, is kapsalon.

'Roelofje, wil jij even klant zijn? We hebben nog een klant nodig.'

'Ja Roel, kom even,' commandeert Wies, die in de stoel voor de spiegel zit.

'Maar ik wil gaan voetballen.'

'We gaan over een halfuur eten, je mag toch niet meer uit.'

'Mamaaahhh!'

'Ja?'

'Mag ik voetballeehhh?'

'Nee, we gaan over een kwartier eten.'

'Dus! Roel jij was de heer, kom maar binnen. Zeg "ting ting".'

'Ting ting.'

'Dag meneer; ik ben bijna klaar met krulspelden zetten bij deze mevrouw. Eerst moet je een tijdschrift lezen om te wachten. Hier.'

De vrouw op de voorkant van de *Libelle* zwaait lachend met twee pollepels. Emmy zet een emmer op het hoofd van Wies.

'Terwijl mevrouw droogt kan ik u mooi helpen. Gaat u maar zitten meneer.'

Hij krijgt een handdoek om zijn hals. Emmy pakt een kam en kamt Roelofs haar, naar achteren, naar voren, weer naar achteren, opzij. Dan aait ze het met haar hand alle kanten op.
'Je hebt van die mooie zachte krullen.' Vlak bij zijn oor: 'En je haar ruikt ook zo lekker.'
Ze pakt de schaar.
'Alleen alsof hè?' roept Roelof geschrokken.
'Mag Emmy er niet een écht knipje in maken?' vraagt Wies. 'Je gaat morgen toch naar Moormann.'
'Nee, nee! Nee!' De jongen vlucht met zijn handen tegen zijn oren de kamer uit.
    'Zou een mier te opereren zijn? Wat denk je?'
'Met een heel klein mesje onder een vergrootglas... misschien wel. Maar waaraan, hè?'
'Inderdaad, een mier is nooit ziek.'
'Hoe weet jij dat?'
'Nou, een mier is te klein om gevoel te hebben.'
'Hoe wéét jij dat? Dat kun je niet weten.'
'Maar een bacterie zéker niet.'
'Nee, dat ben ik met je eens.'
'O, dus dat weet jij opeens ook. Hoe weet jij dat dan wél? Maar als een bacterie geen gevoel heeft, waarom een mier dan wél? Trouwens: ook als je geen gevoel hebt, dan kun je nog wel ziek zijn.'
    'Ik héb hem een optater gegeven!' Wachtmeester Dorst gaat enthousiast rechtop in de kappersstoel zitten bij de herinnering. 'Daar had ik last mee kunnen krijgen, hij kon een week niet praten, maar wat moest ie ook zeggen? Had ie aangifte moeten doen? Ik zei: man wees blij dat mijn broer niet thuis was, dan had het slecht kunnen aflopen. Nou ja, nou ja, huh huh, dat wist ie dan ook wel. Huhhuh.' De wachtmeester maakt een spuugbeweging om te laten zien hoe zijn slachtoffer bloed in het zand had gespuugd. 'Ja, ja... Neeeh...'
Moormann: 'Brigadier, nu éven het hoofd stilhouden. Dit

komt even precies en het is een scherp schaartje.'

Dorst: 'Maar goed, het was oorlog, hè? Dan gebeuren die dingen.'

'Hebt u een kaartje?'

'Nee. Ik heb helemaal geen geld.'

'Hoe ben je dan het perron opgekomen? Hoe dan ook, je gaat er in Deventer uit. Het spoor is geen filantropische instelling.'

De passagier buigt het hoofd.

'Pardon, conducteur. Mag ik even? Waar had u heen gewild, meneer?'

'Naar Deventer.'

'Dan betaal ik het kaartje tot Deventer voor u.'

'Nee, nee, dat is absoluut niet nodig!'

'Het is geen enkel probleem. Conducteur, een enkele reis naar Deventer.'

De passagier schudt nee en kijkt naar de vloer.

'Daar heb je geluk, vriend! Anders was het brommen geworden.'

De conducteur draait een kaartje uit zijn buikautomaat en overhandigt het de heer die hem het geld overhandigt. Deze geeft het kaartje weer aan de verstekeling, die hem even angstig aankijkt.

'Dank u wel meneer.'

'Graag gedaan.'

Een minuut of vijf dokkert de trein door het winterse landschap. Dan meerdert hij vaart. De man kijkt minutenlang roerloos uit het raam, dan legt hij het kaartje op de bank tegenover hem, zodat zijn weldoener het niet kan zien liggen, staat op, groet de ander met een schrikachtig knikje en loopt naar het balkon van de wagon. Hij zoekt een sigaret in zijn jaszakken. Als hij die niet vindt laat hij zich tussen de wielen vallen.

Een vijfjarig jongetje schiet zijn zusje van twee dood met een Crickett, een kinderformaat geweer, dat hij voor zijn verjaardag heeft gekregen.

Kleine vossen bederven de wijngaard.

Een tiener van dertien schiet zijn zusje van zes dood met het geweer van zijn ouders.

Een jonge boer wil een varken gaan slachten en heeft een exemplaar uitgekozen om dit lot te ondergaan. Maar hij ziet het dier voor zijn ogen veranderen in een ongelofelijk gedetailleerd wezen met een aura waarin kleuren vlammen die nooit eerder zijn gezien. Het beest lijkt groter, kleiner, intens van elke ademtocht genietend maar tegelijk verloren en geïsoleerd van de anderen, die door zullen leven; het wroet in het stro alsof het eenzaam is, maar als het opkijkt lijkt hij te wenken: verbind je met mij. Dan maar een ander, zucht de jongeman, en zodra hij dat in zichzelf gezegd heeft zakken alle transcendente eigenschappen terug in de viervoeter. De uitverkorene van zo-even gaat zelfs zo volkomen op in de massa dat de kans dat de boer bij een volgende keuze precies dit exemplaar kiest niet kleiner is dan één gedeeld door het aantal varkens in de stal.

'Morgen Moormann.'

'De Koning! De kleine De Koning ook meegenomen?'

'Ons haar groeit even hard, nietwaar? Dag, wachtmeester Dorst.'

'Goed zo, heren. Zoek een plek, ga zitten. Meneer de brigadier is bijna klaar. Dan meneer Bimolt, maar dat is zo gedaan, en dan zijn jullie al.'

'Ik ben enkel scheren.'

'Meneer Bimolt is enkel scheren; dat is zo gedaan.'

'Ik beef te erg om het nog zelf te doen.'

De oude man brengt zijn hand naar zijn wang die daar hevig begint te schudden. Als hij hem teruglegt op de leuning komt de hand weer tot rust.

'En elektrisch scheren, daar wilt u niet aan?'

'Hola, De Koning! Neem me mijn laatste klanten niet af! Anders ga ik tegen de boeren die ik in de stoel krijg ook zeggen dat ze zich niet hoeven te verzekeren!'

Gelach.

Bimolt: 'Met zo'n elektrisch apparaat gaan ze míj niet meer zien! Ik ben tweeënzeventig. Alles moet maar op stroom, tegenwoordig!'

Roelof pakt een *Arend. 'Ik denk dat het lukt.' 'U had gelijk toen U zei dat de stralen alleen invloed hadden op golfstootmotoren. Straalmotoren, dat is de oplossing.' 'Ach natuurlijk, dat we daar niet aan gedacht hebben. De radio werkt eveneens door middel van golfstoten.'*

'... Maar wat ik dus vertellen wou!' De politieman kijkt zichzelf boos in de spiegel aan.

'Meneer Dorst, u is onderbroken. Mijn excuses.'

'Ik kwam aan bij het pand en ik gaf toestemming de deur open te drukken. De hond kwam meteen aangerend, kwispelen, kronkelen, blij dat ie er weer uitkon. Natuurlijk. Maar hij had wel bloed om de bek. Nou, het was altijd donker bij haar in huis, je weet dat ze altijd de gordijnen dicht had. Een stank, Moormann, niet te geloven. En in de badkamer lag ze dus, met haar hoofd er zo'n beetje af. Nou ja, net zoals jij het in de krant hebt gelezen.'

'En die hond...'

'Die hond heb ik toch maar meteen doodgeschoten. Als ze een keer mensenvlees hebben geproefd...'

De klanten die nog niet aan de beurt zijn kijken tegen de nek van de politieman, die naar zijn eigen reflectie kijkt. Zijn pet ligt naast de talkverstuiver met de rode knijpbal.

'Dorst, Dorst, Dorst, ik wil niet met je ruilen. De hele dag zulke dingen zien en dan beslissen moeten.'

De politieman zucht dramatisch, geroerd door het medeleven van de kapper.

Moormann zwabbert met een vlug borsteltje de haren uit de nek.

'Willen we er nog een geurtje in? Vindt de vrouw ons lekker...'

'Laat maar, Moormann, 't is goed zo.'

Dorst betaalt en vertrekt. Het blijft een paar minuten stil in de kapsalon. Moormann veegt de weinige haren, bruin en grijs, rond de stoel weg, legt een vers papiertje op het steuntje, en nodigt Bimolt uit naar de stoel. Die legt zijn hoofd achterover en staart naar het plafond.

Moormann: 'De Koning, u was vroeger dierenarts. Wat had u in dit geval met die hond gedaan?'

'Ik denk dat ik hem toch maar een spuitje had gegeven. Voor de zekerheid.'

'Je mag geen risico nemen hè? Maar het begroot me toch van die hond. Ik kende hem wel, 't was echt een aardig beest.'

Terwijl de kapper de zeep aanmaakt in het bakje zegt de oude man: 'Reken maar dat ie het fijn vond zijn dienstpistool weer eens te kunnen gebruiken. Wat waren de mensen in de oorlog doodsbang voor die kerel.'

'Bimolt, er zijn kinderen bij.'

Bimolt kijkt naar het plafond terwijl het scheerbekken onder zijn kin wordt geschoven. Hij heft zijn hand, die niet gaat trillen, en steekt zijn vinger op.

'Heb altijd vééél respect voor de politie, jongeman! Het gezag dat boven je is gesteld is daar niet voor niets.'

'De politie moet altijd de kastanjes uit het vuur halen, Bimolt. Je moet in zo'n functie altijd beslissingen nemen waarvan je maar moet afwachten hoe het uitpakt.'

'*... dat op het moment op onze waarnemingsschermen, dit ruimteschip sneller dan het licht moet zijn gegaan.*' '*Onzin*', '*kletskoek*', '*kul*', '*onmogelijk*', '*prietpraat*'. '*Heeft één van de heren een theorie?*' '*Het enige wat u tot nu toe naar voren heeft kunnen brengen is dat er een fout zou moeten zitten in de astroscoop. Maar hoe verklaart u dan dat hetzelfde overal tegelijkertijd door waarnemers uit ons gehele stelsel is gezien?*'

'Nou goed, ik zal mijn mond houden, maar ik kan je verhalen uit Drenthe vertellen... en die zijn allemaal waar hoor!'

'Ik weet wel dat Dorst geen lieverdje is geweest, maar ik geef het je te doen zo'n vrouw met een half leeggegeten hoofd te vinden.'

'Moormann, wat zei je nou net zelf? Er zijn kinderen bij.'

'Ik hoor niks hoor. Ik lees de *Arend*.'

Allen lachen. Roelof kijkt verbaasd op, lacht dan schaapachtig mee.

'Geen lieverdje zegt ie. Geen lieverdje!'

Een poesje speelt met een tamme rat. Ze kennen elkaar van jongs af aan.

Iemand droomt dat hij een fabeldier opereert. Het scalpel glijdt opvallend gemakkelijk door de pantserdelen en de buikhelften vallen als vanzelf uiteen, het lijkt op slachten. Uit de holte groeit eenzelfde fabeldier in dezelfde houding, dat de dromer eveneens opensnijdt. Dit gebeurt nog eens, en nog eens. Onder in de bloem van open buiken treft de dromer een haarbal aan zoals die zich wel in kappersmagen bevinden.

'Ik vind het moeilijk om naar foto's van die Siamese tweeling te kijken. Gek hè? Na mijn miskraam word ik al misselijk als ik achteruitrijd in de trein.'

Iemand wordt boos op zijn poedel omdat hij tegen de gordijnen piest en zet hem buiten de deur. De hond kijkt hem door het raam aan alsof hij zich schaamt. Het is ijzig koud weer, dus strijkt de eigenaar met de hand over het hart en laat hem weer binnen. Het eerste wat de hond doet is tegen de gordijnen piesen. Zijn baasje vat dit op als een provocatie en wil zijn huisdier nu de hele nacht op het binnenplaatsje laten slapen. Als de vrouw des huizes dit merkt scheldt ze haar man de huid vol. Die verweert zich: 'Fitzi deed het duidelijk om me te treiteren. Ik vind dat een gemene streek.'

'Het is een dier, klootzak... Je kunt een dier toch niet in alle ernst iets verwijten?'

'Waarom niet? Ik kan dat best.'

Denken en herinneren is als een beweging ten opzichte van

een vast observatiepunt. Een kind staat naar een carrousel te kijken, waarvan een bepaald vervoermiddel hem bijzonder opwindt, een ouderwetse brandweerauto met koperen bel en ladder. Maar op een saai paard aan de andere kant van de draaischijf zit het meisje van wie hij houdt; haar rokje wappert.

'En ik dacht je nog wel zo te verwennen met dat gebakken ei op je boterham.' Ze loopt met gierende uithalen huilend de trap op.

'Je moet het moeder niet kwalijk nemen Roelof.'

'Dat doe ik ook niet tante.'

'Ze heeft net een groot ongeluk gehad.'

'Wat voor ongeluk tante?'

'Een soort… ziekte. Maar die is nu voorbij. Gelukkig is die nu voorbij.'

Een groep kinderen op het speelplein van de school. Allen staren, op de hurken, bukkend of knielend, naar een tafereel dat zich op enkele vierkante centimeters afspeelt. Mieren eten een regenworm die bij een regenbui de tegels is opgekropen en toen het droog werd de weg naar de rulle aarde niet terug kon vinden.

Een klein meisje zit met een bezorgd gezicht in een draaimolenkarretje, dat een door zwanen voortgetrokken koetsje voorstelt. Als ze sneller in het rond gaat zet ze het op een krijsen, probeert uit het karretje te klimmen, maar blijft achter een knop van een van de ornamenten vastzitten. Haar moeder springt op het plankier om haar dochter uit haar benarde positie te bevrijden. Maar nu schiet de hele koets los: moeder, kind en voertuig belanden op de straatstenen. Een oude man die staat toe te kijken wordt geraakt en verliest het leven.

Een kat die in een verzorgingshuis leeft en daar vrij mag rondlopen weet wanneer een patiënt gaat sterven. Als hij op iemands bed gaat liggen waarschuwt het personeel de familie: 'Het is tijd om te komen.'

Aan boord van een zeker schip willen geen ratten komen.

Iemand droomt dat hij bij de kapper is.

'Ú is lang niet geweest!'

'Tja, het haar wordt dunner, Moormann.'

'Niet alleen het haar… Maar de huid ook.' Opeens krijgt de klant kippenvel.

'Dit zijn toch geen gedachten om te hebben, De Koning,' zegt de kapper, en de dromer ziet opeens door een ruit in zijn hoofd een groot vogeloog naar binnen kijken, met vliezen en een intelligente lens in het centrum en tegelijk is het natuurlijk het oog van Moormann, hij ziet het in de spiegel ook.

'Ik denk het niet, kapper, ik droom maar.'

'Dan is het wat anders.' En de sfeer is opeens weer gemoedelijk…

'Maar voor de zekerheid word ik toch maar wakker.' De dromer herinnert zich bij het ontwaken dat hij de kapper, nog juist voor hij de holte naar de dag indook, betaald heeft – één gulden vijftig – en dat ze met een handdruk afscheid hebben genomen. Eigenaardig, wie geeft nu voor hij de zaak verlaat de kapper een hand?

Een aanbidder weet het hart van een dame te veroveren, maar niet dat van haar witte keeshond. Het diertje blijft onaardig grommen en keffen bij zijn dagelijkse bezoeken. Uiteindelijk is dit de reden waarom de vrouw het huwelijksaanzoek van haar geliefde afwijst. Over een volgende vrijer is het hondje wel enthousiast. De daaropvolgende echtverbintenis: een ramp.

In de Tweede Wereldoorlog worden Britten dikwijls door het gedrag van huisdieren gewaarschuwd voor een naderend bombardement. Katten en honden voorspellen de komst van bommenwerpers en de plek van inslagen dikwijls betrouwbaarder dan de sirenes van het luchtalarm. Er zijn zelfs honden die een inslag van een v2 voelen aankomen terwijl de raket zijn Haagse lanceertafel nog niet heeft verlaten.

Van een vrouwelijke Siamese tweeling raakt er één zwanger, maar de zwangerschap eindigt in een miskraam. De vader in spe trouwt desondanks met een van de twee, een dag voor hij naar het front vertrekt, waar hij in de eerste oorlogsmaand sneuvelt.

Bij zekere indianenstammen leidt aangeboren scheelheid tot de verplichting in de toekomst te kijken. Als de voorspelling fout blijkt wordt de wichelaar van een rots geworpen.

In de vogelwereld geldt: als je met twee snavels geboren wordt, dan weten je broertjes en zusjes wel raad met je.

Voordat de stamoudste van een indianenstam besluit dat een uitgekozen perceel gekapt mag worden moet men wachten op tekenen van dieren. Rechts van het perceel moet de roep van de woudkraai gehoord zijn. Klinkt zijn kreet ter linkerzijde, dan gaat de kap niet door. Aan die linkerkant moet juist het hert zijn stem laten horen, anders mag niet begonnen worden. Als aan deze voorwaarden voldaan is moet er nog vier dagen op andere tekens gewacht worden die als ongunstig kunnen gelden. Gedurende deze tijd reinigen de mannen van het dorp zich. 's Nachts wordt er gedanst en gebeden tot de dageraad.

Een huwelijkspretendent wordt door het witte hondje van de eigenares bij ieder bezoek toegegromd en -geblaft.
'Jaloezie,' besluiten beiden, 'dat gaat wel over als we getrouwd zijn.' De relatie wordt een totale ramp.

Sommige dieren zijn levende barometers, andere hygrometers of thermometers.

Als een furie jaagt de grote hond achter de radeloze schapen aan... slaat zijn felle tanden in boer Huibens arm, als deze tracht de woesteling de weg te versperren. Maar daar komt M-brigadier Ad l'Abee aanrennen. In een machtige duik weet hij de schapendoder te grijpen, drukt met alle kracht de hondenkop tegen de grond, houdt het dolle dier in bedwang totdat hulp komt opdagen. Hulde aan Ad in Ulvenhout (12 jaar, ¾ kan per dag)! Hulde aan sterkende melk. Hulde aan

alle 50 flinkste M-brigadiers, die in de 7e ronde werden be-
loond met prachtige M-cadeaus.

Wies: 'Papa, bij Wichers hebben ze een nest jonge hondjes.
Heel schattig. Mogen wij er een?'

'Nee.'

'Waarom niet?'

'Moeder is daarvoor nog veel te... Ik vind jullie daarvoor nog
te klein. Honden kunnen met kinderen heel gevaarlijk zijn.'

'Maar het zijn keesjes! Die worden maar zo groot als een
stoofje.'

'Hier hebben jullie allebei een gulden. Voor de kermis.'

Een hond gaat mee op een logeerpartij bij familie op de Veluwe. Tijdens een boswandeling raken de eigenaars hem kwijt.
Blijkbaar is het dier verdwaald. Na enkele dagen wordt de
zoektocht opgegeven. Twee maanden later staat hij, sterk vermagerd, maar vrolijk kwispelend, aan de achterdeur. Hij
heeft de weg naar huis blijkbaar zelf teruggevonden en de afstand van meer dan honderdtwintig kilometer te voet afge-
legd.

'Het kost twintig cent.'

'Alstublieft.'

'Alstublieft.'

'Asblief mevrouw.'

'Nog een paar minuutjes wachten jongens, of er meer mensen
komen.'

De vrouw achter de kassa breit aan een zwarte sok.

In de schaduw bij de deur met het bordje TOEGANG staan een
man en een vrouw naar elkaar te knipogen. Haar kennen de
jongens wel vaag, zij is van achter uit het dorp. De man komt
misschien uit Utrecht.

'Of Amsterdam.'

'Dat kan ook.'

De kassadame werpt een sombere blik over het zonovergoten
kermisterrein. Luid gerinkel, gelach, twee mensen applaudis-

seren. Bij de ballentent is een reuzeworp gedaan. Het orgel van de draaimolen gaat weer spelen.

'Ja hé!' zegt de Utrechtse of Amsterdamse man. Hij wijst op zijn polshorloge.

'Ja goed.' De vrouw legt haar breiwerk met een zucht neer en hijst zich overeind.

Ze wringt zich langs de aanwezigen en doet de toegangsdeur open. Allen schuifelen naar binnen. Het ruikt een beetje als in een klerenwinkel, maar bedwelmender. Als de ogen gewend zijn aan het donker zien de bezoekers dat ze in een gang van enkele meters lang zijn, met aan één zijde een vitrine, verlicht door een drietal gloeilampen. Een bord erboven: WONDEREN VAN HET DIERENRIJK UIT DE GEHEELE WERELD VERZAMELD.

Een berglandschap van donker satijn. Op de toppen ervan staan de wonderen, bordjes met uitleg eronder. TWEEKOPPIG KALF OP STERK WATER. DIT KALF IS AFKOMSTIG UIT HET ENGELSCHE GRAAFSCHAP SUSSEX EN HEEFT TWEE DAGEN GELEEFD.

Een stuk bot, zo groot als een verkeersbord, met uitsteeksels naar drie kanten, heeft als bijschrift: WERVEL EENER WALVISCH, GEVANGEN IN HET NOORDPOOLGEBIED.

RATTENKONING, NOORD-FRANKRIJK. DE ZEVEN DIEREN ZIJN OP TRAGISCHE WIJZE MET HUN STAART IN DEN KNOOP GERAAKT EN ZIJN ALDUS EEN GRUWZAME DOOD GESTORVEN.

'Die van ons is veel groter.'

Onderdrukt gegiechel uit de hoek, waar de man en de vrouw staan te zoenen. De jongens stoten elkaar aan, want de man heeft de rok van de vrouw bij haar billen samengegrepen en terwijl hij daarin knijpt is de achterkant van haar knieën en een stuk van haar dijen duidelijk te zien.

'Die van ons is groter, toch? Dat zijn er wel vijftien.'

'Wel honderd.'

'Nee, geen honderd. Maar ze zitten wel meer door elkaar.'

'Die van ons is mooier.'

'Zullen we hem verkopen aan deze tent? Ruilen en er geld bij vragen?'

Achter de rattenkoning tilt onverwacht een zwartgelakte sprinkhaan van een meter lang mechanisch zijn twee voorpoten op. REUZENSPRINKHAAN BESSY. ZIJ BEREIKTE DE RESPECTABELE LEEFTIJD VAN 70 JAAR IN DE ZOO VAN OOSTENRIJK. IN AFRIKA RICHT DEZE SOORT SLACHTINGEN, VERWOESTINGEN EN HONGERSNODEN AAN.

'Wat is sterk water?'

'Chloor misschien.'

'Het stinkt heel raar als er geen deksel op zit, maar niet zoals chloor.'

'Míjn vader drínkt sterke drank.'

Roelof tuurt naar een vreemd gevormd kinderschoentje, dat van zijn satijnen helling is gegleden en boven op zijn eigen kaartje terecht is gekomen, zodat er nog maar een paar woorden leesbaar zijn. KASTE…, ONGELUKKIGE…

Opeens gaat automatisch een gordijn opzij naar een nieuwe ruimte waar een tiental stoeltjes voor een hek staat. Allen gaan zitten. Aan de andere kant van de afscheiding links een rode aap met lang haar maar een kale kruin. Hij brengt mechanisch steeds een pop met blond haar naar zijn bek en spert zijn muil open, waarna hij de pop weer laat zakken. Rechts opnieuw een lakglanzende reuzensprinkhaan, tweemaal zo groot als die in de vitrine en hij kan ook meer. Hij verheft zich op de achterpoten en maakt met zijn voorpootjes een verticaal maaiende beweging, zodat hij een beetje op een steigerend paard lijkt. Dan laat hij zich neer, zit even bewegingloos, en herhaalt zijn parade. Dit geschiedt opvallend synchroon met het gedrag van de aap aan de andere zijde van het podium.

Maar tussen de twee in zit, op een verhoging, een vrouw. Ze draagt een wijde japon met blote schouders, waarboven een zwart gordijn hangt, dat haar gezicht aan het oog onttrekt. Aan haar linkerhand staat op een tafeltje een mandoline op een standaard, daarnaast ligt een blokfluit. De dame is aan het breien, het lijkt wel aan dezelfde sok als de kassajuffrouw zo-even. Aan de rechterkant eveneens een tafeltje. Daarop staat een grammofoontje waarop een plaatje met klagelijke zigeunervioolmuziek speelt. Nu en dan klinkt de menselijke kreet boven de muziek uit. Moet die verbeelden te komen van de aap zijn pop? Maar de kreet klinkt ook als ze in zijn handen omlaaggaat en er dus geen dreiging van opeten is. Toch is het griezelig; maar gelukkig overstemt het draaimolenorgel buiten op het plein de muziek hierbinnen.

Als de plaat is afgelopen keert de speelarm terug naar zijn draagvork. Buiten zwijgt, na een paar vrolijke slagen op de trom, de draaimolen. De vrouw legt haar breiwerk naast zich neer en neemt de mandoline van zijn standaard, het lijkt wel of haar handen, onder het breien nog getint, opeens blanker worden; ze slaat een paar akkoorden aan, begint te zingen:

Een jongen zag eens stervensgeern
een valse, wrede, boze deern.
Ze zei tot hem: 'Haal me terstond
je moeders hart, 't is voor mijn hond.'

De vrouw zingt met een prachtige, hoge stem. Intussen wordt centimeter voor centimeter het zwarte gordijntje opgetrokken.

Hij ging, hij sloeg zijn moeder dood
en sneed haar hart eruit, vuurrood.

Onder aan de hals zien de toeschouwers een zwartfluwelen band en dan niets meer; ja, het achterdoek van het minitheatertje, een lampje daarin. De heldere stem zoekt een hogere toonaard:

Daar struikelt hij in 't mulle zand.
Het hartje valt al uit zijn hand,
rolt van het pad onder de haag.
Daar is 't! Bezorgd stelt het de vraag
van elke moeder, aangedaan:
'Jongen, heb je je zeer gedaan?'

Alle aanwezigen zitten als versteend op hun stoeltjes. Nu staat de vrouw op en zet de mandoline terug in de standaard. Als ze buigt (hoewel niemand applaudisseert) zien de toeschouwers de keel pulseren, het hart kloppen, adem de longen in en uit gaan, en alle organen die in de buikholte liggen. Ze veegt met een zakdoek wat speeksel van haar luchtpijp en speelt dan nog op de blokfluit, die ze recht naar boven uit haar keel steekt. Een vrolijk wijsje, maar inmiddels is het orgel ook weer begonnen te spelen en het wordt een kakofonie. Als de voorstelling is afgelopen en ze weer naar buiten schuifelen zegt de man:
'Natuurlijk is het doorgestoken kaart. Krijg wat!' Maar in het zonlicht blijken hij en zijn vriendin krijtwit te zien. Het kassatafeltje is onbezet, het geldkistje staat er niet meer op.
De jongens maken een rondje langs de andere attracties. Na een minuut of vijf heeft de kassadame haar plaats weer ingenomen.
'Hoe doet u dat mevrouw?'
'Hoe doe ik wat?'
'Wat u binnen doet, uw hoofd af.'
'Ik weet niet wat er binnen gebeurt jongens, ik doe alleen de kas.'
'U kunt heel mooi zingen.'
Ze kijkt hen vriendelijk aan, maar antwoordt niet. De kameraden constateren dat ze niet een jurk met blote schouders aanheeft, ook draagt ze geen halsband.
Een Duitse documentairemaakster krijgt van de oudsten

van de Nubastam toestemming om het zeldzame ritueel van initiatie vast te leggen op celluloid, al weten zijzelf niet wat film is. Terug in Duitsland bederft een stomme ontwikkelaar de negatieven. De regisseuse gaat terug naar de Nuba, maar hoe moet je ze uitleggen dat de film mislukt is en dat het ritueel over moet?

'We worden hier maar één keer volwassen,' lachen de Nubamannen. 'Is dat bij jullie anders?'

Een rat droomt van rook, hij trekt met zijn pootjes in een poging te vluchten. Als hij met een kreet wakker schrikt zit hij nog altijd met zijn staart aan de andere ratten vast.

Hyperparasitoïde.

Een ingespannen paard is in de stroom gevallen en zwemt met kar en al verder. Een schipper ziet kans het klem te varen. Pas daarna kan men de riemen lossnijden en dier en rijtuig apart omhoog takelen.

'Zijn jullie op de kermis geweest?'

'Hoezo, mama?'

'Je hebt luizen. Je bent op de kermis geweest. Al dat volk heeft luizen!'

'Ik heb de dame zonder hoofd gezien.'

'Luizen! Bah! Afschuwelijk, dat kermisvolk.'

'Geen hoofd en wel luizen. Hahaha.'

'O ja, maak er maar grapjes over. Neem het maar voor ze op.'

Moeder stampt, met gierende uithalen huilend, naar boven, slaat de deur dicht met zo'n kracht dat de ramen beneden rinkelen en het even vreemd ruikt in de kamer.

'Ze wordt wel weer beter, papa.'

'Hoe bedoel je, beter? Wie zegt dat ze ziek is? Beweert iemand dat?'

'Ik zweer... dat ik mijn hele leven tegen iedereen aardig zal blijven.'

'Roeltje, lieverd, ik geloof je. Ik denk zelfs dat je dat niet eens hoeft te zweren maar dat je niet anders zou kunnen.' Hij fronst met een scheve rimpel.

'Nee hoor. Dat kan niemand weten.'

Het vertrek van de kermis. Een wagen opgetast met rode stangen van de draaizaak *Turn Star* dokkert het plein af. Op de zijkant zit het meisje dat de kassa deed, ze kijkt precies zo lui en veelbelovend als achter het glas van de kassa, aan haar bruine benen heeft ze witte sokjes. In hoeveel masturbatievoorstellingen die sokjes vanavond uitgaan...

'Naar Eindhoven, dat zei ze.'

'Zo ver?'

'Heeft ze tegen jou gepraat dan?'

'De hele tijd!'

Er is een discussie of de *Star* 's avonds harder ging. Eén weet dat absoluut zeker, een ander zegt dat dat komt door het donker, dan lijkt het of alles harder gaat.

Politieman Dorst staat met een afwezige glimlach op de hoek van de straat. Hij balanceert op zijn voeten van voren naar achteren en lijkt een beetje op een boom in de wind.

'Jongeheer De Koning, dit zit er weer op!'

'Ja agent.'

'Hoe oud ben je?'

'Tien. Dit jaar word ik nog elf.'

'Melkbrigadier?'

'Tuurlijk agent.'

'Tuurlijk. Tien... tien. Dat is de enige tijd van je leven die ertoe doet, jochie. De allerenigste tijd van je leven. Heb je ook in deze rakettenboel gezeten?'

'Tuurlijk agent. Maar alleen overdag. Ging hij 's avonds harder?'

'Dat heb ik niet gecontroleerd.' De wagen met rode stangen en het meisje wordt gevolgd door de prozaïsche vrachtwagen van de oliebollen.

'De enige tijd die ertoe doet. Hier een kwartje, Roelof. Voor de kermis.'

'Dank u wel agent. Maar... de kermis is afgelopen!'

'Dan doe je hem maar in je spaarpot. Voor volgend jaar.'

Een boer is aan het ploegen. Bij de schaft wil hij proberen een haas of een eend te schieten. Maar hij heeft zijn geweer niet handig neergelegd. Zijn ploegpaard trapt erop, het gaat af en verwondt de boer.

Paniek in de Leeuwenstraat te Eindhoven! 'Paard op hol!' Groot, vervaarlijk, tomeloos komt het aanrazen, recht op de spelende kinderen af…! Maar M-*Brigadier Mieke Mathijsen (9 jaar, en ¾ kan per dag) blijft kalm, weet de angstige kleintjes kordaat en moedig nog net op tijd in veiligheid te brengen. Bravo voor Mieke, Bravo voor melk! Bravo voor alle 50 flinkste* M-*brigadiers, die in de 15e ronde worden beloond met radio's, camera's, verrekijkers, indianententen en andere prachtige* M-*cadeaus.*

Een schoonmaakster raakt per ongeluk een kabel in een gerangeerde trein. De trein begint te rijden en boort zich kilometers verderop in een appartement. De zwaargewonde vrouw wordt in het ziekenhuis gearresteerd op verdenking van joyriding.

Sedert Wies op de MMS zit eten ze 's avonds warm.

'Moeder schiep de aardappels op.'

'Weet je wat Tanja op school vertelde. Zo'n idioot verhaal!'

'Niet idioot zeggen, Wies. Zulke woorden gebruiken we hier niet.'

'Maar het wás… I, zal ik dan maar zeggen.'

'I. Goed zo.'

K.

'Moeder schiep de aardappels op toen ze al meer dan dertig jaar lief.'

'Hou je mond Roel, Wies vertelt. Wies, vertel.'

'Tanja's tante die woont op de Veluwe, hè? Nou, die heeft een hondje, een keeshondje, net als ze bij Mulder hebben aan het kanaal.'

'Dat ellendebeest?'

'Maar dit was een lieve, nou ja, dat weet ik niet. Maar hoe dan ook... ze ging een keer uit wandelen in het bos achter hun huis en toen raakte hij zoek. Tante maakte zich geen zorgen want dat hondje kent de omgeving goed. Maar 's avonds kwam hij niet terug, en de volgende dag ook niet. Toen werd ze bang dat hij overreden was of vergiftigd of meegenomen door een hondenmepper. Overal zoeken... geen Keesje.'

'Heette hij Keesje?'

'Omdat het een keeshondje was. Ja, zó kan ik niet vertellen, als Roel me steeds onderbreekt.'

'Steeds? Dit is de eerste keer.'

'En de laatste, Roeltje! Wies, ga verder.'

'Meer dan een week was ze hem kwijt... Iedereen in het dorp zocht mee, ze had een kiekje van de hond opgehangen bij het gemeentehuis van... Ede, geloof ik dat het was. Niks niemendal! Dus ze dachten al: die zijn we kwijt. Helemaal verdrietig. En op een avond hoorden ze gekrabbel bij de achterdeur en daar stond ie op de stoep alsof er niks aan de hand was, kwispelend en wel. Hij likte haar hand, en liep meteen naar zijn eetbakje.'

'Gunst! Ja, dat is bijzonder, Wies. Hier, Dolf, de jus.' Moeder glimlacht naar haar man. 'Ik zag je kijken. Ja, ik hou alles in de gaten hoor!'

'Maar mama, het gekste komt nog: ze realiseerde zich het niet meteen, omdat hij zich precies zo gedroeg als vroeger en haar en het huis zo goed kende, maar toen ze hem brokjes wilde geven kreeg ze opeens kippenvel...'

Wies laat een dramatische stilte vallen. Op straat het geluid van een langsrijdende auto.

'Toen haar hondje wegliep was het spierwit geweest, nu was het pikzwart.'

'Hou op! Afschuwelijk.'

'Zeker in de motorolie gevallen, hahaha.'

'Nee, het was gewoon een zwart keeshondje, met zwarte haren en een zwart velletje! Maar zijn kopje zag er precies zo uit, en zijn staartje stond in een krul naar rechts, net zoals toen hij wit was. Zei Tanja.'

'Heeft Tanja hem daarna gezien?'

'Ja, ze is er vorig weekend wezen logeren. Hij herkende haar ook, hij wás het gewoon.'

Roelof: 'Dat hondje is ontvoerd door een vreemde beschaving. Daar hebben ze een kopie van hem gemaakt, bijna gelukt maar niet helemaal. En toen is ie in het ruimteschip van Daan Durf mee teruggekomen.'

'Ja, dát zal het zijn. Spuitje elf!'

'Alweer een auto! Dit is de vijfde al in vijf minuten. Wat is er toch aan de hand?'

Dolf de Koning staat op, loopt naar de voorkamer en schuift het gordijn opzij. Een fietser, dikke sjaal voor het gezicht, kijkt hem met glinsterende ogen aan. Hij wijst naar de oostelijke hemel, haast zich verder, de straat uit.

'Goeie genade, kom kijken, die lucht. Helemaal oranje.'

Op straat horen ze van de buurman dat het de boerderij van Smeekes is.

'Wij hebben geen sirene gehoord!'

'Bij zo'n lucht heeft de brandweer geen sirene nodig!'

'Smeekes zit toch bij jou in de verzekering, Dolf?'

'Mogen we kijken papa? Mogen we kijken?'

'Mag van mij. Maar ik neem jullie niet met de auto mee. Als het tegenzit wordt het nachtwerk.'

'Mama?'

'Ik níet hoor! Afschuwelijk! Afschuwelijk! Die angst daar! Angst!' Ze wringt haar handen, huilt zowat. Gaat de tafel afruimen maar verplaatst alleen wat borden. Buurman en zijn vrouw willen Wies en Roel wel op de fiets meenemen.

'Goed aankleden! Jas aan, muts op. Het vriest dat het kraakt.'

Roel klimt bij buurman achterop en steekt zijn benen in de fietstassen. Ze voegen zich in de stoet auto's en fietsers het dorp uit. Ze worden op de vlakte verwelkomd door een ijzige tegenwind.

'Afschuwelijk!'

'Stel je niet aan, die wind stelt niets voor. Vanmiddag was het veel erger.'

'Wij dranken vanmiddag nog molk.'

Buurvrouw zegt: 'Wat afschuwelijk voor Smeekes!' en haar man beaamt het.

'O, ja. Al zullen er zijn die zeggen: bij een ander was 't erger geweest.'

'Brond! Brond bij Smeekes!'

Nachtvlinders worden gevangen door achter een wit laken een lamp te hangen. Als het laken krioelt van de insecten wordt het dichtgevouwen. De vlinders verwijten zichzelf hun lichtgulzigheid bitter, maar ze hebben geen andere mogelijkheid dan op het schijnsel af te komen, hun zelfhaat is haat jegens de eigen soort.

Een veearts heeft een ontgassingsbuis in een koe gestoken. Hij houdt om de boer te vermaken een aansteker bij het uiteinde ervan. Er volgt een steekvlam, de boerderij brandt tot de grond toe af.

In Samosata bevindt zich een poel met ontvlambaar leem. Als dit met iets massiefs in aanraking komt vliegt dat meteen in brand, door niets ter wereld te blussen.

'Waarom spuiten jullie niet?'

'De vorst zit te diep, we kunnen niet bij het water komen.'

'Daar betalen de belastingbetalers jullie mooie glimmende brandweerwagen dus voor.'

'Bimolt, zo praat je niet tegen brandweerlui. 't Is allemaal vrijwillig werk, je moet ze niet op stang jagen.'

'Hoe is het gebeurd?'

'Ze zeggen dat die ene van de tweeling ruzie had met zijn vader en dat ie hem toen heeft aangestoken.'

'Die donkere? Hoe heet ie? Olaf.'

'Natuurlijk. Dat is de kwaaie, nietwaar? Die zwarte vetkuif. Die bij de kruidenier heeft ingebroken.'

'Hij probeerde het zijn broer in de schoenen te schuiven; die had het geld gezien maar wou hem niet verraden. Maar toen die goeie jongen beschuldigd werd door de politie moest ie wel bekennen dat zijn broer erachter zat.'

'Wat een sukkel. Waren alle slechte mensen maar zo stom.'

Op de weg staat huisraad. Een paar kussenslopen, waarschijnlijk met kleren, een stapel boeken op een dekentje. Een Aristona-televisie. Alles levensecht op een Aristona. Een stapel matrassen, kartonnen dozen. Keukengerei. De boer staat als een veer zo strak toe te kijken. Als iemand iets tegen hem zegt, reageert hij niet of afwezig. Onder zijn arm klemt hij een metalen kistje.

Een stel jongemannen wil de schuur binnengaan om te zien of ze de dieren kunnen lossnijden.

'Wegwezen daar!' roept de brandweercommandant. 'D'r staat een tank met stookolie daarbinnen. Opdonderen, als de sodemieter!' Hij dreigt zelfs met een riek die toevallig bij de hand staat. Politieman Dorst trekt zijn pistool en zwaait ermee, de gestaltes van de brandweerman en de agent maken schaduwen over de sneeuw tot aan de horizon.

'Maar die honden loslaten, dat mag toch wel?'

De drie herdershonden in de ren naast de deel zijn dol van angst vanwege de hitte en de vonken die in het hok regenen. De jonge helpers krijgen het slot los en stoten de deur open, één wordt in zijn pols gebeten. Dan vliegen de beesten de nacht in, ze vliegen over de sneeuw als wolven.

'De derde keer al dat deze boerderij in brand staat? Ik weet maar van twee keer.'

'In vijfennegentig was ikzelf nog een kleuter. Zoiets als hij daar nu.'

'Ik ben tien hoor!'

Wies: '"Ik ben tien, meneer Wuust" zeg je dan, Roel.'

'Hij is opgewonden van de brand.'
'"Meneer Wuust!" Zeg "Meneer Wuust!"'
'Meneer Wuust.'
'Tien jaar? Dan ben jij niet groot voor je leeftijd, jongeman! Maar goed… In vijfennegentig was het overdag. Ik zag dat mijn vader hielp de muren om te duwen voor de verzekering. Voor een puinhoop kreeg je meer geld. Wit van de as, hij leek net een spook. Later heeft hij geholpen om de boerderij weer op te bouwen.'
'Als aannemer.'
'Timmerman. Die aannemerij is later gekomen.'
'Van de tweede keer, dat weet iedereen.'
'Maar d'r zijn er niet veel die het gezien hebben. Half de polder was leeg omdat er zo gevochten werd. Het dorp ook.'
'Vertel me nou eens: was het een verdwaalde granaat of is het expres gedaan? Daar zijn ze toch nooit achter gekomen.'
'Neem van mij aan dat het geen toeval was.'
Buurman: 'Heb je die steen in de gevel wel eens gezien, Roelof?'
Hij wijst. Het vuur verlicht een leeuw die uit de vlammen springt. Daaronder het jaartal 1947.
'Tuurlijk buurman, ik ben hier zo vaak geweest! '
'Dit huis is dus maar elf jaar geworden. Het vorige vijftig. Wat een ongeluksplek.'
      'Nu moeten we de geheime club opheffen jongens.'
'Waarom? We kunnen ook bij Theo verder. Of bij Wieger.'
'Maar we hebben geen schat meer: de rattenkoning daarboven is allang verbrand.'
      'Waarom mag die auto er wél door?'
'Dat is de burgemeester.'
'Is dát de burgemeester? Wat een onderdeurtje!'
      'Het is hier gewoon heet, joh. Wat let me of ik trek mijn jas uit?'
'Morgen longontsteking.'

'De moestuin en de deel zijn helemaal zwart, zie je? Alle sneeuw weggesmolten. Waar ik sta is het ook weggesmolten.'

'Heb je een sigaretje over?'

'Voor mij ook? Voor mij ook!'

'Lekker stelletje bietsers zijn jullie.'

'Ah, Lexington! Sinds wanneer rook jij klare sigaretten? Kapitalist!'

'Luister, als jij shag wilt ga je lekker verderop vragen. Daar heb ík geen bezwaar tegen.'

'Spuiten ze nou eindelijk?'

'Nee, de sloten zijn tot de bodem bevroren.'

'Ik dacht toch dat ik zag spuiten.'

'Dat was dan op wilskracht.'

'Hahahahaha. Op wilskracht!'

'Moet je zien hoe hij haar ontloopt, je lacht je ziek. Kijk kijk, daar gaat hij weer... zie je haar kijken?'

'Ik kan het me niet voorstellen dat die gevoosd hebben!'

'Als die jongen de kans krijgt neukt ie zelfs een gat in de grond.'

'Een gat in de grond loopt jou tenminste niet achterna naderhand. Dat kun je dan maar beter doen.'

'Die billen van haar zijn wel snoepgoed.'

''t Ging van haar uit, hoor. Kijk, kijk! Om je dood te lachen. Van nood gaat ie maar helpen bij de brand.'

'Van de ene brand in de andere.'

Aan de voorkant van de schuur is het staketsel van balken zijn verband al aan het verliezen in de metershoge vlammen, een toorts voor het schouwspel. Uit het halsje tussen schuur en woonhuis wolkt dikke witte rook, een enkele vonk daartussen. Verderop smeedt het vuur een ster, een slang, een vuist, een braam, een sabel, een tol, een moker, een kist, een wig. De brandweer heeft van de boer vernomen dat de olietank vlak achter de halsdeur tegen de muur staat. De mensen worden zo veel mogelijk naar achteren gedirigeerd, ook de burgemeester maakt met zijn handjes horizontaal tollende gebaartjes: 'Terug, mensen, terug! Voor je eigen bestwil.'

Het is een gunstig teken dat het meeste materiaal boven de tank gedesintegreerd is, nu kan de drukgolf naar de sterrenhemel ontsnappen en zal hij zijn gruis, splinters, brokstukken en vonken niet over de toeschouwers uitstrooien. Fijne namen als hart, vers, kracht, balans, krioelen rond verschijnselen om ze naar hun nest te dragen. De abstracties van een grote brand zijn de abstracties van een kleine. Achter een schuurraampje zonder glas verschijnt een vurige gestalte in de vorm van een handenwringende vrouw. Ze wast met een bruusk gebaar haar gloeiend haar in de nachtlucht, het haar vliegt naar boven en verbindt zich met een grijnzende pasja of boeddha, die het inslikt en dan met een oranje bloem van handen naar een beker of fallus reikt. Hier geen alsof. Een oud hek met spiezen vangt de zoon van een filmster op, opwekkende en verdovende middelen kolken zijn oren uit. En nog een keer, nog een keer, nog een keer, nog een keer, dan scheurt het traliewerk, een macht zwarte en witte vogels vliegt naar de hemel en over de mensen naar de sterren. Alle kleuren veranderen in spierwit en blauw, tot ze gered worden door toesnellend geel en rood. Wiegend geel lekkend rood. De steek van de vuurbij, de steek van de faraomier, die van de vogelspinhavik voelt aan als een schok van tweehonderd volt. Een mensenoffer, nog een en toe maar, nog een. O, de diepte is goed, deze diepte is gulzig, de vulkaan is niet tevreden met zomaar een dronken Rus, ook niet met zijn vriendinnetje als bonus erbij, al draagt ze nóg zo'n gouden enkelbandje. Behalve de werkende massa's is de wereld leeg. Iedereen eromheen vormt een duistere kring. Wichelaars in een extatische dans binnenin.

De kleine burgemeester maakt achteruitduwbewegingen op een meter afstand van zijn kudde, Dorst zwaait met zijn pistool.

'Sodemieter op, godverdomme!'

'Ohh! Hij vloekt. Politie mág niet vloeken.'

Boem. De brandstoftank ontploft. Alles loopt net, nee ruim, goed af, 't is maar hoe je 't bekijkt, als een niet eens zo zware knal weerklinkt, eerder een ruisen, een inzuigen, succulent, loom de ontploffing, de explosie heeft alle tijd, want de tijd vóór de knal bestaat niet meer; hoe zijn we hier gekomen? Weet jij het weet ik het.

Groot vuur pulseert. Het neukt de sterren en het neukt de lieve bleke maan. Ach lieve kleine jongen, tien is ie, nog geen elf, precies tussen alles in, neuk jij de dikke dame? En dan vraagt de kleine schat ook nog: 'Is dit lekker?' Kom terug als je twintig bent, als je groot bent. Pulsar oscillator. Een vuur draagt een witte muts omringd door drie kronen met een wereldbol in de top en daarboven nog een kruis. Twee zijden linten hangen aan de achterzijde neer over de rug. Priester, leraar, koning. De dieren zijn door de ontploffing van hun ketenen bevrijd, lopen of kreupelen nu brandend, rokend en smeulend, krijsend, kreunend of griezelig stil alle kanten op. Een koe met een vlam als een kroon op haar rug stormt op de menigte kijkers af. Men wijkt gillend opzij. De koe aarzelt, maakt slagzij, probeert weer overeind te komen maar verliest opnieuw haar evenwicht. De vlam sterft, ze rookt Politieman Dorst komt aanrennen, hij zet de loop van zijn pistool op haar slaap. Pang. Meer dieren. Een varken wordt door een neerstortende balk getroffen. Genadeschot na genadeschot. Er zijn echter ook dieren die niets mankeert.

'Houd jij nou mijn hand vast?'

'Niemand ziet het.'

'Doe toch maar niet.'

'Nee? Weet je het zeker? Waarom trek je je hand dan niet terug?'

Een boer heeft in de wei tien koeien vastgemaakt aan een melkmachine als het ding in brand vliegt. De beesten worden wild van schrik en raken met de hele stellage in de sloot. De brandweer weet het vuur spoedig te bedwingen, maar één dier heeft zulke ernstige brandwonden aan zijn kop dat het moet worden afgemaakt.

Bij een brand op een kippenfarm in Brabant komen vierentwintigduizend kippen in de vlammen om.

De eigenaar van een brandende kippenloods kan of wil niet vertellen of de loods leeg dan wel vol is. Uiteindelijk zal blijken dat er achtenveertigduizend kippen omgekomen zijn. Drie paarden kunnen gered worden.

Bij een brand op een Chinees kippenbedrijf komen meer dan honderd van de driehonderd medewerkers om. Hoge hekken, met prikkeldraad afgezoomd, verhinderden hen het terrein te verlaten.

Een vrouw en een hond lopen langs een beek. De hond gaat vrij ver achter haar in het water lopen, blijft staan, drinkt een slokje en kijkt de vrouw, als ze omkijkt en hem roept, brutaal aan.

Een stel jongens dat een hele avond bij de botsautootjes heeft lopen klieren krijgt van de kermismedewerker een ketel kokend water over zich heen gegooid. Omstanders geven hem groot gelijk. Tegenover de politie verklaart hij dat hij niet wist dat het water gloeiend heet was.

'Hé, au, wat doe je?'

'Ik veeg een sintel van je voorhoofd. Kijk: nu zit ie op je manteltje.'

'Au, help!'

Ze springt in het rond en slaat met haar hand naar het vuur. Hij helpt haar, ze slaan op elkaars handen.

'Weg is ie… Als ie een seconde langer was blijven zitten had je een paar jaar met een lelijk litteken gelopen, meissie!'

'Nou, dank je wel dan.'

'Kussie?'

Iemand is er in zijn droom getuige van dat zijn beddenspijlen in tralies veranderen en hijzelf in een ijsbeer. Het is hartje zomer en hij kan zijn gevoelens niet uiten, weet hij. Een vrouw springt uit liefde voor hem in het water en hij wil haar omhelzen, maar ook bijten.

Een vrouw in Oklahoma, die soms verward is als gevolg van medicijngebruik, gaat uit vrees voor een tornado schuilen in haar vrieskast. Vijf dagen lang is ze zoek. Men vindt haar als men gekreun uit de vriezer hoort komen.

Een Rus staat 's nachts in de slaaptrein op om een sigaret te roken op het tussenbalkon, gekleed in slechts T-shirt en onderbroek. Als hij zijn coupé weer op wil zoeken loopt hij de verkeerde kant op. De achterdeur van de trein is niet op slot. Hij stapt naar buiten en valt op de rails. Het is midden in de winter, het vriest twintig graden. De Rus probeert de trein in te halen door er zeven kilometer achteraan te lopen. Hij wordt door een automobilist gesignaleerd en meegenomen.

Nadat zijn auto in de sneeuw is vast komen te zitten overleeft een man twee maanden lang temperaturen tot dertig graden onder nul. Als hij zijn boodschappentas heeft leeggegeten heeft hij alleen nog sneeuw als voedsel.

Een trein blijft stilstaan op een winters spoor omdat de machinist onwel is geworden. Met de auto wordt een reserve-bestuurder naar de trein gebracht, maar deze blijft zelf in de sneeuw steken. Toevallig is er een NS-monteur aan boord, hij weet het materieel naar het station te rijden. Om dit eigenmachtig optreden wordt hij op non-actief gezet. Eenmaal weer in dienst redt hij een gewonde zwaan van het spoor en wordt opnieuw van zijn taken ontheven.

Rode vlekken

Een koolwitje wordt verliefd op een kip; zij meent dat de gelijkenis in geslacht en kleur een speciale zielsverwantschap betekent. Ze dwarrelt om de vogel heen en gaat voor haar in het gras zitten, het geslachtsdeeltje uitnodigend omhoog. Achteloos, als het ware tussen de bedrijven door, pikt de kip de vlinder op en slikt haar door.

Een kip is verliefd op een koolwitje en volgt haar zo goed en kwaad als het gaat door de tuin, omhoog, omlaag. Ze wordt mager van zoveel lichaamsbeweging, laat zich door de haan niet meer treden. Ze raakt geestelijk in de versukkeling omdat de vlinder zich niets van haar aantrekt en begint dingen te zien die er niet zijn.

Een kool die wordt aangevallen door een rups van het witje, zorgt ervoor dat diens speeksel aanlokkelijk gaat ruiken voor een sluipwesp. Deze legt eitjes in de rups, zodat die er ellendig aan toe raakt en uiteindelijk sterft. Maar tijdens zijn ziekte gaat de larve weer anders ruiken, zodat er een kleiner soort sluipwesp eitjes komt leggen in de pasgevormde sluipwespcocon. Deze geur is als 'Vengeance de la piéride du chou' op de markt gebracht door Galimard, maar wordt pas een commercieel succes als de naam wordt veranderd in 'Balance écologique'.

Twee jonge mensen hebben een fris, mooi zoontje. Als het zes is wordt het jongetje verscheurd door de rottweiler van de buren. De ouders verhuizen van de plek des onheils. Na een aantal jaren proberen ze weer een kind te krijgen; het gaat niet makkelijk meer, omdat de vruchtbaarheid nog maar zwak is en de stemming geweken. Ten slotte komt er een armetierig bleek meisje tevoorschijn met een onaangenaam, stiekem karakter. De ouders zijn teleurgesteld in de dochter, al durven ze dat niet te zeggen of zelfs maar te denken. Wel haten ze nu elkaar met alle kracht in hun middelbare karkassen; het leven, dat zo onrechtvaardig voor hen is geweest, beschouwen ze als een ramp.

Vrouwen op leeftijd met Pia Beck-kapsels die hun kromme kippenpoten in glansbroeken hijsen zijn niet belachelijker dan jeugdige vrouwen die mooie benen in glansbroeken hijsen.

'Kippen zijn heel intelligente dieren.'

'Zeker, ze zijn zó intelligent dat ze erin slagen met tweeënvijftig miljard te zijn tegenover zeven miljard mensen. De succesvolste vogelsoort aller tijden!'

Iets of iemand gaat door een nauwe doorgang. Het organisme krijgt een stoot waardoor het licht uitgaat. Onverwacht? De natuur geeft de mogelijkheden, waarom voorziet zij in ogen als het licht niet kan uitgaan? In zoverre is het niet onverwacht. Een wezen verderop heeft misschien argwaan, een gevoel van onveiligheid.

Aan een dun draadje, dat op de wind waait, je van een tak laten zakken en je daarbij niet helemaal senang voelen. Als het ooit wat wil worden met jezelf voeden moet je wel, maar wat een risico loop je! Groter dan je niet eens dacht, je gevoel van argwaan is te klein. Daar moet je de volgende keer toch maar meer op afgaan, althans je nakomelingen, of die van je broers en zusters. Want jij krijgt ze niet meer, je bent al versplinterd in de vogelbek.

Wat is heelheid als die niet kapot kan? Waarom zijn er blijvende structuren? Waarom is er een zestiende levensjaar en een dag daarin waarop een jongen denkt: nu is alles volmaakt, een beter uur dan vanavond zal ik zeker nooit meemaken, het leven heeft bewezen grandioos te zijn, en echte seks, dat waar het eigenlijk allemaal om draait, heb ik nog niet eens gehad. Seks voegt als het ware een tweede of derde macht toe aan elke beleving, als de verhalen en mijn verwachtingen daaromtrent niet bedrieglijk zijn.

Arme vijftien- en zestienjarigen, ze krijgen voorheen onbekende eigenschappen toegeworpen door een liefdeloze foerier: 'Hoezo het past niet? Je zórgt maar dat het past.' De jongelui gaan stinken, regelmatig van buikpijn verrekken, sporten, verliezen. Alle natuurlijke aantrekkelijkheid gaat verloren. Aan het eind van de puberteit keert ze in gewrongen vorm weer en zo zal men een beroepsleven doorbrengen, als gemeentesecretaris, als huismoeder, chirurg, apendeskundige... In dit clownspak zal men de ophanden zijnde revolutie van de zestiger jaren moeten ondergaan.

Roelof de Koning is omringd door klasgenoten in grijze kabeltruien en smalle broeken. Het is 1964. Thea Geers, de vrouw van de conciërge, komt langs met koffie voor de lerarenkamer. De kameraden zwijgen en knijpen achter haar rug quasi-wanhopig in hun neus. Ze zijn het erover eens dat ze ongelofelijk muf riekt, en dat komt doordat ze in de overgang is. Dan had ze maar niet zo jong moeten beginnen, menen de spotlustige scholieren. Met leven dan. Vóór de oorlog! Net als haar man, die naar hun oordeel, en ieders oordeel, helemaal geen flikker uitvoert. Voor hem is de donkere erkerwoning naast de ingang van de school een schelp, bedoeld om bang in te wezen, te sidderen voor de oordelen van bestuurders en leidinggevenden: dat de leuning van de trap naar de derde verdieping nu nog steeds niet is gerepareerd! Maar híj weet niet hoe die is losgeraakt, wie komt er nu met een schroevendraaier of een nijptang op school? Dát moet eerst maar eens worden uitgezocht voor hij gaat repareren. En de gymnastiekzaal en de wc's, dat kan allemaal frisser, ja zeg! Komt het dan allemáál neer op het hoofd van het echtpaar Geers? Die oude troep hier. Het wachten is op de nieuwbouw.

Dieper trekt hij zich terug in zijn erkerwoning, op zijn eigen reine wc waar hij lang en verwijtend de krant leest, tot er 'bericht komt uit Darmstadt, dat de worst in aantocht is'. Het blijft bij een geluidssignaal en wat gerommel, daar moet hij het mee doen. Maar hij wacht wel. Buiklijders zijn altijd somber, hij is ziek van wat hij het beste kan, wachten.

Om op school te komen moet Roelof de Koning twaalf kilometer fietsen. In de klas neemt hij zijn plaats naast Edwin Horner in, die vanwege een stofwisselingsziekte heel vieze scheten laat. Daar kan hij niets aan doen, maar advocaat, zoals zijn vader, zal hij om deze reden niet kunnen worden.

Roelof naast Edwin. Zo staan ze ook op de klassenfoto, gedromd rond hun leraar Latijn, die geniet van zoveel ongerede, de banken een tikje verschoven voor de foto, de lege uit beeld geschoven. Een jongenshand op een meisjesschouder.

Aan het eind van de middagpauze moet heel de school verzamelen in het trappenhuis voor een foto van het plenum. De buste van Vergilius kijkt mild vanaf zijn sokkel bovenaan, waar de trap splitst.

Daar komen examenklassers, de sterren van de school, Begemann en zijn broer Begemann senior, die door doubleren in dezelfde klas terecht is gekomen. Lops, Doornbos, Deeken, de tafeltenniskampioen. In de hogere klassen worden de jongens alleen bij hun achternaam genoemd, de meisjes behouden hun voornaam, het is Netty de Wild, Sieuwke Toonstra.

Maar in de klas van Roelof worden de kinderen, behalve bij waarschuwingen of uitbranders, nog bij de voornaam genoemd. Marion, Edwin, Chris, Gerben, Nora, Eddy, Douwe, Jan, en, ter onderscheiding, Jan Wisman. Als Wolff, de leraar Frans, een beurt geeft zegt hij met klimmende intonatie... 'De passé simple van... connaître...' en dan kijkt hij in zijn boekje en zegt: 'Jan!'

Hij bedoelt Jan Geertsema, want als hij de ander de beurt wilde geven had hij Jan Wisman gezegd. Geertsema begint braaf op te dreunen: 'Je connus, tu connus, il connut, nous connûmes...' De jonge Wisman leunt opgelucht achterover, want hij heeft zijn huiswerk niet gedaan. Maar als hij deze reactie ziet heft Wolff de hand, Geertsema valt stil.

'Je moet me wel laten uitspreken, kinders. Ik wilde zeggen: 'De passé simple van connaître, Jan... Wisman!'

'Eh, je connus, tu connus, il connut...'

'Ja Wisman, napraten, zo kan ik het ook! Nu van het werkwoord "naître".'

Wisman improviseert.

'Je nus, tu nus...'

'Stop maar, stop maar. Daar klopt niets van. Jan Wisman, wat betekent "naître"?'

'Ik dacht... zwemmen?'

'Ja, jij zwemt, Wisman. Tussen wal en schip zwem je. Van de regen in de drup. Van kwaad tot erger.'

Roelof steekt zijn vinger op: 'Maar naître stond toch niet bij het huiswerk, meneer?'

'"Naître stond toch niet bij het huiswerk, meneer? Naître stond toch niet bij het huiswerk, meneer?" Hier geniet ik nu zo van: die jeugd. Niets willen ze, niets kunnen ze, maar ze hoeven ook niets te willen en te kunnen. Gooi maar in mijn pet, ouwe. Jij kiepert vanzelf wel om en dan nemen we de boel over. Waarom zouden we meer doen dan precies tot het potloodstreepje in het boek? En Wisman doet zelfs dat niet. Waarom zouden we iets onthouden dat we in de tweede klas geleerd hebben? *Opstand der horden*. Kennen jullie dat boek? *Opstand der horden*! Dat zouden jullie eens moeten lezen. Maar nee, iets uit jezelf lezen, daar hebben we geen tijd voor. We dansen liever op rock-'n-rollmuziek!'

Klassieke talen.

'Roelof, vat jij eens samen wat we gelezen hebben.'

'Nou, Pyramus en Thisbe spreken af in een bosje buiten het dorp. Thisbe arriveert, ziet een leeuw en verstopt zich. Maar ze verliest haar sluier en de leeuw, die nog bloed aan zijn bek heeft van een vorige prooi, kauwt daarop. Als Pyramus later pootafdrukken vindt en verderop een bebloede sluier, denkt hij dat Thisbe door de leeuw is verscheurd en pleegt zelfmoord. Dan komt zij terug en vindt hem, en dan steekt zij zichzelf ook dood.'

'Juist. En vind je dit niet een prachtig verhaal?'

'Ik vind het onwaarschijnlijk dat hij zelfmoord pleegt.'

'Heb jij nooit willen sterven voor een vrouw? Ik kan wel merken dat je nooit achttien bent geweest!'

'Nee, want ik ben zestien.' (Gelach in de klas. Stem: 'U dan wel, meneer?') 'Maar ik bedoel dat Pyramus nog lang niet zeker weet of ze dood is. Misschien had hij haar wel kunnen redden.'

'Je bent een echte bèta. Bah! We gaan verder…'

De leraar aardrijkskunde gooit een borstel naar het hoofd van een leerling. Het moet hem vergeven worden omdat hij in het jappenkamp heeft gezeten.

De leraar Latijn schenkt zich om tien uur in de ochtend een glas wijn in en steekt daarbij een sigaar op; door die sigaar toont hij dat hij een levensgenieter is en beslist niet wat ze van hem denken.

De jonge rector ergert zich aan dit afgeleefde stel maar berust: 'Ik moet het er maar mee doen.' Hij zal ze niet kwijtraken behalve door leeftijd of ziekte.

Zij allen, heel de school, voor de fotograaf, die op een keukentrap is gaan staan, Geers houdt de stijlen vast, kijkt ernstig en bezorgd naar de rug van de artiest…

'Hij kijkt hem in zijn hol…' De grappenmaker en zijn toehoorders gieren van de lach. Je kunt en moet je om alles vrolijk maken. In een druk pratende groep van tweehonderd worden altijd wel vijf grappen tegelijk gemaakt. Maar het gelach komt niet op de foto, want fotograaf Erkens is nog bezig alles in te stellen. Jupiter monstrans, de bliksemende Jupiter, noemt de docent klassieke talen hem.

'Meneer Geers, ik heb last van dat licht uit die bovenramen. Kunnen de blinden dicht?'

'De blinden? Dit gebouw heeft geen blinden. Ik kan er een gordijntje voor trekken, als u dat bedoelt.'

'Dat bedoel ik.'

Geers gaat met de lange leidstokken in de weer...

'Doet u ze toch maar weer open.'

De conciërge doet met een boos gezicht wat hem gezegd is.

Erkens: 'Ik krijg het niet goed. Hoe deden we dat vorig jaar toch?'

'Toen waren we in de gymnastiekzaal.'

'Ach, dat is waar! De gymnastiekzaal!'

De rector treedt even uit de groep van de leraren naar de kunstenaar op het trapje. Hij tikt met zijn vinger op diens linkerpols en kijkt vragend omhoog.

'We kunnen om halftwee toch wel weer beginnen, meneer Erkens?'

'Natuurlijk, geen zorgen, we doen het ermee, vindt u niet?'

'Dat lijkt me ook. Fijn.'

Helaas dreigt nu de buste van Vergilius met zijn vriendelijk gulzig mondje en beschadigde neus bij de gekozen opstelling zijn laatste autoriteit te verliezen. Het beeld steekt nog maar weinig boven de docenten en de zesdeklassers uit, de dichter wordt een zeer lange, witte schooljongen. De kleintjes dan maar boven? Daar is geen tijd voor, en het is niet logisch. Een dekenkist onder de sokkel! Het artistieke probleem is opgelost. Tweehonderd levens vastleggen, wat een voorrecht! Bijna iedereen zal een schoolfoto aanschaffen, de grootste helft toch zeker. En die zal in een blikken doos gaan met een reliëf van

De Nachtwacht erop. Of in een album dat pas over tientallen jaren weer bekeken zal worden. Dan zal Sofie de Geus vragen: 'Wie is dit?'

Haar vader: 'God, ja, hoe heette die nog maar? Hij heeft maar één jaar bij me in de klas gezeten, toen moest hij naar de HBS. Hij kon geen woordjes leren. Frenken, Franken? ... Nee, ik weet het niet meer.'

'Knap jongetje wel.'

'Ja, hij had een Indische moeder... Wentinck? Wenckebach?'

'Wenckebach? Meen je dat nou? Bij mij zit een Wenckebach op de unit. Nou, die heeft niks Indisch hoor! Hahaha.'

'Nee, het wás ook niet Wenckebach...'

'Mijn Wenckebach is in een droom gemaakt.'

'Die Indische halfbloedjes hebben allemaal iets dromerigs, hè?'

'Dit jongetje zeker.'

'Ik kom er nog wel op. Dit meisje heette in elk geval Nora. Die is later apendeskundige geworden.'

'Wat bijzonder!'

'Bijzonder, hè? Als ik met haar getrouwd was had jij nu bruin haar gehad.'

'Hahaha. Maar dan was zij geen apendeskundige geworden.'

'Waarom niet? Niet zo ongeëmancipeerd denken, dochter! Ze heeft nog wel kinderen gekregen, hoor. Twee, meen ik.'

'Knap van haar. In die tijd, een gezin en een carrière.'

'Het was een doorzetter. Niet erg opvallend in de klas, maar een doorzetter.'

'En jij was verliefd op haar!'

'Jezus, op wie was ik niet verliefd.'

Edwin Horner naast Roelof de Koning. Nora de Winter en Francien Janssen ernaast. De ijverige meisjes van klas 4. Doen altijd hun huiswerk precies tot het streepje dat de leraar hen in het boek heeft laten zetten – met potlood, dan is het uit te gummen en kan het boek na de overgang naar de volgende klas weer verkocht worden. Ze houden hun gedachten voor zich.

Francien bloedt maandelijks als een rund, ze is jaloers op de elegante, introverte Nora, die vrouw wordt zonder pijnen of problemen van betekenis. Roelof, aan Franciens andere zijde, groeit ook zonder slag of stoot, maar anders. Zijn lichaam weigert voorlopig de handschoen van de volwassenheid op te nemen: ga maar voor; gaan jullie eerst maar. Hij kan steeds harder fietsen; er groeien gouden haartjes op de verhoging rond het klein bruin geslacht, drie zwarte in de oksel, dat moet het voorlopig maar wezen. Hij vreest zichzelf niet, zal de kaart goed kennen voor hij op reis gaat.

Douwes lichaam is de competitie wel begonnen, die heeft al een bruine vacht op de poten. Edwin groeit – 'Bah! Jakkes, Horner! Niet net nu we op de foto gaan!' –, kijkt met knikkende knieën over de mensen heen. Eddy Hameetman, die een halfjaar geleden uit Amsterdam is komen verhuizen heeft daar nog een meisje dat hij zoent en voelt. In het fietsenhok wacht Nora soms op hem – niemand weet het – en hij trekt Chris de Geus af op zolder. Dan doen ze allebei of ze een meisje zijn. Eddy is nog maar een halfjaar op school. Hij gaat laat naar bed, heeft *Ik Jan Cremer* op zijn kamer staan. De leraren noemen hem een buitenbeentje. Dat bedoelen ze waarderend. 'Horner! Alsjeblieft! Niet nu!'

'Graftak!' durft Edwin te reageren. Eddy is één van de leerlingen voor wie Edwin niet bang hoeft te zijn, al zal ook die geen poot uitsteken als hij getreiterd wordt op het plein.

Omnia vincit amor et nos cedamus amori.

Hoe spuit het er bij Douwe uit? Tot boven zijn hoofd komt het. Bij Edwin ook, hij zou het met zijn mond kunnen opvangen, heeft dat ook wel eens geprobeerd. Bij Eddy is het een melig plasje, dat maar moeizaam uit de staf omhoogkruipt.

Gerben vindt dat hij elk meisje van de klas in zijn fantasieën een beurt moet geven. Ook de lelijke: Margot, Stienet.

Hij ziet dit als een daad van rechtvaardigheid. Als ze zich voor zijn geestesoog, hand steeds sneller langs de donkere staaf, ontkleden en hem een bos of een schuur binnenwenken, zijn de lelijkste vaak de mooiste! Een vacht van heb ik jou daar vooronder.

'Jij mag nog eens terugkomen!' hijgt hij. En als de zoetheid en de ontspanning zich door billen en ruggengraat een weg omhoogzoeken kust hij in de gestalte van zijn vrije pols de wang van Margot en fluistert: 'Ik moet nu weg, maar je mag gerust nog eens bij me langskomen.' Ze glimlacht in het donker. Dat doet ze natuurlijk graag. Maar al te graag. Gerben trekt lelijke meisjes een beetje voor. Hij legt zijn kleren voor hij gaat slapen altijd zo neer, dat hij ze in de gewenste volgorde weer aan kan trekken. Sokken ónder de terlenka broek en nooit erbovenop. Als hij vroeg in de ochtend gaat pissen trekt hij het wc-papier waarin hij zijn zaad opving meteen door.

Lops' innerlijke ruimte: hij verandert tijdens het masturberen in een soort worm of slang, heeft echt moeite zich te concentreren op één meisje. Toen hun huishoudster de vloer deed zag hij haar borsten hangen in het jak, niet de tepels, maar wel bijna, en hoe ze bungelden. Dat bungelen verandert hem in een soort gehypnotiseerde slang, hoewel het volgens de verhalen juist de slangen zelf zijn die aan hypnotiseren doen. Dus zij stopt met dweilen, zit hypnotiserend op haar knieën. Ze voelt hoe hij gehypnotiseerd, in een slang veranderd, om haar borsten glijdt, een netwerk van uitsteekseltjes voelt, voelt, voelt, en het is Ruth, Sieuwke, moeder, wat kunnen die borsten ook schelen. En soms valt Lops dan in slaap. Zoveel vloeibaarheid kan zijn geest niet aan; hij verliest zijn belangstelling en valt met halfdik, alweer buigzaam, lid in slaap.

Margot Dekker is niet tevreden met vingeren. Het grote meisje steekt een barbiepop in haar vagina. Zo moet het dus ongeveer zijn! Een man, nog veel groter dan zij, omhelst haar, schuift op haar heen en weer, ze krijgt het er benauwd van. Ze ruikt haar eigen zweet als het zijne.

'O ja, o ja, o, ja. Toe dan... Ja!'

'Ben jij dat, Margot?' roept haar moeder uit de huiskamer beneden.

David Müller heeft een uitvinding gedaan die hem veel plezier verschaft: hij zet zijn vioolkist op een bepaalde manier schuin in het raam en plooit het gordijn enigszins terug. Nu projecteert het licht van de straatlantaarn een patroon van een blanke vrouw op het behang. Door zijn schoenen en kleren op handige wijze te vouwen, komt ze, met tietjes en haren tussen haar benen en al, glimlachend in een bedje te liggen. Vooral als hij zijn bril afzet is het net echt. Ze vraagt hem dingen, soms gaat het over kleinigheden. Ze liggen soms zo gezellig geheimtaal te praten, dat hij vergeet dat hij haar neuken wil.

Fantasia in f minor: de handen van Caroline Esterházy en Franz Schubert móeten elkaar raken. Zo heeft Schubert het stuk geschreven.

Als Edwin Horner zich na het wassen afdroogt en ziet hoe zijn dunne, bleke geslachtsdeel wild heen en weer zwaait alsof er een storm in de badkamer staat, bedenkt hij met schrik: alles van mijn lijf hoort bij me, maar dit idiote zwengeltje niet. 's Avonds bij het masturberen krijgt hij een grotere en hardere erectie dan hij gewend is. Het is alsof zijn lid een poging doet bevriend te raken. De jongen waardeert dit en is ontroerd, hij gaat na ejaculatie met een gerust hart slapen, zijn hand op de kop van zijn lul, die als een grote hond in zijn lies rust.

When I want you in my arms, when I want you and all your charms,

whenever I want you all I have to do is dream...

Chris de Geus droomt dat hij toevallig Nora op de kermis in het reuzenrad tegen is gekomen. 'Ja, mijn vader had een kaartje over en toen moest hij opeens weg.'

'Dus nu zijn we hier met zijn tweeën.'

'Inderdaad. Denk je dat je het in één rondje met me kan doen? Want als we weer beneden zijn wil ik er weer netjes uitzien.'
'Ik denk het wel, maar dan houden we onze kleren aan.'
Boven in het reuzenrad blijkt er een stroomstoring te zijn en kunnen ze toch nog naakt.
'Dat komt wel goed uit hè? Droom je altijd zo pienter?' lacht Nora. Haar tandjes glinsteren in het kermislicht.
'O, Nora, ik houd zoveel van je. Zo ontzettend veel!'
'Pas maar op, straks val je nog naar beneden.'

Een droomster omhelst een haai; zijn huid lijkt in niets op die van een mens. Zo anders, zo vreemd, dat ze er onpasselijk van wordt. Dit ziet de haai aan haar ogen en hij heeft erop gewacht. Hij steekt een dunne lul in haar, en net als ze denkt: dat valt mee, mijn buik is nog lang niet vol, een andere in haar anus. Het gaat heel makkelijk, de sfincter reageert niet.
'Dus je hebt er twee...'
'Ze worden klaspers genoemd.'
'Als je wordt opgehangen, dan spuit je.'
'Je krijgt in elk geval een stijve. Of je spuit, dat weet ik niet.'
'Je krijgt een stijve op het moment dat je nek breekt.'
'Dan vallen je inhibities weg.'
'Dus wij, met onze ongebroken nekken, lopen de hele dag erecties tegen te houden! Gezellig idee!'

'Ken je dat verhaal van Tonnus Oosterhoff, "Nazaad"?'
'Ja, natuurlijk! Over die vrouw die haar man een paar minuten na zijn dood nog nakomelingschap ontfutselt. Fantastische geschiedenis.'
'Maar dat kán toch niet? Dat moet hij toch verzonnen hebben?'
'Tja, ik weet het niet.'

Twee geliefden gaan zwemmen in een Oostenrijkse bergbeek. Hoger in de bergen heeft het hard geregend. Terwijl ze seks hebben worden ze verrast door het snel stijgende water. De rivier sleept ze mee en ze verdrinken. Als hun lichamen worden gevonden zit de penis van de man nog in de buik van de vrouw.

Chris de Geus fluistert onder wiskunde dat die van hem nu éénentwintig centimeter is. Hij tikt met zijn vinger op de plastic liniaal, waarop inderdaad het genoemde getal staat te lezen.

'En ik ben nog steeds in de groei...'

'De Geus, lange lummel, doen we weer mee?' roept meneer Goudsmit.

Chris kijkt teder naar zijn liniaal en zet met zijn nagel een krasje bij 21.

'En ik groei nog daar.'

Twee eendagsvliegjes zitten op de tafel in de tuin aan elkaar vast. Het achterlijfje van de een kromt zich om de ander. Een zaadlozing? Of een poging los te komen?

'Hoe klein moet dat genotje zijn!' zegt vader Boerebach, de schoonvader van Wies; hij geeft er een klap op.

Een stekelvarken pakt met haar voorpootjes een stok en wrijft die tussen haar achterpootjes heen en weer. Ze raakt aan de handeling verslaafd, zodat ze wonden krijgt rond haar vagina, heeft geen belangstelling meer voor eten en drinken. Haar verzorgers zetten haar in een lege kooi zonder hulpmiddelen of uitsteeksels, tot ze weer is aangesterkt.

'Nog wat verder achteruit Pyramus. Ja, nu zie ik je onderlijf ook. O, lieverd, wat trek je lekker, je balletjes gaan helemaal heen en weer. Wat is ie groot!'

'Uh, uh, uh, ik denk alleen maar aan...'

'Wacht! Ik doe mijn behaatje uit. En mijn sluiertje af.'

'Ik wil het zien!'

'Ik ga wel achteruit. Kun je me zien zo?'

'Ja.'

'En zijn ze mooi?'

'Thisbe, Thisbe, ik ben geil! We moeten afspreken bij de moerbeiboom. We moeten!'

'Nog niet spuiten, ik wil je zien spuiten. Nu mag ík weer kijken, nu mag ik weer bij de spleet...'

De erfgename van een voedingsmiddelenfortuin is voor een fotoshoot te gast bij een dolfijnenbassin. Ze laat haar voeten in het water bungelen. Een van de dieren wrijft met zijn buik langs haar enkels, keert, doet het nogmaals, een derde en een vierde keer.

'Hé... hij plast!'

Maar de verzorger zegt: 'Nee mevrouw, plassen was dat niet. Hij raakte gewoon erg opgewonden.'

'Jee, wat gek! Zelf werd ik helemaal niet geil.'

'Tja, dat komt soms voor, mevrouw.'

Een olifant pakt met zijn slurf zijn meterslange penis vast en vormt, van opzij gezien, een theepotje met het handvat van onderen. Hij trekt wel een halfuur aan zijn ding, tot hij knorrend een zaadlozing krijgt.

Pijpkoraal voelt meestal niet wanneer de eigen pijpen door de stroming langs elkaar gewreven worden. Maar op maanverlichte nachten wordt deze beweging voor alle exemplaren in de lagune een bron van intense gevoelens. Het genot vindt zijn hoogtepunt in een massale ejaculatie. Uit alle pijpen spuiten melkachtige wolken koraalzaad het lauwwarme zeewater in.

Een huisvlieg maakt zijn gezicht schoon met zijn voorpootjes. Daarna wrijft hij met zijn achterpootjes langs zijn vleugels en vervolgens langs zijn geslachtsdelen. De handeling bevalt hem zo goed dat hij het keer op keer blijft doen.

Margot gaat een paar dagen naar school met het hoofd van Barbie in haar onderlijf.

De meeste jongens op het Vergiliusgymnasium weten niet dat hun vrouwelijke klasgenootjes met één, twee of drie vingers in hun heuveltje dezelfde vreugde zoeken als zij. Wat zou het hun veel nieuwe stof tot aftrekken geven! Hoeveel zou die wetenschap aan hun eigen genot toevoegen! Het gebruinde klauwtje van Nora op die witte huid met de donkere haartjes, een roze glansje danst en springt tussen de vingertjes.

Dineke zit op de passagiersstoel te wachten tot vader terug is van de boodschap bij de houthandel, haar broer Wim leest een *Donald Duck* op de bank achter haar. Of gebeurt er iets anders? Ze hoort een snuiven en ritmisch iets over iets anders wrijven.

'Wat doe je?'

Geen antwoord. Omkijken durft ze niet.

In bepaalde wijken van Amsterdam wordt de blauwe reiger steeds brutaler. De vogel belaagt regelmatig mannen, hij staat niet toe dat ze op het trottoir voorbijlopen en pikt naar het kruis. Vrouwen worden met rust gelaten: denkelijk gaan de agressieve reigers ervan uit dat ze die al gehad hebben.

De dolfijnen in het bassin bezorgen zichzelf het ene na het andere orgasme bij de krachtige stroom water die uit de verversingsroosters komt. Om hen te voeden moeten hun verzorgers de watertoevoer een halfuur uitzetten. Anders komen ze niet en verhongeren ze.

In een Thaise nachtclub haalt een vrouw pingpongballetjes, schildpadden, scheermesjes, ratten uit haar vagina. Ook gaat er water in en komt er cola uit.

Iemand die jarenlang een drietal vrouwen in zijn huis opgesloten hield om hen naar believen te gebruiken hangt zich na zijn gevangennneming en veroordeling op in zijn cel. Men veronderstelt dat het zelfmoord is. Later wordt echter bekend dat de verkrachter zijn broek op zijn schoenen had, waarschijnlijk heeft hij geprobeerd door asfyxie een bevredigender hoogtepunt te bereiken dan bij gewone masturbatie en is er bij dit proces iets misgegaan.

Rector Van Dijk leidt de voorzitter van het schoolbestuur rond. Die kijkt misprijzend om zich heen en zegt: 'Waarom moeten we nog geld uitgeven aan deze oude troep? We gaan er binnenkort toch uit.'

Van Dijk is het niet met hem eens: 'Wanneer is binnenkort? Zelfs het terrein achter de Molkensbrug schijnt alweer op losse schroeven te staan. Nou, als je nog niet eens weet waar je gaat bouwen kun je beter nu en dan een bedragje uitgeven om de boel overeind te houden.'

'Ik heb een paar offertes aangevraagd, zo'n klusje blijkt toch zowat duizend gulden te kosten.'

'Goeie genade!'

'Maar toen ik het er met Geers over had, wilde hij het wel voor tweehonderd doen.'

'Kijk eens aan. Wat een ijver! Gaat de conciërge ons ook nog iets opleveren in plaats van kosten!'

'Hij kan dat gif bij een zwager of een neef goedkoop krijgen, schijnt het.'

'Maar kán hij het ook? En gaat het ook daadwerkelijk dóór? Hij doet er drie maanden over om die trapleuning op de derde verdieping te repareren.'

'Hij krijgt dit bedrag boven op zijn salaris.'

'Dat zal inderdaad een stimulans zijn. Ik vraag me wel eens af of conciërges allemaal zulke lapzwansen zijn.'

'Op mijn vorige school hadden we juist een erg dynamische figuur. Dat kun je beter ook niet hebben. Die man ging op eigen houtje tegels verleggen, zodat niemand meer in of uit het fietsenhok kon.'

'Hahaha.'

'Hij is er trouwens met de vrouw van de amanuensis vandoor gegaan en nu woont ie in Amerika, meen ik.'

'Ja, dat ís dynamisch.'

Cor Geers krijgt de klus gegund. Hij haalt vergif bij zijn neef Henk, vijf blikken van tien liter. Hij zet de boel vast op zolder, inspecteert de plaatsen waar het meeste boormeel ligt, maakt vast een paar gaatjes schoon die hij later in zal kwasten. Hij stelt vast dat hij in dit tempo minstens een week met het karwei bezig zal zijn. Het voordeel is dat hij op zichzelf zal zijn, hij begrijpt niet waarom hij niet vaker deze zolders opzoekt. Dicht bij het trapgat ligt een hoogbejaard kapotje met een knoop erin. Waarom hebben de ratten dit niet aangevreten? Duivelszaad. Onder de dakpannen klinkt gefladder en een schril gepiep.

Het luik boven hem sluiten, de grendel met het hangslot afsluiten. Wie had behalve hij de sleutel? Hoe komt zo'n kapotje daar toch? Als hij terug is bij Thea vertelt hij van zijn wedervaren.

'Was de nieuwbouw er maar,' zucht ze. 'Ik word kierewiet in dit bedompte krot. Nooit zie je de zon hier!'

Geers weet dat hij het oude gebouw niet lang zal overleven. Hij weet altijd alles zeker, maar de meeste zekerheden houdt hij wijselijk voor zich. Als kind hadden zijn broer en hij roodvonk en hij, Cor, nam afscheid van het leven. Zijn broer zou het overleven, meende hij. Maar het was zijn broer die stierf. Toen hij in mei 1940 Fort Honswijk bewaakte wist hij zeker dat hij de volgende dag niet meer ging zien, maar die volgende dag bleek de capitulatie getekend. Soms vult hij de toto in met de volkomen zekerheid dat hij alle uitslagen goed heeft. En dan met honderdduizend gulden weg uit dit oude gebouw om te sterven.

De vakantie breekt aan, kinderen en docenten zwermen uit. Het wordt almaar warmer.

Hij doet weken over het spuiten van de zolder, is van de ochtend tot de avond daarboven. Thea gaat naar familie op het platteland, hoewel ze nu en dan komt kijken bij 'haar mannetje'. Dan kookt ze drie dagen in het voren. Ze vindt hem er opgeblazen uitzien, zijn huid krijgt vreemde rode plekken. Ventileert hij daarboven wel genoeg? Jawel, hij neemt zijn pauzes in de frisse lucht. Er is een alkoofje, waarvan de ramen open kunnen. Hij heeft dan een weids uitzicht over de straat, het plein, de Jozefkerk met het carillon. Beneden ziet hij twee straatvegers en hun kar, een halve cilinder op wielen.

Als hij een sigaretje opsteekt – het smaakt hem niet – voelt hij weemoed; over zulke gevoelens gaat het in boeken, veronderstelt hij. Is het niet wat laat om nog aan het bestaan te gaan hechten?

Geers bijt zich vast in zijn zomerarbeid. Bij haar volgend bezoek schrikt Thea zich een ongeluk: in zijn vel, vuurrood en opgezwollen, lijken donkere vlekken te vallen. Ze durft ze niet aan te raken. Het is of zich vlak onder de hoornlaag poeltjes zwart water hebben gevormd.

'Hou op met dat werk.'

'Nog een dag of drie, vier.'

'Je moet naar de dokter.'

'Het trekt heus wel weg als ik klaar ben.'

Hij doet lang over het spuiten en kwasten, langer dan de beloofde vier dagen; het gaat oneindig traag, hoewel hij voor zijn eigen gevoel in een normaal tempo werkt. Hij is een glazen vaas vol donkere vloeistof met onderin een laag bleke was. Het zwakke verwarmingselement op zijn bodem leek vijfenveertig jaar lang te zwak om de was te smelten, maar nu is het dan toch gelukt. Statig stijgt een bel naar boven, een tweede volgt, de eerste heeft bovenin uit het glas gekeken en daalt weer af, ontmoet de stijgende, splitst zich in tweeën...

Languit ligt hij op de vloerplanken; er komt door het open alkoofraam een bromvlieg binnenzoemen, die niet op hem landt maar een boog over de zolder maakt, dan het licht terugvindt en weer naar buiten schommelt. Even later komt er een duif op de vensterbank zitten, die de conciërge vriendelijk bekijkt. Een tweede duif. Nummer één gaat meteen strijkages maken, kop omlaag, rondje, rondje terug. Drie dringt zich op, er is rumoer; de nieuwe krijgt geen ruimte, verliest zijn evenwicht, kukelt luid flapperend de zolderruimte in. Cor Geers komt moeizaam overeind, de duiven struikelen in koekelende paniek de zonnige dag in.

Wies. Wat voor een is dat? De mens wordt als een pijpenrager door de tijd waarin hij leeft getrokken. Opdat de rook van de geschiedenis weer vrij door de kanalen wolken kan.

Personages worden door de schrijver als een pijpenrager door de tijd getrokken. Opdat de rook van zijn historie vrij door de kanalen wolken kan. Wat een ambitie! Worden we door de tijd waarin we leven gevormd? Vervormd? Misvormd? Een neger die zijn haar met de grootste moeite laat krullen behoort toe aan de jaren dertig van Amerika. De foto van de zwarte man roept spot en weemoed op, maar we kijken niet naar de man zelf maar wat er aan hem is blijven hangen van de tijd. Zou je wel een foto kunnen nemen van een mens die niet door de tijd is geraagd, iemand zonder uiterlijk en verhaal? Valt er dan iets te fotograferen? Babylijken, zaad.

Ja, wat voor iemand is Wies? De geboorte van Roelof komt voor haar als een grote verrassing. Het wiegje komt bij haar op de kamer, de familie woont nog klein. In haar eigen bedje ligt ze te luisteren naar gesmak, gesnuif of zacht kermen in het wiegje. Daar geniet ze van.

Wat voor iemand, wat voor meisje, wat voor vrouw? Wies wil graag belangrijk zijn voor andere mensen. Ze heeft niet zo'n heel goed gebit, maar welk kind uit de veertiger jaren heeft dat wel? Ze lacht dat er niets is waarover ze zich schamen moet. En in haar hijgend lachen met wijd open mond is ook niets om zich over te schamen.

Ze komt uit een wereld waarin het niet opvalt dat je huis precies zo ingericht is als dat van je buren, dat kinderen niet van hun ouders houden, want wat doet dat ertoe? Moeder zorgt voor je, maar jij helpt mee, de was is een bezoeking! Je zegt het haar na. Die lakens door een wringer halen, de vlekken uit de witte onderbroeken van je zieke man en vader, je zoon en broer schrobben. Lui met naar de wc gaan. Met de maasbal bij de lamp een nieuwe hiel in een sok leren maken.

Roelof ziet een donkere plek in de hals van zijn zus.

'Wat is dat in je hals, Wies?'

'Dat gaat je niets aan.'

'Waarom word je rood?'

'Dát gaat je helemáál niks aan!' Ze stampvoet woedend en diepgelukkig de trap op. Doodjammer dat Roeltje nooit roddelt en over de donkere vlek doorvertelt aan zijn vrienden, zodat het langs een omweg bij haar vriendinnen terecht kan komen. Zodat zij het als vals geroddel kan afdoen maar ook weer roze kan worden als de naam Bert valt en zij ongelovig aangestaard wordt: 'Bert? Bert Timmer?'

Die lelijke Wies? Maar van Bert wordt gezegd dat ie nog een gat in de grond zou neuken. Er zijn ook meisjes die door hun broer een zuigplek laten maken op een plek waar ze zelf niet bij kunnen, zodat de anderen hen eerder zullen geloven. Of door hun zus en dan hun zus een bij hen, eerlijk oversteken. Enigst kinderen doen het maar zelf, die hebben de plekken niet voor het uitkiezen. Dan moet het op de eigen bovenarm. En dan met korte pofmouwtjes aan naar school. Maar voor de opgewonden speculatie over wie daarvoor verantwoordelijk is op gang komt wordt er door de mand gevallen. Dan de hoon: 'Heb je zelf gemaakt! Heeft Emmy zelf gemahaakt, heeft Emmy zelf gemahaakt.'

Buiten zichzelf: 'Hieh... Hieh... Hieh... wat gemeen! Het ís niet zo!' Snikkend snelt het meisje naar huis en verbergt haar hoofd onder de AaBe-deken. Emmy 'maakt haar kussen nat van tranen'. Om later, in 1985, geamuseerd op deze episode terug te kijken nu ze zelf opgroeiende dochters heeft en een 'warme, humorvolle vrouw' is geworden; zo zet ze het in de contactadvertentie, want ze wil weer trouwen, die geschiedenis met Jan moet maar eens begraven worden. Brief onder nummer. Er zijn al antwoorden!

Zuigplekken zijn in de vroege jaren zestig op de Coehoorn-MMS de grote mode.

De verliefde pianoleraar heeft het stuk à quatre mains zo geschreven dat de handen van de gravin en de zijne elkaar wel moeten raken onder het spelen. Als dat gebeurt kleuren beiden karmijn. Ze blijven na de passage met gebogen hoofd naar het klavier staren. O, dat afschuwelijke blozen! Niemand snapt waarvoor het dient. Het is alleen om ouderen, die een huid van reptielenleer hebben gekregen, de kans te geven zich vrolijk te maken over wat mooi, teer en essentieel is.

'We vonden het de eerste jaren van ons huwelijk simpelweg fijn om samen te masturberen. We waren dan naakt en we streelden en kusten elkaar, en we kwamen ook allebei wel klaar. Maar geen van ons tweeën kwam op het idee dat hij zijn penis in mijn vagina kon brengen. Dat kun je nu idioot vinden, maar niemand had het ons verteld. Als mijn moeder vroeg: "Zijn jullie nog niet bezig kinderen te krijgen?" raakte ik in de war. Dan zei ik maar ja.'

Een gehandicapte vrouw, blind aan één oog, rolstoelafhankelijk, laat haar brandende sigaret op de grond vallen. Ze tast met haar hand over de grond om hem terug te vinden. Haar echtgenoot raapt de peuk op en duwt hem geïrriteerd in het goede oog: 'Hier, zie je hem nu?' Voor de rechtbank toont de man, zestien jaar jonger dan zij, berouw. Zij vergeeft hem.

Een jonge hondenbezitter gaat met zijn vrouw – ze zijn een paar weken getrouwd en nog zeer verliefd – bij stromende regen hun zes huisdieren in de rivier wassen. Beiden worden verrast door het snel stijgende water en verdrinken. Ook vier van de honden komen om in de kolkende stroom.

Doordat het dienstmeisje het id vertegenwoordigt stimuleert ze de jonge heer des huizes in zijn ego-ontwikkeling.
'Ik gá niet met de tuinman naar bed, mevrouw!'
'Nee? Dan doen jullie het zeker op de keukentafel? Maar je bent zwanger van hem. Kind, ik zie het toch aan je buik!'
Die middag springt het meisje bij het schoonmaken van de

bovenkamers uit het raam. De familie legt er een ladder bij, zodat het lijkt of ze bij het ramen lappen een ongeluk kreeg.

Een labradorteefje brengt voorzichtig een dood baby'tje thuis en legt het voor de voeten van haar bazin. Niemand weet waar de hond het kindje gevonden heeft en of de hond de baby niet gedood heeft; misschien is het doodgeboren.

Mannetjeszwaluwen doen om vrouwtjes te lokken babyzwaluwen na, maar hun geluid is harder.

Een oude indiaan wil met zijn achterkleindochter trouwen. De incestwetten van zijn stam verklaren neef-nicht- en ouder-kindhuwelijken taboe. De bruidegom in spe argumenteert dat door de generaties die hem van zijn bruid scheiden de familieband verwaarloosbaar klein is geworden. Het feest gaat door, maar de tegenstanders van het huwelijk krijgen gelijk met hun voorspelling dat het met de stam bergafwaarts zal gaan.

Een kwalletje dat zijn volwassen medusa-ontwikkeling heeft bereikt valt na het afgeven van zijn zaad aan de zee terug in een jeugdige hydrafase. Het zakt omlaag en wacht op de bodem een nieuwe volwassenheid af. Onsterfelijk klimt het langs de ladder van de tijd op en neer.

Het jawoord van Wies klinkt zacht over twee rijen aanwezigen en verdampt nog voor het de spanten bereikt heeft, de dominee weerstaat de neiging 'Wat zeg je?' te vragen; eigenlijk vindt hij dat het zo niet hoort, zo zacht 'ja' zeggen. Maar het gebeurt vaker en er is wel meer aan dit huwelijk wat niet hoort. Vader Boerebach, de vader van de bruidegom, trekt op de voorste rij een knoop van zijn geklede jas. Hoe kan de knoop van een jas die je nooit aanhebt los komen te zitten? Rommel is het! Had ze nou 'Ja' gezegd? Welkom in de familie. 'Willem Jacob Boerebach, wat is hierop úw antwoord?'
'Ja.' Lichtblauw pak en dito stem. Wim is de lichtste, de kleinste van de broers.

'Roelof Roelof toch! Wie had gedacht dat wíj nou uitgerekend familie zouden worden.'

'Ik in elk geval niet.'

'Neef Wim heeft het zo beslist.'

'Het stond in de sterren geschreven.'

'Nu moet je oom Cor en tante Thea zeggen.'

'Op school toch niet, tante Thea?'

Geschrokken: 'Tuurlijk niet! Op school blijft het gewoon meneer en mevrouw Geers.'

Na de boerderijbrand is de familie Smeekes naar de Flevopolder verhuisd. Twee van de waakhonden waren vals en zijn afgemaakt, maar de vriendelijke teef Debra mocht blijven leven. Op sterk verlangen van dochter Wies mag ze bij de familie De Koning komen wonen. Het dier kan moeilijk aarden en loopt zodra het de kans krijgt terug naar de ruïne van de boerderij. Roelof en zijn zus gaan soms zover dat ze Debra daar eten brengen. Langzaam groeit het vertrouwen bij de hond, en op zekere dag verschijnt ze bij de achterdeur van haar nieuwe tehuis. Maar inmiddels heeft Dolf de Koning een slepende ziekte gekregen, hij moet veel tijd in ziekenhuizen en herstellingsoorden doorbrengen. Omdat zijn vrouw een nerveuze aard heeft, de kinderen de hele dag naar school gaan, én omdat er bezuinigd moet worden, wordt besloten een nieuw onderkomen voor de hond te zoeken. De romance tussen Wies en Willem Boerebach bloeit dan al en, als het ware om de banden verder aan te halen, weet Willem zijn familie zover te krijgen de hond in hun kring op te nemen. Nu heeft Debra heimwee naar haar nieuwe honk en keert daarheen regelmatig terug, terwijl ze ook de boerderij van Smeekes weer vaker dan voorheen opzoekt. Dan krijgt ze een nest jongen. Vader Boerebach draagt zijn jongste zoon op ze af te maken en dit doet hij gehoorzaam, zij het met grote walging.

Als Wies korte tijd later zwanger blijkt en Willem dit feit aan zijn vader bekent, verordonneert deze een abortus.

'O, nee,' antwoordt zijn zoon, 'geen twee keer!'

Wat daarmee gemeend is?

'Die hondjes. Toen heb ik het gedaan, ik doe dat geen tweede keer.'

'Dit is toch heel iets anders!'

'Welkom in de familie,' zegt vader Boerebach na de inzegening tegen haar, 'zullen we dan maar zeggen.'

'Maak er een mooie jongen van,' wijst zijn broer op haar buik, al is daar nog niets te zien. 'Maak er een echte Boerebach van.'

'Opa mag ik het bandje?'

'Mag ik het bandje opa?'

'Jij spaart niet eens. Opa, hij spaart niet eens hoor.'

'Wel. Ik heb al een boek om alles in te plakken!'

'Hofnar. O, laat maar.'

'Ik wil hem wel. Ik wil hem wél!'

'Niet zoveel roken vader!'

'Wat maakt dat nou? Rook maar opa.'

'Ik ben er drieënzeventig mee geworden dus zo ongezond kan het niet wezen.'

'Thuis heb ik er één van Panter maar daar staat een hond op. Dat is een misdruk en misdrukken zijn héél veel geld waard, wist je dat? Misschien wel vijfhonderd gulden!'

'Ga nog maar eens thuis kijken. Het is vast gewoon een panter!'

'Zeker niet.'

'Zeker wel.'

'Maar ik heb meer speldjes.'

'Die jongen van Duin zou in de zaak moeten komen, maar die wil het vak niet leren. Hij zegt ijskoud nee tegen zijn vader. Hij kan geen bloed zien, zogenaamd.'

'Geen bloed zien! Bloed kan je leren zien! Volgens mij is ie...' (Slaat zich knipogend op de elleboog.)

'Hij heeft anders wel koters.'

'Dat zegt niks.'

'Zijn vrouw heeft reuma.'

'Dat wist ik niet.'

   'Bert! Ik had jou niet verwacht.'

'Gefeliciteerd. Jij ook gefeliciteerd. U ook gefeliciteerd.'

'Dat vind ik lief, dat je gekomen bent.'

Ze kleurt, daar wordt hij ook verlegen van.

Bert: 'Dit is mijn vrouw Rietje. We hebben een plaat van de Everly Brothers meegenomen. Ik hoop dat je daar nog steeds van houdt.'

'Nou en of! Superlief. Echt een persoonlijk cadeau. Wanneer was het voor het laatst dat je in het dorp was?'

'Nou, ik moest wel even zoeken!'

Rietje: 'Hij reed eerst rechtstreeks naar het voetbalveld. Zijn naam staat daar nog in het hek gekerfd, dat wou ie even laten zien. En de bekers. Maar de kantine was dicht.'

'Dan heb je niet voor niets geleefd, hè?'

'Hoe bedoel je, Bert?'

'Met je naam in het hek, dan heb je niet voor niets geleefd.'

'Staat jouw naam er ook in, Wim?'

'Wat denk je?'

   'Intriest dat je vader er niet bij kan zijn.'

Wies haalt de schouders op. Ze wil glimlachen en antwoorden, maar voelt zich erg ziek.

   'Je moet die kalfjes overal mee helpen.'

'Maar dat is juist de lol ervan.'

   'Laten we dan maar vragen of wij mogen beginnen. Ik zoek Henk wel even om het te vragen.'

'Nee, nee! Ik durf niet!'

'Daarom juist. Dan hebben we het maar gehad.'

   'Ben jij de dochter van Henk Boerebach! Wat ben je groot geworden!'

'Hm-hmm.'

'En heb jij een bóek meegenomen?'

'Ja, mama is bang dat ik me anders verveel.'

'Wat verstandig van mama, hè? Laat me eens kijken. Laat de voorkant eens zien: *Wolkewietje is ondeugend geweest.* Nou nou! Spannend?'

'Hmmhm.'

'Ben jij ook wel eens ondeugend geweest? Hahahaha!'

'Niet speciaal.'

'Nee? Vast wel! Hahahahaha!'

Tot iemand anders: 'O, die kinderen, hè?'

'Echt? Ben jij schoolmeester geworden? Wat knap!'

'Knap vanbuiten of knap vanbinnen? Wat bedoel je?'

'Én én. Hahaha.'

'Moet je die handen zien, hoe verkrampt ze zit. Geen boe of bah komt eruit.'

'Knap van haar dat ze het toch allemaal mee wil maken.'

'Ik hoor dat jij ook...' Scheef gezicht, gebaar met hoofd naar deur.

'Ja... Ja, dat is waar. Maar als je 't niet erg vindt: ik vind het een beetje vervelend om verder over te praten.'

'We moeten gauw weer eens afspreken.'

'Top. Ik telefoneer volgende week.'

'Dames en heren, dames en heren, mag ik even uw aandacht?'

'Sst, sssttt. Henk wil wat zeggen.'

'De ceremoniemeester wil wat zeggen.'

'Ssst.'

'Dames en heren, een bruiloft zonder liedjes of stukjes dat is niks. En nu iedereen nog nuchter is...'

'Nou, Henk! Nuchter...'

'Nou ja, de meesten.' (Gelach.) 'Komen hier eerst drie oude vriendinnen van Wies: Emmy, Tineke, en...'

'Ria.'

'Het beste paard van stal! Ria!'

Bij een grote brand
pakte hij haar hand
en stak haar hart in brand
dat zij nu heeft verpand
Een hond werd jullie band

Ze wachtten nog een paar jaar
maar nu zijn zij toch de sigaar
ondanks dat Wies is nog maar negentien
is het nu niet langer 'misschien'

'Sta jij ook te wachten?'
'Al vijf minuten!' Zacht: ''t is de bruid zelf...'
'Wiesje! Wies!'
Vanachter de wc-deur: 'Ik... ben... zo... misse...'
   Roelof heeft een hoge hoed opgezet en een zwarte snor op
zijn wangen getekend. Hij duwt een grote gekleurde kist op
zwenkwieltjes naar binnen.
'Hooggeëerd publiek!'
Hij wijst naar de deur, daar komt Debra binnenstuiven met
een rode strik om, ze rent eerst op Roelof toe, dan op Wies,
springt dan tegen Wim, verliest haar strik, wil andere leden
van de Boerebachfamilie begroeten...
'Debra, hierr...' Het dier rent terug naar Roelof, die uitnodigend, maar met overwicht, de voordeur van de kist open-
houdt. De hond verdwijnt kwispelend in het donker.
Nu sluit de illusionist de kist, draait hem een paar keer om
zijn as, breidt zijn armen uit en roept naar het plafond: 'Avia
pieridum!'
De deur weer open. De hond is verdwenen.
De illusionist krabt zich met groot vertoon van verbazing onder zijn hoed, haalt zijn schouders op naar het publiek... sluit
de deur van de kist, draait de achterkant naar het publiek. Is
Debra daar misschien? Nee.

De jongen doet of hij een idee krijgt door met zijn linkerwijs-vinger naar zijn hoofd te wijzen en de rechter op te steken. Hij opent de klep boven op de kist. Hij tilt een pup tevoorschijn met dezelfde kleur vacht als Debra en met net zo'n strik om. Vertederd applaus, kreten van verbazing. Maar de voorstelling is nog niet afgelopen. Roelof fronst en legt nee schuddend de kleine terug. Het bovendeksel gaat weer dicht.

Nogmaals spreidt hij zijn armen en roept: 'Avia pieridum!'

Deksel nogmaals open: Debra! Enthousiast klautert de teef uit de kist, wil opnieuw een rondje Boerebachs maken, pakt onder hilariteit een stuk cake van een schotel die iemand op de vloer heeft gezet om te applaudisseren. Ze is door het dolle heen, maar gehoorzaamt onmiddellijk als Roelof haar roept. Hij pakt de hond bij het nekvel, buigt en de artiesten verlaten de zaal.

Meteen daarna keert hij terug om de kist op te halen.

   'Je moet niet zo negatief over het dorp zijn, Ria.'

'Vind je dit soms een mooie zaal? Hebben we een mooie kerk? Zijn de huizen mooi? Kaal, saai is alles. Van hier tot… nou, minstens tot Utrecht is alles saai en kaal. Wim is toch maar zozo.'

'Knapper dan zij. Hij lijkt op Ronnie Tober.'

'Ronnie Tober, gunst, gerust! Daar heb ik nog nooit aan gedacht, je hebt gelijk. Maar is Ronnie Tober zo'n adonis? Dat is toch ook een lillikerd?'

'Ze heeft vriendelijke ogen.'

'Dat wel. Ze kijkt een beetje dommig, maar wel vriendelijk.'

Haar broertje, dat kon wel eens een hartenbreker worden als ie er zo blijft uitzien.'

'Roelof? Maar die blíjft er zo uitzien. Je weet toch hoe oud ie is?'

'Twaalf.'

'Bijna zestien.'

'Wat? O ja, nou weet ik het. Hij zat nog een klas hoger dan mijn zus op school.'

'Maar dan groeit hij helemaal niet.'

'Zou ie al haar op zijn piel hebben?'

'Tineke! Ga je mond wassen!'

'Vraag ik me af; vraag ik me sterk af.'

Heft het glas naar Roelof, die glimlacht en een glas limonade terugheft.

'Ja, je hebt gelijk, een soort mooi is ie wel. Die hoeft er niet voor te werken als ie er zin in krijgt.'

'Zit er wijn in dat glas?'

'Zal ik nog wat halen?'

'Hij zit op het gymnasium, hij kan goed leren.'

'Op hetzelfde gymnasium waar onze Cor werkt?'

'Hm-hmm; daar moet ie dus voortaan "oom" tegen zeggen.'

'Wat ziet die er beroerd uit tegenwoordig.'

'Belabberd, hè? Zo'n bleke glimkop. Weet je wat Annie net zei?'

'Nou?'

'Ze hebben Cor al met lijkenwas bestreken.'

'Gadver! Nou durf ik hem nooit meer een hand te geven.'

'Je zal toch bij hem in de auto moeten straks.'

'Wat is dat voor nieuwigheid?'

'Dat heb ik al een uur geleden met Thea besproken; ze willen wel over Klein Tilde rijden als ze teruggaan.'

'Ik ga wel met de bus. Hu, lijkenwas! Komt die man nooit buiten? Trouwens, hoe die Thea ruikt! Ik heb er geen zin in.'

'Adamo, dat is pas écht een lekkerdje…' Zingt: '*Quand les roses fleurissaient, sortaient les filles…*'

   'Wat is dat voor een klap? Ik schrik me een ongeluk.'

'Opa!'

'Hij wil zijn schoen vastmaken, flikkert ie uit zijn stoel.'

Opa Boerebach wordt met vereende krachten overeind gehesen en weer in zijn stoel gezet.

'Niks aan de hand. Valt mee! Niks aan de hand. Opa, je moet ook niet je eigen schoen gaan vastmaken.'

'Hij is ver boven zijn theewater. Zie je in welk tempo die jajem erin gaat? Voor het eten al, hè?'

'Wat is dat voor veeg op zijn hoofd? Bloed.'

'Gewoon viezigheid van de vloer. Kom, geef me een zakdoek. Hij heeft zich toch een beetje geschaafd.'

Opa: 'Onkruid vergaat niet.'

In de gang bij de wc:

'Intriest dat je vader er niet bij kan zijn.'

'Ja mevrouw.'

'Hier, kom jíj dan even bij me.'

De grote vrouw omhelst hem.

Gesmoord: 'Zo is het wel genoeg mevrouw.'

'Denk je dat? Spartel maar even... Kijk, je ontspant al.'

Ze heeft gelijk, Roelof ontspant, zijn voeten bungelen boven de grond. Wat ruikt ze heerlijk, al stikt hij haast.

Ze fluistert in zijn oor: 'Kleine gehangene. Hangertje.'

Op de wc wordt doorgetrokken, het slot wordt losgedraaid. Als een appel van de boom valt Roelof. Maar het is niet ver tot de tegels.

De rook hangt als een tweede plafond boven de bruiloftsgasten.

'Ik breng Wiesje even naar huis.'

'Je bent toch niet van plan om dan terug te komen?'

'Waarom niet?'

'Dat kun je niet doen, Wim! De bruidegom in zijn eentje op de bruiloft. Het is jullie eerste huwelijksnacht, vergeet dat niet.'

'Nou, eh...! Dat zal een lekkere huwelijksnacht worden!'

Wim trekt een vies gezicht. Maar hij ziet in dat het ongepast is zonder bruid terug te keren naar het feest.

'Hmm, het begint al lekker te ruiken in de keuken.'

'Proost.'

'Proost.'

'We zullen wel weer beginnen met zo'n huwelijksbootje.'

'Met wat?'

'Ken je dat niet? Bladerdeeg met kalfsragoût in de vorm van een bootje. Dit is mijn vierde bruiloft in café Jansen en alle keren begonnen we met een huwelijksbootje.'

'Je moet ze overal bij helpen, die oudjes.'

'Een drama.'

'Au.'

'Wat is er? Wat doe je moeilijk. Moet ik iets voor je pakken?'

'Als het weer omslaat voel ik dat in mijn botten.'

'Bert Timmer? Nee, echt?'

'Hij is inmiddels allang weer weg. Maar ik heb hem in de rij zien staan.'

'Goh. Zou het dan toch waar zijn wat Wies altijd beweerde?'

'Wat beweerde ze dan?'

'Nou, nou, kijk wie we daar hebben?'

'Hoe later op de avond hoe schoonder volk.'

'Het is nog middag, hoor.'

'Heb je nog niet gehoord wat we hebben meegemaakt?'

'Vertel.'

'We moesten bij Zwolle een spoorovergang oversteken. Voor ons reed een oude man in een Dafje. Hartstikke langzaam natuurlijk.'

'Ik dacht al: is die wel goed?'

'Arie dacht: is die wel helemaal goed. Nou, dat Dafje die overgang op. Maar voorbij de eerste bomen sloeg het ijskoud rechts af! Het hobbelde zo de rails op!'

'Daar bleef ie vastzitten. Hij kon geen kant meer op.'

'Arie zet de auto meteen over het spoor in de berm en gaat naar die oude toe om te helpen. Helemaal in de war, dat mannetje. "Kom eruit, kom eruit!" schreeuwt Arie. Weet je wat die oude man deed? Hij deed de deur vanbinnen op slot!'

'Hij schudde van nee, nee.'

'Hij schudde van nee. Maar in de verte kwam de trein er al aan!'

'Jeminee.'

'En toen?'

'Wat is er?'

'Moet je horen wat Arie en Geke belee…'

'Sst…'

'Ik heb een kei gepakt van dat steenslag naast het spoor, zijruit ingeslagen. Toen kon ik het portier openmaken en die ouwe uit de auto trekken.'

'Die trein remmen en remmen, maar er was natuurlijk geen remmen tegen. Dus die greep dat autootje toen Arie en die oude man nét naast de rails stonden.'

'Dat Dafje was in één tel schroot, de trein schoof nog vijftig meter door, de vonken sloegen er aan alle kanten af.'

'Ik had echt zo met hem te doen. Hij zag helemaal wit.'

'Hij trilde over zijn hele lichaam.'

'Hij zei de hele tijd: "Mijn meisje, mijn meisje! Edith! O, mensen, mijn meisje. Mijn meisje." Wij dachten: er zal toch niet ook nog een kind in de auto hebben gezeten?'

'Dat was gelukkig niet zo. Hij dacht aan zijn vrouw.'

'Je begrijpt dat we niet meteen door konden rijden. Eerst moesten we op de politie wachten, en toen moest Arie nog mee naar het bureau. Daar hebben we nog anderhalf uur gezeten. Ze wilden natuurlijk alles weten en opschrijven voor het proces-verbaal.'

'Dat was de laatste keer dat ik iemand zijn leven red! Dat weet ik wel!'

'Haahahaha.'

'Dit wordt een mastjaar. Kijk die rozenbottels maar eens aan de struiken buiten. De takken kunnen ze haast niet dragen.'

'Kijk nou eens wie we daar hebben. Het beste paard van stal. Waarom waren jullie niet bij de dienst?'

'Heb je het niet gehoord? Arie heeft een ongeluk gehad.'

'Nee, dat zeg je verkeerd: Arie heeft een ongeluk voorkomen.'

'Voorkomen?'

'Nou, iemand uit een auto gehaald die anders dood zou zijn…'

'Heb je Jannie Wolters al een keer zien lachen? Je schrikt je dood.'

'Hoezo?'

'Ze heeft een nieuw gebit. Ze lijkt wel een chimpansee als ze lacht. Ga haar maar eens aan het lachen maken.'

'Hoe moet ik dat doen?'

'Ken je geen mop soms?'

Opa: 'Die tovenaar met die honden, wie was dat?'

'Opa, er komt rook uit je jas. Waar heb je je sigaar? Sta es op. Jongens help hem es overeind, er komt rook uit zijn jas. Moet je nou zien!'

Er blijkt een gat in het kussen op grootvaders stoel, en een in zijn zwarte broek, en een schroeivlek in de gele onderbroek daarachter!

'Hij is op zijn sigaar gaan zitten!'

'Dat heeft hij niet zelf gedaan! Toen hij daarnet viel hebben ze hem weer in zijn stoel gehesen en toen hebben ze niet opgelet.'

Iemand rent met het smeulende kussen de deur uit en gooit het op het door rozenstruiken omzoomde tegelplateau voor café Jansen.

'Opa, doet het geen pijn?'

'Wat zou er pijn moeten doen?'

'Als ik wat ruik als we thuiskomen, dan sla ik Fitzi dood!'

'Het is een dier, klootzak... Roelof, jij kunt met dieren omgaan. Nou is hij boos omdat Fitzi tegen de gordijnen piest als we weg zijn.'

'Is het zenuwachtigheid, misschien?'

'Ik ben totaal niet zenuwachtig.'

'Jij niet, die hond!' (Heft handen ten hemel.)

Een bruiloftsgast droomt midden in het rumoer met wijd open ogen dat hij vanachter het plafond wordt gadegeslagen. Uit de gesprekken vangt hij woorden op als 'hoefsmid' en 'triangulatie'. Hij schudt stevig met zijn hoofd en slaat tegen zijn wangen. Waken en slapen tegelijk, dat kan niet.

'Kom, er staat nog juist één sigaar in het glas, laat ik die nou net nemen!'

'Daar heb je Arie en Geke!'

'Nou wil ik eindelijk mijn kleine broertje eens feliciteren.'

'Pech, Arie! Die is al op huwelijksreis. Naar de krokodillen in Afrika.'

'Geen gekheid!'

'Nee, Wies werd niet goed, dus die moest ie naar huis brengen.'

'Niet goed op d'r eigen trouwerij.'

'Doodmisselijk. Je snapt wel waarom natuurlijk.' (Wijst op onderbuik.)

Een van de bruiloftsgasten probeert een bromvlieg die op het raam loopt te vangen door er een drinkglas op te zetten en daar een menukaart onder te schuiven. Dan wil hij hem in zijn paleisje van glas naar buiten brengen en vrijlaten. Maar hij doet het onhandig, de vlieg probeert te ontsnappen. Als de beker op de ruit terechtkomt bevindt hij zich precies onder de rand. Zijn pantsertje scheurt open, er komt een geel elastiekje ingewand tevoorschijn. Hij kan nog vliegen, maar als hij onder de bovendorpel van het raam gaat uithijgen van het avontuur steekt zijn vleugel toch scheef uit zijn torso.

'Het was zo intens zielig. Hij riep om zijn vrouw: Edith, Edith! Maar op het politiebureau hoorden we dat zij al drie jaar dood was.'

'Op die leeftijd moet je niet meer rijden.'

'Maar wat moet je? Als je op het land woont?'

''t Is altijd moeilijk om oud te worden. Ik merk het bij iedereen om me heen. 't Is nooit leuk.'

'Zielig hoor. Echt zielig. Het begroot me van zo'n man.'

'Hadden ze de oude dag maar vooraan gezet, dan waren we er nu vanaf.'

'Hahaha. En dan steeds jonger worden, bedoel je dat?'

'Ik heb altijd geleerd: beginnen met het moeilijkste.'

'Denk je dat het zo'n lolletje is om baby te zijn? Die kleintjes krijsen vast niet voor niks heel de dag.'

'Het nawoord en de dominee hebben we gemist, maar we zijn tenminste op tijd voor het eten!'

'Zelf zijn we hier destijds ook getrouwd.'

'Destijds! Nog geen tien jaar geleden!'

'Dat noem ik destijds, Geke.'

In de keuken van café Jansen is het nog steeds een drukte van belang, heel de familie werkt mee. In een grote pan treft de jongste dochter een uitgedroogd muisje aan. Keutels en enkele door urine uitgebeten vlekken in het metaal wijzen erop dat het geruime tijd op de bodem heeft doorgebracht, maar de wanden van de gamel waren te hoog om te ontsnappen. Vlug omwassen en op het vuur ermee.

Sommige hanen zijn zo actief in de foktoom dat ze veel te weinig eten en dus snel conditie verliezen. De verstandige fokker zet zo'n enthousiasteling af en toe apart zonder dat hij de hennen ziet, het beest zal dan veel en gulzig eten en blijft op gewicht.

De luiere hanen hebben juist het probleem dat ze vlug vervetten.

Het weer wordt kouder. De koster van de hervormde kerk verwijdert een vogelnest uit de schoorsteen door het van onderuit met een brandende lap petroleum aan te steken. Een regen van vonken stuift uit de schoorsteen. Een wandelaar merkt dit op en waarschuwt direct de brandweer. Die komt met groot materieel uit de omringende dorpen aanvliegen. Maar er valt niets te doen: het nest is uitgebrand en de koster heeft de kachel in de kerk aangekregen.

Een kippenhouder stelt vast dat één hen veel meer wordt afgetreden dan de rest. Hij zet haar af en toe een dag apart, zo kan ze rusten en komen de andere dames vaker aan de beurt.

'Reken maar dat die twee tekeergaan thuis! Normaal moet het allemaal stilletjes, met al die Boerebachs in huis, nu hebben ze het rijk een paar uurtjes alleen.'

'Zou het? Maar dat meisje, Wies, was doodmisselijk…'

'Doorgestoken kaart: ze wilde het rijk voor zich alleen. De fotolijstjes hangen daar aan de muur te schudden, reken daarop!'
'Nou, hou nou maar op.'
'Rampetampetampe, hahaha.'
'Ga je mond spoelen griezel. Mannen! Denken allemaal alleen maar aan één ding.'

Een vrouw met slaapproblemen stelt vast dat haar man dertig procent van de tijd dat hij slaapt een erectie heeft. Als ze voor slaapmiddelen naar de dokter gaat en hem hierover bevraagt antwoordt hij dat dit percentage voor elke gezonde man geldt, dus dat dit heel normaal is.
'Maar,' voegt hij eraan toe, 'dat u om de haverklap bij uw man voelt hoe hij erbij staat vind ik niet zo normaal.'

Een boer die grasland aan de weg heeft laat in de vroege lente een hek openstaan. Enkele schapen in de wei besluiten over te steken, juist als de avond valt en er veel woon-werkverkeer is.
Een getuige: 'Die schapen zijn zodoende de weg over gevlogen en toen zijn die auto's erbovenop geknald en daar zijn er twee van in de sloot terechtgekomen en toen kwam er nog een van de andere kant, die pakte er nog twee. Die ooien moesten allemaal nog lammeren. Ze hadden negen jonkies in de buiken. Die moesten nog geboren worden en die lammetjes lagen helemaal verspreid over de weg heen uit het schaap vandaan. En die andere lag met een gebroken poot aan de kant van de weg en die andere twee lagen in de vaart, in de sloot. Die waren ook helemaal… vernield zal ik maar zeggen.'
'Wat zit je me vreemd aan te kijken.'
'Ja, ik weet niet… Je ziet er zo onzichtbaar uit. Heb je gedronken vanmiddag?'
'Doorzichtig bedoel je.'
'Nee, niet doorzichtig… Nou ja, het doet er niet toe.'

Uit een zijstraat komt een bejaarde man in zijn Dafje op de grote weg aangereden. De chauffeur van de met vijfentwintig ton betonnen heipalen beladen truck, van links komend, ziet de chauffeur wel naar rechts kijken, of daar geen verkeer aan komt, maar niet zíjn kant op. Blijkbaar is de bejaarde vergeten dat hij een voorrangsweg op gaat rijden. Volgt een verschrikkelijke klap met rook. Het duurt even voor de truck met de heipalen zijn remweg heeft voltooid, het autootje is door de trailer totaal platgeperst. Hulpvaardige omstanders valt het in eerste instantie niet eens op dat er iemand in zit, men zoekt in de berm of de berijder misschien uit de wagen geslingerd is. Het bergingswerk neemt uren in beslag: eerst moet de lading van de truck worden verwijderd, vervolgens de vrachtwagen zelf van de Daf getild. Dan pas kunnen de deuren uitgezaagd, de motorkap en het dashboard verwijderd worden. De overblijfselen van de bestuurder worden geborgen. De benen van de oude man zijn bij de klap op een paar zenen na geamputeerd, het hoofd is een bloedige pannenkoek. Later treffen de bergers achter in de auto de resten van een hondje aan.

'Ik maak me zorgen om opa Boerebach. Zoals die op de bruiloft van Wies uit zijn stoel viel. Hij had zijn heup wel kunnen breken.'

'O, die? Daar zijn we nog lang niet vanaf hoor. Zijn eigen vader ging dood op zijn negenentachtigste, en hij begon elke dag zonder ontbijt met koffie en een sigaar. Toen ze hem dood vonden had hij zijn… hummes vast.'

'Zijn wat?'

'Nou, zijn ding, je weet wel. Waar de kindertjes vandaan komen. De inspanning was hem blijkbaar te veel geworden.'

Een Thaise monnik heeft voorafgaand aan een maandenlange meditatie mond, ogen en oren en anus laten insmeren met klei, opdat er tijdens de retraite geen insecten in zijn lichaam binnendringen. In diepe trance bezoekt hij het zevengesternte en krijgt daar een verjongingselixer. Als hij na zijn ontwaken door zijn leerlingen herkend wordt is hij verbaasd:

hij had gedacht als driejarige kleuter terug te keren, of in een toekomst ver van hier.

Een negentigjarige Italiaan vindt liefdesbrieven, die zijn vrouw zestig jaar geleden kreeg van een minnaar. De oude man is des duivels, hij vraagt echtscheiding aan.

In een bergdorp wordt op een zondagmiddag een onbekende jongeman aangetroffen in ouderwetse kledij. Hij stelt zich voor als Herbert Gauss, in deze landstreek een heel gewone naam. Ook zijn fysionomie komt de dorpsbewoners vertrouwd voor. Maar als hij een auto ziet langskomen schrikt hij: 'Um Gotteswillen, wass war das?'

Herbert Gauss beweert in een huis aan de alm te wonen met zijn vrouw Katharina, maar daar wonen heel andere mensen, al heten die toevallig ook Gauss. De man is duidelijk niet goed bij zijn hoofd, maar omdat hij verder een vriendelijke en stabiele indruk maakt, wordt hij door hen binnen genood. Hij kent duidelijk de weg in de woning, maar schudt voortdurend verbaasd zijn hoofd: de inrichting is hem volkomen vreemd. Hij beweert 'uit de berg' te komen. Volgens eigen zeggen had hij tijdens de jacht een marmot in het nauw gedreven in een rotsspleet, waarvan hij aannam dat die doodliep, en reikte naar voren om het dier te pakken. Opeens verloor hij zijn evenwicht en viel omlaag in een onderaardse gang, waarbij hij het bewustzijn verloor. Toen hij weer bijkwam bevond hij zich in een kleine kamer met een bed, een tafel en een paar stoelen. Een paar mensen 'zoals u en ik' zaten vriendelijk naar hem te kijken. Ze informeerden naar zijn gezondheid, gaven hem een kop warme thee om bij te komen.

Na het theedrinken, vertelt de vreemdeling, bracht een vrouw, die leek op een jonge versie van zijn overleden grootmoeder, hem naar de spleet terug. Daarna is hij meteen naar het dorp teruggelopen.

'Het vreemde is, dat ik me tijdens dit bezoek in de berg zeer thuis voelde. Misschien meer dan in heel mijn leven.'

'En nu? Hier bij ons?' vraagt de gastheer.

'Leider nicht sehr. Obwohl ihr allen mir sympathisch seid.'

Iemand droomt dat een vogel met een lange nek zich naar hem overbuigt en speeksel in zijn oor laat lopen. Als hij wakker wordt merkt hij dat hij juist geëjaculeerd heeft. De man is verbaasd omdat de droom weliswaar niet onaangenaam, maar allerminst opwindend was.

Een oude zenmeester krijgt bij het mediteren altijd een stijf pikje, dat hij ook graag aan zijn vrouwelijke leerlingen toont. Als een studente niet op zijn avances ingaat geeft hij haar boos een gemakkelijke koan op.

Een katje dat met drie honden is opgegroeid, communiceert met hen via blafachtige geluiden, ook heeft het de kwispelende beweging van hun staart overgenomen. Het poesje gaat mee op lange wandelingen in de wat verende hondengang. Na enige tijd stelt zijn baas vast dat de kin krachtiger en de neus langer is geworden, zoals bij een siamees.

De hond van een rijke vrouw, een reu, lijkt niet goed in zijn vel te zitten. Volgens zijn eigenares voelt hij zich eigenlijk teef, en de dierenarts steunt haar in dit inzicht. Daarom wordt tot een hormoonbehandeling besloten en uiteindelijk een geslachtsveranderende operatie.

Een vogelaar ziet tot zijn verbijstering een grauwe vliegenvanger aan het strand lopen, een bewoner van de halfopen bossen die gewoonlijk naar insecten speurt vanaf een uitkijkpost en ze in een duikvlucht vangt. Maar dit exemplaar probeert samen met drieteenstrandlopertjes voor de golven uit te rennen, peurt met zijn snaveltje in het zand. Na een uur verdwijnt hij over de duinen.

Een laurierboom staat er in de tijd dat de aarde nog jong is zo prachtig bij dat de zon 's ochtends niet kan wachten met opkomen om haar te zien en te beschijnen. Dit is gevaarlijk voor de laurier, maar ook voor de hele aarde, want de zon blijft zo lang als mogelijk aan de hemel om de geliefde boom te zien en verschroeit het land. Bij een volgende dageraad slaagt de wanhopige boom erin haar wortels in vrouwenbenen te veranderen, haar schors wordt zachte lichtbruine huid en juist als haar vereerder wil opkomen laat de grond haar los. Ze wankelt op haar nieuwe benen de oever af van de rivier waaraan zij stond. De aarde helpt haar te vluchten door de helling extra steil te maken. Net op tijd springt of valt ze in het water. De zon zoekt haar een verschrikkelijk hete dag lang; vee sterft, wateren verdampen, er blijft nog maar net genoeg over in de stroom om de nimf te verbergen. Uiteindelijk geeft het hemellichaam zijn pogingen op en keert terug in zijn baan. Daphne, zo heet de voormalige boom, kan zich voortaan alleen 's nachts op aarde wagen.

Van de vriendelijke, onderzoekende en sociale soort der buidelmuizen sterft het grootste deel van de mannetjes onmiddellijk na de liefdesdaad. Dat seks aan bepaalde vissen, insecten en lagere diersoorten het leven kost was al langer bekend.

Dolfijnen slapen met nu eens het ene, dan het andere oog open. Zo krijgen beide hersenhelften rust en hoeven de dieren intussen niet bang te zijn voor gevaar.

Door middel van het leven kan de natuur bij zichzelf naar binnen kijken.

Een regenworm ziet de ene na de andere van zijn broeders en zusters door een zanglijster uit de grond getrokken worden en denkt: was ik maar zo'n vogel, dan zou ik pas het heertje zijn! De wens van het wrede dier wordt vervuld: hij verandert in een lijster en doet zich tegoed aan zijn voormalige soortgenoten. Maar nog dezelfde dag wordt hij door een Franse boer op een lijmstok gevangen en opgegeten.

Een eenzame toerist neemt iets vreemds waar in de struiken aan de overkant van het pad: een vosje met rond het hoofd een glazen pot. Blijkbaar heeft het de bodem daarvan willen schoonlikken en kon het zijn kop niet meer terugtrekken. Als het diertje de wandelaar ziet rent het niet weg, maar steekt het pad over om geholpen te worden. De man gaat in het gras zitten, klemt de vos tussen zijn voeten en maakt een draaiende en tegelijk trekkende beweging. Vrij!

Een vrouw droomt dat alle beweging wegvalt zoals een winderige dag bladstil wordt als de schemering invalt. Als zij uit deze droom wakker wordt is haar kussen nat van tranen, hoewel ze niet verdrietig was toen ze dit visioen had.

Een trouwplechtigheid grijpt de bruidegom zo aan, dat hij in een vrouw verandert.

Twee mannen vechten. De een heeft de ander zo stevig bij zijn overhemd vast dat dit scheurt en het bovenlichaam zichtbaar wordt. Zijn tegenstander blijkt één volmaakt gevormde vrouwenborst links te hebben, de rechterhelft van de tors is plat en gespierd. Een ogenblik is de vechtjas niet op zijn qui-vive. Verbluft staart hij naar de ontdekking, krijgt een hevige slag tegen zijn kaak en gaat knock-out.

De ruggengraat van een mens verandert bij ontbinding in een slang. Als de dode niet, of niet diep genoeg, begraven wordt en het dier aldus in staat wordt gesteld adem te halen, kan het een nieuw leven beginnen. Sommige van deze reptielen dragen nog resten van het oorspronkelijk menselijk heupgewricht met zich mee, en zijn daarom in het veld goed herkenbaar. Na de Eerste Wereldoorlog was er in het Sommegebied een slangenplaag.

Van zekere vrouw met een kreupelgang, die zich altijd in wijde gewaden hult en een teruggetrokken leven leidt, wordt gefluisterd dat ze zich schaamt voor haar lichaam: ze zou maar één vrouwenbeen hebben, het andere is een harige, kromme mannenpoot.

Een kind vindt het leuk om zich voor bezoek uit te dossen in een kakelbonte garderobe en dan haar kameleon over zich heen te laten lopen, die dan tot ieders vreugde het groen van haar handschoentjes, het roze van haar rokje en de stippen van haar maillot overneemt. De klap op de vuurpijl is als ze hem vlak bij haar lippen houdt en vraagt: 'Hoe heet je dan?' en het diertje, naar vleeskleur verschoten, met fluisterstem antwoordt: 'Hoeheetje…'

Twee tieners voelen zich ellendig in hun lichaam. De een is een jongen maar wil meisje zijn, bij de ander is het omgekeerd. Tijdens een kamp met andere transgender-adolescenten leren ze elkaar kennen en worden verliefd. Ze krijgen hormonen, worden geopereerd. Ze ruilen van geslacht, maar de liefde blijft.

Een pasgeboren berenjong is nog geen beer, maar een onbeholpen vleesklomp. Zijn moeder likt hem in vorm, met poten en een snuitje.

De worp van een hyena bestaat gewoonlijk uit twee of drie jongen; het laatste jong verlaat de vagina echter niet compleet en blijft hangen met zijn kopje nieuwsgierig naar buiten. Na een dag of wat verdwijnen oren, ogen en neus, alleen het mondje niet; de geborene verandert in een penis. Moeder gaat voortaan als mannetje verder en zal haar voormalige sexegenoten bevruchten.

De varkens van een bepaald ras vertonen steeds meer snelgroeiende gezwellen. Dit wordt door de industrie als een probleem gezien, tot wordt ontdekt dat de gezwellen gemakkelijk kunnen worden weggenomen en uit voortreffelijk eetbaar spiervlees of spek bestaan. Bij dit ras, dat voortaan 'de gever' wordt genoemd, is slachten niet meer noodzakelijk: er kan het hele jaar door geoogst worden.

Een koe likt de hals en de schouders van een andere koe, die de behandeling tevreden ondergaat. Na enkele minuten worden de rollen omgedraaid. De koe die nu aan de beurt van likken is wordt zo opgewonden dat ze haar vriendin wil bestijgen, maar dat vindt deze te ver gaan.

Bij een nieuwe soort vleeskoeien gebaseerd op het Rutherford-ras zijn de eigenschappen altruïsme en angst voor de dood weggefokt, omdat dit in hun leefomstandigheden niet diervriendelijk zou zijn.

Een vegetarische slager: 'Het is mijn ideaal om dieren te bevrijden uit de voedselketen.'

Het hooi spreekt met het schaap over solidariteit.

Kweekvlees, vlees dat geen dier gezien heeft.

De vegetarische leeuw.

De steenbok met hoogtevrees.

Een man vertelt hoe hij zijn paarden bemint. Een pony heeft anale seks met hem:

'Het is absoluut niet onaangenaam maar ook niet fantastisch. Mijn plezier ligt er vooral in te weten dat hij het heerlijk vindt.' Zijn vrouw heeft met dezelfde pony vaginale seks.

'Zijn penis is groter dan die van een mens, maar niet veel. En ik vind het vooral prettig om hem af te zuigen.'

Een vrouw verandert op haar trouwdag in een man door overgrote emotie.

De lieve en mooie koe Io wordt begeerd door haar baas. Het boertje is klein van postuur: ook al staat hij op een trapje, hij kan er niet goed bij en het is ook te wijd allemaal. Om hem ter wille te zijn verandert zij in een mooie vrouw, alleen haar vlekkenpatroon verliest zij niet. De boer is dolgelukkig met de metamorfose, maar zijn karakter is niet groter dan zijn gestalte: als hij in het dorp wordt uitgescholden met zijn zwartwitte vriendin verandert de liefde in haat en hij noemt haar ongeluksgebroed. Huilend verandert zij zich opnieuw in een koe om hem het leven niet zuur te maken. Maar het is te laat, na enkele dagen laat hij haar slachten.

Ondanks de geringe afmetingen van de slurfbuidelmuis, die uitsluitend van nectar leeft, zijn z'n zaadcellen de grootste van het zoogdierenrijk.

Iemand droomt dat hij in een winkelcentrum staat te masturberen met een hoed tussen zijn schoenen, daarin kunnen de mensen geld gooien. Plotseling realiseert hij zich hoe abnormaal en schandelijk zijn gedrag is. Onmiddellijk is er een dokter met een witte jas naast hem die tegen het verontwaardigd publiek zegt: 'Hij kan het niet helpen, hij lijdt aan het Kleine Levin-syndroom.'

'Maar hij is toch geen Jood?' roept iemand met een boodschappentas.

Er was eens een vrouw die dolgraag een kind wilde krijgen en ze was getrouwd met een kleermaker. Ze waren allebei al oud en dachten: 't zal nu niet meer lukken, want we zijn te oud geworden. Maar 't was in de hemel beslist dat het wel zou gebeuren, maar eerst moest de jongen die later met de dochter zou trouwen geboren worden. Toen die werd geboren in een armelijke boerenbedoening buiten het dorp kon hij meteen spreken. Maar hij deed het niet, want hij was een vriendelijke jongen en hij wilde zijn ouders niet een doodsschrik bezorgen.

Maar zoals hij vlak na zijn geboorte al kon spreken, lopen en lezen, zo verlangde hij ook reeds naar een echtgenote. En omdat hij kon lezen kende hij de plannen van de hemel, want voor zuigelingen laat de hemel de boeken open liggen, immers de engelen denken dat die tóch niet kunnen lezen. Zo had de boerenjongen gelezen dat ze de dochter van een oude kleermaker en diens vrouw moest zijn. Toen zijn ouders sliepen verkleedde hij zich als een kabouter en hij ging in de tuin en stak twee rijpe bessen bij zich van een betoverde bessenstruik, die hij daar wist te staan. Hij liep het dorp in en sloop het huis van de kleermaker in, die lag te snurken, en hij legde één bes op de tong van de kleermaker, en één op de tong van zijn vrouw, en toen het zoete sap ze bij de keel naar binnen liep werden ze wakker en de kleermaker zei: 'Wel hoe heb ik het, ik voel me net of ik achttien ben.' Zijn vrouw zei: 'Ik droomde dat je een jonge vrijer was en nu ik je zie, merk ik dat het allemaal waar is.' Want de bessen maakten hen wel niet jong, maar wel dat ze 't dachten. En nog geen jaar later was er een meiske in dat huis, maar de moeder bleef in de bevalling, en de oude kleer-maker ging een jaar later dood van verdriet om zijn vrouw.

Het meisje ging naar een weeshuis en ze werd het mooiste meisje uit de verre omtrek en vriendelijk was ze ook. Ze kwam bij rijke mensen in huis en er waren rijke jongens ge-noeg die haar zouden willen trouwen, maar zij wilde van geen van hen weten. Maar de jongen voor wie zij bestemd was, die liep eens langs en ook hij was een flinke jongen geworden, met blonde haren en een knapzak over zijn schouder, en hij zong steeds een liedje:

Wie komt die komt,
wie blijft die blijft.
Eén is één,
twee is twee.

Want zo had hij in het boek in de hemel gelezen en hij had het altijd onthouden.

Toen het mooie weesmeisje dat liedje nu hoorde keek ze uit het raam en zag de jongen lopen. Op dat moment wist ze niks anders te doen dan naar buiten te lopen, hem achterna. De volgende dag reeds trouwden de twee en ze waren gelukkig samen. Het duurde niet lang of ze kregen kinderen, een hele stoet.

Nora is geen verwend kind, maar wel gewoon te krijgen wat ze wil. Stapeldol op de gymnastiekleraar Johan Dijkstra, van wie zijzelf overigens geen les heeft, zij heeft een juf. Ze be-schouwt haar adoratie als een volwassen liefde, want hij is niet knap als Cliff Richard of Adamo. Integendeel: hij heeft stijf, rossig haar en varkenswimpers. Hij spreekt met een boers accent. Johan Dijkstra echter kent haar nauwelijks, hij reageert niet op de blikken die ze hem toewerpt en waar haar medeleerlingen een moord voor zouden doen. Op een snikhe-te zaterdag, als zij in de hei tussen het pijpenstro ligt te lezen, ziet ze hem aan komen fietsen. Zonder dralen verandert ze zich in een lokkend koel, donker ven. Tot haar onuitsprekelijke vreugde stopt hij aan haar oever, kleedt zich uit en neemt een duik. Nu laat ze hem nooit meer los, ze zou niet eens weten hoe dat moest.

'Wees nou maar niet bang, hangertje,' fluistert de grote vrouw tegen Roelof. 'O, ik voel het. Ik voel het al. Nee, je bent niet bang! Staandertje!'

Hun tongen liggen allebei op een bed van water.

Men is erin geslaagd op basis van het piétrainvarken een dermate ontspannen eindbeer te fokken, dat hij enkel kalme en onder alle omstandigheden tevreden nakomelingen produceert. De voedselconversie is daardoor optimaal; de zogenaamde slachtstress is niet alleen afwezig, maar de slachtrijpe zeugen verdringen zich zelfs voor het slachtkanaal.

Roken als Einstein

Dromenland ligt aan de rand van de doodsrivier. De bewoners zijn er wolken, de wetten wind. Gebeurtenissen vlammen op, verblinden de slaper, hun nabeeld bevat het eigenlijke geheim, dat meedooft, niet gered kan worden voor het bewustzijn. Gedroomde verschillen zijn bij daglicht overeenkomsten, er bestaat daar een onherkenbaarheid die toch vertrouwd is, de klok loopt achterwaarts of hangt in een woestijn over een rekje, zoals eenieder bij het ontwaken kan bevestigen. De droom trekt zich terug voor het peurend geheugen, voor de latexvinger van de dokter knijpt zich de sluitspier toe. De dokter is wie we overdag zijn. Het droombeeld vlucht naar de diepste grotten van het brein, de dromenvanger houdt alleen nog een sluier in de rubberhandschoen. Anders gezegd: de droom springt in de doodsrivier en de levende heeft het nakijken. Een droom bestaat op een lachende manier niet, maar in de wereld bestaat hij in het kwadraat niet. Onder een regime van vier dimensies heeft de droom er drie en vijf, onder drie: twee en vier, enzovoort. De droom is de dromer altijd voor, hij kent hem beter dan hij zichzelf, hij is het prooidier dat de jager altijd te slim af is. Wie belang hecht aan dromen wordt op veelzeggende geschiedenissen vergast, maar wie er geen aandacht aan besteedt ziet zichzelf nietmachientjes repareren en daarin maar niet slagen. De dromer bedenkt vlak voor het ontwaken dat dit geen probleem is, er staat immers nóg een in de kast? Trouwens: wie níet er vandaag de dag nog? Wie leeft alsof ie geen naam heeft krijgt dromen zoals deze: na een nichterig zaadpartijtje in een soort Marnixbad – in welk tempo wordt het water ververst? – hangt de dromer wat na te praten en in het pierenbad speelt een acht- of negental kittens, elk op een zestig centimeter afstand van elkaar, hun verbaasde gezichtjes net boven water, met een soort afgeplatte bucky balls. Eat that, Rem Koolhaas! Maak maar eens werk voor zó'n kantoorgebouw, Erwin Olaf! Rem Koolhaas moet doodgeschoten worden, zijn opdrachtgevers eerst zo zwaar mogelijk gemarteld en dán doodgeschoten.

Dit denkt de dromer nog juist in de korte tunnel tussen slapen en waken; eenmaal wakker blijft hij nog een minuut bij zijn opvatting. Rem, Erwin en hun dienst aan de kapitalisten, die proberen de grens tussen droom en waken te overschrijden, zoals de farao's. Echnaton. Rem voor Ra. De literatuur, dat is de droom van de architectuur. Zij is tegenarchitectuur, wijst naar een oneindige ruimte, de kunst van het wijzen. Maar inmiddels komt de emigré uit dromenland verder bij zijn positieven: ach, laat dat doodschieten maar zitten. Het zou uitstekend zijn als het gedaan werd, maar het vraagt om macht en gebouwen en die hebben we niet in de literatuur. De bewoners zijn wolken, de wetten wind.

Dolfijnen sabbelen voorzichtig om beurten aan een kogelvis. De kogelvis geeft in reactie een gifstof af, daarom is het de dolfijnen juist te doen: ze raken high van de stof en genieten vlak onder het wateroppervlak van het zonlicht en zijn breking.

Ezels zien als ze liggen te dromen allerlei waanbeelden, die soms maken dat ze wild om zich heen trappen. Een schop kan bij een soortgenoot die te dichtbij slaapt tot een verlamde poot leiden. Daarom houden ze 's nachts eerbiedig afstand tot elkaar. Zo zijn ze er zeker van dat de hoeven van hun buurman door de lege ruimte maaien.

Een prinses wil per se met een jonge vos trouwen, al begrijpt zij volstrekt niet waarom. Aan haar obsessie ligt een oude vervloeking ten grondslag.

Iemand droomt van een blauwige omgeving met ijs en donkere steen, waarin een acrobaat rondloopt die Sirius heet. Als hij wakker wordt is het alsof hij voor niets in zijn leven meer bang hoeft te zijn, omdat hij zijn lot nu kent. Het visioen vervluchtigt niet of nauwelijks, de herinnering eraan blijft nog jaren grote indruk maken; het besef van lotskennis kleeft aan. Desondanks begrijpt de dromer volstrekt niet hoe deze naam, dit beroep, de blauwe omgeving met zijn bestaan te maken zouden hebben.

'Je moet hem niet achter het stuur laten zitten. Die vogel is zóó stoned! Zijn ene oog staat links, zijn andere rechts, zo stoned is hij!'

Een droom is de oliefilm op een plas water waarover kinderen gebogen zitten en waarin ze met een stokje roeren.

De jaguar heeft van een hallucinerende plant gegeten. Hij ligt op zijn rug naar de boomtoppen te staren, zijn klauwen naast zijn kin, krampen zacht, alsof hij op wolken loopt. Hij ziet de sterren achter de zon, de leegte en het licht daarachter.

Als men een muilezelin regelmatig wijn laat drinken voorkomt men dat ze naar achteren trapt.

Dieren vinden edelsteenwater dikwijls lekkerder dan kraanwater.

'Dag visboer.'

'Dag Tyler.'

'Visboer, ik hoorde vanochtend Josee een birthday song zingen voor haar kat. Dus de poes is blijkbaar jarig.'

'Dat zal dan wel, hè? Gefeliciteerd jongen. Hier heb je een half wijtinkje voor de kat van je vriendin. En de complimenten aan Josee, hè?'

Josee geeft er haar elfje – 'Tyler is iedereen zijn elfje!' – een kus voor. Tyler legt de vis op een schoteltje met een mooie bloem ernaast. Hij prakt, als Josee niet in de keuken is, een kwart blottertje van vijftig door de vis, een mistdruppeltje acid moet dat zijn. Hij wacht nieuwsgierig de effecten af, maar er gebeurt niets bijzonders; poes gedraagt zich net als altijd. Tyler concludeert dat de deuren der waarneming voor dieren altijd al wijd open staan. Maar 's nachts droomt hij dat de kat bevangen is door een verschrikkelijke aanval van *riastradh*, dat hij met de oren plat achterover en een dikke staart zijn klauwen diep in zijn schenen slaat.

In de dierentuin bijt een mannetjesleeuw een van zijn leeuwinnen dood. De verzorger zegt: 'Ik dacht dat ze aan het spelen waren, maar opeens zag ik dat zij voor haar leven vocht.' De leeuw is geïsoleerd van de andere vrouwtjes van zijn roedel, maar wordt niet afgemaakt 'omdat hij natuurlijk gedrag vertoonde.'

Een demente dame krijgt van haar verzorgster Paro op schoot, de peperdure speelgoedzeehond, die zachtjes beweegt en geluidjes maakt. Ze begint onmiddellijk de vacht te strelen en zacht te zingen.

'Ik wil ook!' roept haar buurvrouw; ze reikt naar het dier.

'Nee mevrouw Denisen, we hebben er maar één op de afdeling, u staat morgen pas weer op het schema.' Mevrouw Denisen moet het dus doen met de oude knuffelpop, maar die gooit ze boos in een hoek.

'Morgen neem ik wel een paar Furbies van de kinderen mee. Dat geruzie om Paro! Dat is geen doen, zo,' zegt de verzorgster met de hoogste senioriteit.

Een schrijver melkt, likt en bijt voorzichtig boeken, internet en zijn kennissen. Deze geven om zichzelf te beschermen gifstoffen af in de vorm van anekdotes (soms meningen), waarmee de schrijver zich inwrijft. Zo houdt hij zich insecten van het lijf, maar hij gaat er ook van trippen.

'Hé, weet je wat me opviel? Vroeger sliepen zwarte en gevlekte poes altijd bij elkaar, nu nooit meer.'

'Wat maf! Hoe zou dat komen, denk je?'

'Geen idee. Misschien snurkt er een?'

Iemand droomt dat hij een zeehond opensnijdt. Zijn mes glijdt opvallend gemakkelijk door de huid, de buikhelften vallen als vanzelf uiteen. In de buikholte treft de dromer eenzelfde zeehond aan, die hij eveneens opensnijdt. Dit herhaalt zich, en onder het snijden wordt ook het lemmet kleiner. Onder in de bloem van open buiken treft de dromer een gouden ring aan. Hij denkt: voor niets is het dus niet geweest.

Uit de behaarde buik van een vlieg klimt een tienmaal zo grote spin. Uit de ingewanden van deze spin kruipt een nieuwe, nog veel groter. Deze houdt niet op uit het donker te komen en zich daaruit te vormen.

Iemand droomt dat er opeens meer mensen binnenkomen dan waarvoor hij gekookt heeft en terwijl hij deze informatie verwerkt ziet hij dat de pan eigenlijk veel groter is dan hij gedacht had. Nog tijdens de droom verbaast hij zich over deze oplossing en bedenkt dat hij voor hetzelfde geld had kunnen bedenken dat de onverwachte gasten eten bij zich hadden, of om de hoek van de droom al gegeten hadden.

'Nee hoor, we hebben al gegeten.'

'Er is anders genoeg.'

'Wat zijn problemen toch fijne vloeibare dingen, ongeveer zoals chocoladesaus die over ijs uitstroomt, het wordt pas hard als de oplossing zich aandient.'

Vlak voor hij wakker wordt schrikt hij van de gedachte dat het probleem net zo goed had kunnen persisteren; de gasten hadden een dreigende houding aan kunnen nemen. Terwijl hij dit denkt – maar hij is al op weg naar de uitgang, naar het daglicht – betrekken de gezichten van de gasten en ze hebben hooivorken in hun hand, maar het is ook nog steeds vrolijk en een spel en als de deur achter hem dichtgaat lachen ze alweer. Maar nu met gezichten die door noma verminkt zijn.

Iemand droomt dat hij met een hele roedel leeuwen speelt; het is een vrolijk spel, zijn vriendin moedigt hem aan vanaf de rand van de leeuwenkuil. Maar opeens is er dreiging en dan beseft hij dat het geen leeuwen zijn maar golven en zijn vriendin roept van de kant:

'Nog even en je hebt de race gewonnen!' maar hij vertrouwt het niet meer en klimt langs het trapje van het zwembad de kant op voor de haai of monstergolf die het op hem gemunt heeft en zich aan zijn onderlichaam te goed doet of wil doen. Te laat én net op tijd.

Iemand rolt na drie kwartier in alle standen zijn geliefde getreden te hebben van haar lichaam af.

'Jezus, wat is seks toch vermoeiend!'

Een in honing geconserveerde paardmens.

'Dieren laten andere dieren nooit nodeloos lijden.'

'O nee? Denk jij dat werkelijk? Heb jij nooit een kat met een muis zien spelen?'

Nu ze elkaars hand vast hebben gehouden willen ze met elkaar naar bed. Maar De Hut is geen woonplek, behalve voor Chrétien. Misschien op zijn kamer? Daar kan de deur dicht en er staat een bed. Maar helaas, als ze hun hoofd om de hoek van de deur steken ligt hij daar zelf op. Fluisterend: 'Chrétien is hier aan het slapen. Kom, we zoeken verder.'

'Slapen? Nee hoor!' Chrétien schiet als een mangoeste zo snel onder de deken vandaan. 'Ik ben aan het mediteren. Maar ik wil best met jullie samen energie uitwisselen.'

Zij lacht: 'Heb je daar wel genoeg geld voor? Maar bedankt voor het aanbod. Kom, Roeltje, we gaan naar jouw kamer in de stad.'

Roelof: 'Nou, je hoort het. De vrouw is de baas.'

Chrétien: 'Let it be.'

Een olifant krijgt door wetenschappers driehonderd milligram lsd toegediend, een paar duizend keer de hoeveelheid die nodig is om een mens te laten trippen. Na vijf minuten begint het dier te waggelen, zakt door zijn poten en overlijdt. De positieve uitkomst van het experiment is, zo menen degenen die het middel hebben toegediend, dat is komen vast te staan dat olifanten gevoelig zijn voor lsd.

Een spin krijgt lsd toegediend en spint draden van oneindige lengte. Als dezelfde spin koffie te drinken krijgt maakt hij een zeer chaotisch web, waarin evenwel met enige goede wil letters te lezen zijn.

Iemand droomt dat hij met een meisje praat en intussen in haar klaarkomt. Hij voelt er niet veel bij. Tijdens het ontwaken denkt hij: wie was dat nou, met wie ik vrijde? Was het Mary? Was het Josee? Of dat meisje bij de bakker, dat altijd zo lief lacht? Maar het bos waarin ze de liefde bedreven ziet hij precies voor zich. En dat een vos toekeek. Imiteerde die hun bewegingen? Nu hij aan de droom terugdenkt ziet hij duidelijker voor zich, dat dit inderdaad het geval was. Duidelijker, realiseert hij zich, dan in de droom zelf. Blijkbaar groeit na het dromen de herinnering nog even door.

Geweien of visioenen van geweien. Op de takken ervan zijn als sinaasappels levewezens geprikt die zich niet kunnen bewegen, waar wel tastorganen en vangarmen van zich afwikkelen, waarin kleinere organismen komen schuilen, die bejaagd worden door gestalten met vage omtrekken die zich tegen de zon boven het wateroppervlak aftekenen.

Iedereen een blottertje. Wie blijft, voor de zekerheid, clean? Tyler is aan de beurt.

'No! No! I wanna join in. I wanna join in or I'll throw a tantrum. You don't want to be around when thát happens! You are going to regret you are around, if you shut me out.'

'Dan Roelof.'

Maar die steekt zijn tong uit waar een restje papier op ligt: het is al te laat.

Allen krijgen bladen en potloden uitgedeeld om te tekenen en te schrijven, want in De Hut gaat het om ontplooien, xoelapepel, het is altijd lenteavond, er heerst altijd een sfeer van verwachting. Na een tijdje smaakt de thee niet meer zo goed, een beverig gevoel kondigt aan dat de toekomst in een fase van herstel komt. En daar, op papier: de eerste vlammende otter! Uit het raam rent een oude man met een olympische toorts; maar de fakkel is een bevroren vis, achtervolgd door een regen van paraplu's. Een aardappel met drie, vier ogen en elk veelvoud daarvan. Weggeveegd. Maar vanachter hun vliezen blijven kijken de weggeveegde ogen.

'Kan zo in *Aloha*!'

'Lijkt wel op Lucebert.'

'Die is kleurenblind weet je dat?'

'Ga weg.'

'Wie is Lucebert?'

'Lieve kinders al dat geklets ik kan mezelf niet horen...' Vervolgt zacht, moeilijk verstaanbaar: 'Horen denken... tonen... zuiveren...'

'Hou je vast aan je pen.'

'Eddy schrijft niet.'

Eddy: 'Nee, want ík ben een schrijver.'

'Dat is...' Moeizaam articulerend 'een opvallende... opvallige...'

'Vogels, ik ben met een te gek verhaal begonnen, maar wat staat hier eigenlijk? Ik kan mijn eigen handschrift niet meer lezen. Lees jij het voor, Roel.'

'Het was carnaval. Alle kinderen mochten verkleed naar school komen. Fijn was anders!'

'Het was carnaval... Alle kinderen...'

'Moeilijk leesbaar schrijf ik, hè?'

'Het was carnaval. Alle kinderen mochten verkleed naar school komen. Fijn was anders!'

'Neeee... Lees je dat nou expres verkeerd? Fijn was alles, staat er! Fijn was alles, gekkie. Fijn was alles!'

'Je schrijft zo bibberig.'

'Met hoeveel zijn we hier? Ik had het van tevoren moeten tellen. Nu springen er steeds mannetjes tussen jullie in het rond. Die mannetjes.'

'Lieverds lieverds, dat geklee... gekleefds... dat moet écht ophouden... Nee ik meen het serieus... ik kan mezelf niet... tonen... zuivere tonen...'
Op dit aandringen wordt het langzaam stiller en dan heel, heel stil, het wordt een stilte die niet wil eindigen en waarvan de omwezigen maar moeten raden of en wanneer die ooit begon.

Een tekening uit een tripsessie:

Een tekst onder invloed van LSD:

ik ben wat ik ben,
niet wat 'ik' kan of zal.
ik zal nooit zijn
want dit is niet wat het is.
het ik dat ik niet zijn kon
ondanks wat het kon zijn én is.

en zo lang ik maar ben wat ik ben en niet wat ik kon zijn
daar ik niet ben wat ik kon zijn zal ik nooit: jou zijn.
maar ooit zal ik niet zijn, en ook niet zijn,
want als ik 'ik' ben dan zal ik jou zijn en nooit bestaan.
ik ben niet wat ik ben, noch wat ik kan en zal zijn want ik
ben niet ik
maar 'jij'
is al het zijnde.

Een kolonie vleermuizen die een Australisch stadspark bewoont schijt heel de stad onder. Men probeert ze te verdrijven met helikopters en vuurwerk. Dit is een oranjekleurig bericht.

Een honderdeenjarige sportman die ooit uitblonk op het onderdeel tafeltennis mag nu tweehonderd meter de olympische toorts door een Russische stad dragen. Hij oefent voor dit evenement met een bevroren zalm. Deze anekdote is blauw.

Ieder woord heeft een kleur uit de tijd dat het nog een gedicht was, ieder bericht heeft een kleur uit het rijk der fabelen. Donkergrijs, richting paars.

Roelof staat voor de spiegel in de badkamer van De Hut. Hij ziet zichzelf door een krans van stralen, maar ook door zichzelf heen, de stralen vouwen zich achter hem samen en daarom kan hij zijn rug en vlak achter zijn rug zien. Achter hem staat Josee, ze is net binnengekomen om hem te zoeken omdat ze niet wil dat iemand alléén uit trippen gaat. 'Josee,' zegt Roelof – hij hoort zijn stem alsof die door een ander werd uitgesproken, ja, in een andere wereld –: 'steek eens een paar vingers op. Maar achter mijn rug, zodat ik het niet zie. Niet zeggen hoeveel.' Josee doet wat haar gevraagd is. 'Het zijn er drie. Doe het nog eens. Nu is het er één. Ik kan door mezelf heen kijken als ik in de spiegel zie.'

Ze doen het spel vier, vijf keer, Ed en Tyler komen binnen, zij proberen het ook. Roelof heeft het steeds goed. Ze brengen kleine voorwerpen binnen, Roelof wordt geblinddoekt. Opnieuw weet hij precies wat ze in hun handen hebben. Ze verlaten de badkamer, zijn gave vergezelt hem. Ze zakken in de naar patchouli geurende kussens.

Roelof: 'Dat meisje dat hier een paar dagen logeerde...'

'Sylvia.'

'Die is een hanger kwijtgeraakt met een rustgevende steen.'

'Dat klopt. Een amethist. Gossie ja, ze kon wel een beetje rust gebruiken. Wat een arelaxte chick.'

'Hij ligt links onder de boekenkast. Iets meer naar achteren.'

'Wow! Roeltje is serieus helderziend geworden!'

Hij ziet kleuren om de mensen heen, aura's. Hij beschrijft er een paar. Allen luisteren ademloos, ze willen meer weten. Maar hij valt stil.

Hij ziet een donkere kever uit zijn navel komen die hard bij hem wegrent maar toch even groot blijft. Hij realiseert zich dat hijzelf de kever is, althans dat hij hem tot op zekere hoogte kan besturen. Ze passeren de toekomst. De kever wijst hem op het boek des levens. Hij ziet hoe oud mensen gaan worden, ook hijzelf. Dit maakt hem ongelofelijk alleen.

'Kun je dit aan?' vraagt een stem. Hij heeft al ja geantwoord voor de vraag gesteld werd. 'Anders had ik het ook niet gevraagd,' zegt de stem ruim voor dit antwoord, voor de kwestie aan de orde is gesteld, zelfs voor zijn geboorte. De dialoog lijkt op achteruitrijden in een trein, terwijl de trein terugkeert naar een landschap van heel vroeger. Zijn maag is onrustig.

Als de bruine wandklok met de koperen wijzers, die in de garderobe hangt, een uur later aanwijst, verschaalt bij Roelof de gave. Dan krijgt een meisje dat niemand ooit eerder heeft gezien in De Hut, noch elders in Utrecht, een angstaanval, dus gaat alle aandacht daar naartoe.

In een feloranje wegwerkerspak staat iemand bij een zebra ritmisch te bewegen en in zichzelf te praten. Veertig jaar geleden stond hij naast de boxen van Country Joe & the Fish, toen met ontbloot bovenlichaam, jong en dun, maar met exact dezelfde bewegingen en waarschijnlijk dezelfde woorden. Na een halfuur vertrekt hij, zijn fiets aan de hand. Maar drie minuten later keert hij, snel fietsend, terug, luid nee schuddend en in zichzelf pratend; hij neemt zijn plaats bij de zebra weer in. (Geel.)

Een gebruiker van de drug krokodil, na een barre, koude tocht op zoek naar een high terug op zijn kamer, trekt moeizaam zijn buitenkleren uit. Zijn ringvinger blijft in zijn handschoen achter. (Bleekgroen.)

Een Chinees heeft zijn koopverslaafde vrouw urenlang gevolgd, hij bezwijkt haast onder haar aankopen. Opeens is de maat vol, hij eist dat ze naar huis gaan: 'Je hebt meer schoenen dan je ooit aan kunt trekken!' De vrouw zet een keel op: wat hij wel denkt haar te commanderen! Het echtpaar bevindt zich op de zevende etage van het grootste warenhuis van Peking. De man zet al zijn pakketten en tassen neer, klimt over de reling en valt als een steen omlaag. (Lichtblauw.)

Een aanranding op een zomermiddag. Twee kameraden zijn door het open raam binnengedrongen en hebben het meisje dat ze in de kamer aantroffen op bed gegooid. Ze trekken haar de kleren van het lijf.
'Kunnen jullie dit niet een andere keer doen, jongens? Ik ben momenteel aan het trippen, erg gevoelig voor alles weet je wel.'
'Die is gek!'
'Serieus, het komt allemaal heel erg binnen momenteel. Kunnen we niet afspreken dat jullie morgen terugkomen? Ik beloof dat ik open zal doen. Ik zweer het.'

Een haai is een duikster gevolgd naar een donkere grot; daar legt hij zijn vinnen zacht om haar heen. Onder water lijkt niets op de bovenwereld. Zo anders, zo vreemd, dat ze er onpasselijk van wordt. Dit ziet de haai aan haar ogen en hij heeft erop gewacht. Hij steekt een dunne lul in haar buik, een andere in haar anus. Pijn voelt ze niet, het is eerder of ze voorzichtig wordt gepeild met een meetinstrument dan een verkrachting.

'Dus je hebt er twee...'

'Ze worden klaspers genoemd.'

Iemand ziet in een film zijn grootmoeder op de rug. Als ze zich omdraait is het iemand anders, namelijk zijn moeder; maar van haar gezicht is niets meer over, het is een damp.

Bezoek in het ziekenhuis.

'Dag meneer Geers.'

'Nee... maar.' Langzaam draait het hoofd van het raam naar de deur. De irissen van de ogen zijn melkomrand.

'Herkent u ons?'

'Jazeker. Van school. Oud-leerlingen.'

'Ik ben Josee. Dit is Roel. Roelof.'

'Josee. Roelof. Is er iets ergs gebeurd?'

'Nee hoor. Waarom? We moesten in deze stad zijn en mijn moeder zei: daar ligt meneer Geers in het ziekenhuis. Ga hem maar eens opzoeken.'

'Nee maar.'

De patiënt legt een hand op zijn ogen. Het meisje zegt nog eens, behulpzaam: 'Roelof de Koning, Josee Tromp.'

'Ja, ja! Nee, ik weet het. Roelof is aangetrouwde familie. Hoe was het nog maar? Dat probeer ik me te herinneren.'

'Mijn zusje is met de zoon van uw vrouws broer getrouwd.'

'Kijk aan! Zusje... vrouws broer. Hogere wiskunde. En je zus, dat is...'

'Wies.'

'Zij zat niet bij ons op school.'

'Nee, op de Coehoorn-MMS.'

'De Coehoorn... de MMS.'

Stilte. In de lavalamp ontmoet een stijgende wasbal een die daalt.

'Fijne lamp hebt u op uw kastje, meneer Geers.'

'Modern, hè? Zo heb ik 's nachts iets om over na te denken als de tv is afgelopen.'

'Slaapt u niet goed?'

'Nee.'

De gezondheid wordt besproken.

'Hieronder,' Geers wijst op zijn middenrif, 'beweegt niets meer.' Het meisje pakt een handwerkje uit haar gehaakte tas.

Roelof: 'Josee en ik zaten bij elkaar op de lagere school. Nu studeren we allebei in Utrecht, dus we zien elkaar nogal eens.'

'Wat studeren jullie?'

'Ik diergeneeskunde.'

'Ik doe de sociale academie.'

'Wat word je daarmee? Verpleegster?'

'Nee, agoog. Dat is moeilijk uit te leggen. Je kunt dan met mensen omgaan. Op een bepaalde manier... weet je wel.'

'Zijn jullie een stelletje?'

Roelof: 'Was het maar waar.'

'Charmeurtje! Niet op hem letten meneer Geers. Hij bedoelt het lief maar hij meent er niets van.'

'Jullie hebben het nieuwe gebouw niet meer meegemaakt, hè?'

Roelof: 'Net niet.'

Josee: 'Ik ben in de tweede al van school gegaan. Grieks was me veel te moeilijk.'

'Nou je hebt niks gemist. De nieuwbouw is een drama.'

Als Roelof even naar de wc gaat:

'U kijkt verdrietig, meneer Geers. Of is het boosheid?'

Ze haalt een hoepeltje uit haar tas met een grillig lila webpatroon erin. Onderaan bungelen een paar vogelveren.

'Op school maak ik altijd dit soort dingen.'

'Leer je daar handwerken?'

'Nee, discussiëren. Althans: we discussiëren. Ik geloof dat we léren... dat we dat al konden. Nou ja, ik ben niet zo'n theoreticus. Maar ik moet altijd wat om handen hebben.'

Cor Geers neemt het hoepeltje vast alsof het een autostuurtje is en kijkt er met gefronste wenkbrauwen naar.

'Als ik hem hier aan het raam hang vangt hij de dromen weg die niet voor u bestemd zijn.'

'Dat komt goed uit.'

Josee klimt op een stoel. Bij het reiken naar de gordijnrails kruipt haar minirokje zo hoog op dat haar roze broekje te zien is. Al die kleuren, denkt Geers. Hij heeft een gevoel van isolatie. Alsof het vermogen kleuren te zien hem bij vergissing is toegekend. De jonge mensen, de hippies, zijn een en al kleur.

'Zo, hij hangt!' Ze stapt van de stoel, slaat de zitting met haar hand netjes schoon. 'Nu fijn dromen vannacht.'

Roelof komt terug van het toilet.

'Ik realiseer me opeens dat mijn vader eens uit dit ziekenhuis is weggelopen.'

Josee: 'Waarom deed hij dat?'

'Mijn moeder belde, ze was overstuur, ze had een zenuwaanval. Hij vond dat hij naar huis moest. De dokters vonden het onverantwoord.'

Geers: 'Dan betaalt het ziekenfonds niets als het misgaat! Wist je vader dat?'

Roel haalt zijn schouders op. Na een korte stilte zegt Geers: 'Ík ga hier nooit weg.' Hij zucht: 'Dat weet ik zeker.'

Een onbehouwen zoemtoon gaat door merg en been: het bezoekuur is voorbij. De jongelui maken aanstalten. Dan vliegt met een harde klap een duif tegen de ruit, precies in de ring van de dromenvanger. Roelof springt naar het venster en ziet de vogel fladderend drie verdiepingen omlaag tollen; op het trottoir stuiptrekt hij nog.

'Kijk, Josee! Er is al een kraai bij.'

'Wat lief. Om hem te helpen zeker.'

'Dat denk ik niet, nee. Niet om te helpen.'

Een kraai vindt het plezierig om op de wieken van een plafondventilator mee te draaien. De bewoner van het huis heeft schik in het geval: beetje bij beetje voert hij de snelheid op maar de vogel geeft geen krimp en houdt zich stevig vast, probeert wel naar het midden op te schuiven. Pas als de ventilator op de maximale stand staat verlaat hij zijn draaimolen.

Een paard kijkt de hele dag gedeprimeerd over zijn staldeur en durft niet met de anderen mee te doen. Het krijgt een wagneriet in de manen gevlochten. De halfedelsteen doet wonderen: het paard loopt na een paar dagen rond alsof de manege van hem is.

Een kraai probeert in een treurwilg te landen, maar de slappe takken geven mee onder zijn gewicht en hij valt bijna op de grond. Hij probeert het nog eens, maar grijpt de tak nu wat hoger vast en laat zich heerlijk uitschommelen. Andere kraaien volgen zijn voorbeeld, de tuin wordt een pretpark.

In klaverrijk land ontstaat een massa gasbelletjes in de maag van de koe. Het beest moet de hele dag boeren, maar raakt het gas niet kwijt. De kwaal, die schuimtympanie of trommelzucht genoemd wordt, kan dodelijk zijn.

Een ziekenhuispatiënt legt zijn witte, 'met lijkenwas besmeerde' handen op zijn buik: 'Hieronder beweegt niets meer. Ik hoef niets meer te verwachten. Maar dat heb ik toch nooit gedaan.'

Duiven zijn monogaam, hun huwelijken duren gewoonlijk een leven lang. Gedwongen omparen gaat echter makkelijk.

Een ezel krijgt een capuchon van een jongen te pakken, rukt hem af en slikt hem door. De ezel krijgt maagproblemen en vermagert sterk.

'Mooi,' zegt de boer, 'er was toch niks met dat beest te beginnen. Naar de slacht ermee.'

Een duif scheurt zich de kleuren van het lijf.

Lantaarnvissen eten plastic, dat in grote hoeveelheden onder de oppervlakte van de oceaan zweeft. De vissen verhongeren met volle buik.

'Moeten we vetzucht niet in de eerste plaats zien als een fout in de tijdsbeleving?'

Een peutertje is gestikt toen ze logeerde bij haar tante, een vrouw die bijna een halve ton weegt. Zij bekent dat ze in haar slaap per ongeluk op het kind is gaan liggen. De bekentenis blijkt vals te zijn, het nichtje is om het leven gekomen door een eerder ontstane schedelfractuur, niet door verstikking. De vrouw biecht nu op dat ze het ongeluk heeft verzonnen en dat ze het kind heeft doodgeslagen. Voor de rechtbank stelt de patholoog-anatoom weliswaar dat de verwondingen van het kind hoogstwaarschijnlijk al voor de logeerpartij zijn toegebracht, maar de vrouw blijft bij haar verhaal en krijgt een gevangenisstraf. Later trekt ze haar verklaring in en beweert dat ze de schuld voor de moord op zich genomen heeft om haar zus van vervolging te vrijwaren. De zus beloofde in ruil daarvoor dat ze haar overige kinderen goed zou behandelen. De zware vrouw heeft echter gemerkt dat ze ook hen ernstig mishandelde en daarmee niet is gestopt na het proces. Nu gaat de zus achter de tralies, de zware vrouw begint aan een afslanktherapie. Inmiddels weegt ze nog maar tweehonderd pond.

Lantaarnvissen zijn de voornaamste prooi van de tonijn. De rover verteert hun vlees, maar het plastic uit de maag blijft in hem achter, zodat in zijn buik eveneens steeds minder ruimte komt voor voedsel. Uiteindelijk verhongert ook de tonijn.

Duiven, die talloze kleuren zien en er daardoor overgevoelig voor zijn, vernietigen zo veel mogelijk de kleuren van hun woonstee. Rotskloven en steden waar duiven broeden worden onherroepelijk grauw en onherbergzaam voor vogels en landdieren die meer visuele stimulatie behoeven.

Jonge mannetjeszeeleeuwen vallen in bendes de baas van een strandharem aan teneinde hem een paar wijfjes afhandig te maken. In zijn pogingen om ze bij zich te houden gaat de bezitter op zo veel mogelijk echtgenotes liggen voor hij van zich afbijt. Enkele van de dames worden doodgeplet.

Medicijnenstudenten die de amanuensis geen fooi geven krijgen bij het practicum anatomie de lijken met het meeste vetweefsel.

Een vrouw die gediagnostiseerd was als lijdend aan het borderlinesyndroom heeft hevige maagpijn. Als er een foto wordt gemaakt blijkt haar maag vol te zitten met messen, spelden en andere puntige voorwerpen.

Een doodzieke atheïst is boos op God: 'Met ogen die de kleinste lettertjes kunnen lezen je kist in, dat noem ik pas verspilling!'

Een man komt bij de dokter.

'Dokter, mankeert mij iets?'

De dokter onderzoekt hem zorgvuldig.

'Ik kan niets vinden. Wat mij betreft bent u helemaal gezond.'

De volgende dag pleegt de man zelfmoord.

TOETER ALS JE LANGSRIJDT: COR GEERS IS 50!!!!

TOETER ALS JE LANGSRIJDT: COR GEERS IS STERVENDE.

De waarde van het leven neemt toe naarmate het langer duurt.

De uren van een kort leven zijn per stuk meer waard dan die in een uitgerekt bestaan.

Het kindergeweertje Crickett wordt gemaakt in de fabriek van Keystone Rifles. Een vijfjarig jongetje doodde met dit wapen zijn tweejarig zusje. Naar aanleiding van het tragische incident drukt de producent alle ouders van Amerika in een televisieadvertentie op het hart: ga alsjeblieft verantwoordelijk om met je kinderen.

De buurvrouw van het getroffen gezin denkt dat God de Crickett gebruikt heeft om de peuter bij zich te roepen, het was haar tijd.

De catoblepas is traag, maar geducht. Deze grazer kijkt altijd naar de grond, niet alleen omdat daar zijn voedsel is, maar ook omdat hij anders de mensheid zou vernietigen. Want wie zijn ogen ziet sterft onmiddellijk. Als de dode wordt gevonden heeft deze onveranderlijk een uitdrukking van walging op het gelaat.

Het foutenpaard wordt gebruikt in de opleiding diergeneeskunde. Alle mogelijke ziekten en afwijkingen van paarden zijn verzameld in dit ene individu.

Een student komt tentamen diagnostiek doen. Er wordt een hond binnengebracht. Het blijft stil tussen de mannen, de hond loopt onzeker van de professor naar de student en weer terug, gaat dan op de grond liggen met zijn kop op de poten en kijkt hen beurtelings aan, staat dan weer op om de prullenbak te besnuffelen. De professor zit in zijn stoel zwijgend uit het raam te kijken, waar twee houtduiven elkaar een tak betwisten. De student weet niet wat er van hem verwacht wordt. De hoogleraar, met een hoofdknikje: 'Nou, wat ziet u zoal aan deze hond?'

De jongeman neemt de hond tussen zijn benen en begint hem van achter naar voren te bevoelen.

'Hij heeft een gaatje in zijn kop.'

'Wat zegt u?'

'Hij heeft een gaatje in zijn kop.'

De professor rijst verbaasd op uit zijn zetel en voelt op de plek die de tentaminant aanwijst.

'U hebt gelijk. Hij hééft een gaatje in zijn kop.'

Een groep aanstaande diergeneeskundigen, ongevormde klompjes mens die nog door hun opleiders in vorm gelikt moeten worden, gaat met de bus op excursie naar Oost-Duitsland. In de kliniek waar ze logeren leren ze een experimenteel röntgenapparaat bedienen, bedoeld om de kwaliteit van rund en paard te meten. Na een vrolijke nacht besluit de groep zichzelf door de machine op de foto te laten zetten. Het resultaat is verbluffend: de studenten zien nog maar nauwelijks ontkiemde eigenschappen geëxtrapoleerd in de dierenarts die zij zullen worden. Eén zal met spuiten, suspecte geneesmiddelen en valse certificaten rondgaan en steenrijk worden in de vleesindustrie. De ander wordt gekenmerkt door een huilerig opzien tegen humane medici, terwijl hij vieze boekjes achter de eigen vakliteratuur verbergt. Nummer drie gaat een beroepsleven lang met spalkjes in de weer, steeds kleiner en fijner, totdat hij zelfs de tenen van kanaries en kolibries kan immobiliseren. Een vierde krijgt een ruig uiterlijk, hij is het liefst bij nacht en ontij onderweg. Weer een ander, een steil christenmens van huis uit, leest uit de Bijbel dat hij niet castreren, aborteren, en euthanaseren mag. Omdat ook voorbehoedsmiddelen verboden zijn groeit zijn gezin snel: er moet brood op de plank komen. Zo ziet hij zichzelf in witte jas en met een hoofdcondoom op de directie van een abattoir binnenzeilen. De vrouw van het reisgezelschap komt terecht in een kleine huisdierenpraktijk. Ze gaat op huisbezoek, noemt poedels 'patiëntjes' en publiceert het boek *Praten met je huisdier op 'poot' van gelijkheid*. De beste leerling van de klas begint te profeteren en blijft zijn leven lang afhankelijk van psychofarmaca om enigszins te functioneren. Tot het uitoefenen van een praktijk is hij niet in staat.

Roelof de Koning en Dick Woerkom zitten op de fiets naar De Uithof, waar ze college zullen hebben. Van de landerijen links en rechts trekt de laatste ochtendnevel op. Een paar scholeksters achtervolgen elkaar. Piet piet pietpietpiet!
Ze fietsen achter een meisje aan dat een schooltas achterop heeft, net als zij.
'Mooie meid. Niet van ons,' stelt Dick vast.
'Zie je dat van achteren?'
'Dat ze mooi is? Dat bekijk je het beste van achteren.'
Ze passeren.
'Hoi!'
'Hoi.'
Als ze alweer twintig meter verderop is gaat Dick rechtop zitten, keert zich om, salueert, roept luid: 'Tom Jones!'
Zwijgend trappen ze verder. De band van Roelofs bejaarde stadsfiets loopt steeds bij elke tweede omwenteling tegen het spatbord. Oewiet... oewiet... oewiet. Dick verduidelijkt:
'Tandheelkunde: Tom Jones.'

'John Thomes.'

'Ja, en daarom zeggen wij Tom Jones. Ik ga met haar trouwen. Ze is mooi, ook van voren. Zag je die tietjes? Mooi is van mij!'

'Gefeliciteerd alvast, Dick.'

Oewiet... oewiet.

'Jij bent een rare, Roel. Iedereen vindt jou raar, wist je dat? Je zit niet bij de vereniging en toch zien we je altijd met mooie meisjes in de stad lopen.'

Dick gaat rechtop zitten en maakt schietende bewegingen in het rond en naar achteren, waar zijn toekomstige bruid alweer tot een stip is gekrompen. Hij herhaalt: 'Echt een rare. Met je lange hare.'

'En jij hebt dikke billen.'

'Hahaha! Oeh, ik heb nog koppijn van gister op de soos.'

'Dan moet je niet lachen. Het doet extra zeer als je lacht.'

'Hahaha! Rare. Rare!'

Een halfuur later zitten de twee met nog dertig vierdejaars in het halfdonker toe te kijken hoe de reproductieve organen van een paard worden opengevouwen. Die heeft het tandheelkundemeisje ook, alleen vijf keer zo klein; ze liggen ook anders in de buik. Dieren zijn uitgerekte, ingeklapte, vervormde mensen en vice versa.

De student die zich op de soos moed indronk en de hoogleraar die het gisteravond weer helemaal kwijt was en vier flessen wijn leegklokte, zitten tegenover elkaar met lodderogen en geweldige kegels. De professor durft er niet over te beginnen en de student al helemaal niet. Laat ik maar doen of ik vragen stel, denkt de docent. De student hoort van verre een vraag komen en doet of hij antwoord geeft.

'Dat is... wel goed. Dat antwoord reken... ik goed.' Nog een paar vragen, een antwoord of wat; het gesprek wordt zowaar coherenter. De oudere man haalt met een hoofdknikje het tentamenbriefje tevoorschijn, dat hij gelukkig in zijn bureaula heeft liggen en niet in de archiefkast, want tot opstaan en rechtuit lopen is hij niet in staat. De handtekening, het cijfer: een zeven. De student is alweer bijna nuchter. Verschrikkelijk, denkt de professor, ik kan hem niet laten zakken, dan zou hij er werk van maken. En misschien wist hij het allemaal wel... Ja, laten we daar maar van uitgaan. Je moet niet zo slecht van vertrouwen zijn, kerel. Een kwartier later wankelt hij langs het secretariaat. Hoofd om de hoek, niet naar binnen.

'De rest van de dag werk ik thuis. Dan...' Alweer op de gang, met dikke tong: '...weet je dat.'

Tentamen bacteriologie. Op de gepolitoerde tafel ligt een rij dode ratten en hamsters. Ze zijn kortgeleden met allerlei ziektekiemen geïnjecteerd en gestorven. Bij de kadavertjes liggen nummers. De studenten komen binnen, ze nemen een voor een een nummertje uit een schoenendoos, dat correspondeert met een lijkje. Van dit dier moeten ze uitvinden wat de doodsoorzaak was, door het dier goed te bekijken natuurlijk, bloed af te nemen, kweekjes te maken et cetera. Wie denkt te weten om welke ziekte het gaat, roept dat, en als het klopt is men geslaagd. Een belangrijke kandidaat-doodsoorzaak is miltvuur. Deze ziekte is erg besmettelijk en gevaarlijk voor mensen. Een slimme student ziet bij het microscopisch onderzoek de treinachtige staafjes die typisch zijn voor miltvuur, maar het kan ook nog een andere, onschuldiger ziekte zijn. Om zich verder analysewerk te besparen gaat de student 'vies doen' met het dode dier, hij doet alsof hij het met blote handen wil aanpakken. Intussen houdt hij de tentamenassistent scherp in de gaten. Als deze geschrokken reageert en hem aanmaant handschoenen aan te trekken roept hij: 'Miltvuur!'. Dan is hij geslaagd.

Roelof de Koning doet tentamen medische fysica.

'Goedemorgen, professor.'

'Jongeman.'

'Ik kom voor het tentamen.'

'Goed zo. Ligt de kennis hoog opgetast in de bovenkamer?'
'Ik ga daar wel van uit.'
'Dan bent u geslaagd meneer. Laten we u maar als geslaagd beschouwen. Gekheid, gekheid! Maar u leest ongetwijfeld ook kranten, dus u weet waarheen het gaat in de academische wereld. De studenten bepalen de orde van dienst en het docentencorps heeft maar te volgen. Bent u ook van die stroming?'
'Nee, professor.'
'Studenten diergeneeskunde geven meestal blijk van een realistischer inslag.'
'Omdat het een beroepsopleiding is.'
De hoogleraar breekt tussen twee vingers een potlood.
'Hoe kan dat nu? Ik oefende helemaal geen kracht uit. Ik hield het alleen maar vast. Hoe is het mogelijk?'
Is dit de eerste tentamenvraag? vraagt Roelof zich af.
'Misschien ergert u zich aan de veranderingen in de wereld.'
'Dit is niet het tentamen diagnostiek, jongeman. En al helemaal niet psychiatrie.'
'Dan oefende u toch kracht uit.'
De hoogleraar staat op en gebaart de tentaminandus hem te volgen. Ze gaan de kamer uit, de gang door. Een hoge deur met een emaillen bordje: PHYSISCH LABORATORIUM. Achter de deur is het stikdonker, maar Roelof hoort een ritmisch kloppen. Het geluid lijkt vlakbij, één, twee meter slechts.
'Wat hoort u?'
'Een hart?'
'U zit ernaast, maar helemaal ongelijk hebt u niet. U hoort het hart van de westerse beschaving: de telgang van het paard! Zou Napoleon ooit Moskou bereikt hebben, als er geen cavalerie was geweest? Hoe kwam de kleine Mozart in Amsterdam? Met de koets, juist. En wie trok de koets? Het paard. Wie trok de ploeg om miljoenen Europeeërs te voeden?'
'Het paard, professor.'
'Het paard, jongeman. Het paard, het paard!'

'Maar inmiddels is dat niet meer zo.'

'Inmiddels niet meer. Loopt u maar achter me aan, volgt u mijn stem. Kent u deze ruimte overigens?'

Roelof hoort aan de weerkaatsing dat de donkerte om hem heen zich verwijdt.

'Ik ben hier misschien wel eerder geweest, maar dan bij licht.'

'Bij licht! Hahaha. "Daglicht maakt alle katjes grauw," luidt het spreekwoord, nietwaar. Nu merkt u wel, dat de universiteit van Utrecht allerminst met ruimtegebrek kampt. Die verhuizing naar de Uithof is de grootste onzin.'

Een eerder ruisend geluid.

'Zegt u het maar.'

'Ik denk aan water.'

'Water, ik reken het goed. Maar het is een wiel. Het wiel, die hoer, heeft het paard opzijgeschoven toen een virieler minnaar om haar hand kwam dingen. U hoort hem nu…'

Wederom een bonkend ritme, met meer bijgeluiden. Vaag een geur van heet metaal, onverbrande deeltjes. Roet en stoom.

'De motor.'

'De motor. U zegt het. Voortreffelijk. De stoommachine, later: de ontploffingsmotor.'

Aan de zijkant van de machine brandt een minuscuul controlelampje. Bij het licht ervan ziet Roelof de contouren van een smalle corridor langs een groot ijzeren apparaat met klinknagels in de wand en spinachtige uitsteeksels bovenop. Waar zou dat voor dienen? Hij ziet ook heel even de gebogen gestalte van de professor voor zich lopen. Hij gesticuleert alsof ze niet door duisternis omgeven zijn, maar alsof zijn gebaren op de achterste rijen van een collegezaal zijn betoog kracht moeten bijzetten. Een snelle blik opzij, omhoog. Geen zoldering, geen muren. En dan geeft het lampje al geen licht meer, het pad gaat omlaag. De atmosfeer is vochtig, steeds kouder wordt het.

'De regering van de machine, evenwel, zal korter duren dan die van het paard. Heel wat korter. Waar zijn we?'

'Het ruikt naar kelder, professor, grotachtig. Ik hoor...' Een ritmisch zoemen. Een choreografie voor vliegen, getraind om op commando te proberen zich uit een lucifersdoosje te bevrijden.

'Informatie neemt het over, jongeman. U hoort magneetbanden vol knikjes en wenken die elkaar opzoeken en veranderen. We zijn in het rekencentrum van de universiteit.'

'Maar, professor, dat is toch in de Uithof?'

'Nog is het nodig ons fysiek te verplaatsen als we reizen, maar dat houdt binnenkort op. Roep informatie aan en je bent daar waar je zijn wilt. In twee, drie generaties valt alle begrip voor fysieke omgeving weg, ons lichaam wordt overbodig, zoals het paard dat is geworden.'

De professor trekt aan een touwtje, een rolgordijn kruipt in twee tellen ratelend omhoog; de junizon stort zich uit de Biltstraat naar binnen, in het laboratorium van gepolitoerd hout en koperen kraantjes, leidinkjes overal.

'U bent geslaagd. Ik neem aan dat hiermee de zomervakantie is begonnen. Gaat u binnenkort naar uw ouders? Doet u dan uw vader de groeten. Hij heeft ook nog bij me gestudeerd. Is hij overleden? Dat spijt me om te horen.'

Op een vrij stukje veld in het Kralingse Bos wordt gefrisbeed met de plastic bordjes waar spaghetti van gegeten is. Toeren bouwen. De vijf deelnemers aan het spel zijn zich bewust van hun aantrekkingskracht, tegelijk manlijk en infantiel met hun ontblote bovenlijven. De bleekste van het stel stapt uit zijn onderbroek en steekt zijn duim in zijn mond. Als het bordje zijn kant op vliegt vangt hij niet meer. In de verte klinkt: *In the summertime when the weather is fine...*

'Agent, vind je deze sinaasappel niet mooi? Kijk eens hoe of hij glanst in het zonnetje!'

De politieman tegen het meisje: 'Ik heb een dochter van jouw leeftijd en die is ook niet normaal.'

Haar vriend, de hippie: 'Hèhèhèhè. Een man met een pet.'
Maakt een speels gebaar naar de holster van de politieman,
die grinnikend afweert: 'Hoho! Dit is geen speelgoed.'
'Relax man, relax!' De jongen danst weg. Hij heeft tegenover
deze diender een tipje van de sluier van zijn almacht opgelicht
aan zijn kuddetje van twee meisjes. Nu laat hij het aan de natuur waarheen zij hem zal sturen, en zij stuurt hem naar het
grote veld te midden van een aanzwellende grote stroom,
want The Byrds gaan spelen.
   'Ik lees je een gedicht van mij voor:

   Want als ik ik ben dan zal ik jou zijn en nooit er zijn.
   ik ben niet wat ik ben, noch wat ik kan en zal zijn want ik
   ben niet ik maar jij is al het zijnde.'

'Ik snap het niet helemaal maar er spreekt best wel een soort
machteloosheid uit.'
'Hé, voel je dat zo?'
Chrétien schuift de vilthoed van het meisje naar achteren, er
valt een prachtig licht in haar ogen. Hij glimlacht zijn meest
jezusachtige glimlach, smartelijk en wijs.
   Het meisje dat schaterend uit het water komt plassen
schrikt hevig als haar vriend het uitschreeuwt en met een blik
vol afgrijzen naar haar benen wijst. Op haar kuit zit een soort
zwarte slak, boven de knie van haar andere been nog een: de
sloot zit vol bloedzuigers.
   Broer en zus, uit Winterswijk aangereisd, hebben na lang
wikken en wegen voor twintig gulden een paar grammetjes
Gele Libanon gekocht. Het duurde even voor de hasj ging werken, maar nu is broer apestoned en moet hij om alles lachen.
'Ah, ah, ah, ah, ah...'
'Hé, je lacht heel anders dan normaal... Nu lach je precies zoals vader.'
Hoewel boos en geschrokken kan hij toch niet ophouden.

'Ah, ah, ah...'

Josee en haar beste vriendin Mary hebben van de vader van Mary, een Rotterdamse groenteboer die de huidige generatie onweerstaanbaar vindt, een besteleend vol sinaasappels en bananen mogen laden. Ze krijgen van festivalbaas George – althans van een van zijn assistenten, waarschijnlijk weet de directeur van niets – toestemming om het terrein op te rijden. Josee schildert op een kartonnen bord HAPPY FRUIT, een paar sterke jongens slaan twee lange stokken in de grond aan weerszijden van een schragentafel. Het stuk karton is klein uitgevallen, maar Josee heeft altijd haar wijde rieten mand bij zich met handwerken, knotten wol, naaigerei. Het bord wordt met paarse wollen draden naar de bovenkanten van de stokken gespannen. Nu schikt ze links op de tafel een grote hoeveelheid bananen en sinaasappels. Aan de andere kant een stapel dingen die ze zelf heeft gemaakt of verzameld, sjaals van kaasdoek met om de vijftien centimeter een koperen belletje, dromenvangers, gebreide beursjes, zelfs gehaakte pannenlappen. Daar zitten de twee vriendinnen achter hun kraam en iedereen die een gratis stuk fruit komt halen mag ook een stuk textiel uitzoeken. De sjaals zijn in een oogwenk met een sinaasappel meegegaan, na twintig minuten hebben Mary en Josee alleen nog maar fruit over, en hun allerliefste lach: 'Hallóó! Wat mag ik je aanbieden? Een banaan? Een sinaasappel?'

Na een uur is het fruit op. Ze rijden opnieuw naar de stad maar Mary's vader vindt dat nu verder maar betaald moet worden, hij is Sinterklaas niet.

Mary: 'Wat flauw, pa! Spelbreker! Bah!'

De toeloop op het stalletje wordt er niet kleiner op nu de festivalgangers voor elke banaan tien cent moeten betalen. Om drie uur is er opeens een felle discussie over commercialisering bij een kraampje verderop. Een paar studenten krijgen rood aangelopen hoofden. Josee wil niet aan de kant van Coca-Cola en het grootkapitaal staan en de handel wordt, als het fruit opnieuw is uitverkocht, uit solidariteit met de bezitloze massa's gesloten.

De jonge moeder geeft de joint meteen door, bête glimlachend, omdat ze fris wil blijven en opletten dat haar peuter niet het water inkukelt. Als de lucht betrekt is haar man in velden noch wegen te bekennen. Dan gaat ze maar in haar eentje op pad, tweeënhalve kilometer naar de tram met een jengelend kind op de arm, het laatste gedeelte door een plensbui. Haar echtgenoot komt twee dagen later roodverbrand thuis: 'Dit weekend, Cisca, zal ik nooit, nooit, maar dan ook nooit vergeten!'

Verder is hij weinig mededeelzaam.

Het eind van de dag, een grasveld onder de bomen. Op een kale plek kijkt een groep bezoekers naar een eigenaardig natuurverschijnsel. Er liepen over de modder verscheidene drukke mierenpaadjes, waarlangs de diertjes vredig hun weg zochten. Maar nu de zon laag staat veranderen ze als bij toverslag in broedermoordenaars: elke mier valt de dichtstbijzijnde soortgenoot aan, het slagveld is na een minuut bezaaid met kadavers en krimpende gewonden.

Zij leest met haar vinger het borsthaar en het jakobsladdertje naar onderen in een eerbiedig gebaar, niet zozeer om deze jongen, maar in een koninklijk besef van de waarde van haar eigen natte warmte, uitstralend over heel de natuur.

Roelof ziet Chrétien op de eerste slag van de maat in zijn handen klappen, Josee wipt twee keer zo snel op haar billen op beide slagen van de basdrum; met haar hoofd volgt ze de wervelingen van de gitaar.

De waterpijp wordt doorgegeven.

'Je weet toch wat Einstein zei? Van pijproken word je kalm en kun je alles beter beoordelen. Ik ben het eens met Einstein.'

'Hahahaha. Het eens met Einstein. Dus jij hebt Einstein begrepen. Hahaha.'

'Einstein wordt als natuurkundige gezien, maar feitelijk was hij een groot mysticus.'

'Hahaha. Jij hebt er verstand van. Jij hebt HBS-B!'

Het meisje zit bij de tent van Release op een plastic klap-stoel met wijd open ogen aan haar polsen te krabben. De jongen die haar net een vracht vitamine C-tabletten heeft gegeven haalt nu een vriendin uit de tent. 'Heb jij toevallig nog maandverband in je tas? Want kijk…'

Een lange rode vlek op de dij van de sneeuwwitte broek van het kind.

'Kom maar even mee naar de tent liefje. Dan maken we een mooie rok voor jou. Ik heb een extra deken, die is toch nutte-loos met deze warmte.'

Midden in de nacht zoekt de grijze fluitspeler met zijn en-tourage zijn tent. Er wordt fluisterend gediscussieerd, met een zaklantaarn geschenen. De verkeerde tent wordt openge-ritst.

'Mijn oprechte excuses!'

Even later is de juiste tent toch gevonden. Fluitspel klinkt op. Een paar maten van Bachs *Bourrée in e-klein*, beroemd ge-maakt door Jethro Tull.

'Stil, vogel!'

'Mijn oprechte excuses!'

Stil. Twee, drie tikken op het tentdoek. Gevolgd door hond-derdduizend.

Een jongen met een houthakkershemd staat, handen diep in de broekzakken, in de stromende regen naast het podium. Andere festivalgangers hebben medelijden.

'Kom bij ons onder het plastic, er is ruimte genoeg.'

Stuurs antwoordt hij dat hij dan de muziek niet kan horen en daar komt hij voor. Een meisje rent naar hem toe, drukt een Mars in zijn hand; dan gauw terug onder het dek.

Iedereen drinkt met een zo onverschillig mogelijk gezicht alle vrijheid en onschuld in. Maar soms hóuden twee wild-vreemden, die elkaar op het bospad passeren, het niet langer:

'Fijn, hè?'

'Ja. Fijn, hè?'

Een student van de sociologische faculteit loopt met een enquêtelijst rond.

'Mag ik je een paar lullige vragen stellen?'

'Ja hoor, ga je gang.'

'Waar kom je vandaan en hoe oud ben je?'

'Ik kom uit Zwolle en ik ben zestien jaar.'

'Dus je zit nog op school, neem ik aan.'

'Ik heb net mijn mulodiploma!'

De student noteert het.

'Gefeliciteerd, mag ik dat zeggen? Hoe ben je hier gekomen? Hoe heb je van het festival gehoord?'

'Ik ging bij mijn nichtje in Rotterdam logeren en toen zijn we met een heel stel hierheen gegaan. Eigenlijk toeval.'

'Blijf je hier slapen?'

'Nee, vannacht zijn we gewoon naar haar huis gegaan en nu zijn we hier weer.'

'Er zit iets tussen mijn tenen.'

'Wat dan? Ik zie niks.'

'Ik ook niet, maar ik voel het wel. Het voelt weird.'

'Ga dan even naar de sloot, hou je voeten even in het water.'

'Dat deed ik net, toen kwam het er juist tussen. Jij bent ook niet bepaald een dokter, hè?'

'Dat niet. Ik studeer er wel voor. Nou ja, diergeneeskunde…'

Een groep kauwtjes heeft een boterhamzakje te pakken waar nog wat kruimels in zitten. De baas van het stel schudt met twee, drie rukken van zijn nek het zakje leeg en stapt fier door het eten, de omstanders met zijn blauwe ogen in de gaten houdend.

De jongeman heeft een groep kijkers om zich heen verzameld door met drie colablikjes te jongleren. Inmiddels is zijn act mystieker geworden: hij ziet eruit als een priester, als de tovenaar Saruman, met een vurige, schouwende blik. Hij maakt met de blikjes ronde bewegingen om het hoofd van een jongen, een jaar of vijftien oud, om diens aura te meten. De jongen ondergaat de behandeling geïntimideerd. Omdat er twintig mensen om hen beiden heen staan wil hij de meting niet verstoren door weg te lopen.

Roelof is zijn vrienden een uur of wat geleden uit het oog verloren. Hij dwaalt tevreden door de massa, die van de namiddagzon geniet. Opeens ziet hij op een meter of twintig afstand Eddy dansen. Hij beweegt met hooggeheven knieën om een vlasblond chickje heen; als ze zestien is, is het veel! Zijn wapenbroeder volgt het ritme van Canned Heat maar nauwelijks. De muziek van het podium dringt ternauwernood door tot achter op het veld, het klinkt alsof die uit een transistorradiootje komt. Voorzichtig zet Ed zijn voeten, de tenen eerst, neer tussen de zitters, de liggers en de rommel daartussen, hij lijkt op Klaas Vaak zoals die in ouderwetse boeken staat getekend. Met zijn handen gespreid maakt hij gebaren alsof hij een sluier van het kindmeisje aftrekt, die gooit hij aan de andere kant van zijn danscirkel naast zich neer. Weg, weg, weg! Het meisje kijkt hem vriendelijk aan, schatert opeens om een grapje dat ze blijkbaar in haar hoofd hoort. Ze is zo stoned als een garnaal. Als Eddy Roelof ziet kijken verliest hij van schrik bijna zijn evenwicht. Hij probeert het bijna-vallen op vliegen te laten lijken, met gespreide armen laverend. Dan houdt hij op, pakt tas en handdoek en loopt op Roelof af.
'Elegant hoor,' zegt die.
'Doe toch niet altijd zo cynisch!' bijt Eddy hem toe.
'Cynisch?'
'Cynisch ja! Cynisch!'
De lange jongen beent weg over een paadje tussen het publiek, maar krijgt dan blijkbaar spijt. Hij vertraagt zijn pas, loopt achteruit zonder om te kijken, steekt zijn hand achter zijn rug uit en blijft daarmee wapperen en hengelen tot Roelof die pakt.
'Kom, Roelof, mijn beste Narziss, we gaan kijken of de spaghetti gaar is.'

'Als je begint met mediteren lijkt het op een vogel die eraan komt en even later weer wegvliegt. Je weet dat hij er is, maar je hoort alleen zijn vleugels. Als je dit ervaart ben je al een eind op weg. Maar als je langer praktiseert ontdek je pas waar de vogel vandaan komt.'

'Waarvandaan dan?'

Glimlach.

'Mediteer maar.'

'Kijk, de bomen staan ook te luisteren.'

'Ik vind dat je op de bassist van Santana lijkt.'

'Nee, op Santana zelf.'

'Ja, maar die lijken ook op elkaar. Het kunnen wel broers zijn.'

Haar tietjes hangen klein en bewegelijk in het zicht in haar wijd paars hemdje, ze pest er haar jonge buurman een beetje mee. Hangt over hem heen als ze naar haar tas met meegebrachte bananen reikt. Zijn handen naderen haar bovenlichaam als metaal een magneet. Hij houdt zich in: hij weet niet eens hoe ze heet, dus hij kijkt wel uit haar aan te raken.

'Ja, dat zou hij wel willen hè? Nou toe ook maar. Toe maar, pak ze maar vast! Hahahaha, nou schrikt ie. Hahahaha. Daar had hij niet op gerekend.' Ze roffelt op haar blote dijen in het ritme van de muziek. *The doctor said...* Ze slaat haar vingers voor haar gezicht, maakt vuisten, spreidt ze weer en kijkt hem daardoorheen aan met haar grote kohl-ogen.

'Nou nou. Wat een theater,' weet de jongen uit te brengen; maar hij brengt een vinger naar haar tepelhof en laat hem daar een rondje maken.

'Au! Hahahaha. Nou schrikt hij alwéér.'

Zolang ze elkaar zullen kennen, het hele anderhalve uur joint roken en banaan eten en elkaar opvrijen blijft ze 'hij' zeggen.

Door het bos lopen langs het Konijnenlaantje en tegelijk in de andere wereld zijn. Zo door anderen gezien worden en de eerbied voelen die dat oproept, het zelfvertrouwen dat het geeft. Jij bent een middelaar, de schepping schrijft, in het licht dat door de boomkruinen valt op jouw voorhoofd, jouw lot. Het enige groter dan jij is de wereld zelf, *pristina*, natuur. De spatten zon door het loof maken op jouw netvlies voor de mensjes tekenen om te lezen.

De jaguar heeft van een yagé bevattende klimplant gegeten. Hij ligt op zijn rug met zijn blauwe ogen naar het dak van zijn regenwoud te staren en heeft inzicht in de ware natuur van het universum.

'Prima, dan houd je toch je kleren aan.'

'Ik voel me gewoon niet prettig met blote borstjes.'

'Ik zeg er toch ook niks van? Vrijheid blijheid hoor...' Hij loopt weg.

'Blote borstjes!' zegt hij geërgerd in zichzelf.

Iemand met blonde bakkebaarden neemt een diepe haal uit zijn pijpje, nog dieper, ogen dicht, heft zijn rookgerei als een trofee boven zijn hoofd, lacht, hoest en geeft het pijpje door.

Bij de latrines is de lucht te snijden, maar je kunt toch je adem niet inhouden dus beschouw het maar als een oefening in sunyata, ego-loos waarnemen.

'Nee toch! Daar heb je hem ook! Had zeker niet genoeg van me gezien.'

'Nou, nou, wat een theater.'

'Hahaha. Nou kijk zo poep ik dus.'

'Laat die jongen nou, Mizi.'

Ze trekt haar rokje weer over haar heupjes, schudt ze even.

'Als ik zo doe... worden alle mannen gek.'

Bij de Plasmolen komt een lange, magere jongen aanbenen, met aan zijn arm een meisje. Met een grote hand trekt hij nerveus aan neus, kin, oren.

'Opeens wist ik in een bliksemflits: ik word architect weet je wel.'

'Wow.'

De architect in spe legt zijn hand op de schouder van een

vriend die langs komt draven; hij heeft een T-shirt van de organisatie om de schouders en een grote kartonnen doos in zijn armen.

'Remmert, hey, man! Sorry, ik heb even haast. Zie je later.'

Op maandagochtend – het festival is afgelopen, het terrein loopt leeg – blijkt een passant 's nachts op de bril van een bezoeker te hebben gestaan. Het montuur is kapot, een van de sterke glazen gebroken. De jongen vraagt zich af hoe hij thuis moet komen, want hij is met de auto van zijn vader uit Alkmaar gekomen. Zijn buurman, met wie hij nog nooit een woord gewisseld heeft, stelt hem gerust: 'Relax. Ik zal je wel rijden.' Moet hij dan ook naar Alkmaar? 'Eigenlijk naar Nijmegen. Maar dat ligt op de route, man.'

De larven van een bepaalde kikkersoort worden vijf keer zo groot als hun ouders. Volwassen dieren hebben geluk als ze hun kroost overleven wanneer dit in de larvefase is.

Iemand opent een boek over kikkers en ruikt de weeë geur van verrotting die in zijn kinderjaren uit een teil gevangen kikkervisjes opsteeg.

Een bezoekster van een popfestival krijgt algemene bewondering als een veelkleurige vlinder op haar blote arm landt en daar zo'n vijf minuten zacht klapwiekend blijft rusten. Opeens schreeuwt ze het uit: de vlinder heeft haar gestoken.

Een bioloog is geweldig in zijn nopjes als blijkt dat een parasitaire worm in zijn wang is komen wonen; zo kan hij zijn gedrag goed bestuderen. Op een dag kruipt de worm via het tandvlees naar zijn lip, vanwaar hij hem met een pincetje kan verwijderen om hem nader te bekijken. (De worm wordt in een glazen potje gestopt. Als hij daar na enige dagen gaat kwijnen mag hij terug de wang in.)

Een man heeft toen zijn dochter geboren werd meteen leren zwemmen, speciaal om haar te kunnen redden als het nodig is. Op een dag is hij met het meisje bij de plas, oplettend als altijd. Een moeder is druk met een vriendin aan het kletsen en ziet niet dat haar peuter het water in loopt en kopje-onder gaat. De man rent het water in; hij moet een aantal malen duiken voor hij het lijfje in het troebele water te pakken heeft. Het hoest, het ademt nog. Hij geeft het kind aan de moeder terug. Die loopt meteen weg, zonder zelfs een bedankje. Inmiddels is de dochter de deur uit; de man zwemt niet meer.

Aan een lichaam wordt iets kleins en slijmerigs ontdekt. Het laat zich naar een andere plaats vegen, maar niet helemaal wegpoetsen. De volgende dag is het restant wat gegroeid: grotere aandacht, verontrusting. Er zijn meer plekken, het probleem is groter dan vermoed. De ontdekker wordt door zijn ontdekking verkracht. Zoals zijn lichaam door het slijm desintegreert, valt zijn geest uiteen in ontzetting.

De vrouwtjes van een Surinaamse paddensoort, waarvan de volwassen exemplaren eruitzien of ze overreden zijn, leggen hun eitjes op de rug van het mannetje. Die laat ze daar ingroeien en zich verder ontwikkelen tot dieren met alles erop en eraan.

Een zeeman ziet naast zijn schip een vrouwelijke gestalte meezwemmen, ze slaat hem lange tijd van onder water gade, steekt dan gezicht en schouders boven de golven uit. Ze heeft lange blonde haren, en ze is, voor zover hij kan zien, naakt. Hij lokt haar bij zich met vriendelijke woorden. Ze reikt hem haar armen om zich aan boord te laten hijsen. Drie andere mannen komen helpen. Dan doen ze een schrikwekkende ontdekking: haar onderlichaam is niet menselijk, ook heeft ze geen vissenstaart, zoals een zeemeermin. Nee, onder haar navel gaat de vrouw over in het water van de zee zelf. Hoe harder de mannen trekken, hoe meer het water onder haar een slijmerig karakter krijgt, wel doorzichtig, maar veel taaier. Zelfs als ze het bovenlijf met een ketting en een lier vastbinden geeft de zee niet toe, eerder gaat het schip scheef hangen. De kapitein beveelt de sirene onmiddellijk los te laten; ze verdwijnt onder de golven en laat zich niet meer zien.

Een twaalfjarige jongen vindt op een Tasmaans strand een aangespoelde kwal van anderhalve meter doorsnee. Het dier, waarschijnlijk uit de diepste lagen van de oceaan afkomstig, blijkt van een nieuwe soort, die nog niet eerder is beschreven.

Een politicus wordt door een groep zeepiraten gevangengenomen. Hij durft ze uit te schelden, omdat ze een veel te laag losgeld zouden vragen. Zijn moed en brutaliteit vallen bij de rovers in de smaak en hij krijgt tijdens zijn verblijf een zeer goede behandeling. De man blijft stennis maken, dreigt zelfs: 'Zodra ik vrijkom zorg ik ervoor dat jullie allemaal geëxecuteerd worden!' Om zo veel panache moeten de piraten hartelijk lachen. Als het losgeld is geleverd en de staatsman terug is in eigen land, laat hij zonder dralen een vloot uitrusten en het roversnest tot de laatste man uitroeien.

Wie kalkoenen houdt zal het soms nodig vinden om indruk te maken op de mannetjes, die nogal groot zijn en zich brutaal kunnen gedragen. Doe dit niet door ze een schop te geven: dit wordt juist als uitdaging tot een gevecht opgevat. De beste methode is om de vogel van achteren te benaderen, op te tillen en korte tijd rond te dragen. De kalkoen zal hiervan bijzonder onder de indruk zijn.

Een diertje met dreigende kleuren en tentakels, maar een minuscule gestalte, leeft in symbiose met een kwal. Als een roofvis voor wie hij of het neteldier een lekker hapje zouden vormen te dicht in de buurt komt posteert het zich zodanig onder zijn doorzichtige partner dat deze als vergrootglas werkt. Geschrokken slaat de rover op de vlucht.

Een licht mijdende slijmzwam, door wetenschappers op een beweeglijke robot geplaatst, weet na korte tijd de robot zo te besturen dat deze het donker opzoekt.

Iemand droomt dat hij langzaam door een vlies overtogen wordt. Hij maakt zich zorgen dat het zijn mond en neus zal afsluiten, dat hij dan zal stikken. Maar het vlies slaat af naar zijn oor, fluistert er een paar woorden of klanken in. Hij kan ze niet verstaan maar voelt zich direct gerustgesteld. Hij draait zich met vlies en al om, waarna de droom uit hem wegkruipt.

Een vrouw slikt een levende lintworm in, gekocht op internet. Haar doel is met behulp van het dier af te vallen zonder op dieet te hoeven gaan.

Een groepje jagers ligt in een boot bij het strand achter dobberende lokeenden te wachten. Dan steekt een jonge zeehond zijn kop boven water. Hij klimt zonder aarzelen enthousiast aan boord en gaat boven op een van de jagers liggen.

Een grote familie houdt, samen met vrienden, een picknick onder een eeuwenoude boom. Allen eten van een meegebrachte pastei vol bessen en paddenstoelen. De combinatie van deze ingrediënten leidt bij de meeste aanwezigen tot vergiftiging met een absurd scala aan symptomen. Grootvader begint te trillen, hevig met zijn hoofd te schudden en te roepen: 'Ik heb het altijd wel geweten!' Er volgt een trance van meer dan een uur, waarin hij over de eindtijd profeteert. Dan zakt hij uitgeput ineen op het mos. Bij zijn jongste kleinkind ontwikkelt zich intussen een netachtig patroon over de hele huid. Verscheidene deelnemers aan de picknick kunnen enige tijd niet spreken, ook wordt voorbijgaande blindheid gerapporteerd. Een vrouw heeft nog jaren het idee dat zij eigenlijk dood is, lijdt dus aan het syndroom van Cotard, waarbij ze de datum van het uitje, in de zomer van 1970, als haar sterfdatum ziet. Een arts in het gezelschap, die zelf zonder verschijnselen blijft, kan eerste hulp geven. Hij heeft later de sessie zeer precies beschreven: zo is de picknick een klassieke casus geworden in de medische literatuur. De overblijfselen van de koek zijn nauwkeurig onderzocht, ook is bij de patiënten bloed afgenomen. Hoewel de giften bij analyse vrij eenvoudig lijken, alkaoïden, muscarinen, staat de wetenschap voor een raadsel als ze deze in verband wil brengen met de beschreven fenomenen.

In Sri Lanka wordt in drie talen aangekondigd dat bankjes speciaal gereserveerd zijn voor zwangere vrouwen. In de Tamilvertaling is een fout gemaakt: GERESERVEERD VOOR ZWANGERE TEVEN.

Een bekende zangeres wordt bij een persbijeenkomst in de dierentuin, als ze poseert op de rots naast het zwembassin, door een zeeleeuw in haar hand gebeten. Ze vermoedt dat het dier haar glimmende fototoestel voor een vis heeft aangezien en neemt hem zijn gedrag niet kwalijk.

Volgens de Azteekse mythologie eet een arend een slang. Wie de mythe met de moderne kennis van het Azteeks bestudeert, moet vaststellen dat de scène berust op een vertaalfout. Intussen vormt zij wel het officiële vignet van Mexico: de vertaling heeft het wapen van het land vergiftigd.

De kalkoen kreeg in Europa namen alsof hij uit oostelijke streken afkomstig was: calcutta-hoen, turkey. De Pilgrim Fathers namen de dieren mee op de Mayflower, maar troffen in Amerika een veel grotere inheemse variant aan. Die aten zij voortaan met Thanksgiving.

De wormvogel vlucht; het tijgerhert verscheurt.

In het olifantenverblijf van een dierentuin wordt een stomdronken vrouw aangetroffen. Hoe zij daar binnen heeft kunnen komen snapt niemand, want rond de weide is een gracht van vier meter diep.

'Hoe heet die kennis van jou ook weer die altijd met zijn dissertatie bezig was maar nooit is gepromoveerd?'
'Buschmann.'
'Ook al! Is het je wel eens opgevallen: altijd als er met veel aplomb dwaasheden worden verkondigd beginnen mensen Buschmann te heten.'
'Dan zal hij ook wel een adviesbureau hebben.'

Een jongeman vrijt in zijn droom met een meisje. Als hij wakker wordt piekert hij: wie was het nog maar? Terwijl hij zich het zomerbos, de geur van wilde aardbeitjes, en de boom waaronder zij lagen exact herinnert.

Een circus dat zijn tenten heeft opgeslagen nabij een Duits

dorp verliest negentien van zijn dieren. Negen paarden en tien honden die de nacht op een veldje doorbrachten zijn door een blikseminslag getroffen. Het circus is door de ramp ernstig gedupeerd, de overlevende dieren moeten verkocht worden om uit de schulden te komen. In hetzelfde dorp waren een paar weken tevoren twee voetballers tijdens een wedstrijd door de bliksem geraakt, en dat terwijl er niet eens een onweersbui overtrok.

Bij een onweer in Chili treft en doodt de bliksem vierenzestig koeien die onder een boom zijn gaan schuilen, tweeëndertig witte en tweeëndertig zwarte, om en om. Dan doodt de bliksem een ijsbeer, een kodiakbeer, zeehonden, arenden en nog een groot aantal kleinere dieren. Alles om een partij schaak tussen goden mogelijk te maken.

Een hert kijkt bij een villa in een bosrijke omgeving vanuit de tuin met de bewoners mee televisie. Daarop geeft een kangoeroe met zijn voorpoten een hond een pak slaag.

Dat kan dus! denkt het hert. En mijn poten zijn veel harder, vanwege mijn hoefjes, dus kan ik ook een hond een pak slaag geven. Nog wel beter ook.

Als hij de volgende dag een hond in het gras ziet slapen gaat hij erop af en begint hem op zijn gezicht te timmeren. Maar het is geen slapende hond, dat leek maar zo. In werkelijkheid is het de kop van een enorme slang die grotendeels onder de grond ligt. De slang ontwaakt en het hoefdier is in een paar seconden verdwenen. Het hert was een genie, maar het zal zijn avontuur niet navertellen en het hondenmeppen niet aan andere herten leren.

In de Chinese paradijsliteratuur raken mensen in grotten verdwaald waarin bomen met jaden bladeren groeien, ze krijgen een witachtige substantie te drinken. Iedereen is vriendelijk op een bête manier. Als de bezoekers het paradijs verlaten komen ze in een hun vreemd deel van China tevoorschijn en ook nog eens eeuwen later. Wat maakt dit genre zo afstotelijk en benauwend? Omdat het onderaards is en de andere wereld nagemaakt lijkt? De artificialiteit van het samengedrongene van deze voorstellingen, uit been gesneden. De uit wortel gesneden pauwenstaart op het bord in het restaurant is niet bedoeld om op te eten. Wie dit toch doet kan maar beter snel naar de huisartsenpost.

In korte tijd is de lucht boven een picknickend gezelschap betrokken geraakt. Een blikseminslag: de boom waaronder zij zitten wordt getroffen en splijt in tweeën. Niemand van de deelnemers wordt direct getroffen, maar allen zijn korte tijd buiten bewustzijn. Als ze weer bijkomen zijn ze niet alleen doornat van de regenbui die op het onweer volgde, maar ze vertonen ook de meest uiteenlopende bizarre verschijnselen. Eén persoon kan niet meer spreken: hij beweegt zijn mond maar er komt geen geluid uit, hij lijkt een vis op het droge. Bij nummer twee blijken de kunststof delen van zijn kunstgebit aan elkaar vastgesmolten te zijn tot een vormeloze klomp. Een vrouw zal zich later herinneren dat zij in een droomtoestand raakte en boven de brandende boom in de regen kwam te zweven, waar ze haar vrienden in verschillende houdingen zag liggen. Daarna steeg ze nog veel hoger, waanzinnig van hoogtevrees. Honderden meters verderop werd ze in een weiland neergesmeten. Een andere vrouw gaat bij de anderen rond om eerste hulp te verlenen. Korte tijd later blijkt ze zwanger te zijn, ofschoon ze in drie jaar met niemand het bed heeft gedeeld. Weer een ander lid van het gezelschap is van kleur verschoten, van blank naar zwart, hoewel de huid verder geen schade lijkt te hebben opgelopen. Een vijftienjarige knaap is overdekt met tattoos van scabreuze teksten. De hond, die ook mee was, heeft door het hele onweer heen geslapen, al geldt hij als nerveus van aard en is hij bijzonder bang voor harde knallen: bij de viering van oud en nieuw wordt hij altijd naar een asiel in de bossen van Drenthe gebracht.

'Iemand krijgt een klap op zijn hoofd en sedertdien herinnert hij zich elke gebeurtenis, zelfs de kleinste uit zijn hele leven.'

'Dat kan niet, dat geloof ik niet. Dat klopt ook niet met moderne geheugentheorieën.'

'Ik weet het zeker, het was een zwarte man. Als je hem vraagt: wat gebeurde er op 30 juni 1960 om kwart over drie, dan zegt hij: "Toen liep ik na school met mijn vriendje Andy mee naar zijn huis om te spelen. We liepen langs een ijssalon maar we hadden geen geld bij ons en iets verderop liep een hond met drie poten."'

'Je moet het verhaal verkeerd onthouden hebben. Het kan niet. Het is onzin.'

'Google hem maar.'

'Hoe heette die man dan?'

'Dat ben ik vergeten.'

Boven een dorp in de Ardennen woedt een hevig onweer. De bliksem slaat in bij de telefooncentrale. De dorpelingen kunnen elkaar nog bellen, maar opeens kan iedereen de gesprekken van iedereen horen. Dit is niet alle betrokkenen direct duidelijk, daardoor wordt algemeen bekend dat de zoon van de rijkste boer in de streek een seksuele relatie heeft met een pachter. Een winkelier hoort hoe twee van zijn leveranciers afspreken 'die sukkel' in het pak te steken. Als de reparatiemonteur enkele dagen later komt is iedereen in de streek inmiddels voorzichtig met zijn telefoongebruik. Deze functionaris maakt echter een fout: in plaats van het probleem voor het dorp te verhelpen breidt hij het uit naar heel België. Deze storing duurt een minuut of tien en er komen geen staatsgeheimen op straat te liggen. Wel kunnen ten gevolge van het informatielek twee moorden verijdeld worden. Anderzijds geeft het ook juist aanleiding tot een aantal gewelddaden.

Een klant tot een hoertje: 'Doe dit eens. Doe dat eens. Andersom. O, dit is lekker ja. Hoe heet je?'

Een tot de kogel veroordeelde deserteur valt op het moment van executie van pure stress uit elkaar in vier gelijke personen: het vuurpeloton richt, de commandant wil 'Vuur!' schreeuwen, maar opeens staat er een groep precies gelijke mannen voor de muur in plaats van één. De officier breekt de procedure af. Wat te doen? Hij is van harte bereid een lafaard dood te schieten, maar hij is tevens een man van eer, die geen onschuldigen van het leven kan beroven. Maar wie van de vier pleegde de misdaad? Hij laat ze terugbrengen naar het gevang en laat het vervolg aan zijn superieuren over. De betrokkenen beweren dat iets dergelijks hem al eerder overkwam. Toen de soldaat langs de wachtpost vluchtte merkte hij dat hij niet alleen was, maar met vijf, zes mannen die precies op hem leken. Het had hem verbaasd en verontrust dat het plan, dat hij in zijn eentje gesmeed had, blijkbaar was uitgelekt. Maar het was te laat om ervan af te zien en terug te keren, en hij had zijn vluchtkameraden meteen uit het oog verloren, want het was een stikdonkere nacht en het regende. Logisch: hij had die omstandigheden juist afgewacht om meer kans te hebben het kamp ongezien te verlaten. Toen hij had aangeklopt bij de boerenfamilie die hem de dag daarop zou verraden was hij allang weer alleen. Door de verveelvoudiging bij executie realiseerde hij zich dat dit verschijnsel waarschijnlijk toen ook is opgetreden.

Hetgeen, zo geeft de militaire rechtbank toe, de schuldvraag aanzienlijk compliceert.

'Wat hebt u daar in uw tas? Maakt u die eens open.' Twee mensenbenen.

'Twee mensenbenen! Wat is dat nu? Weet u niet dat u daarvoor kunt worden doodgeschoten?'

'Niemand is een eiland.'

'Maar u bent het wel héél erg niet.'

Een evolutionair hoogbejaarde paddensoort zit propvol organen die niets uitrichten tot er zich speciale omstandigheden voordoen. Als een zwerm vogels de insecten die de pad eet voor zijn neus wegpikt begint een orgaan een hormoon af te scheiden dat de pad eveneens in een snelle vogel doet veranderen, zodat hij de concurrentie weer aankan. Een ander orgaan kan, als bij een mannetje de testikels worden afgebeten, eieren produceren zodat hij als vrouw verder leeft.

Wij zijn deel van overvloed.

Thrillseekers en lanterfanters zijn in de ogen van mij, zure constructieve burger, volstrekt overbodige exemplaren van de menselijke soort. Maar heeft de natuur terroristen nodig om zich te verdedigen tegen wat haar bedreigt, dan blijken ze hiervoor exact geschikt. Opeens ben ik zelf obsoleet.

Wat lijken jongeren op elkaar, terwijl ze juist hun best doen zich van elkaar te onderscheiden. Maar met baby's en kleine kinderen is het nog veel erger. Zolang er geen rimpels, vergroeiingen en 'levenservaring' zichtbaar zijn moet men een eersteklas kunstenaar zijn om een portret te maken dat niet evenveel op een willekeurig buurmeisje lijkt als op de dochter van de opdrachtgevers. Toch moet dat onderscheid zichtbaar zijn, anders kan de schilder naar zijn geld fluiten.

Vroeger was ik net zo overbodig als nu, maar tegenwoordig valt het meer op.

Wij zijn met zeer weinig. Toch gaat het om ons.

Wij zijn met tallozen. Dus gaat het om ons.

Ik ben in mijn eentje. Dus gaat het om mij.

Ik ben alleen. Toch gaat het om mij.

Na de bevruchting, als de eerste delingen hebben plaatsgevonden, maken de nieuwe cellen zich tijdelijk van elkaar los om als losse kudde langs de baarmoederwand te zwerven, op zoek naar een plek om te hechten. Als ze die vinden vormen ze opnieuw een klont: de mensvorming kan beginnen.

Bloedweizwam. Klein darmwier. Cardinale tand. Zoïde. Mosdier (niet te verwarren met mosbeer). De Natte IJsbaltheorie.

Een slijmzwam bestuurt een stadsbus en levert hem keurig af in de garage.

De acnebacterie is overgesprongen op de wijndruif.

Een middel tegen acne, dat vooral als anticonceptiemiddel wordt voorgeschreven en gebruikt, kan tot dodelijke trombose leiden.

De deur wordt opengeschoven: er staat een ijskoude storm die horen en zien doet vergaan. Een voor een laten de woorden zich naar buiten vallen.

Waarnemer

Als zijn zoon met de noorderzon vertrokken is gaat een man bij zijn schoondochter op bezoek om haar te troosten. Ze belanden samen in bed. In wezen bewondert hij de zoon, omdat die de moed had op te krassen terwijl hijzelf laf zijn huwelijk uitzit. De jonge vrouw houdt hem voor dat juist dit doorzetten moedig is en weglopen laf.

Een ernstig zieke vrouw heeft als drijfveer te willen beschermen wat haar lief is, desnoods voorbij dit leven. Ze zoekt een vervangster voor zichzelf, iemand die straks haar plaats naast haar weduwnaar kan innemen. De vrouw die zij vindt blijkt zonder dat de zieke dit weet, al vreemd te gaan met de echtgenoot.

Een man, sedert kort weduwnaar, verlangt weer naar een vrouwenlichaam. Hij huurt een hotelkamer en belt een escortservice. Na een halfuur wordt op de deur geklopt. Als de man opendoet staat tot zijn ontsteltenis zijn eigen schoondochter op de drempel. Zij is net zo verbijsterd, probeert te vluchten, maar hij haalt haar in. In de lobby bespreken de twee de situatie; ze worden het erover eens dat deze pijnlijke ontmoeting verzwegen moet worden.

Twee zussen worden als kinderen van elkaar gescheiden. Als zij elkaar op hoge leeftijd weer ontmoeten blijken ze de twintigste eeuw aan weerszijden van het politieke spectrum te hebben doorgebracht.

De vader van een tienerzoon krijgt te horen dat hij aan het

syndroom van Klinefelter lijdt en dus onvruchtbaar is. Maar hoe kan hij dan een zoon hebben? Zijn eigen vader, inmiddels overleden, blijkt de verwekker van de jongen. Dit brengt bij de Klinefelterpatiënt een crisis teweeg.

Twee lesbische vrouwen willen een kind. Ze kiezen als vader de ex-man van één van hen, maar de ander mag de moeder zijn, want de voormalige echtgenote is onvruchtbaar. De aanstaande vader gunt echter zijn ex haar geliefde niet terug en schiet de zwangere dood, daarna zichzelf.

Iemand wordt geboren als zoon van een arme boerenfamilie. Tot verdriet van zijn ouders kiest hij voor een carrière als docent Engels. Hij wijdt zijn leven aan literatuur en liefde, maar faalt op beide fronten. Zijn huwelijk met een vrouw uit een gegoede familie vervreemdt hem verder van zijn ouders, zijn carrière verloopt moeizaam en zijn vrouw en dochter keren zich tegen hem. Een nieuwe liefdesrelatie wordt verbroken om een schandaal op de universiteit te voorkomen. De persoon sterft in anonimiteit na een leven in de marge.

Drie broers met sterk contrasterende karakters staan gezamenlijk op tegen hun dominante vader, die te sterk voor hen zou zijn als ze hem elk voor zich zouden bevechten.

Een vader en een zoon zijn door omstandigheden tientallen jaren van elkaar gescheiden geweest en hebben elkaar in die periode geïdealiseerd. Nu merken ze dat ze allebei onaangename mislukkelingen zijn. Samen plegen ze zelfmoord.

Een meisje heeft een psychisch uiterst labiele moeder, terwijl vader, een militair, haar als een ondergeschikte rekruut afblaft. Op school wordt ze gepest. Al deze ervaringen beschadigen haar zelfbeeld voorgoed. Als vele jaren later de relatie met haar man onder druk komt te staan vlucht ze in een buitenechtelijke verhouding. Ze verliest de controle over haar leven. Ze beseft dat ze nog moet leren leven en vertrouwen krijgen. Maar het blijkt te laat.

Een bejaarde koning, niet meer in het volle bezit van zijn

geestelijke krachten, doet de regering van zijn rijk over aan zijn twee vleiende oudste dochters; de jongste, die hem altijd de waarheid zegt, blijft met lege handen achter. Als de oudsten vervolgens niet meer naar hem omzien blijft zij voor hem klaarstaan en zorgen.

Een jongeman moet niets hebben van een geile heks, die daarop uit wraak zijn moeder betovert. De vrouw roept haar zoon bij zich.

'Beloof me dat je nooit iemand zult vertellen wat ik je nu ga vertellen.'

'Ik zweer het, moeder.'

'Ik houd van je. Ik kan alleen maar aan jou denken.'

'Maar moeder, bent u gek geworden?'

Na deze afwijzing komt ze ogenschijnlijk tot bezinning.

'Je hebt gelijk! Waar ben ik mee bezig? Ik durf mezelf niet meer aan te zien. Ik schrijf een brief aan je vader en dan verhang ik me.'

De vrouw schrijft de brief en verhangt zich. De oude man roept hem bij zich.

'Zoon, wat lees ik hier? Je moeder schrijft dat ze zich verhangen heeft om niet meer te hoeven leven met de schande dat jij haar verkracht hebt.'

'Vader!'

'Ontken je het?'

'Ik heb beloofd te zwijgen over wat er gebeurd is.'

'Dan ben je vervloekt!'

De vervloeking leidt tot een ongeluk waarbij paarden en een stier betrokken zijn. De jongeman laat het leven. Korte tijd later verneemt vader de ware toedracht van de wraakzuchtige toverkol. Hij berouwt zijn harde woorden en stort zich in zijn zwaard.

Een toeriste en een riksjarijder worden verliefd op elkaar als hij haar naar de Taj Mahal heeft gereden. Ze trouwen, maar hij wordt boos als hij verneemt dat ze eerder getrouwd is geweest. De twee proberen via relatietherapie nader tot elkaar te komen, maar vergeefs. De vrouw doet aangifte van huiselijk geweld. Woedend hierover steekt de man zijn echtgenote dood, dumpt haar lichaam langs een drukke weg en pleegt thuis zelfmoord door het gas van zijn kooktoestel te laten ontploffen.

Een man wendt alzheimer voor om van zijn echtgenote af te komen.

Als de vader van een gezin met veel moeite ophoudt met zuipen, begint de zoon drugs te gebruiken, want de problemen mogen niet uit het gezin ontsnappen.

Een ss-officier die een andere ss'er niet kan luchten of zien komt deze tegen in de hoofdstraat van het dorp. Hij weet dat hij een Joodse huisbediende heeft en zegt, enkel om te jennen: 'Ik heb zonet jouw Jood doodgeschoten.'

Nijdig reageert de ander: 'Dan ga ik nou jouw Jood doodschieten.'

Hij voegt de daad bij het woord. Zo komt er een eind aan het leven van een van de grootste genieën van de twintigste eeuw.

Een plattelandsarts huwt een mooi meisje uit zijn patiëntenkring. Ze krijgen een dochter, maar de echtgenote is geen goede moeder en het huwelijk verveelt haar. Ze begint een geheime relatie met een dorpsgenoot, maar de man maakt het uit als zij hem voorstelt samen weg te lopen. Om de krenkende afwijzing te verwerken knoopt de doktersvrouw banden aan met een jeugdige aanbidder in een naburige stad, maar de verhouding wordt in beider ogen snel banaal. Inmiddels brengt de vrouw haar echtgenoot door haar extravagant uitgavenpatroon bijna tot de bedelstaf. Als ze haar voornaamste schuldeiser niet meer kan betalen maakt ze een eind aan haar leven. Korte tijd later sterft ook de arts.

Voor een dierenarts uit de babyboomgeneratie gaat het leven als vanzelf. Zijn vrouw verwijt hem dat hij op een dier of een steen lijkt; zelf voelt hij dit niet zo. Maar als hij na zijn zestigste longkanker krijgt gelooft hij wel, dat hij expres nooit is opgehouden met roken, anders zou er nooit een eind komen aan iets dat hij verlaten wil. Nu krijgt hij de gelegenheid om eindelijk te laten zien waarvoor hij op aarde kwam: om te sterven.

Aan de vooravond van de Tachtigjarige Oorlog krijgt een katholiek meisje een relatie met een protestantse koopman. Om met hem te kunnen trouwen trotseert ze de wil van haar vader, die met haar breekt en haar onterft. De jongelui verhuizen voor hun veiligheid naar het stadje Naarden, waar het ogenschijnlijk rustiger is. Daar wacht hun een verschrikkelijk lot.

In de jaren zeventig vlucht een jonge vrouw uit Oost-Berlijn naar het Westen. Ze wil maar één ding: de vrijheid om te worden wie ze is. Ze belandt in de Amsterdamse grachtengordel, waar ze een chirurg trouwt, een kind krijgt, en gaat werken bij de televisie. Een jaar na de val van de Muur gaat ze terug naar Berlijn om een reportage te maken. Maar in plaats van onderzoek te doen belt ze de geliefde die destijds achterbleef. Het weerzien scheurt oude wonden open en confronteert de vrouw met een versie van het verleden die een heel nieuw licht op haar heden werpt. Ze realiseert zich dat ze nog altijd geen antwoord heeft gevonden op de vraag: wat is vrijheid?

Een schrijver publiceert op zevenentwintigjarige leeftijd een roman over de Nederlandse flower-powergeneratie. Het boek is wereldwijd een geweldige hit en wordt in meer dan dertig talen vertaald. Nog steeds geldt het als een klassieker in de Nederlandse literatuur. Het snelle succes brengt de auteur financiële onafhankelijkheid, maar leidt ook tot een diepe morele en artistieke crisis.

Iemand heeft een relatie met een carillon.

Iemand verandert in een kever.

Iemand herinnert zich zijn babytijd.

De man die opendoet geeft een stevige hand.

'Dikkers.'

'De Koning. Roelof.'

'Prettig dat u snel kon komen collega. Kom verder, hang de jas op. De kachel brandt.'

De kapstok is een houten plaat met een rij koeienhoorns, aan weerszijden een langer exemplaar met een schroefvorm, Roelof weet niet van welk dier. Een impala? Midden op de plaat een ruitvormig spiegeltje waar een borsteltje naast hangt.

'Een goede reis gehad.' De vraag wordt als een mededeling uitgesproken, Roelof antwoordt niet.

Op de hoge tafel in de woonkamer ligt een stel ordners, er staat een kelkje naast. Dikkers legt uit dat hij voor vertrek de administratie op orde wil hebben. Hij heeft wat extra medicijnen besteld.

'Dan komt u niet zonder voorraad te zitten.'

Er komt nog een kelkje uit de glazenkast. Roelof trekt een Lexington uit zijn borstzak, de oudere man gaat verder met de sigaar die op de rand van de zware kristallen asbak wachtte. Ze spreken af morgen samen een rondje te rijden, overmorgen zal Dikkers vertrekken, over een week of drie weerom. Waar de reis heen gaat vertelt hij niet, zijn gast vraagt er niet naar. In de asbak liggen twee sigarettenpeuken met lipstick. Het raadsel van hun herkomst wordt snel opgelost: 'Ik zal mijn dochter vragen het logeerbed op te maken. U zult moe zijn, het is na tienen.'

Hij loopt de gang op en roept luid: 'Astrid!'

'We-èh..' klinkt er ergens uit het huis.

'De waarnemer is er. Kom effe omlaag.'

Dikkers keert terug.

'Ze zit tv te kijken op haar eigen kamer. Denkt u dat al dat gekoekeloer goed is voor een mens?'

'Ik heb geen idee.'

'Heel de wereld komt langs zonder dat je nog een stap hoeft te doen.'

Astrid komt binnen. Grote bos krullen, spillebenen ver uiteen. 'Hier is onze deus ex machina,' wijst Dikkers. 'Hij wil graag dat je het logeerbed voor hem klaarmaakt.'

'Rustig, pa! Dadelijk. Vrouwen laten zich niet meer commanderen. Weet je dat nu nog niet?' Haar handdruk is haast even stevig als die van haar vader. Ze knipoogt naar Roelof alsof ze al een verstandhouding met hem heeft over haar oude heer.

Roelof logeert op een veldbed op de rommelkamer. Boven zijn hoofd hangt was te drogen. Na Dikkers' vertrek wordt diens slaapkamer voor hem klaargemaakt, beloven de bewoner en zijn dochter.

De volgende dag maakt hij met Dikkers een rondje door de praktijk. Het is een kille, winderige dag. Dikkers wijst boerderijen aan in het voorbijgaan, noemt de namen van een paar boeren, karakteriseert ze, de eventuele problemen. Roelof haalt een boekje tevoorschijn en maakt aantekeningen, tekent een primitief plattegrondje in de hotsende Mercedes.

'Wat doe jij nou?'

'Ik schrijf wat op. Dan kan ik ze vinden als ze bellen.'

Hij krijgt een bewonderende blik van zijn buurman als hij het plattegrondje toont.

'Kijk, zo ziet uw praktijk eruit: net een eend met drie poten.'

Ze rijden het erf op van een boerderij die enigszins vervallen oogt.

'Het lijkt een rommeltje maar 't is een eersteklas boer. Deze laat je nooit zomaar komen.'

Dat blijkt: een koe die steeds aan de stangen van de box knaagt, haar kop trekt steeds naar links. Ze probeert de mouw van de boer zijn overall te pakken te krijgen.

'Het is toch geen hondsdolheid? We hadden hier laatst een vleermuis met rabies op het erf…'

Maar Roelof ruikt een sterke acetonlucht aan de koe: het is slepende melkziekte. Er moet een infuus worden aangelegd.

Als Dikkers en Roelof weer instappen knikt de boer naar

Roelof en vraagt: 'Heb je nou alweer een nieuwe?'

'Maar dit is een goeie.'

'Van Royen is hier vlakbij, da wede. Dichterbij als jij.'

'Je doet maar Wevers. Ik ben je liever kwijt als rijk, da wede ook.' Ze grinniken.

Terug in de auto wijst Dikkers naar het gebied naast de kop van de eend.

'Van Royen. Vrije vestiging. Hij maakt gelukkig veel fouten, dus hij gaat het niet lang uithouden. Hij heeft laatst een hele stal voor griep laten enten maar het was longworm.'

'Dan heeft hij niet goed koorts opgenomen.'

De volgende dag is Dikkers al vertrokken als Roelof opstaat. Het regent, Roelof gaat naar een boerderij om bloed te tappen voor leverbotonderzoek, heeft daarna nog een paar afspraken. De semafoon gaat. Hij belt Astrid. Een keizersnee bij De Rodenberg, daar en daar: in de tweede poot van de eend. De boer staat buiten al ongeduldig te wachten.

Tussen de middag wordt warm gegeten. Astrid heeft de tafel gedekt staan als hij thuiskomt, schept kruimige aardappels in een dekschaal en schenkt de jus uit de vleespan in de kom.

Ze bespreken de ochtend en wat er die middag te doen valt alsof ze jaren getrouwd zijn. Hij kijkt met plezier naar haar brede mond met tanden bruin van het roken, maar mooi van vorm. De vingers van haar rechterhand zijn geel. Ze haalt het toetje uit de ijskast, een roze Saromapudding. Na het eten roken ze een Lexington, die ze uitdrukken in het puddingbakje.

'Nu moet ik eigenlijk een kwartiertje liggen om weer fit te zijn.'

'In de grote slaapkamer liggen al nieuwe lakens, je kunt er zo in.'

Met zijn rug op de dekens van het grote bed geniet hij van de lauwwarme erectie die ze hem heeft bezorgd. Hij breidt zijn armen uit. Hij wordt – een droom komt hem halen – gestreeld en gekruisigd. Met badstoffen spijkers in de dekens van het brede bed van Dikkers genageld. Zijn halfdikke lul mag hij houden, knikken de Romeinse soldaten glimlachend.

's Avonds kijken ze samen televisie vanaf de zwarte leren bank.

'De TROS brengt u niet alleen aantrekkelijke programma's. Wat dacht u bijvoorbeeld hiervan? Ja, u leest het goed, onder mij in het scherm: TROS *Kompas* tot 1 januari 1979 voor slechts vier tientjes. Wij zitten voor u klaar. Bel nu.'

Astrid is tegen hem aan gaan zitten, Roelof heeft zijn arm achter haar op de bankleuning gelegd. Hun sigaretten liggen in de asbak te smeulen. Nog voordat ze elkaar hebben gekust legt ze haar hand, haar rookhand, op zijn broek en kneedt zijn geslacht. Ze kunnen, terwijl ze naar de echtelijke slaapkamer wankelen van begeerte geen woord meer uitbrengen. Kledingstukken vallen op de vloer, alsof ze later met behulp daarvan de weg terug moeten vinden. Met een woedende zwaai smijt Astrid de dekens naar het voeteneinde. Hij is al in haar. Het matras zucht, zij blaast, haar hoofd maakt een knik tegen het beschot.

'Lig je niet… ongelukkig?' brengt hij uit. Haar blik komt van ver en gaat nergens heen. Waarover die schaduw onder de lamp het heeft? Hij houdt zijn zaad niet lang binnen, trekt zijn geslacht schielijk uit haar natte overvloed en komt op het laken klaar. Ze snakt naar adem, met haar hoofd nog steeds scheef tegen het beschot. Haar tepels steken als duimpjes van haar kleine borsten omhoog.

'Dat had niet gehoeven hoor,' hijgt ze. 'Ik ben aan de pil.'

Ze kussen kort en wild, het voelt vreemd, alsof ze door het kussen… voorwerpen worden.

Ze draait zich op haar buik om de la van het nachtkastje open te trekken. Een asbak komt tevoorschijn, lucifers, een aangebroken pakje Lexington. Is dat niet raar? Vader rookt sigaren. Roelof: 'Je ogen verschieten van kleur als je inhaleert.'

'Is dat zo? Dat heeft nooit iemand tegen me gezegd. Wat is je liefste ziekte?'

'Mijn liefste ziekte? Bij dieren? Iets ergs, waar toch makkelijk iets aan te doen is.'

'Voorbeeld?'

'Kopziekte is wel een spektakel. De koe ligt dood te gaan, maar je gooit er een flesje magnesiumzout in en het is over.'

Als ze haar Lexington uitdrukt steekt ze meteen een nieuwe aan, ook een voor hem.

'Hoe oud ben je?'

Als hij het vertelt: 'En toch nog steeds waarnemer?'

Het is al drie uur geweest als Astrid maar naar haar eigen kamer gaat. Dan hebben ze in elk geval nog een paar uur nachtrust.

Om acht uur zitten beiden klaar voor het spreekuur kleine huisdieren. Een dame haalt een mager katje uit een kartonnen doos.

'Ze eet steeds minder.'

'Drinken doet ze nog wel?'

''t Is zo'n lieverd. Ik heb haar al vijftien jaar, ik hoef haar toch niet kwijt?'

Roelof voelt wat langs het lichaam, het is vel over been maar er zijn geen afwijkingen. Hij opent het bekje. Poes protesteert.

'Ik zie daar een abces. Ik denk dat ze gewoon flinke kiespijn heeft als ze eet.'

Het dier krijgt een roesje en met een tangetje wipt Roelof een afgebroken kies, die is gaan rotten, uit de kaak.

'Wat stinkt zo'n speldenknopje pus, niet? Nou, u kunt over een uur terugkomen om haar op te halen. Dan is ze weer helemaal bij.'

Of het beestje niet meteen mee kan? De eigenares is op de fiets en woont nogal achteraf. Roelof kijkt bedenkelijk. Hij wil liever de uitwerking afwachten, omdat het al zo'n oud beestje is. Maar als het niet anders kan: 'Even bellen als ze zich vanmiddag niet normaal gaat gedragen, of als ze niet eet. Rekent u maar af met mevrouw Dikkers.'

'Mevrouw Dikkers, dat is heel iemand anders hoor. Die is al tien jaar weg! Met Astrid heeft mijn eigen broer nog in de klas gezeten.'

'We weten wie we bedoelen.'

Bij een volgende patiënt, een hond die gecontroleerd moet worden op heupdysplasie omdat de eigenaar wil fokken, komt Astrid binnenlopen. Ze legt zwijgend nieuwe medicijnen in de kast, vertrekt weer. Roelof neemt geen notitie van haar.

'Bent u hier de hele tijd met zijn tweeën in huis?' vraagt de hondenbezitter langs zijn neus weg.

'Dat klopt.'

Overdag praten Astrid en Roelof nuchter over afspraken alsof ze in een lang huwelijk zitten, dat grotendeels een werkrelatie is. Maar ze zijn nog niet gewend. In de nacht kijken ze lang, en verontrust, naar elkaars gezicht als ze denken dat de ander slaapt. De vreemde vragen die ze hem stelt komen het dichtst in de buurt van vertrouwelijkheid.

'Heb jij wel eens een mens dood zien gaan?'

'Jawel.'

'Noem eens iemand.'

'Dorst. Dat was de politieman bij ons in het dorp. Ik was een jaar of tien. Er was een grote boerderijbrand geweest. Mijn vader zat in de veeverzekeringen, en hij had met de politieman afgesproken het proces-verbaal even door te spreken. Dus die politieman kwam langs, ze zaten aan de keukentafel en rookten er een sigaar bij. Opeens liet Dorst de sigaar en de koffie vallen en hij zakte uit zijn stoel, zo onder de tafel.'

'Wat erg zeg. Vraag mij nu eens iets.'

'Jouw vader, is die ook dierenarts?'

'Beetje flauw, Roeltje!' Ze is echt kwaad.

'Roeltje, klinkt leuk. Zullen we nog eens kussen?'

Maar het kussen blijft vreemd aanvoelen. Hun tanden stoten tegen elkaar aan, het ruikt niet prettig.

'Doe dat zoenen maar van onderen.'

Ja, daar hoort zijn mond te zijn. De frisse appelzuurte van haar vagina, de zoetige taartsmaak van haar anus, hij steekt er neus en tong in. Astrid sabbelt aan zijn staander, het is als in een zomerlandschap liggen en de wolken voorbij zien varen. Hun geslachtsdelen lopen vol, die houden lange gesprekken over trouwen en kinderen krijgen. Terwijl de geliefden zwijgen brabbelen de liefdesorganen honderduit. 'Had ik je maar eerder ontmoet.' 'Wees maar liever blij met het nu.' 'Je hebt gelijk, wat ben je toch een wijs lief kutje.' 'Ik sla het boek van je billen open, het is niet leeg maar vol verstand.' 'Vol vieze praat.' 'Aan een half woord genoeg.' 'Wat ben je lief, wijs kutje.' 'Sst…'

Bij vieren gaat de telefoon. Een koe heeft een keizersnee nodig, meteen komen. Roelof kleedt zich mechanisch aan.

'Liggen de spullen in de auto?'

'Wacht, we hebben net een nieuwe set. Ik weet waar ze liggen.'

Astrid staat mee op, trekt vlug een wijde trui aan. Hij hoort haar rommelen in de voorraadkast in de spreekkamer.

'Ik zet de auto vast buiten.'

'Ik kom eraan.'

Ze gooit het koffertje in de achterbak. Hij draait het raampje open. Ze kijkt hem kritisch aan. 'Wou je zo gaan?'

'Waarom niet?'

'Je hebt een bruine neus, wacht.'

Ze spuugt moederlijk in een zakdoek en wrijft zijn neus en wang schoon.

'Vies ventje dat je bent.'

'Vies vrouwtje dat je bent.'

Een kameraadschappelijke zoen op de wang. Als hij wegrijdt ziet hij haar in de spiegel de garagedeuren dichttrekken.

Een uur later keert hij door de polder terug. Langs de weg staat een autootje met de motorkap omhoog. Een man, voorovergebogen over het motorblok, schijnt met een lantaarn, lijkt iets te zoeken. Roelof stopt en stapt uit. 'Wat is het probleem? Kan ik misschien helpen?'

De man richt zich op. Hij schijnt Roelof in het gezicht en dan meteen weer onder de motorkap.

'Rij maar gauw door jij. Ik kom er wel uit.'

Dan niet hoor! Verbaasd, een beetje ontdaan door de kortaffe reactie rijdt de dierenarts door. Thuis knipt het licht aan als hij de auto weer in de garage zet. Ze zit op de wc als hij binnen komt klossen en zijn laarzen uitschopt.

'Ik ben zonet waanzinnig ongesteld geworden!'

Als ze hem ziet: 'Wat is jóu overkomen?'

'Hoe bedoel je?'

'Kijk eens in de spiegel!'

Een vuurrood wezen kijkt hem van tussen de koehoorns aan. Gezicht, haren, kleding, alles zit onder het bloed. Daarom was de automobilist zo onvriendelijk: de arme kerel moet even gedacht hebben dat zijn laatste uur geslagen had.

'Een spuitertje. Bij de keizersnee heb ik blijkbaar een adertje geraakt. Dan kom je er helemaal onder. Ik heb het niet gemerkt.'

Seks onder de douche. Overal bloed, van koe en van Astrid. Een rode lul. Kussen? Het is te proberen. Nog twee uur in aparte kamers slapen.

Als na vier weken Dikkers terugkeert volgt Astrid Roelof bij zijn vertrek. Zij is verslaafd geraakt aan zijn lichaam en hij aan het hare. Van de liefde verwachten ze beiden dat die wel zal komen.

'En je oude vader laat je in de penarie zitten,' zegt Dikkers met een pruilgezicht. Maar heel verdrietig lijkt hij niet en als Astrid na een paar dagen belt neemt een vrouw op: 'Dierenartsenpraktijk Dikkers!' Vader heeft tijdens zijn vakantie een dame ontmoet – of misschien al daarvoor – en haar gevraagd om bij hem in te trekken, aan welk verzoek zij volgaarne gehoor heeft gegeven.

Iemand reïncarneert in een dier dat hij bij een worsteling gedood heeft.

'Ik kom jong uit je grot. Jij keert me binnenstebuiten.'

Dierenarts. Arts én dier.

Als hij zijn handen op haar onderrug legt duwt ze haar billen omhoog. Ze kan het niet helpen, het is de poezenreflex. In de ronde geurige schijven ziet hij een oude wereldkaart in polyconische projectie. Hij voelt zich een ontdekkingsreiziger.

Ze vraagt, het hoofd achterover in het kussen, wat hij daar beneden tussen haar benen aan het doen is.

'Ik blader door je roze agendaatje.'

Een vrouw vertelt dat ze als vijftienjarig punkmeisje een ratje op haar schouder had wonen. Het likte haar oren, haar mond, en als ze thuis waren ook haar kut.

'Dat voelde best lekker. Maar het blijft toch een knaagdier.'

Een man wiens penis in erectie haast veertig centimeter lang is verwondt zijn vrouw bij de liefdesdaad ernstig. Hij verantwoordt zich voor de rechter: 'Ik ben een mens, zij is een mens, we deden wat getrouwde mensen doen. Ik zie waarachtig niet in waarom ik straf zou verdienen.'

Een jongeman trekt zich kort voor zijn vriendin op bezoek komt altijd even af. Door deze maatregel komt hij niet te snel klaar als ze later samen in bed liggen: nu is hij in staat haar meer dan een uur lang lief te hebben in alle standen. Ten slotte laat hij zich hijgend van haar lichaam afrollen.

'Jezus, wat is seks vermoeiend!'

Een Amerikaan overlijdt aan de gevolgen van lymfoedeem in zijn scrotum. Op de dag van zijn overlijden weegt zijn zak zestig kilo. De afwijking is met een operatie gemakkelijk te repareren, maar in onderontwikkelde landen ontbreekt het de mensen dikwijls aan geld voor de ingreep.

De wet van Ohio schrijft voor dat een ter dood veroordeelde in goede conditie moet zijn voor zijn executie. Een moordenaar wil een nier doneren aan een neefje, in de verwachting dat hij daarna geruime tijd aan mag sterken voor de terechtstelling. Hij treuzelt echter met het maken van een afspraak voor de operatie, totdat er geen tijd meer is om goed te herstellen voor de inmiddels geplande executiedatum. De autoriteiten besluiten dat hij niet langer donor mag zijn. Hij vecht dit besluit bij de rechtbank aan.

Sint Dionysius is veroordeeld tot onthoofding. De executieplaats ligt boven op een berg, maar het is warm weer en de beulen zijn liever lui dan moe; dus doden ze hun slachtoffer halverwege de helling. Tot hun verbijstering neemt de heilige het afgehouwen hoofd meteen onder zijn arm en loopt verder tot hij de top bereikt.

Een beruchte piraat is gevangen en ter dood veroordeeld. Hij vraagt niet om clementie, maar doet een eigenaardig voorstel: 'Onthoofdt u mij rechtop, terwijl ik naast mijn mannen sta, die na mij aan de beurt zijn. Al degenen waar ik na mijn onthoofding nog langs kan lopen krijgen gratie.'
De rechters stemmen lachend toe. Maar tot hun schrik passeert de onthoofde minstens twaalf van zijn kameraden, en ze moeten hem over een stok laten struikelen om te voorkomen dat het er nog meer worden.
De autoriteiten houden zich niet aan hun belofte, alle bemanningsleden worden geëxecuteerd.

De gouverneur van een Amerikaanse staat staat uit haar nek te zwammen voor een slachtplaats van kalkoenen. Vanwege Thanksgiving Day heeft ze zojuist aan een van de dieren gratie verleend. De vrijgelaten vogel strompelt ontredderd langs het hok met zijn collega's, hoopt weer binnen te worden gelaten. De slagers gaan intussen gewoon door met hun werk, de ene na de andere vogel verliest zijn kop onder de guillotine. Wat gebeurt er met het vrijgelaten dier? Het is zo gekweekt dat het zich ternauwernood kan voortbewegen en veel te ongezond om langer dan een paar dagen van zijn vrijheid te genieten. Volgens sommige televisiecommentatoren gaat deze kalkoen met een speciale vlucht naar de kinderboerderij van Disneyland. Daar wordt hij of zij op dieet gezet.

Iemand is ongelukkig getrouwd, maar net iets minder ongelukkig dan zijn broer. Ook het huwelijk van zijn ouders is nog slechter dan het zijne, dus hij heeft geen recht van klagen. 'Dat is toch om gek van te worden, zo onrechtvaardig?' vraagt hij zijn cafékameraden. Allen geven hem volmondig gelijk.

Het vinden van een goede vrouw in de eigen kennissen-kring is gemakkelijker dan op internet een foto terugvinden waarop Indiase opstandelingen een renegaat bajonetteren.

Een vrouw krijgt in de vierde maand van haar zwanger-schap een hersenbloeding. Ze wordt kunstmatig in leven ge-houden tot de baby min of meer voldragen is en met een kei-zersnee ter wereld gebracht kan worden. Vervolgens worden bij de moeder hart, lever, nieren en alvleesklier weggenomen voor donatie.

In de laatste oorlogsdagen loopt een boer op een mijn, door de Duitsers gelegd om de oprukkende Canadezen te tref-fen. Een paar weken later worden dezelfde Duitsers die de mijnen geplaatst hebben verordonneerd terug te komen. Zij weten waar ze die hebben neergelegd, nu moeten ze ze zelf ook maar opruimen. Ter afsluiting van de operatie moeten de soldaten schouder aan schouder over het veld stampen om te bewijzen dat er geen mijn meer in de grond ligt.

Een slome bromvlieg vliegt al een paar dagen door de keu-ken rond. De bewoner nadert het diertje als het op de ruit zit stilletjes met een drinkglas. Hij wil dit eroverheen zetten, er een ansichtkaart onder schuiven en de aldus gevangen vlieg buiten vrijlaten. Ongelukkigerwijs komt het glas neer juist als de vlieg probeert te ontsnappen, zodat hij door de rand ge-raakt wordt. Er komt wat gelig ingewand naar buiten en een vleugel staat scheef. Nu heeft het geen zin meer om hem bui-ten te brengen. Het slachtoffer klimt naar boven en wacht achter het gordijn op zijn dood.

In zijn drang om goed te doen heeft de bewoner van het huis kwaad gedaan. Als er een rechtszaak kwam zou zelfs een rechtbank die uit louter vliegen bestond hem vrijspreken.

Maar zichzelf pleit hij niet vrij: zijn bestaan op de wereld heeft ervoor gezorgd dat één levend wezen meer is gedood dan indien hij nooit geboren was.

'Wij zijn gepantserd omdat we niet kunnen vliegen.'

'Interessant: wij kunnen juist vliegen omdat we niet gepantserd zijn: het ontbreken van een pantser maakt ons lichter.'

'En wij, wij móeten, juist omdat we niet gepantserd zijn, op vleugels kunnen vluchten.'

'Dat komt toch op hetzelfde neer?'

'Nee: wij vliegen weliswaar ook, maar om een andere reden.'

Een vierde variëteit mengt zich in het gesprek: 'Interessant: ónze soort vliegt uit zijn pantser en keert daarnaar terug.'

'Wat handig! Twee vliegen in één klap. Dan zijn jullie zeker erg succesvol.'

'Vreemd genoeg niet! We zijn haast uitgestorven.'

Een beroemde auteur wordt midden in de nacht opgebeld door de dictator van zijn land, die een reputatie van moordlust en willekeur heeft. Wat de schrijver ervan vindt dat hij een van zijn beste vrienden heeft laten oppakken? Doodsbang voor zijn eigen hachje probeert de ontvanger van het telefoontje een direct antwoord te vermijden. Hij doet zijn best om het gesprek in het filosofische te trekken, het begrip 'vrijheid' in algemene termen te definiëren.

'Ik merk wel dat je niet van plan bent voor je kameraden op te komen,' zegt de wreedaard. Zonder groet legt hij de hoorn op de haak.

Nu kan de schrijver de slaap niet meer vatten. Hij probeert de volgende dag en de dagen erna de leider van het land opnieuw aan de lijn te krijgen om toch nog iets goeds over zijn vriend te zeggen, maar komt niet verder dan het secretariaat.

De terugkerende gedachte dat er dode stukken in me zitten heeft me verlaten. Ze is vervangen door een andere, die me een paar maal daags invalt: deze wereld van overvloed kan niet duren. Als ik een koffieverpakking weggooi, als ik op tv een Chinese fotograaf een foto zie maken bij een halve finale tussen een Tsjech en een Zwitser en bedenk dat deze fotograaf voor één domme foto in een Chinese krant een vliegreis van duizenden kilometers heeft gemaakt. De stuwdam is gebroken, reeds kolkt het water het dal in. Ik wil me haasten met dit boek zodat het nog voor de catastrofe gedrukt kan worden. Dan is dat er tenminste maar, gelezen zal het niet meer worden. Wie zou daar nog tijd voor of zin in hebben, honger lijdend in de ijzige kou? Het is belangrijker om je buurman de hersens in te slaan omdat hij jouw voorraadje brandhout wil stelen, het hout waarmee je de temperatuur in huis de komende maanden boven nul dacht te houden.

Precies op het tijdstip dat er op de Duitse radio een programma over aardbevingen is en hoe Los Angeles daarop is voorbereid vindt in die stad de zwaarste aardbeving uit de geschiedenis plaats.

De mensheid is niet in staat haar lot te bepalen, nog veel minder dan de individuen waaruit ze bestaat, en dit is ook niet haar functie of taak. Hulpeloos overgeleverd aan driften, eigenschappen, kenmerken, dobberen wij mensen rond. De natuur wil in ons gebeurtenissen laten zien zoals de zon in de golfjes van het water wil schitteren. Wij zijn slechts dragers voor verwikkelingen, water en wind om die oogverblindende schittering mogelijk te maken.

Gesprek om halfdrie des middags, 11 juli 1978, Los Alfaques.

'Nou is de ligstoel alweer kapot! Ik wou dat we hier nooit heen waren gegaan, we hebben heel de week al pech!'

'Stel je niet zo aan, ik ga gewoon even naar de winkel.'

'Nou, ga dan, lazer dan op, ga dan!'

'Met jou is geen land te bezeilen.' De man hijst zich in de auto en verlaat de camping in de richting van Taragona.

Even later spreekt de vrouw het afgesproken wachtwoord: 'Het water kookt! El agua ya hierve...'

'Is hij weg, je man?'

'Nog geen minuut! Zat je hier achter de caravan te spioneren of zo? Hahaha... Nee, hier niet, hier niet Juan.' Fluisterend: 'De tenten zijn van dunne stof... ze zien ons... ze horen ons...'

'Corazon, zullen we gewoon weglopen?'

'Ach lieverd. Lieverd!'

'Gewoon weglopen, wij twee.'

De zeer zware aardbeving in de hoofdstad van Chili, zo prachtig beschreven door Von Kleist, veroorzaakt ook kleine tijdbevingen. Twee jonge ouders zoeken hun zuigeling op de plek waar ze de wieg weten te staan, ze schreeuwen het in wanhoop uit als ze een zware balk dwars over het matrasje zien liggen. Maar het bedje is leeg. De moeder valt flauw, gevolg van de overgrote emotie, maar ook omdat ze zich als zwangere te zeer heeft ingespannen: ze is namelijk zeven maanden zwanger van hetzelfde kind dat zo-even, voor de beving, in de wieg lag.

De aardbeving heeft in de hele stad branden en overstromingen veroorzaakt. Een uit een modderlawine opgedregde dode heeft een briefje in zijn hand: 'Zoek mij bij mijn neef Jaime, die in de bergen woont.' Het lijk wordt, met vele anderen, in een massagraf gelegd; maar als de boer Jaime weken later naar de stad afdaalt met voedsel voor de hongerigen drijft de veronderstelde dode het ezeltje.

Een man, op weg naar zijn onthoofding – hij zocht geluk met een adellijke non –, kan in de paniek rond de beving ontsnappen. Hij klimt naar het hooggelegen klooster om te zien hoe zijn geliefde het maakt. Als hij op de kloostermuur klimt ziet hij haar in de tuin snikken met een bloedend hoofd in haar handen: het zijne.

Tot vele maanden na deze vreselijke gebeurtenis kan het zijn dat iemand, die men op straat groet, meteen daarna lijkt op te lossen in lucht. De meeste inwoners van Santiago zijn aan het verschijnsel gewend, ze weten dat als ze over hun schouder kijken, de kennis daar weer kan lopen, hoewel soms in andere kledij dan zo-even. Maar soms behoren de burgers die elkaar zo vriendelijk groeten beiden tot het dodenrijk.

Ook vallen er bij heldere hemel een paar vlokken sneeuw uit de lucht. De zwerfhonden van de hoofdstad komen uit hun beschaduwde schuilplaatsen en likken ze gretig op, want de hitte van de zomerdag is ondragelijk.

De aardbeving in Portugal, die Voltaire en Kant aan het denken zette, leidt tot schokgolven in de tijd. Een grootgrond-bezitter in de Algarve krijgt verontrustende berichten over het kleiner worden van zijn kurkeiken. Als hij zijn rentmees-ter erop uitstuurt rapporteert deze, dat op veel plantages de bomen 'erbij staan als pasgeborenen'. Op veel wijngaarden krimpen het volgend seizoen, na aanvankelijk voorspoedige groei, de druiven. Als er geoogst moet worden zijn de ranken leeg als in het voorjaar.

Een kleine crimineel, als terreinverzorger werkzaam op de camping van Los Alfaques komt om in de vuurzee van 11 juli 1978. Enige weken na de gebeurtenis wordt melding ge-maakt van een laffe overval op een bejaard echtpaar in zijn woonplaats, waarbij de slachtoffers, die de jongen goed ken-den en zelfs verre familie waren, er absoluut van overtuigd zijn dat hij de dader was. Het raadsel wordt nog groter als de-zelfde jongen bij een bezoek aan Amsterdam wegens joyriden wordt opgepakt op exact dezelfde datum als toen de overval plaatsvond. Politiefoto's bewijzen dat het hier inderdaad om dezelfde jongeman gaat. Hij beweert op uitnodiging van een Nederlandse vriendin, die hij op de camping heeft ontmoet, Nederland te bezoeken.

'Zo kwam Miltiades aan zijn eind, die bekendstond om zijn overwinning op de Lemniërs, en daarvan zal ik nú vertellen.'

Elk verhaal wordt vloeibaar als je het schudt.

In de vuurstorm van Dresden ziet men kinderen door de vlammen lopen, gekleed naar de mode van eeuwen geleden.

Een doodarme boerin op het achterlijke Amerikaanse platteland is al een week of twee te laat met bevallen. Haar man zegt: morgen ben ik bij je weg, ik trek bij je mooie jonge zuster in. De plotselinge stress veroorzaakt bij de aanstaande moeder een hartaanval. Haar echtgenoot verklaart tegenover de familie dat hij haar alleen zo hevig mogelijk wilde laten schrikken om de partus op te wekken.

Een Chinese dictator besluit, als hij verneemt dat grote rampen tijdbevingen kunnen veroorzaken, van dit verschijnsel gebruik te maken om zijn volk te helpen een grote sprong voorwaarts te maken. Hij laat een grote stad bombarderen, die omsingeld is door het leger, zodat de bevolking niet kan vluchten en ontsnappen. Na de catastrofe trekken wetenschappers en inlichtingendiensten de puinhopen in om zo veel mogelijk technologie van de toekomst en informatie over samenzweringen te verzamelen.

Een Duitse arts wordt gearresteerd omdat hij een Frans tienermeisje een verdovingsmiddel zou hebben toegediend om haar te kunnen misbruiken; zij is daaraan overleden. Het komt tot twee processen, een in Duitsland, een in Frankrijk. In het eerste proces wordt hij vrijgesproken, in het tweede veroordeeld. De vader van het meisje huurt een team Russische criminelen, die de arts over de grens brengen, zodat hij voor de Franse wet gestraft kan worden.

Tijdbevingen veroorzaken om misstappen ongedaan te maken.

Medicijnen tegen kanker mogen slechts uitgeprobeerd worden op patiënten die zijn uitbehandeld, dus ten dode opgeschreven. Maar nu ontstaat een probleem: de goedgekeurde geneesmiddelen zijn inmiddels zo succesvol dat het aantal uitbehandelde patiënten te klein wordt voor betrouwbaar farmaceutisch onderzoek.

In de late herfst van 1978 komt in Amsterdam een brief uit Spanje aan bij de rouwende weduwnaar van een slachtoffer van de tankautoramp in Los Alfaques. De brief is geadresseerd aan zijn vrouw, draagt het poststempel van Tarragona en is gepost op de elfde juli. De man herkent het handschrift: het is van hemzelf. Hij opent de brief, leest daarin woedende beschuldigingen van overspel, gestaafd door overtuigende details. 'Genoeg van je spelletjes! Dit verraad! Morgen ben jij weg, vieze kut!' Hij is er absoluut zeker van dat hij deze brief nooit geschreven heeft, de feiten en beschuldigingen zijn nieuw voor hem. Ook is er geen enkele reden om een dergelijke brief te sturen naar het huisadres van een echtgenote terwijl je met haar op vakantie bent. De gedachte dat ze inderdaad de volgende dag 'weg' was bezorgt de weduwnaar kippenvel.

Een kwal groeit als hydra op de zeebodem, stijgt als hij zijn volwassen medusafase heeft bereikt naar het oppervlak en geeft zijn zaad af aan het lauwe water. Daarna zinkt hij weer omlaag en verandert weer in de jeugdige hydra die hij was. Aan een rots gekleefd wacht het dier geschikte omstandigheden af om opnieuw volwassen te worden. Onsterfelijk klimt het langs de ladder van de tijd op en neer.

Een hond, door zijn eigenaren bij een pension op de Veluwe ondergebracht voor ze uit kamperen gingen in de buurt van Barcelona, blijft op 11 juli 1978 om halfdrie 's middags bij een wandeling met een groep andere honden stokstijf staan en begint met een bijna menselijke stem te jammeren. Zijn soortgenoten volgen hem daarin, het bos weergalmt van oorverdovend gehuil. De medewerkers van het pension hebben grote moeite om het dier terug in zijn kennel te krijgen, het wil geen poot meer verzetten en moet gedragen worden.

Dierenartsen, arts en dier en…

'Ik heb leren insemineren op slachtkoeien.'

'Wat bedoel je dáár nou weer mee?'

'Gewoon… zoals ik het zeg. Wat zou ik daarmee kunnen bedoelen? Jezus, Astrid!'

Roelof en Astrid zijn na enige maanden seksueel zo ver tot

rust gekomen dat ze tussen de bedrijven door kunnen slapen in hetzelfde bed. Maar hun lichamen blijven in elkaars gezelschap zo nerveus dat ze zelfs roken in hun slaap. Aan beide kanten van het bed ligt in een asbakje een sigaret te smeulen. Soms zoekt een hand, dan wordt een trek genomen of een nieuwe Lexington aangestoken en weer in de asbak gelegd. De volgende ochtend staat de kamer blauw. Geërgerd trekken ze de gordijnen opzij en openen het raam.

'Het heeft gevroren!'

'Gelukkig! Ik snak naar wat kou.'

'Wat een weer, nietwaar, dokter?'

'Het is je reinste sneeuwstorm. En wie hebben we hier?'

'Dit is Lemmy. Ze doet zo raar, kijk hoe slap ze op de pootjes staat. We maken ons zorgen.'

Roelof voelt langs de ribben en het maagje. Het beestje reageert sloom.

'Sinds wanneer?'

'Vanaf de feestdagen zo'n beetje.'

'Mag ik eens iets raars vragen? Hebt u een kerstboom in huis?'

'Ja, hoor. Netjes met de kluit in het water. Goed voor het milieu. Als het gaat dooien gaat ie weer de tuin in.'

'Denkt u dat Lemmy uit die bak drinkt? Dat water kan namelijk gif zijn voor katjes.'

'Echt waar?'

'Dat hij bij de boom drinkt zou heel goed de oorzaak kunnen zijn.'

'Dus dan moet de boom er maar uit, de bevroren grond in? Zielig voor de boom.'

'Of de bak goed afdekken...'

'Ik vier mijn verjaardag nooit.'

'Oké; maar het was toch half juni, Roel?'

'Het was half juni, ja.'

'Veertien? Vijftien!'

'Ja.'

'Is het vijftien?'

'Ja, ongeveer.'

'Zeventien!'

'Het is onbelangrijk.'

'Als het zo onbelangrijk is kun je het net zo goed zeggen. Nu maak jij er een punt van.'

'Jij niet dan? Nou goed: veertien.'

'Echt?'

'Waarschijnlijk.'

'Hè, doe niet zo spastisch! Je bent echt belachelijk!'

'Jij wilt het toch net zo graag weten als ik het niet wil zeggen? Dan ben jij net zo belachelijk.'

'Ík zou niet mijn leven wagen om mijn hond uit het vuur te redden als ons huis in brand stond.'

'Dan heb ik me in je vergist, Roel.'

'Zou jij dat dan wel doen?'

'Natuurlijk. Ik vind dieren net zo belangrijk als mensen, misschien zelfs belangrijker.'

'Dat moet je tegen je vork zeggen.'

'Hoe bedoel je?'

'Daar zit zo'n belangrijk dier aan, in de vorm van een stukje varken.'

Astrid schuift haar stoel achteruit.

'Ik heb er genoeg van ook! Áls je me maar pakken kan, hè? Als je me maar te slim af kan zijn.'

'Ja maar lieverd...'

'Hou op te lieverden!'

Ze beent weg.

In oude tijden droegen vrouwen maskers met een mannengezicht om hun echtgenoten wijs te maken dat zij de baas waren. De mannen kregen vrouwenmaskers voorgebonden, zodat ze ook van elkaar geloofden dat ze moesten wassen en strijken.

Net niet getrouwd. Overweldigd door een vloedgolf, aan

land geworpen en versteend. Steenkoud ontwaakt. Meestal zakelijk in de omgang, maar opeens de ogen tot spleetjes knijpend.

Als Roelof geen werk heeft bivakkeren Astrid en hij aan de Amsterdamsestraatweg, op het adres dat hij als student al had. Op de kamer achter hem woonde destijds Roger. Die jongen – de verjaardagsfeestjes! de meisjes! – kreeg en jatte naamschildjes die hij op zijn deur schroefde: VOLLEDIGE VERGUNNING, J.G. TABAK, ANNETTE VAN TREEK UW PEDICURE, het reusachtige SCHLEPPER "OSTSEE" en het raadselachtige COLLEGA. Toen Roger wegging om een praktijk in Gelderland te beginnen heeft Roelof de kamer erbij gehuurd en er zijn bed heengesleept. De schilden liet hij zitten. Het maakte hem blij dat hij nu een keuken en een douche voor zichzelf heeft. Maar Astrid zegt: 'Dit is geen wonen, dit is kamperen.'

Ze kondigt aan op zoek te gaan naar een flat; ook wil ze van de pil af, waar ze moe en depressief van wordt en naar Roelofs idee ook sacherijnig.

Ze maakt kennis met Roelofs kameraden. Eigenlijk betekent dat met Eddy, want de vriendenclub is uiteengevallen. Josee en Chrétien zijn allang in India, Tyler zit volgens de laatste berichten in Californië in een krankzinnigengesticht, anderen hebben zich burgerlijk over het land verspreid en hebben jonge gezinnen.

Astrid solliciteert voor de vorm, maar wordt tot haar verrassing aangenomen op de administratie van een handelskantoor; op dezelfde dag krijgt Roelof het verzoek om een Brabantse collega te komen helpen met enten tegen mond-en-klauwzeer. Doordeweeks is hij van huis, Astrid blijft in Utrecht achter. In haar ligt iets achterover open, baarmoeder en eierstokken lijken op een gekruisigde Christus; bij het paard zien dezelfde organen er heel anders uit.

Haar kantoorbaan bevalt haar al snel uitstekend. Ze heeft een verlegen collega met zijdezacht haar, Peter, die in de rookpauze vertelt over zijn project, eigenlijk is het meer een droom: een Utrechtse *Emmanuelle* maken. Zo'n rotanstoel heeft hij al. Verschillende mensen op kantoor hebben toegezegd mee te willen doen.

'En welke rol zie je voor mij?' vraagt Astrid. Peter wordt vuurrood, drukt zijn sigaret uit en haast zich terug naar zijn kamer. Met Kitty, een andere collega, praat ze over Roelof, over de verwarring die hun relatie bij haar teweegbrengt. Dat seks bij hen de band niet sterker maakt, maar eerder zwakker.

'Hij gebruikt je,' meent Kitty. 'Hij probeert je in te kapselen met zijn seks, maar dat gaat hem bij jou niet lukken. Jij bent een sterke vrouw.' Ze introduceert Astrid bij haar FORT-groep, de afkorting staat voor feministische oefengroep radikale therapie. Daar wordt met aandacht naar haar geluisterd, ze wordt er wel eens verlegen van. Een oudere vrouw, Ina, die door iedereen als 'wijs' wordt gezien en 'in haar kracht', wrijft haar over de rug: 'Jij geeft me energie!'

Astrid leert wrevels te uiten, spinsels te formuleren en knuffels te geven en te ontvangen. Ze krijgt in de oefengroep denkschema's aangereikt die haar de schellen van de ogen doen vallen. Waarom heeft Roelof daar nooit iets over verteld, over de machtsspelletjes die hij met haar denkt te kunnen spelen?

Als Roelof op een late vrijdagavond thuiskomt uit Brabant en de deur van de voorkamer opendoet staren tien paar vijandige ogen hem aan. De vergadering is bij Astrid, ze zijn midden in het rondje 'Spinsels', dingen die ze denken van elkaar en de wereld en denken dat ze denken.

'Dan ga ik vast naar de slaapkamer, liefje.'

'Een goed idee. Blijf maar niet op, het kan nog even duren. We willen hierna nog gezellig een borrel drinken.'

Gemurmel, stiltes. Als er aan de andere kant van de muur gelachen wordt, en na een halfuur komt dat steeds vaker voor, klinkt er één schaterlach bovenuit, een onaangenaam geloei. Astrid is dat niet.

Om vier uur schuift ze naast hem. Half in slaap probeert hij op haar te kruipen.

'Nu niet, ik ben net ongesteld geworden. Ik voel me helemaal niet prettig.'

De zoen in plaats van het neuken ontroert hen beiden onverwacht diep.

Na een paar uur slapen krijgt Astrid een vreemde droom. Ze is in een dierentuin, maar niet op de paden. In een kooi. Van welk dier? Wat ligt daar op de grond? Zwartglanzend bont: een zwarte beer. Nu zij hem geïdentificeerd heeft heft hij het hoofd en komt overeind. Ze schrikt, maar voor zwarte beren hoef je niet bang te zijn. Bij elke stap die hij op haar toe zet verdwijnt haar beklemming meer, en als hij met zijn hoofd, dat eigenlijk een mensenhoofd is, of is geworden, vlak bij het hare is zegt hij: 'Ik moet even wat in je oor fluisteren.'

'Ja?'

'De koning zal spoedig sterven…' Dan keert de beer om en verdwijnt in het donker, de kooi wordt met een zacht gerinkel opgeheven of afgebroken. De droom verloopt, ze hoeft er niet eens uit wakker te worden om te weten dat de gebeurtenissen en vooral een besef van diepe betekenis haar niet zullen verlaten, misschien wel nooit van haar leven.

Ook de volgende ochtend wil ze niet vrijen, maar met een gevoel van vriendschap trekt ze Roelof af.

'Wij moeten maatjes worden,' zegt ze vlak voor hij een paar witte druppels de wereld inslingert.

'Dat meisje met die blonde schapenkrullen, dat gisteren onder het raam zat, die ken ik nog van vroeger…' zegt hij bij het ontbijt.

'Schapenkrullen?'

'Ze heette Saskia, geloof ik.'

'Sylvia!'

'Dat was de naam. Was steeds bezig met edelstenen; die waren goed voor van alles…'

'Nou, dat is over hoor. Waar ze nou mee bezig is…' Astrid gnuift. 'Maar ik mag niet uit de school klappen over wat er in de groep besproken wordt.' Ze trekt haar pakje Lexington naar zich toe, trekt er een uit en steekt op.

'Nou ben je nieuwsgierig, hè?'

'Nee hoor.'

'Maar als je zou weten waarover we het hadden, dan zou je wel nieuwsgierig zijn!'

'Nee, want dan zou ik het al weten. Je kunt niet nieuwsgierig zijn naar iets wat je al weet…'

Astrids gezicht betrekt.

's Avonds gaat het licht uit zodra ze in bed liggen. Ze legt zijn zoekende hand terug op zijn buik: 'Ik wil even niet met je neuken, ik voel me niet vertrouwd bij je.'

'Vertrouwd? Dat hadden wij toch nooit nodig As?'

'Vroeger niet misschien, maar ík nú wel. Mensen veranderen, Roel. Misschien jij niet, maar ik.'

'Ik dacht dat het juist beter ging.'

'Ik ook.'

Het is een poosje stil, haar adem gaat hortend. Huilt ze? Na een paar minuten wordt de ademhaling weer rustig. Ze steekt een sigaret op in het donker.

'Ik vind ook wel dat het beter gaat. Maar dat koele geredeneer altijd…'

In een paar weken dooft de lichamelijke liefde tussen hen. Ze draait zich om als hij haar aanraakt, laat hem niet meer toe. Het gaat met dezelfde vanzelfsprekendheid als waarmee ze ooit niet van hem af kon blijven, en even vanzelfsprekend accepteert hij dit nieuwe gedrag.

'Ed heeft aangeboden om het script van de Utrechtse *Emmanuelle* te schrijven. Goed van hem, hè? Zo'n bekende naam opent deuren bij de filmindustrie.'

'Geweldig! Dan duurt het vast niet lang meer tot de film er is.'

Is hij sarcastisch? Is hij altijd sarcastisch of juist nooit? Ze vervolgt:

'Hij borrelt van de ideeën. Eddy is zó creatief. Jij bent niet creatief.'

'Nooit geweest, helaas.'

'Wat vind jij jouw beste eigenschap, Roel?'

'Hmm, lastig. Ik heb niet zoveel eigenschappen...'

'Kom, je denkt nooit over jezelf na. Toe...Dan zeg ik die van mij.'

'Geduld? IJver? Geduld en ijver, denk ik. Eén van die twee.'

'Míjn beste eigenschap is dat ik overal het positieve van probeer te zien.'

Roel zit op een hoek van de bank die normaal voor Astrid is, onder de lamp, zij op de andere hoek. Hij staat op om een drankje voor hen beiden te halen, zij gaat vlug daar zitten. Opgestaan plaats vergaan. Haar vriend gaat zonder te reageren in de fauteuil zitten. Als ze na een kwartier naar de wc gaat keert Roelof terug naar zijn oorspronkelijke plaats. Wanneer ze terugkomt vraagt ze of zij daar mag zitten.

'Nee, ik zit er toch?'

'Ja maar ik zat er zonet.'

'Ja maar dáárvoor zat ik er.'

Astrid ziet wrevelig de redelijkheid van zijn redenering in.

'Mag ik de kussens dan wel?'

Het geschil heeft hen uit hun humeur gebracht. De rest van de avond spreken ze geen woord meer.

Astrid vindt een flatje in Overvecht. Ze verhuizen. Het is zowat hun laatste gemeenschappelijke onderneming. Als hij na de werkweek terugkeert uit Brabant: 'Ik ben in verwachting, Roelof.'

Hoe kan dat? Ze hebben twee maanden niet geneukt! Nee, Ed heeft het gedaan. Twee dagen later is Roelof terug op zijn oude honk, woedend, maar meer nog opgelucht. Eddy hoeft hij even niet te zien. Hij drinkt een paar avonden meer dan normaal en roept in de kroeg: 'De wereld is een klootzak! Een dikke klootzak!'

Al botsend op de harde baen,
vingh plots dat herte te spreken aen.
Al weenen vinghet te spreken aen:
'Och jonghe, hebs di seer gedaen?'

Een mannetjesinsect wordt opgegeten terwijl hij seks heeft. Het wijfje vreet hem in zijn geheel op, tot waar hij in haar is. De penis blijft achter in de geslachtsopening van zijn partner. Op deze manier zorgt de man ervoor dat zij niet meer bereikbaar is voor vreemd zaad.

Een man heeft armen die precies even lang zijn als zijn benen. Dit maakt het hem mogelijk voor lange tijd als een rad langs de weg te draaien. Met een snelheid van veertig kilometer per uur kan hij aanzienlijke afstanden afleggen.

Een vrouw die 'de onbrandbare' wordt genoemd, drinkt gloeiende olie, wast zich met salpeterzuur en vloeibaar lood, en loopt op roodgloeiende ijzeren platen rond zonder dat het pijn doet.

Een Française krijgt steken in de zij als ze niet dagelijks twintig kannen lauw water drinkt.

Roelof de Koning is een voertuig waarin de tijd zich van A naar B begeeft.

De gebeurtenissen van een harmonisch bestaan zijn als de schaliën van een beweeglijk harnas.

Eudoxie vergeeft Ludacris zijn overspel en wil toch met hem trouwen.

Er is een leguanensoort waarin drie soorten mannetjes voorkomen: grote agressieve die harems verzamelen, kleine monogame, en namaakvrouwtjes. Deze laten zich in een harem opnemen en bevruchten, eenmaal binnen, zo veel mogelijk echte vrouwtjes.

De mimische octopus kan vijftien of meer andere dieren na-doen. Bijvoorbeeld een vrouwtjeskrab: het aangelokte man-netje eindigt in de maag van de inktvis.

Een spin maakt een namaakweb met daarin een namaak-spin. De vlieg die dit web ontwijkt wordt gevangen door het echte exemplaar.

De drongo is in staat van allerlei dieren de alarmkreet na te doen. Als die de boom in zijn gevlucht kan hij rustig voedsel verzamelen. Maar terwijl hij hiermee bezig is legt de koekoek stiekem eieren in zijn nest.

Een mannetjesspin bouwt een namaakexemplaar van zich-zelf en hangt het in zijn web als lokaas voor zijn levensgevaar-lijk vraatzuchtige vrouwtje. Terwijl zij zich tegoed doet paart hij met haar en brengt het er levend af.

Een man bekent bij het boodschappen doen dat hij op Oba-ma heeft gestemd. Zijn echtgenote wordt woedend en achter-volgt hem in hun auto over de parkeerplaats van het winkel-centrum. Hij zoekt dekking achter een bloembak. Als hij haar achter het stuur ziet grinniken, alsof ze nu ook het komische van haar actie inziet, komt hij tevoorschijn. Ze geeft vol gas.

'Dokter, ik heb een paar zebravinkjes thuis. Eerst alleen een mannetje, maar dat vond ik zielig, dus toen heb ik er een vrouwtje bijgekocht. Een prachtig izabel exemplaar. Ze kun-nen in het algemeen goed met elkaar opschieten en hebben zelfs samen een nestje gemaakt, maar soms krijgt zij het op haar heupen en dan jaagt ze hem de hele kooi door.'

'Is het een grote kooi?'

'Heel ruim, meer dan een meter hoog en diep.'

'Dat moet voldoende zijn. En zitten er ook afscheidingen in het verblijf, zodat ze elkaar niet altijd hoeven te zien?'

'Ik heb speciaal daarvoor een stuk karton aangebracht.'

'Tja... Lastig geval. Je hebt nu eenmaal moeilijke vrouwen. Ik weet het uit ervaring...'

Een kat valt de familie bij wie ze woont plotseling aan en

dwingt man, vrouw en drie kinderen een hele zondagmiddag lang in de slaapkamer door te brengen. Toevallig komen de buren op bezoek, de bewoners worden bevrijd. Een dierenpsycholoog neemt de kat in therapie.

'Kijk eens hoe die stier mij aankijkt!'

'Wees niet bang, Gloriette. Hij ziet heel goed dat jij een fatsoenlijke vrouw lijkt.'

Een stoere jongeman heeft een middelgrote haai gevangen. Hij wil met de vis gefilmd worden en opent grijnzend diens bek voor de camera, bediend door zijn vriendin. De geluidsapparatuur registreert haar uitroepen: 'Oh, my God! Honey, honey! Oh, my… God!'

Mannelijke pauwen proberen vrouwtjes vaak te lokken door geluiden te maken alsof ze al seks hebben.

Een vrouw heeft er geweldig tegen opgezien om haar man te bekennen dat ze bij hem weg wil. Op de laatste dag van een weekend samen in de bossen denkt ze: nu móet het gebeuren. Ze haalt diep adem om de zinnen die ze al dikwijls gerepeteerd heeft, uit te spreken. Op dit moment schreeuwt de man: 'Moet je dáár eens kijken! Afschuwelijk!' Aan een boom zit een halsband vastgemaakt met daarin wat gele beenderen en de resten van een bruine vacht.

Een vrouw wil haar man bekennen dat ze bij hem weg wil. Ze maken samen een lange boswandeling waarop niet veel gezegd wordt. Nu móet het gebeuren. Ze haalt diep adem om de zinnen, die ze van tevoren goed overdacht heeft, ook werkelijk te laten klinken. Op dit moment zegt de man, haar aankijken durft hij niet: 'Ik moet je iets bekennen: Gertie en ik zijn verliefd op elkaar geworden en ik ga bij haar wonen.'

Een man en een vrouw zijn op vakantie in Hongarije. Op het met druiven omrankt terras van een restaurant voeren ze een moeizaam, ja, uitzichtloos gesprek over de toekomst van hun relatie. Een violist komt met een smartelijke melodie boven hun tafeltje hangen en kijkt de heer doordringend aan, totdat die uitvalt: 'Donder toch op man! Zíe je niet dat we ernstig aan het praten zijn?'

De vrouw schuift haar stoel achteruit, staat op en gooit het servet neer, ze knijpt haar ogen tot spleetjes: 'Dit is nu precíes wat ik bedoel! Alles wat mooi is maak jij kapot.' Grienend beent ze de zoele avond in, terug naar het hotel.

'Alleen mensen zijn onbetrouwbaar en wreed.'

'Gelul. Een hond kan toch óók vals zijn?

'Alleen omdat zijn baas hem vals gemaakt heeft.'

'Gelul.'

'Zak.'

'Sinds ik de mensen ken houd ik van dieren.'

'Troela.'

DE WERELD VAN JAN EN ANGELIQUE.

Bijt nooit in de hand die je voedt... *Een poos terug hoorde ik (Jan) een verhaal, dat mij aan het denken zette. Een man was in Afrika gedood door een leeuw, die hij nota bene zelf had grootgebracht. De man (een jachtopziener) was de leeuw te veel gaan vertrouwen en vergeleek hem waarschijnlijk met zichzelf. (Zoals de waard is...)*

Welpje... *Jaren terug had de man het welpenjong gevonden op een grote savanne in Afrika. Het diertje was alleen, zonder broertjes of zusjes en zonder moeder. De kans dat het zou overleven was nul. Het was immers al sterk vermagerd en kon zich niet meer voortbewegen. Hij besloot dan ook om het welpje niet aan zijn lot over te laten maar mee te nemen naar zijn kamp en het daar te gaan (op-)voeden. Vier jaar lang had hij het onder zijn hoede en gaf het dier weer een kans op leven. Het welpje was inmiddels een grote en sterke leeuw geworden.*

Gedood... *Op een gegeven moment, toen de man het totaal niet verwachtte, werd hij zonder aanwijsbare reden gegrepen door de leeuw. Het dier doodde de jachtopziener. De leeuw*

koos het hazenpad en rende terug de savanne in. Hij kon zich-
zelf weer redden.
Wat een verhaal zou je zeggen, wordt eerst je leven gered om
vervolgens je redder te doden. Als excuus gebruiken wij men-
sen, dat een situatie als dit in de natuur thuishoort. Je hebt im-
mers te dealen met een leeuw, het is en blijft een wild dier.
Mensen... *Precies dit was het dan ook wat mij aan het denken*
zette. Gaat het niet vaak ook zo in ons mensenbestaan? Gaan
wij mensen ook niet vaak op precies zo'n manier met elkaar
om? Hebben sommigen onder ons niet dezelfde eigenschap-
pen als de hierboven beschreven leeuw? Er is een spreek-
woord dat zegt: bijt nooit in de hand die je voedt. Dat dingen
als deze in de natuur voorkomen is te begrijpen. Maar dat er
mensen zijn die ook zo met anderen omgaan is toch wel iets
om over na te denken...

'Wies, als je man die hondjes had gehouden, was dan die abortus wél doorgegaan?'
De vrouw begrijpt meteen wat haar broer bedoelt. Ze wordt
rood van schrik.

Ed Hameetman krijgt een zoon. Hij heeft er de leeftijd voor,
hij is tweeëndertig.
De moeizame geboorte van Arnold uit een reeds moeizame relatie. Tijdens de zwangerschap moet er vaak naar vader Dikkers gereden worden, die een ernstige ziekte heeft gekregen
en zijn laatste maanden in het ziekenhuis doorbrengt. Het
hangt erom of hij zijn kleinkind nog gaat zien.
'Het voelt als een race,' zegt Astrid in de FORT-groep. Een
race tussen twee natuurlijke processen. Uiteindelijk sterft
Dikkers pas vier maanden na de geboorte van zijn kleinzoon;
hij heeft nog alle tijd om te zeggen dat hij erg blij is, maar van
harte gaat dit niet. Astrid helpt haar kersverse stiefmoeder bij
het verplegen van de patiënt. Bleek en vol onbegrip zit hij bo-

ven zijn zieke buik. Er komt niets meer uit.

Astrid verwijt haar vriend: 'Je doet net of jij niets met de hele situatie te maken hebt.'

'Ik rijd toch steeds met je naar het ziekenhuis?'

'Ja maar dan neem je de *Panorama* mee en die ga je dan op de gang zitten lezen.'

'Dat is één keer voorgekomen Astrid.'

'Twee keer.'

'Ik herinner me maar één keer.'

'Twee keer, Ed!' Twee keer klinkt niet als een heel ernstig vergrijp, merkt ze, dit maakt haar kwaad: 'Maar wat kan het schelen, ik heb geen zin in welles-nietesspelletjes.' Ze kijkt boos op Arnold neer, die met gesloten oogjes aan haar borst sabbelt.

Hij staat op.

'Waar ga je heen?'

'Even naar mijn werkkamer. Een paar dingetjes opschrijven...'

'Opschrijven! Ga maar opschrijven wat je er allemaal van snapt. O wat snapt ie veel. Als je maar niet hoeft te praten. Als je maar niet hoeft te zeggen: je hebt gelijk.'

Hij probeert haar een kus op haar vlekkerige wang te geven maar ze trekt haar hoofd terug en kijkt naar de wand. Als hij de deur uitgaat zegt ze: 'Gezellig...' tegen zijn rug. Als hij halverwege de trap is hoort hij nog eens: 'Echt gezellig...'

Als hij boven is haalt hij zijn schrift tevoorschijn en schrijft op:

In elke holte in het oppervlak van de conversatie een scheutje zuur. De z wordt doorgestreept, vervangen door een v. Daar toch weer het woord 'zuur' boven.

En ook: *Bleek en vol onbegrip zat hij boven zijn boze buik.* Het was hem vannacht ingevallen. Zo was het gesteld met de oude lul. In die dikke pens werd een nare dood voorbereid, een buik kan niets doen, heeft geen tanden om in de wereld te zetten. Hij kan alleen de ruggengraat jennen met zuren en gassen, de andere onderdelen, waarop hij jaloers is, voedingsstoffen onthouden en gifstoffen toedienen. Bleek en vol onbegrip zat hij boven zijn boze buik. Ja. Zo zat de oude Dikkers de grijze dag in te kijken.

Want de hel is van ijs, de eeuwigheid onbewegelijk. Dat is een ander idee dat hem nu te binnen schiet. Het heeft iets met dat onbegrip, maar ook met dat *Panorama* lezen te maken. Hij ziet de stapels oude tijdschriften die hij naar de flat heeft meeverhuisd. De oude *Donald Ducks*, alvast voor het jongetje. Dat de hel van ijs is, is niet van hem, maar van Dante, natuurlijk. 'De eeuwigheid is onbewegelijk' is ook niet van hem. Gadverdamme! Hij is vlak bij een nieuwe roman, het is of hij hem kan aanraken! En dan komt dat zoontje opeens en dat moeilijke wijf. Gadverdamme nog aan toe! Gadverdamme.

Hij schrijft: *Ik vind dit boetseren zo moeilijk. De klei is koud. Ik heb gewoon problemen met verzinnen. Waarom moet een protagonist deze of gene veelzeggende naam hebben? Waarom moet iemand een witte jas dragen, zoals in dat verhaal van Ambrose Bierce?*

Hij wacht even, laat de gedachte rijpen op het papier en schrijft er dan in een ander handschrift doorheen, het is jammer dat hij geen anderskleurige pen heeft: *En dat siert je!* Ed gaat na al dit schrijven op de sofa liggen, die ook in zijn werkkamer staat, en masturbeert terwijl hij aan Sylvia Kristel denkt. Op het moment van ejaculatie is zijn lid niet helemaal stijf, hij is nog lang niet op temperatuur.

Een diplomaat in Bangkok vraagt zijn jonge vrouw bij terugkeer van haar vakantie in Parijs of ze is vreemdgegaan. Zij ontkent. Korte tijd later leert ze een meisje kennen dat nogal makkelijk is op seksgebied. Haar bekent de jonge vrouw dat ze in het vliegtuig met twee mannen seks heeft gehad; ze heeft dus strikt genomen niet gelogen tegen haar man, die immers naar vreemdgaan in Parijs vroeg. Volgens de vriendin kan ze het haar diplomaat gerust vertellen. 'Wedden dat het hem opwindt?' Later heeft de vriendin seks met haar en ook (niet voor het eerst) met haar man, en de diplomatenvrouw doet het op een feestje ook met een fabrikant en zijn vriendin. Bediendes voeren champagne aan, regen regent, transpiratie glinstert.

Een jonge vrouw reist per schip naar haar man in Hongkong. Tot haar ongenoegen is er alleen plaats op een vrouwenslaapzaal, alwaar ze een jonge reizigster met zeeangst op haar gemak stelt en vervolgens seks met haar heeft. Eenmaal in Hongkong raakt ze bevriend met de dochter van een van de minnaressen van haar man. Zelf doet ze of ze een hoer is en heeft in deze hoedanigheid een ontmoeting met een groep matrozen. Ze doet haar werk uitstekend, maar wil er geen geld voor. Thaise vrouwen geven haar, haar man en haar jonge protegee een lichaamsmassage. Bij thuiskomst hebben ze seks met zijn drieën, voor het meisje is dit de eerste keer.

Dezelfde jonge vrouw wordt er als journaliste undercover op uitgestuurd om te onderzoeken of er sprake is van seksuele rites in een eerbiedwaardig krankzinnigengesticht. Deze blijken te bestaan, zij doet eraan mee. Tijdens dit verblijf ontmoet ze een getraumatiseerde patiënte die zo geloofwaardig over kannibalen in het regenwoud vertelt dat ze haar verhaal wil checken en met haar bron en een gids naar het oerwoud vliegt. Tijdens hun tocht ontwikkelt zich een tedere driehoeksverhouding, totdat ze door de kannibalen worden overvallen. Deze verkrachten hen ruw.

De journaliste brengt het er levend van af en schrijft een artikel dat haar beroemd zal maken. Eenmaal terug in Europa belandt ze in een existentiële crisis. Ze vraagt zich af of haar geneuk met jan en alleman niet zondig was en wil haar dagen verder in het klooster slijten. Ze krijgt van de moeder-overste een bandeloos rijkeluismeisje onder haar hoede om ook dit tot inkeer te brengen, maar het tegenovergestelde gebeurt. Haar beschermelinge en zij hebben seks, daarna neemt het wilde kind haar mee de bossen rond het klooster in, waar zich een gevluchte moordenaar schuilhoudt, die erg naar seks verlangt.

De vrouw, ex-journaliste, ex-non, woont weer bij haar diplomaat. Deze is echter met het klimmen der jaren saaier en bezitteriger geworden. Om definitief met haar verleden te breken gaat ze naar Brazilië, waar een geniale plastisch chirurg een kliniek heeft, diep in de jungle. Ze komt onherkenbaar terug als meisje van twintig, de chirurg heeft zelfs een nieuw maagdenvlies aangebracht. Eenmaal terug in Parijs vrijt ze met verschillende mannen, veelal bekenden van vroeger, maar dezen merken niet op dat ze eigenlijk met dezelfde vrouw naar bed gaan. Behalve één, een bescheiden jongen met een bochel…

'Nu zie ik in dat jij mijn ware liefde bent,' bekent de vrouw. 'Met jou wil ik oud worden.'

Op een kantoor wordt de dagelijkse gang van zaken in de war gebracht als een team van twee accountants de gang van zaken komt doorlichten. De controleurs zijn een knappe man en een mooie jonge vrouw, die tijdens het overwerken seks met elkaar hebben. De vrouw oogt koel, maar blijkt niet afkerig van de avances van andere werknemers. De verlegen jongste bediende is hoteldebotel van haar. Hij laat rode rozen op haar werkkamer achter, al denkt hij geen kans te hebben. Meer door de wol geverfde collega's bespotten hem om zijn verliefdheid, maar tot hun verbazing is zij, ontroerd door zijn schuchtere avances, van harte bereid hem te ontmaagden.

Iemand is in de overgang. Haar lichaam wordt te zwak om nog een vat voor de lust te kunnen zijn, de inhoud barst eruit.

De spier die het minst achteruitgaat in de loop van het leven en daardoor relatief steeds sterker wordt, is die van het genot.

Jaloezie is de spier die de lul omhooghoudt. Als je hem niet meer omhoog kunt krijgen ben je ook niet jaloers meer.

Een jongeman vraagt een gesoigneerde echtgenote van een

188

ambassadeur uit het Oostblok 'of hij haar kan verleiden tot een ritje' in zijn pas gerestaureerde antieke Jaguar. Als de vrouw ziet hoe hij de met leer beklede versnellingshendel hanteert begint zij, speels, op vergelijkbare wijze zijn geslachtsdeel te kneden. Korte tijd later hebben ze seks in een bloemenwei.

'Jij speelt met vuur, jongen,' fluistert de vrouw hem in het oor. 'Als mijn man hiervan hoort leef je niet lang meer.'

De jongen grinnikt: 'De enige van wie hij het kan horen ben jij. Ik vertrouw je, liefste.'

Dezelfde avond overlijdt hij aan een hersenbloeding.

Iemand droomt van seks met zijn directeur op de achterbank van zijn auto. In een spasme van verrukking trapt hij de handrem los, de wagen rijdt van de kade af. Beiden ontwaken met een kreet.

'Ik kan nog niet geloven dat ik bij jou in bed lig.'

'Wat ben je toch lief.'

Iemand droomt zo levensecht dat ze meent dat de persoon die ze in de rivier ziet drijven werkelijk te water geraakt is. Ze belt de politie. Deze komt met grote spoed en rijdt tegen een boom.

Een lerares heeft met een leerling seks in haar auto. Zij trapt tijdens het liefdesbedrijf de handrem los, de wagen dreigt van het talud af te rijden, de afgrond in. De jongen trekt met grote tegenwoordigheid van geest de handrem weer aan. Dankbaar en opgewonden zegt ze:

'Jij bent een echte man, Roy. Nu weet ik dat je van me houdt. Je hebt mijn leven gered!'

'Dat van mijzelf ook. Ik bedoel: ik had het net zo goed gedaan als jij niet in de auto was geweest.'

Een jonge vrouw die nog maar kort haar rijbewijs heeft zweet bij een ritje op het platteland hevig van de spanning. Ze probeert onder het rijden haar vestje uit te trekken en rijdt tegen een boom.

Een autoliefhebber komt terecht in een hevige onweersbui met hagel, waarbij dak en motorkap van zijn oldtimer, onlangs door hemzelf zorgvuldig gerestaureerd, lelijke deuken oplopen. Uit frustratie rijdt hij het vehikel twee keer met een vaartje tegen een hek aan, eenmaal voor-, eenmaal achteruit. 'Als ik dan toch opnieuw moet beginnen, dan maar helemaal!'

Iemand droomt levensecht dat hij een drenkeling in het water ziet liggen en belt 112. De ambulance komt, maar het is loos alarm. De buurvrouw van de dromer heeft echter juist een zware hartaanval gehad en kan nu ogenblikkelijk naar de stad worden gebracht. Maar de ziekenauto rijdt op weg naar het ziekenhuis tegen een boom.

Een kankerpatiënte besluit in de tijd die haar nog rest 'haar dromen te volgen' en haalt haar motorrijbewijs. Bij haar eerste zelfstandige rit rijdt ze tegen een boom.

Een vakantieganger op de Veluwe, die gelooft in de voorspellende kracht van dromen, schrikt in de hangmat achter zijn caravan wakker uit een dutje. Hij roept tegen zijn vrouw: 'Waar zijn de autosleutels? Help me zoeken, snel. Volgens mij wordt er ingebroken in ons huis in Amsterdam.'
'Maar dat is twee uur rijden, kun je niet beter de buren bellen?'
'Vanbuiten is er niets te zien, ik heb gedroomd dat ze bovenlangs kwamen. Het gaat rond etenstijd gebeuren.'
Op de parkeerplaats van het bungalowpark blijkt dat zijn auto gestolen is.

Een autoliefhebber brengt samen met zijn zoon een donkergroene Jaguar uit 1960, die de jongen bij een boerenschuur onder het hooi heeft aangetroffen, terug in nieuwstaat. Jarenlang brengen ze ieder weekend samen in de garage door. Maar dan hangt de zoon, die niet over een pas uitgesproken scheiding heen kan komen, zich op. Een week na deze gebeurtenis wordt de carrosserie van de Jaguar zwaar beschadigd door een hagelbui. Die is nog maar net afgedreven als de vader de wagen boven aan een rivierdijk zet en de handrem lostrekt.

Iemand droomt dat hij een steen gooit naar een mooie vriendin.

'Au! Waarom doe je dat?'

'Zie je me nu eindelijk staan?'

Een motorrijder is met honderd kilometer per uur over de kop geslagen op een bochtige landweg. Wie zegt niet zachtjes hoera bij zo'n bericht? Maar ergens wordt aangebeld: ''t Is uw zoon...'

Iemand ziet een lijk in het water drijven en belt de politie, maar droomt dat deze tegen een boom rijdt. Mijn schuld, denkt de beller.

Iemand droomt dat ze een lichaam in het water ziet drijven en de politie belt, die vervolgens tegen een boom rijdt.

Iemand doet aangifte van een misdrijf bij een politiebureau dat al lang geleden is opgeheven. Toch komt de melding door, omdat deze gedaan is door een zeer sterke persoonlijkheid.

Een enthousiaste Jaguar-eigenaar kan het slecht verkroppen dat zijn zoon aanspraak maakt op de door hen tweeën gerestaureerde auto. Hij laat de wagen voor de belasting schorsen en verbergt zijn kostbaar bezit bij een boer onder het hooi.

Een man die zijn antieke Jaguar bij een boer in de stalling heeft komt vertellen dat hij die een paar jaar niet zal ophalen om er ritjes in te maken, zoals de gewoonte was. Hij vlucht met zijn vrouw naar het buitenland omdat hij onbereikbaar wil zijn voor zijn zoon.

'Ik geef u ons nieuwe adres, en we blijven de huur voor het onderkomen natuurlijk betalen. Maar als mijn zoon er op een of andere manier achter komt dat de wagen hier staat, laat hem dan in godsnaam onze verblijfplaats niet weten. Wij zijn doodsbang voor de jongen.'

Een man rijdt zijn Jaguar de rivier in. Na maanden wordt hij gevonden en met auto en al opgedregd. Uit het open portier glijden palingen die zich aan de overledene tegoed hebben gedaan. Ze haasten zich, kronkelend door de bloemenwei, het water in.

Iemand droomt dat er een trein door haar keel rijdt.

In de zakenwijk van een grote stad ziet iemand onder invloed van drugs en stress aan de overkant van de straat een hotelgast uit een raam van de zesde verdieping springen. Hij belt de politie, maar op straat wordt van de zelfmoordenaar geen spoor gevonden. Op de kamer achter het raam dat hij aanwijst verbleef volgens de directie van het hotel geen gast.

Iemand die het gewaagd heeft de belangen van een crimineel te schaden leeft maanden in doodsangst, tot hij aan een hersenbloeding overlijdt.

Een vrouw zet haar man aan de dijk: 'Altijd hield ik alleen maar rekening met jou. Vanaf nu kies ik voor mezelf. Ik ga de dingen doen die ík wil.' Een maand later blijkt ze vol kanker te zitten. De man heeft intussen ruzie met een collega. Twee weken later komt degene met wie hij het aan de stok heeft om bij een ski-ongeluk. De man, ontdaan door de scheiding en de daaropvolgende dodelijke ziekte van zijn vrouw en gestrest door het conflict en de catastrofale afloop daarvan, begint te drinken en verwaarloost zijn werk. Zijn directeur: 'Ik heb geen andere keuze dan je te ontslaan.' Drie dagen later barst een aneurysma in de hersenen van de leidinggevende: hij kan geen functie meer uitoefenen en is voor de rest van zijn leven op een rolstoel aangewezen. De ontslagene verkoopt inmiddels heel zijn bezit met het voornemen door de wereld te gaan trekken. Maar in plaats daarvan verhuist hij naar een goedkoop pension in een buitenwijk en drinkt zich dagelijks een stuk in de kraag. Op een avond loopt hij somber gestemd langs de kade van de haven. Zal ik springen? denkt hij. Twee, drie minuten spartelen. Dan heeft de kou me te pakken en wordt alles rustig en stil. Hij trekt zijn jas uit en vouwt hem op. Op dit moment duiken twee straatrovers voor hem op, die hem zijn portemonnee afhandig maken en daarna, zeer vernederend, ook nog zijn dure gele schoenen. De gedachte aan zelfmoord is plotsklaps verdwenen; op sokken keert de man terug naar zijn pension. Als hij de volgende dag aangifte gaat doen laat de politieagent die de zaak behandelt hem door een reeks foto's bladeren. Hij herkent de twee daders onmiddellijk.

'Weet u het zeker?'

'Absoluut zeker!'

'Vreemd.'

'Hoezo, vreemd?' Zijn gesprekspartner wil niet op de vraag ingaan. Terug in zijn pension ziet hij op de stadszender dat er vannacht een ongeval heeft plaatsgevonden. Een scooter is onder een vrachtwagen geschoven en de twee berijders zijn omgekomen. Er wordt een foto van het ongeval getoond. De voertuigen zijn door een politietent aan het oog onttrokken. Maar tegen de trottoirband ligt een gele schoen: de zijne.

Een joodse jongen die een katholieke eredienst meemaakt is hiervan zo onder de indruk dat hij zich moet bekeren. Hij ontvangt de communie. Zijn vader wordt hierover zo boos dat hij hem in het vuur gooit, maar de knaap verbrandt niet, tot er hulp van zijn christelijke buren opdaagt. Nu wordt de wrede vader in het vuur gegooid.

Een islamitische jongeman meent dat hij zich moet bekeren tot het jodendom, omdat hij walgt van zijn eigen geloof en hij tot de opvatting is gekomen dat het joodse geloof een meer humane godsdienst is. Als zijn familie dit hoort slepen ze hem de straat op en onthoofden hem ter afschrikking voor alle afvalligen. Maar het zwaard heeft de nek nog niet verlaten of het hoofd zit weer vast op de schouders. Wat de mohammedanen ook proberen, ze krijgen de keel niet doorgesneden.

Een christenjongen radicaliseert samen met een groep moslimkameraden en trekt met hen naar Syrië, waar hij tot ieders verbijstering vijanden van het geloof ombrengt enkel door ze aan te kijken met zijn helblauwe ogen.

Een islamitische knaap, die walgt van sharia en jihad, wil zich in het geheim bekeren tot het christendom omdat in deze religie rente vragen over een lening ten strengste verboden is. In een droom wordt hij echter door joden ontvoerd en besneden.

'Nu ben je één van ons!' brullen ze; hij voelt dat hij pijpenkrullen heeft gekregen. Als de jongen wakker schrikt begrijpt hij dat de droom een waarschuwing van de Allerhoogste was. Later hoort hij dat ook de moslims niet tegen rente mogen lenen.

Een sportieve man heeft na vijf jaar de strijd tegen kanker verloren en wordt begraven. Zijn moeder kreeg in de tussentijd eveneens kanker, maar de behandeling die zíj kreeg sloeg aan, met als gevolg dat ze in de afgelopen maanden haar man, een andere zoon, die zich ophing vanwege verdriet om vader, en nu haar sportieve zoon naar zijn laatste rustplaats moet brengen.

'Klaar ben je!' zeggen de buren tegen elkaar. Men heeft, behalve met de moeder, medelijden met de sportman, die van de drie het langst ziek was, maar toch nog twee keer uit begraven moest voor hij zelf mocht gaan. Wat heb je dan aan een ijzersterk lichaam, dat de strijd lang volhoudt?

De derde zoon woont in Peru. Hij kreeg twintig jaar geleden een conflict met zijn vader, een humorloze klootzak, en heeft rigoureus met de familie gebroken. Van al dit sterven weet hij niets.

Een man staat bij het graf van de vrouw met wie hij jarenlang een buitenechtelijke relatie had en van wie hij zielsveel hield. Maar is het haar graf wel? Er liggen op het terpje twee verse graven vlak naast elkaar, de stenen zijn nog niet aangebracht; de minnaar mocht bij de begrafenis niet aanwezig zijn en weet nu niet bij welk van de twee hij moet zijn. Op beide graven liggen verregende bloemen, bij één staan een soort vlaggetjes, en er snort bij het hoofdeinde een plastic turbinetje op de wind, rood-wit-groen. Typisch voorwerpen die haar kinderen, negen en zeven jaar oud, voor haar achtergelaten kunnen hebben. Maar misschien had de persoon in het andere graf – hij realiseert zich dat het ook een man kan zijn – kinderen in dezelfde leeftijd. Er is nog een probleem: hoe kan hij weten of de kant met het molentje het hoofdeinde is? Doden liggen op begraafplaatsen met hun voeten naar het pad, maar op deze hoek van het terpje is helemaal geen pad. De minnaar hield evenveel van haar voeten, eindeloos zachte slofjes met garnalenteentjes, als van haar vriendelijke gezicht; toch stoort het hem dat hij de ligrichting niet weet, en nog meer om geen zekerheid te hebben op wie hij neerkijkt. Zacht zegt hij: 'Lieve, lieve Celia; konden we nog maar een keer in die bloemenwei liggen. We zouden het besluit dat we namen niet opnieuw nemen!' Maar tranen willen niet komen: de kans dat hij bij deze gedachte neerziet op een stel harige, doodsbleke, ingeklonken mannenvoeten is te groot.

Een crimineel van middelbare leeftijd heeft zijn dochter beloofd op de kleinkinderen te passen, van twee en vier jaar oud, maar hij kan het niet laten intussen een auto te stelen. De politie krijgt de dief in de gaten en zet de achtervolging in, maar hij wil zich niet laten vangen. Na een wilde rit door de stad en over een industrieterrein waarbij hoge snelheden worden bereikt rijdt hij de wagen tegen een boom en vlucht te voet verder, de kleintjes in de wagen achterlatend.

Een peuter valt uit een hotelraam vam de zesde verdieping van een hotel en komt terecht op het baldakijn boven de ingang. Dit breekt zijn val, het jochie overleeft het avontuur met enkele schaafwonden.

Een baby stort uit een hotelraam van de vijfde verdieping omlaag, het schedeltje spat op het trottoir uiteen.

Iemand gooit een kat uit een hoog raam omdat hij ondeugend een vaas heeft omgegooid. Het dier komt terecht op het hoofd van een voetganger, die van schrik omvalt, met zijn hoofd op de rijbaan terechtkomt, waar een bus over zijn hoofd heen rijdt. Poes mankeert niets.

Een zakenman springt op een zomerdag uit de kamer van zijn vijfsterrenhotel, maar komt niet op straat terecht maar in de grote kastanje voor het gebouw. Hij wordt als vermist opgegeven. Als drie weken later een dure rechterschoen op het trottoir onder de boom wordt gevonden en de dag daarna een linker van hetzelfde paar wordt men argwanend. De brandweer klimt de boom in en vindt het ontbindend lijk. Kraaien hebben de ogen van de zelfmoordenaar al uitgepikt en zijn via zijn oor aan de hersenen begonnen.

Een peutertje valt van de vierde verdieping van een flat op straat en overlijdt in het ziekenhuis aan haar verwondingen. De ouders denken dat de oppas haar heeft gegooid, maar deze beweert dat het kleintje zelf tussen de spijlen van het balkon is doorgekropen. Vergelijking van de spijlbreedte en de diameter van het schedeltje wijst uit dat deze gang van zaken weliswaar heel onwaarschijnlijk, maar niet volstrekt onmogelijk is: de oppas wordt niet vervolgd voor moord. Wel leidt de gebeurtenis tot een aanpassing in de woningwet: de maximale spijlbreedte van balkons wordt voortaan smaller dan de kleinste babyschedel.

De poes van een Franse boeddhist heeft het antieke beeld waarop de Boeddha het gebaar 'bhumisparsha mudra' maakt van het huisaltaar laten vallen. De eigenaar stopt zijn huisdier in de wasmachine en laat deze op veertig graden draaien. Tegen zijn ontstelde vriendin verklaart hij dat het karma van poes door haar wandaad vervuild was en dat hij alvast een begin met de schoonmaak wil maken: 'Nu kan Minette snel aan haar volgende leven beginnen.'

Een kind valt van zeshoog van een flat, staat op en belt aan om weer binnengelaten te worden.

Een poes valt van driehoog en komt op zijn pootjes terecht.

Een jongetje, van driehoog gevallen, zal de rest van zijn leven in een rolstoel doorbrengen.

Een man, die levensmoe van het dak van een hotel springt, komt terecht op een meisje van zeven, dat de val evenmin overleeft.

Een groep Himalayabewoners op een klif... een viertal van hen stapt eraf, suist kaarsrecht naar beneden; twee mannen houden elkaar vast, een kijkt over de schouder van de ander in de richting van degene die deze scène droomt. Het vallen gebeurt te ver weg om de gezichtsuitdrukking goed te onderscheiden, maar deze lijkt peinzend, zoals herders naar een camera kijken, mensen uit een niet-tv-cultuur. Een vrouw draait bij de gang omlaag haar handen open en heft ze. Ten slotte ploffen ze op een puinzandhelling neer, glijden nog iets omlaag en zijn dood.

Onmogelijk, denkt bij het wakker worden de dromer, om zo, staand, te vallen.

De inhoud van een droom is veelal een verhaal van enkele minuten, hooguit uren. Als er gebeurtenissen plaatsvinden over een grotere tijdspanne voelen die voor de dromende alsof ze afgekort, soms zelfs afgeraffeld worden. Als iemand bevrucht wordt en een kind krijgt gebeurt dit met de snelheid van een krantenbericht. Vrijwel nooit bestrijkt het verhaal voor het gevoel werkelijk dagen, laat staan jaren. Maar een dromer uit de verre toekomst droomt een heel mensenbestaan, met huwelijken, oorlogen, familieomstandigheden, en bijfiguren. Terwijl deze toekomstbewoner zich de droom herinnert wordt regelmatig uitgebreid stilgestaan bij de omstandigheden van destijds. Dit gedroomde toen is tot in de kleinste details de tijd waarin wij leven.

Een hoogleraar kunstgeschiedenis en symbolenleer wordt wakker met een hoofdwond en geheugenverlies in een ziekenhuis in Florence. Hij heeft vreemde, beangstigende visioenen. In het ziekenhuis wordt een aanslag op hem gepleegd, waaraan hij samen met een aantrekkelijke vrouwelijke arts weet te ontsnappen. In de kleding van de geleerde ontdekken de twee een biometrisch verzegelde cilinder. Ze proberen het geheim ervan te ontraadselen. Al gauw is de academicus tot over zijn oren verwikkeld in een wereldbedreigend complot, waarin Dantes Inferno een belangrijke rol speelt. Ondertussen maken zowel de Amerikaanse regering als een geheimzinnige organisatie jacht op hem.

Een functionaris bij de rechtbank krijgt buikklachten. Van zijn artsen verneemt hij dat hij een ongeneeslijke vorm van kanker heeft. In de maanden dat hij op zijn dood wacht, komt hij tot de ontdekking dat het bestaan, dat hij tevreden en gedachteloos leidde, een oppervlakkig, formeel spel is geweest. Zijn werk: zinloos; zijn carrière: zonder betekenis. Vrouw en kinderen laten zich, nu hij lijdt, niets aan hem gelegen liggen. De man wordt gemarteld door gruwelijke pijnen, waarop geen medicijn effect heeft. Tot ontsteltenis van zijn omgeving houdt hij de laatste dagen van zijn leven niet op met vloeken en krijsen. De dood, ooit door hem gevreesd, komt als een bevrijding.

Een man en een vrouw doden op kampeertocht in de bergen een grote hazelworm. Ze roosteren het vlees maar de vrouw durft geen hap te nemen. Hij eet wel, maar moet het bezuren: 's nachts kronkelt hij van de pijn, zijn ingewanden staan in brand. De vriendin wil vlug met hem terug naar de bewoonde wereld opdat hij medisch behandeld kan worden. Maar ze merkt dat zijn conditie snel achteruitgaat zodra ze zich verwijderen van de plaats van de moord, en weer iets verbetert als ze daarheen terugkeren: blijkbaar zit de kampeerder vast aan het mysterie van de plaats. Langzaam verandert hij van kleur, wordt schubbig. Het reptiel reïncarneert in zijn levende lichaam.

Een man die om een klein vergrijp twintig jaar in de gevangenis doorbracht bekeert zich na zijn vrijlating tot het katholicisme. Hij neemt zich voor om voortaan een nuttig lid van de maatschappij te zijn: onder een andere naam brengt hij het tot fabrikant en burgemeester. In deze hoedanigheid helpt hij een arbeidster, die vanwege haar zwakke gezondheid ontslagen is. De politie laat hem echter niet met rust en komt de goedhartige fabrikant aan het bed van de zieke vrouw arresteren. Zij kan de schok niet aan en overlijdt. De ex-gevangene vlucht en gaat in de stad wonen, waar hij de zorg voor de dochter van de fabrieksarbeidster op zich neemt. Dit meisje wordt verliefd op een student, die een opstand leidt; haar stiefvader besluit hem te helpen, al is hij het niet eens met haar keuze. Bij bloedige straatgevechten redt hij de student van de dood. Ook heeft hij bij deze gelegenheid de kans de politiefunctionaris, die hem al jaren op de hielen zit, te doden, maar hij laat hem grootmoedig ontsnappen. De politieman, vol berouw, pleegt zelfmoord. Als de student na de bruiloft met het meisje hoort dat zijn schoonvader feitelijk een ex-gevangene is wil hij alle banden verbreken. De oude man wordt ziek van vertwijfeling bij de gedachte dat hij zijn stiefkind nooit meer zal zien. Het meisje vertelt haar man van het vele goede dat hij heeft gedaan. De student vraagt de bejaarde vergiffenis voor zijn harde opstelling en krijgt deze. Dan sterft de vader.

Een man is dolverliefd op een mooi, arm meisje. Zij vindt hem niet aantrekkelijk maar besluit met hem te trouwen om haar familie uit de financiële problemen te redden. In het daaropvolgende huwelijk ziet hij langzaam in dat ze niet bij elkaar passen; hij laat toe dat ze veel van huis gaat en haar eigen leven leidt. Het echtpaar krijgt de zorg over de kleine kinderen van de zus van de bruidegom, die aan kanker is gestorven. Ook krijgen ze zelf een baby, die echter korte tijd later aan difterie sterft. Met de zaken van de man gaat het slechter, hij krijgt neerslachtige buien, terwijl zij voelt dat hij veel voor haar is gaan betekenen. Hij vraagt zich af wat de toekomst brengt en zegt bij zichzelf: we zullen leven… en zien.

Twee hartsvriendinnen wonen hun hele leven in dezelfde straat en zijn sinds hun jeugd met elkaar bevriend; ze verwelkomen een derde vrouw die vlakbij komt wonen hartelijk. Al snel ontwikkelt zich een vertrouwelijke relatie. Maar er ontstaan ook twijfel en irritatie, al zijn ze daarover minder openhartig. Als de ex-man van één van hen op een dag vermoord wordt aangetroffen, heeft dat zijn weerslag op de onderlinge verhoudingen. Er ontstaat een verkrampte sfeer.

Vroeg in de negentiende eeuw wordt de patriarch van een belangrijke dorpsfamilie dood in de bergen aangetroffen. De omstandigheden waaronder hij stierf zijn niet helder, een andere grote familie wordt verantwoordelijk gehouden. Er ontstaat een vete met gecompliceerde vertakkingen, heldendaden en gruwelen, die tot in deze tijd voortduurt. De argeloze bezoeker die zich in het inmiddels wereldwijde spinnenweb van intriges begeeft wordt als een vlieg ingesponnen en opgepeuzeld.

Een 'babyboomer' werkt zich door zijn tijd van leven heen via onder meer een slecht huwelijk, een behoorlijk lopende praktijk als dierenarts, en een slopende ziekte, die in de longen begint en ten slotte zijn brein aantast.

Terwijl zij daar zo stonden te praten naderde een man uit de richting van het kamp, zorgeloos fluitend. Hij werd prompt aangehouden door een van de soldaten. Het was duidelijk een burger, een lange man in een ruw kostuum van zelfgemaakte stof, geelachtig grijs, het zogenaamde 'butternut' wat in de laatste dagen van de confederatie de enige stof was voor herenkleding. Hij droeg een slappe vilthoed, die ooit wit was geweest, van waaronder een massa slordig haar neerhing, dat blijkbaar nooit kennisgemaakt had met schaar of kam. Het gezicht van de man was nogal opvallend: een breed voorhoofd, een flinke neus, en smalle wangen. De mond was onzichtbaar achter de volle donkere baard, even verwaarloosd als het hoofdhaar. De blik in de grote ogen was vast en aandachtig. Dikwijls een teken van vasthoudende intelligentie, volgens gelaatskenners die zelf met zo'n oogopslag gezegend zijn. Over het geheel genomen leek dit een man die alles in de gaten hield en die je in de gaten moest houden. Zijn wandelstok was vers uit het bos, zijn amechtige laarzen van koeienhuid wit van het stof. Deze man, die toch menig verhaal, ja, hele romans zou kunnen dragen, wordt na een bladzij of vier als spion doodgeschoten.

Iemand heeft blond haar, een mooie manier van glimlachen en aanleg voor helderziendheid. Hij kan en wil niet ophouden met roken. Disparate eigenschappen, die, omdat ze een leven lang in deze persoon bijeen zijn, een logisch patroon gaan vormen, zich met elkaar verstaan.

'Beschrijf deze persoon.'

'Met alle plezier. Een rijke blonde Herman Koch-lookalike met het ingevallen gezicht en de achteroveroverkamde zwarte haren – twee druppels Jules Deelder – zit voor de zoveelste keer wegens huurschulden in de gevangenis waar hij menigeen opbeurt met zijn vriendelijke, opgewekte aard. Hij is een echte kluizenaar, mediteert de hele dag en drijft de bewakers tot wanhoop vanwege zijn opvliegend karakter, hetgeen zij in verband brengen met zijn vuurrode manen. Zijn bleke gelaatskleur, die zo bij de vrouwen in de smaak valt, heeft hij van zijn moeder geërfd, zijn rode wangen en donker boerenvel, waarom vrouwen hem begeren, is een erfstuk van zijn vader. Hij slist omdat hij voortanden mist na een leven van onmatigheid en drugsgebruik, en spreekt gebrekkig Nederlands. Maar voortreffelijk Chinees, hoewel hij dat land nooit bezocht heeft en zelfs nooit iemand uit het Verre Oosten heeft ontmoet. De Aziatische cultuur, die hij zeer bewondert, stoot hem af. *Taubenherz und Geierschnabel.*'

'Maak me eens nieuwsgierig naar je personage.'

'Een man van een jaar of vijfenveertig; artistiek hoedje op kaal hoofd, schoudertas, draagt in zijn hand een geplastificeerd A4-tje. Hij houdt het met opzet zo in de hand dat de grote letters voor iedereen leesbaar zijn: EUROPESE LITERA-

TUURPRIJS. Hij laat het blad vallen, raapt het op en loopt weer verder, de tekst opnieuw naar het publiek gekeerd.

'Karakteriseer een verhaalfiguur in één regel.'

'De alcoholist vertelt dat hij op zijn zestigste vernam dat zijn zoon inmiddels een bedrijf met achthonderd mensen leidt. Hij is ontroerd: "Ik heb mij nog nooit zo dichtbij hem gevoeld als toen."'

Een musicoloog vindt in een Oost-Duitse bibliotheek dagboeken van de vereerde meester Johann Sebastian Bach, driehonderdvijftig dichtbeschreven bladen. Na bestudering verbrandt hij de tekst.

Je denkt: híj is het grootste monster. Maar even later: nee, hij. Of: zij! Maar het is als trilveen. Overal waar je niet loopt begint het te borrelen en te beven, de situatie verandert steeds door jouw standpunt.

Overbodig en schadelijk

In de kinderboerderij heeft een jong geitenbokje de knoop van een jurkje te pakken gekregen, het trekt uit alle macht. De draagster van het kledingstuk zet het op een krijsen, moeder komt aangerend. Om het geitje ertoe te bewegen los te laten geeft ze het een stomp in de ribben: 'Los, los zeg ik. Los jij!' Hierop grijpt de moedergeit in: ze stoot de mensenmoeder tegen de billen, zodat ze met een kreet in het gras valt. Dochterlief raakt nu pas goed in paniek. Meer mensen komen zich met het geval bemoeien. Gelukkig heeft het bokje de knoop inmiddels losgelaten. Het klimt op een tonnetje en overziet het slagveld.

In de dierentuin wordt gelachen om twee kauwtjes die op de rug van een jak trots heen en weer lopen alsof ze de eigenaar zijn. Soms wroeten ze in zijn vacht, misschien zoeken ze parasieten. In elk geval eindigt het steeds met een bek vol haar. De jak vindt het allemaal best en graast rustig. Een derde kauw tracht op het hoefdier te landen, maar deze wordt door het tweetal met veel misbaar verjaagd: dit is ónze jak. Zoek je eigen jak maar.

Bij alle restauranttafeltjes in de dierentuin hippen mussen rond. Als er gebak geserveerd wordt komen ze op tafel en kijken de gast schuins aan, of die hun niet een kruimeltje van zijn overvloed gunt.
'Ik vind het gewoon niet leuk, zo brutaal. Een beetje eng gewoon. Unheimisch.'

'Kom, Marie, het zijn maar vogeltjes.'

De echtgenoot doet een greep naar zo'n gevleugelde bedelaar. Tot zijn schrik heeft hij hem nog te pakken ook.

'Jij wilt wat eten hè? Jij wilt wat eten! Of zal ik jou eens eten?' Hij spert zijn mond wijd open en doet of hij het musje naar binnen gaat werken.

'Piep,' zegt het vogeltje. Er trekt van onder naar boven een vliesje over zijn oog.

'Laat dat beest, het is misschien wel ziek. Anders had je het nooit te pakken gekregen.'

Als de man het vogeltje loslaat (dat ffrrtt... de boom invlucht): 'Nou meteen je handen wassen Michiel. Dat beest is vast ziek, anders had je het nooit te pakken gekregen.'

'Ik ben sneller dan je denkt!' Maar hij gaat gehoorzaam naar het toilet.

'O, kijk wat een lieve gele eendjes daar achter die moedereend aanzwemmen. Weet je waaraan ze me doen denken? Aan badeendjes!'

Op de rots ligt een luipaard te zonnen, zijn buik naar het publiek gekeerd. Hij geeuwt met overgave.

'Kijk die tanden eens. Oei, daar wil ík niet tussen komen.'

'Geel! Hij mag wel eens poetsen.'

Achter de gracht loopt een zwarte panter onophoudelijk heen en weer.

'Der weiche Gang geschmeidig starker Schritte... Nou ben ik alwéér vergeten hoe het verder gaat. Godverdomme!'

'Wind je toch niet zo op. Dat is allemaal angst van je.'

De medewerkster van een administratiekantoor vindt op weg naar haar werk een moederloos eendje naast het fietspad. Ze neemt het mee naar kantoor, het mag in een doos wonen. In de koffiepauze wordt het kuiken tevoorschijn gehaald, het scharrelt tussen mensenschoenen rond, het zegt soms 'Piep'. Als het op de warme kopieermachine wordt gezet begint het te knikkebollen, er komt een vliesje voor de ogen.

Als de kleine weer wakker is krijgt hij broodkruimels, in de doos wordt een bakje met water gezet. De hele dag wordt over een naam gediscussieerd: de dames denken vooral aan Citroentje, de heren stellen, melig, Xerox voor. Om halfvijf blijkt Citroentje/Xerox in zijn doos overleden.

De dierenverzorger vertelt de reporter van SBS6: 'Dit is een turaco, een tropische vogel. U ziet hier een zeer tam exemplaar dat zeer geliefd is bij onze bezoekers. Nou, en deze zou misschien wel voorspellende gaven kunnen hebben.'

'Zullen we hem eens op het trappetje zetten en kijken wat er gaat gebeuren?'

'Goed, gaan we doen.' De verzorger zet de vogel op een betonvloer onder aan een trap waar twee schoteltjes met voer staan te wachten, één op een geplastificeerde Nederlandse vlag, één op een Duitse. De reporter vraagt aan twee bejaarde bezoekers: 'Wat denkt u dat de vogel zal gaan zeggen?'

Mevrouw: 'Nou, Nederland natuurlijk. Natuurlijk! En als Duitsland wint, dan is Nederland tweede. Da's toch ook een mooie prijs?'

Meneer: 'Geen idee. 'k Heb geen verstand van vogels... En wie heb het lekkerste hapje neergelegd? Dat eh... Nee, geen idee.'

De vogel draait zich om en rent het trapje op zonder het voedsel een blik waardig te keuren.

In de dierentuin lopen alle dieren van elkaar te verschillen.

'Hè, wat ruikt het hier in het bos heerlijk. 't Is net de Bodyshop!'

De dierentuin van Kopenhagen brengt wereldwijd verontwaardiging teweeg door een gezonde giraffe te doden, in het openbaar te slachten en het vlees op te voeren aan de eigen leeuwen. In de krant staat: Rusland veroordeelt dood giraffe. Honende columnisten: president Poetin schiet intussen zelf beren vanuit een helikopter. Een andere columnist stelt voor afschuwelijk ogende maar goed smakende insecten te fokken, hij noemt ze voerwantsen: dan hoeven de leeuwen geen giraffe meer te eten.

Ad l'Abee, gepensioneerd politieman, is zweethondenbegeleider. Als hij met een ree op zijn rug en de hond naast zich het bos uitkomt, kruisen op een driesprong drie wandelaarsters zijn pad. Ze kijken hem aan of ze hem willen verscheuren. L'Abee legt het ree af en neemt uitgebreid de tijd om uit te leggen hoe het zit: hij heeft samen met zijn hond een ree opgespoord dat een dag tevoren door een auto is aangereden. Met een geweerschot heeft hij het dier uit zijn lijden verlost.

'U had het ook naar de dierenarts kunnen brengen. Ik vind het schandalig.'

'Met een gewond ree moet je niet gaan dokteren. Zo'n beest is al gestorven van de stress voor je ermee bij de dierenarts bent. Het oogt wreed, dat weet ik, maar in deze situatie is niets zo humaan als een snel genadeschot.'

'Dus u gaat hier voor uw plezier lopen met een geweer over uw schouder en uw bloedhond. Moeten wij dat geloven?'

'Mevrouw, ik kom alleen in actie na een telefoontje van de politie of een andere instantie dat er ergens een gewond hert is gesignaleerd. Dat kan door een aanrijding zijn, maar ook als een jager een beest niet goed genoeg geraakt heeft om het ineens te doden. En mijn Boaz hier is speciaal getraind om gewonde dieren op te sporen. We noemen hem trouwens geen bloedhond, maar een zweethond.'

Het rustige optreden van l'Abee heeft een kalmerend effect op de drie heksen.

'Let's agree to disagree!' zegt de oudste. 'Kom, meisjes.'

Als ze verderop zijn hoort l'Abee nog: 'Wel een schattige hond.'

'Aan die hond ligt het niet. Die doet ook maar waarvoor ie gefokt is.'

De dierentuin in Kopenhagen die een gezonde giraffe doodde om aan de leeuwen te voeren maakt enige maanden later vier leeuwen af. Het gaat om twee oudere dieren die plaats moeten maken voor een jongere generatie en hun twee jongen die het zonder hun ouders niet zouden redden. Volgens een woordvoerder stond de 'generatiewissel' al lang op het programma. Of de giraffe destijds aan deze leeuwen gevoerd is kan hij niet bevestigen, maar hij sluit het niet uit.

De hosta's van een vrouw met groene vingers worden jaar na jaar tot de grond toe afgevreten door slakken. Eerder probeerde ze de weekdieren met koperdraad tegen te houden, maar tevergeefs. Ditmaal neemt ze drastischer maatregelen. Ze koopt een doos rondwormpjes die op slakken parasiteren en ze van binnenuit opeten. De campagne slaagt: de lastposten verdwijnen, hosta, lelietje-van-dalen en snijbiet tieren als nimmer tevoren. Hun verzorgster slaapt echter onrustig, ze stelt zich de gruwelijke dood voor die zij talloze slakken heeft bezorgd. Is het feit dat ze van een nette en mooie tuin houdt geen afgrijselijk excuus om zo'n slachting aan te richten? Is zij een sadist? Een Stalin? Maar tegen de ochtend, nog in haar droom, komt een gezantschap van rondwormen haar de hoogste onderscheiding van aaltjesland aanbieden.
'Want door uw toedoen hebben vele miljoenen van ons een nieuwe kans op een nematodewaardig bestaan gekregen.'
Haar man bij het ontbijt, als hij hoort van haar onrustige nacht: 'Had je er dan beter aan gedaan om werkeloos toe te kijken terwijl al het groen om je heen crepeert?'
'Een tuin maakt hoe dan ook schuldig.' De twee worden het eens: 'Eigenlijk zou men er het beste aan doen helemaal niet te bestaan.'

Een snikhete dag in de warme zomer van 1995. Roelof de Koning zit onder een afdakje achter een wrak groen huisje met een erf dat zonder zichtbare scheiding overgaat in struikgewas en geboomte. Hij is uit Amsterdam op bezoek bij Josee, die haar woninkje vrijwel nooit meer verlaat. Kan een mens stukgaan door één gebeurtenis? Maar wat is één gebeurtenis? Waar begint die, waar eindigt die?

'Hoe oud zijn we inmiddels, Roel?'

'Zowat vijftig, nietwaar?'

'Jij hebt ook geen kinderen, hè? Gaan we die nog krijgen?'

'Wij samen?'

'Nee, gekke vent! Apart natuurlijk. Jij met jouw vriendin en ik bij mijn eigen kloris... als ik die nog krijg.'

'Ik zie het er niet meer van komen, Josee.'

'Ik denk het ook niet. Ik bloed nog wel, maar heel onregelmatig. Het theewater kookt.' Ze blijft even zitten. 'Want dat is toch de fluitketel, die ik hoor?'

'Klopt meisje. Wil je dat ík het in de pot giet?' Maar Josee is inmiddels met de operatie opstaan begonnen. Ze wiegt met haar bovenlichaam naar voren en achteren tot ze voldoende vaart heeft, duwt zich van de stoelleuning af, tot ze op haar dikke onderbenen staat, blijft even gebukt staan zoals een skispringer boven aan een schans. Dan schuift ze haar bekken als een lade tussen hoofd en voeten.

'Hèhè! Een eigen man, dat zou wel handig zijn!'

'Dan moet je een advertentie in de krant zetten.'

Ze giechelt. Terwijl ze naar binnen schommelt bedenkt ze hardop de tekst: 'Eigen man gevraagd. Moet zijn kattenliefhebber. Doel: never nooit seks, met dikke vrouw hebbende suikerziekte in mooi gelegen houten keet... Ja Roel, dat gaat een stapel brieven geven.'

Uit de keuken: 'Heb jij kinderen, Roel?'

'Nee. Dat vroeg je een minuut geleden al.'

'Maar toch wel een vriendin?'

'Ja, dat wel.'

'Of vroeg ik dat zonet ook? Aaah, de zomer is slecht voor mijn hersens. Toch ben ik wel wat gewend: in India was het veel erger.'

Roelof kijkt over het erfje uit naar de bosrand. Hij heeft eens gelezen dat het goed is voor je ogen om naar bosranden te kijken, je kunt ze ermee verbeteren. Dergelijke berichten onthoudt hij met een mentale asterisk: interessant, maar onbetrouwbaar. Tegen een paar struiken onder de dennen ligt een slordig neergeworpen stuk tapijt van drie bij vier meter. Daarop ligt een groot deel van Josees kattenkudde te soezen en te slapen. Hij doet een experiment met zichzelf: hij sluit de ogen en probeert van het nabeeld in zijn hersens het aantal te tellen. Het zijn er zeventien. Nu opent hij zijn ogen en telt de poezen na: eenentwintig. Een matige score! Welke exemplaren heeft hij buiten de telling gehouden? Of zijn er stiekem vier bij komen liggen in de halve minuut dat hij zijn ogen dicht had? Maar hij ziet geen katten die hij niet herkent. Een zwart poesje staat op, kijkt om zich heen, rekt zich naar voren en dan naar achteren uit, geeuwt wijdkeels. Het zoekt een andere plek op het kleed, meer naar de rand, ruikt aan de boucléstof, krult zich ineen en sluit de ogen weer.

De kattengemeente laat zich niet uit haar sluimer storen door twee kraaien, die in het droge gras naar eetbaars zoeken en zich tot op een meter van het tapijt wagen. Ze vinden iets dat op een elastiekje lijkt, trekken er aan twee kanten aan. De ingewanden van een veldmuis, door een van de slaapkopjes achtergelaten?

Josee is terug met thee.

'En je vriendin, heeft die kinderen?'

'Tony? Tony heeft toen ze veertien was een dochter gekregen. Die is toen door Jeugdzorg bij haar weggehaald en in een pleeggezin ondergebracht. Daarna had ze haar bekomst van de voortplanting. Maar ze is wel kleuterleidster geworden, ze houdt van kleintjes.'

Hij slaat een Lexington uit het pakje in zijn borstzak.

'Wat zielig voor haar.'

'Kleuterleidster zijn? Dat valt best mee hoor.'

'Dat ze haar kind niet zelf mocht opvoeden, flauwerd.'

'Ze hebben wel wat contact. Het meisje woont zelfs op een studentenkamer drie straten bij ons vandaan. Mooie meid hoor, halfbloedje hè? Mama donker, papa wit. Maar ik heb het idee dat ze elkaar niet heel erg veel te zeggen hebben.'

'Dat kan niet! Niets is sterker dan de bloedband.'

Een kat die haar slaapje uit heeft, strijkt langs Roelofs enkels en verdwijnt achter het huis.

'Dat voel ik niet met je mee, Josee. Mijn moeder heb ik van jongs af als een vreemde ervaren, bijna als iemand van een andere planeet. Het heeft me altijd verbaasd dat ik uit haar lichaam kom. Mijn vader was een aardige man, ik had medelijden met hem vanwege de kuren van mama, en ik vond dat hij daarop sympathiek reageerde. Maar ik had nooit het idee dat ik op enige manier een voortzetting van hem was.'

'Je hebt ze ook niet zo lang gekend.'

'Dat valt wel mee. Maar ik denk dat dat idee van verwantschap nooit was gekomen, het zit gewoon niet in me. Wies, die zie ik nog wel eens natuurlijk, heeft er ook drie inmiddels. Ik vind het een beste meid, maar ik voel niet meer verwantschap dan voor de eerste de beste juffrouw die voor me in de rij staat bij de Albert Heijn. Haar kinderen zijn volslagen vreemden voor me.'

'Dat klinkt heel eenzaam.'

'Maar jij bent weer wel een zusje.'

Nu is het lange tijd stil. Josee haalt een zakdoekje uit haar ceintuur en veegt er haar ogen mee af.

'Nou, zus, zijn er nog beesten met problemen waar ik even naar kan kijken? Ik zag wat schurft hier en daar. Daar heb ik wel wat voor bij me. En die oude cyperse waggelt een beetje. Plast ze veel?'

'Welke cyperse bedoel je? Foekie?'

'Wacht.'

Na een paar tellen komt van onder een struik een gestreepte poes op ze aflopen.

'Dat ís Foekie! Roel, ben jij een tovenaar?'

'Wel handig in dit beroep, hè? Weet je dat ik zoiets bij jou ook deed, vroeger bij Chrétien in De Hut? Dan gaf Eddy me iemand op, meestal een meisje natuurlijk, die moest omkijken. En verdomd, na een tel of drie, vier keken jullie dan ook. Maar... wat denk je van Foekie? Plast ze veel? Valt je iets op aan haar?'

Een uur later vertrekt hij. Zijn vriendin loopt met hem mee tot de auto en zwaait hem uit. Hoe lang houdt dat kolossale lijf van je het nog vol, lieve meid? denkt hij, terwijl hij wegrijdt. Je verwardheid neemt toe, niemand zorgt voor je. De energie verdwaald in het bleke vet, beschouw het in jezusnaam maar als opgeslagen. Voor de brandoven, straks. De meeste katten zullen worden gevangen, de gezondste gaan naar het asiel. Huisje tegen de vlakte. De vogels en de muizen in het streekje zullen juichen. Juichen misschien niet, maar wel in getale terugkomen.

Josees bestaan sluit zich zoals haar beeltenis in de achteruitkijkspiegel. De ramen van de auto staan open, Roelof rijdt nog geen veertig, een vrachtwagentje haalt hem in, Dolboer Bestratingen, de chauffeur kijkt geïrriteerd opzij omdat hij zo langzaam rijdt. Zonder blijdschap kun je de waarheid niet naderbij komen, het is een vuurwerende laag. Daniël en zijn vrienden. Los Alamos. Wie was het ook weer die de vuurzee op de camping Los Alfaques had overleefd destijds? Was het geen kennis van Eddy? Opeens kwam die jongen doodleuk het café binnenwandelen. Maar de wereld is niet meer zo genegen een tweede kans te geven. Toen ook al niet; het bleek een gerucht. Een gerucht in de sombere zeventiger jaren. Nu zijn de tijden niet somber maar hard.

Waar heeft hij de Lexingtons gelaten? In zijn jasje, en dat ligt achter in de wagen. Hij stopt langs de weg, steekt er een op. Een specht lacht luid, Roelof probeert de lawaaimaker in het gebladerte te ontdekken.

Een lange jongen van een jaar of zestien komt uit een zand-pad, met aan de teugel een donkere merrie. Het dier loopt ei-genaardig, moeizaam, hippend met haar achterlijf, het komt ternauwernood vooruit.

'Wat is hier aan de hand?'

'Ze is ergens over gestruikeld, zeker iets verzwikt.'

Roelof trapt zijn sigaret uit op het asfalt, komt dichterbij, klopt het paard op de hals.

'Nee, jongen, ze heeft haar achterbeen gebroken.'

'Hoe kunt u dat weten?'

'Ik ben dierenarts, ik zie dat meteen. Kijk die achterhand han-gen.'

'Jezus…'

'Ben je ermee over de kop geslagen?'

'Een beetje. Half.' De slungel wrijft met een pijnlijk gezicht over zijn schouder.

'Houd hem eens stevig vast. Stevig, begrepen? Ik moet je paard even pijn doen om zeker te zijn.'

De jongen trekt een vies gezicht en doet twee stappen achter-uit. Roelof brengt het paard naar een stam en slaat daar de teugel omheen. Dan drukt hij zijn oor tegen de bil, tilt de hoef op, beweegt die een beetje naar voren en naar opzij. Een ge-kraak als een oordeel, bot over bot.

'Dit paard gaat het niet redden.'

'U bent onze dokter niet!'

'Ze gaat het niet redden. Ze moet eigenlijk meteen een spuit, het is einde verhaal voor dit dier.'

'Wat lult u? Mijn moeder zal haar wel ophalen met de trailer.'

'Dat is beulswerk.'

'Onze dierenarts heeft een speciale paardenambulance.'

'Maar beulswerk blijft het. Zie je niet dat ze vergaat van de pijn?'

'Verdoof haar dan. Hebt u geen pijnstillers in uw auto?'

'Ik zal kijken of ik iets bij me heb waarmee ik haar kan helpen.

Intussen loop jij als een haas naar de grote weg. Dat is vijfhonderd meter, daar staat een huis, heb ik op de heenweg gezien. Daar bel je je moeder of jullie eigen dokter en dan kom je terug met een emmer water, want dit beestje vergaat van de dorst. Je hebt er veel te hard op gereden.'

De jongen gaat met duidelijke tegenzin traag op weg.

'Als een haas zei ik. Doorlopen jongeman! Ik heb niet de hele dag!'

De knaap haalt zijn schouders op, maar loopt wel iets sneller. Roelof opent de achterbak van zijn auto, hij vult de drie grootste spuiten die hij bij zich heeft met pentobarbital. Het dier staat met gebogen hals naast het pad. Het reageert niet als hij opnieuw naar haar toe loopt.

'Arme dame, dat we zo moeten kennismaken. Ik weet niet eens hoe je heet.'

Hij leegt de roze spuit in de halsader. Nog een. En nog een. Een half minuutje staan ze te wachten, het paard en de man.

'Ik hoorde zonet nog een specht, paard,' zegt hij… Er trekt een rilling door de merrie, de kop gaat hangen, hij duwt zo hard hij kan tegen haar schouder. Ze zakt door de poten, valt met een bons opzij in de struiken, stof waait op, een hagedis vlucht in een ritmisch patroon over het zand weg. Met een alarmkreet vlucht een merel naar een hoge tak en dieper het bos in. Het paard probeert het hoofd zijwaarts op te tillen, ligt stil.

Roelof haalt een grijs dekzeil uit de achterbak, spreidt dat over het kadaver. Een halfuur en twee sigaretten later nadert over de door beuken omzoomde weg een Volvo met fraaie trailer.

'Collega!'

Het is Dick Woerkom. Hij heeft een grijze kuif en een dikke buik gekregen. Hij is buitengewoon blij om zijn jaargenoot van weleer terug te zien, maar zijn gezicht betrekt als hij hoort wat er gebeurd is.

'O jezus. Dat heb je wel erg rigoureus aangepakt, Roelof.'
Ze lopen naar het kadaver. Nu het paard ligt is minder goed zichtbaar dat hij botten gebroken heeft. Er lopen al vliegen in de neus en over de oogbollen...
'Het beest had geen kans gehad, dat weet jij ook.'
'Ja... maar jij kent die eigenares niet. Die Sofie Lecoultre is een klassieke paardenbitch. Die gaat dit niet pikken.'
'We kunnen zeggen dat het beest uiteindelijk aan oververhitting bezweken is. Haar lieve zoon heeft het totaal afgeragd in de hitte.'
De buik van het paard is wit uitgeslagen van het opdrogende zout.
'En als ze een autopsie wil? Ze wil vast een autopsie.'
Het blijkt dat de dame al gewaarschuwd is, maar in een andere hoek van het land zit en niet meteen kan komen.
'Kun je het destructiebedrijf niet bellen? Dan zeg je dat ze de boel meteen ophalen vanwege het warme weer, dat het hier een toeristengebied is. Doen ze vast.'
'Ja, dan ben ik de halve stoeterij kwijt als klant!'
'Nou goed, handel jij het verder af, Dick? Hier heb je mijn telefoonnummer voor als er inlichtingen gevraagd worden.'
'Wat ga je haar zeggen als ze belt?'
'Nou, in principe dan maar gewoon wat er gebeurd is, hè?'
'Geweldig om je ontmoet te hebben! Je ziet er beter uit dan ik! Net of je niet ouder wordt.'
Roel maakt het grapje dat hij in een vrieskist slaapt. Dick is even in verwarring voor hij luidkeels lacht.
Ze praten nog wat, Roelof rookt een sigaret. Dick dist een paar plichtmatige verhalen op over zijn gezin, kinderen die het huis uitgaan. Maar als Roelof vertelt over de problemen in de Amsterdamse maatschap waarbij hij zich heeft aangesloten, luistert hij afwezig; hij kan zijn ogen niet van het zeil naast het zandpad afhouden, mompelt: 'Oei oei oei... Wat nu, wat nu?'

Daarna proberen ze het dier met wat takken nog wat beter aan het oog te onttrekken voor langsrijdende automobilisten en fietsers. Ze nemen afscheid, Roelof gaat naar huis, Dick zal de Lecoultrepuber oppikken en thuisbrengen.

's Avonds gaat de telefoon op zijn huisadres dringend over: Sofie Lecoultre. Wat meneer in zijn hoofd heeft gehaald om zonder overleg haar Monica te euthanaseren.

'Ik was bang dat u haar zou proberen te redden, dat zou een lijdensweg voor Monica zijn geworden.'

'Mijn eigen dierenarts meent dat er redelijke kans op herstel was geweest. En díe heeft verstánd van paarden!'

Ze kondigt aan dat er een autopsie gaat komen.

'Er gaat dus geen snipper bewijs verdonkeremaand worden, zoals u heeft voorgesteld! Ja, dat was u goed uitgekomen hè? Maar dat gaat níet gebeuren.'

'Ik claim dat ik het paard ondraaglijk lijden heb bespaard. Maar u en uw adviseurs moeten doen wat ze niet laten kunnen.'

'Dit gaat u geld kosten!'

'Ik ben verzekerd.'

'Niet tegen de schande waarmee ik u ga overladen!'

De avond is zoel, de nacht vochtig. Een mug bezoekt Roelof, hij verbergt zich onder het laken.

'Waarom slaap je niet gewoon?' fluistert Tony. Ze draait hem haar zeehondenlijf toe, hij streelt haar. Haar gezonde speklaag voelt koel aan, ook al is het nog zo warm, en ook al heeft zij het nog zo warm. Alleen haar dijen en de binnenkanten van haar armen zijn altijd vriendelijk warm. Een mild klimaat.

'Ik heb misschien een fout gemaakt vandaag.' Hij had haar al over zijn ontmoeting met Josee en over de katten verteld, maar nog niet over het paard.

'Nou liefje, iedereen maakt wel eens een fout.' Ze kust hem. 'Je had gewoon medelijden.' Hij krijgt nog een kus. 'Lig jíj daar wakker van? Dat vind ik niks voor jou.'

Als het bot uit de kom was, had het dan niet net zo'n geluid gemaakt? Hij heeft een beroepsaansprakelijkheidsverzekering, geld kan het hem nooit kosten. De schande waarmee de bitch hem in haar paardenwereld beloofd heeft te overladen kan hem al helemaal niet schelen. Hij heeft een hekel aan witgeverfde hekken, rustieke tradities met geschoren gazons en getrimde manen. Nee, het is iets in hemzelf dat hem verschrikt. Hij voelt een kras, alsof een klauw naar hem heeft uitgehaald en geschramd. Of een beurse plek, alsof hij een stomp kreeg.

Zijn hand op Tony's spekrug. Is de mug weer weg? Nee, daar is hij nog.

Heeft hij fouten gemaakt? Niet heel veel, schat hij. Een paar maanden geleden heeft hij bij een konijn myxomatose gemist. Hij was er blijkbaar ten onrechte van uitgegaan dat het beestje gevaccineerd was. Toen hij het bij het koffiedrinken tegen de collega's en assistenten vertelde reageerden die laconiek.

'Had je het dan willen behandelen? Dat is een lijdensweg, joh, ook voor de eigenaar.'

'Toch stom van me om er niet aan te denken.'

Ze hadden hem bewonderd om zijn zelfkritische houding en hij was daarover verbaasd geweest.

Een andere fout is dat hij zijn moeder niet steeds met begrip behandeld heeft. Hij heeft weliswaar nooit gezegd: 'U, moeder, hebt papa's einde bespoedigd', al was dat zijn opvatting. Dat niet te zeggen was juist. Maar hij wendde zich intussen van haar af, en de laatste jaren in de inrichting zocht hij haar niet zoveel op als hij gekund had. En als hij bij haar was en zij haar huilerige litanieën begon nam hij de omroepgids en onderbrak haar om te zeggen wat voor interessants er die avond op tv kwam. Maar hij gunde zichzelf altijd een foutenmarge, een kruimel harteloosheid. Nu is het of moeder en het konijn in het donker naar de kras op zijn huid staan te kijken.

Het komt hem voor dat iets naamloos wat hij niet kende snel

groter wordt, belangrijker. Alsof hij een stoel is waarop eindelijk iemand komt zitten. Is het einde begonnen? Of juist zijn leven?

'Lig je te piekeren Roeltje?'

'Och…'

'Ik hoor het aan je adem. Ik wist niet dat dat bestond, Roel en piekeren!'

Hij knipt het licht aan.

'Zullen we op het balkon een glas wijn gaan drinken, Tony?'

'Ben je gek jongen, het is twee uur in de nacht.'

'Dan ga ik alleen.' Lexington mee. Hij is maar kort alleen. Ze komt bij hem in een wijd gewaad. Hij tilt het op. Ze strijkt met haar koele reuzebillen bij hem op schoot neer, steekt zelf ook een sigaret op.

'Je maakt me blij, Tony.'

'Jij mij ook hoor ventje.'

In de weken en de jaren na deze nacht wordt van Sofie Lecoultre niets meer vernomen.

Om te ontdekken of een olifant een ik-bewustzijn heeft brengt de onderzoeker met krijt een vlek aan op het voorhoofd van het dier en leidt hem naar de spiegel. De olifant betast de vlek met zijn slurf en probeert hem weg te poetsen. Hij weet dus dat hij het zelf is, die hij daar in de spiegel ziet.

Een hond heeft de krant aan flarden gescheurd. Als zijn baas binnenkomt sluipt hij ervandoor, zogenaamd om in de keuken te gaan liggen slapen.

'Marcóóó, kom jij eens hier. Wat heb jij nou gedaan? Kom eens naar de kamer, Marco!' Voetje voor voetje, kop en staart omlaag, nadert de overtreder door de gang. Hij weet dat hij schuldig is aan iets verschrikkelijks.

Een hond ziet zichzelf in de spiegel maar is niet nieuwsgierig en valt zichzelf niet aan. Hij weet heel goed dat hij het zelf is, die hij in de spiegel ziet, maar vooral dat hij het niet is, maar een spiegelbeeld.

Een zebravinkje pikt woedend naar het spiegeltje in zijn kooi.

Dolfijnen gedragen zich anders als ze naar een televisie kijken waarop ze zichzelf in realtime zien afgebeeld dan wanneer ze eerder gemaakte opnamen van zichzelf zien. In het eerste geval gaan ze de clown spelen, in het tweede zijn ze alleen gefascineerde toeschouwers. Deze klaarblijkelijke contingentiecontrole wijst in de richting van een ik-bewustzijn.

Elk dier doet het dier naast of tegenover hem na, ook als hij contrasterend gedrag vertoont.

Ongetwijfeld is er een idee van dood bij dieren, hoewel misschien niet van eigen sterfelijkheid. Zijn onze hersens gegroeid als een parel, ter inkapseling om het verontreinigend besef van eigen sterfelijkheid? Met averechts effect.

Een kille wind, een tegeltuin met een donkergroene apenboom erin veroorzaken een trieste stemming. Of doet iemands trieste stemming hem de apenboom zien en de kilte ervaren? Het is een dialoog zonder woorden, een gesprek tussen twee spiegels: 'Wat wil je dat ik afbeeld?'

'Wat wil je dat er is?'

Een dierenarts droomt dat hij 's nachts terugkeert naar het boshuisje om een lieve vriendin uit haar lijden te verlossen. De nacht is warm, de hemel boven het weitje voor haar huis ziet wit van de sterren; de hordeur laat zich makkelijk en geluidloos openschuiven. Hij haalt de overdreven grote spuit T61 uit zijn tas. Als hij deze in haar halsslagader wil zetten hoort hij een oude kat zeggen: 'En wij dan?'

'Houd je mond, Foekie.' Hij wil toevoegen: 'Jullie komen aan de beurt, er is genoeg voor iedereen.' Maar omdat hij een seconde geaarzeld heeft is de spuit verdwenen, z'n handen zijn met kattenbont overtogen. Hiermee streelt hij de vrouw over wangen en schouders, zo oneindig zacht dat ze niets merkt. Maar in haar droom glimlacht ze.

Een groep kinderen op de tegelplaats van school bekijkt,

op de hurken, bukkend of knielend, naar een tafereel van enkele vierkante centimeters in het vierkant. Een rups wordt
door mieren gedemonteerd en afgevoerd.

'Denk je dat hij iets voelt?'

'Nee, want rupsen hebben geen zenuwen.'

'En mieren ook niet.'

'Vissen ook niet.'

'Wel! Vissen wel!'

'Vissen voelen niks, zegt mijn vader.'

'Misschien boven water niet; maar onder water wel.'

'Mijn vader zegt van niet. Ze hebben altijd hetzelfde gezicht.'

Het kind doet het na, zuigt zijn wangen in. Er wordt gelachen.

'Mieren voelen ook niks, die weten niet eens dat ze bestaan.'

Een varkensboer krijgt een ongeluk, hij wordt naar het ziekenhuis gebracht. Als men verneemt wat zijn beroep is wordt
hem de toegang geweigerd: de cocktail aan resistente ziektekiemen, die hij waarschijnlijk bij zich draagt, maakt zijn aanwezigheid te gevaarlijk voor de andere patiënten.

De reden waarom over Auschwitz zoveel gruwelverhalen
bestaan is dat het niet alleen maar een *Vernichtungslager* was
zoals Majdanek of Belzec: er zijn relatief veel overlevenden.

Een rattenverdelger zegt: 'Als ik ze dood voor ze zich opnieuw voortgeplant hebben, dan hoef ik de komende generaties niet te doden. Zo doe ik talloze ratten een plezier!'

De fabrikant van het kindergeweertje, de Crickett, dat het
jongetje gebruikte om zijn tweejarig zusje mee te doden,
drukt naar aanleiding van het tragische incident vanaf zijn
website klanten op het hart: uw kinderen zijn uw verantwoordelijkheid. Gebruik die wijs.

De buurvrouw denkt dat God het kindergeweertje gebruikte
om de peuter bij zich te roepen. Het was haar tijd.

De rechtse Amerikaan heeft de tragische ontploffing van
vrijheid en verantwoordelijkheid in zijn borst met een Stars
and Stripes-vlaggetje op zijn revers vastgezet.

Twee Russen discussiëren over Immanuel Kant.
'Kant zegt: wij kennen alleen de fenomenen, het wezen is onkenbaar.'
'Hoe weet jij dat?'
'Vraag je hoe ik dat weet? Of hoe Kant dat weet?'
Na enige glazen wodka loopt het twistgesprek hoog op. De ene Rus haalt een pistool tevoorschijn en schiet de ander neer. Maar het pistool bevat toevallig plastic kogeltjes, de verwondingen vallen mee.

Inzicht blijkt in het brein zeer gelokaliseerd te zijn. Onderzoekers stimuleren met een elektrode een bepaald gebied in de hersenen terwijl de bezitter ervan een som of een vraagstuk krijgt voorgelegd. Het probleem wordt doorzien, terwijl het zonder elektronische stimulering als onoplosbaar zou zijn ervaren en soms ook werkelijk onoplosbaar is.

Bereken de kans dat je in de file voor, naast of achter een moordenaar staat.

Sommige mensen hebben een natuurlijke, genetisch bepaalde afkeer van kaas. Vraag: is kaas ook ongezonder voor hen dan voor degenen die deze aanleg missen?

Rechtvaardigheid... en het verglijden van de tijd.

Diepe zucht in het donker: 'De menselijke geschiedenis is één grote worsteling tussen de dommen en de gemenen.'
'Wat ben je toch een zwartkijker. Ik vind dat langzamerhand érg vervelend worden! Je hebt het toch goed hier?'

Wat zou er gebeuren als tijgers de hersens hadden van mensen? Dan zouden ze zegevierend een opmars hebben gemaakt naar miljarden aardbewoners. Mensen – met feliene hersentjes, die niet leren lezen en schrijven – werden gehouden in grote schuren zonder daglicht en in veewagens naar het abattoir vervoerd. Ze zouden wereldwijd met tientallen miljarden zijn, dus evolutionair nog aanzienlijk succesvoller dan nu.

Wat als tijgers en mensen even slim zouden zijn én ver boven de andere diersoorten zouden uitsteken? Zouden we elkaar naar het leven staan? Of met elkaar in gesprek raken en een modus vivendi vinden? Hoe komt het dat er maar één soort zo ver boven de medeschepselen uitsteekt qua intellectuele vermogens?

Aan de Italiaanse kust vangen dolfijnen zij aan zij met mensen harders. Het is voor hen een koud kunstje scholen van deze vissoort naar elke locatie te drijven die hun belieft, maar moeilijk ze vervolgens individueel te vangen, want de harders zijn snel en wendbaar. Daarom drijven ze de school naar de vissers, die reeds in hun bootjes wachten en hun netten maar hoeven uit te werpen voor een overvloedige oogst. De mensen vergeten vervolgens niet de dolfijnen, die ze allemaal 'Stompneus' noemen, rijkelijk te belonen.

Wat als er twee mensensoorten zouden zijn van wie de ene variëteit tweemaal zo oud als de andere werd? Zou het bestaan van de kortlevende als veel minder waardevol worden beschouwd dan dat van degene die aan het eind van zijn eigen pad gekomen nauwelijks nog generatiegenoten van de andere soort kon herinneren, maar die door vele (noodzakelijk onderbetaalde) kleinkinderen gevoed werd? Maar dit is geen fictie.

Zekere mierensoorten maken collega's van een andere variëteit tot slaven door hun poppen te stelen. Na het uitkomen worden ze getraind om voor het herenvolk bladluizen te melken. Andere mieren smokkelen hun eigen eierleggende koningin binnen in een vreemd nest. Daar gaat men nijver voor de niet-soorteigen eitjes zorgen.

Levende wezens staan op veel dimensieschalen in het midden. Er zijn structuren miljarden keren groter dan zij, en miljarden keren kleiner. Er zijn processen die oneindig veel sneller verlopen dan een mensenbestaan, maar ook oneindig veel trager. Maar op het gebied van de temperatuur ligt het anders: het kan in het heelal miljoenen graden heter zijn dan hier bij ons, maar slechts driehonderd graden kouder...

En als tijgers, kraaien en bijvoorbeeld kippen de intelligentsia zouden uitmaken en de mens zo dom als een varken was?

Veel varkens kunnen kort na hun geboorte spreken met een menselijke stem. Dit vermogen wordt onwenselijk geacht voor de vleesproductie. Tong en keel worden daarom profylactisch van een insnede voorzien, waardoor ze alleen nog kunnen knorren.

Kippen zijn zeer intelligente dieren: door zich massaal in stoffige, half verlichte hokken te laten opsluiten zijn ze met tweeënvijftig miljard de succesvolste vogelsoort aller tijden geworden.

In India rijdt een trein in op een kudde olifanten. De trein raakt zwaarbeschadigd, twee mensen en zeven dieren komen om, ook zijn er vele zwaargewonden. De olifanten maken zich geschrokken uit de voeten maar keren later terug, ze mengen zich onder de menselijke omstanders tot ze door de politie worden verjaagd.

Kippen zijn zeer intelligente dieren: een onthoofde hen is erin geslaagd anderhalf jaar zonder kop in leven te blijven. Zij verdiende voor haar baas geld op de kermis. De mensen kwamen graag kijken om te zien hoe het dier door een trechtertje gevoed werd en dan fladderend rondliep. De eerste weken na haar onthoofding heeft ze zelfs nog enkele eieren gelegd.

Mensen wordt steeds intelligenter, meent menig psycholoog, als gevolg van de grote hoeveelheden informatie die ze te verwerken krijgen. De structuur van het geheugen verandert door internet.

Onderzoeken wijzen in de richting dat de mens in de afgelopen eeuw steeds minder slim aan het worden is. Psychologen noemen als mogelijke oorzaak het 'stofzuigereffect': intelligente mensen krijgen doorgaans minder kinderen dan domoren.

'Waarom heet dat dan stofzuigereffect? Een stofzuiger zuigt zichzelf niet op.'

'Stof tot stof... Zoiets?'

In de evolutie is een beweging waar te nemen van bewustzijn naar onbewustzijn. Omdat de verschijnselen het lijden van de transformatie niet kunnen verdragen zijn ze almaar dommer aan het worden. Hierin is de minerale wereld verder gevorderd dan die van het leven, maar menige vertegenwoordiger van de lagere levensvormen, een plant, een slak, haalt reeds de vochtige schouders op als hij wordt gemaaid of verpletterd door een autoband... De mens is in deze evolutie nog niet zeer ver, maar hij is al wel onbewust genoeg om niet te weten op welke verschijnselen hij voorligt.

De zeeschede gebruikt hersens om een geschikt stuk rots te vinden om zich aan te hechten. Als het dier eenmaal vast zit eet het meteen zijn overbodig geworden brein op.

Een snoek stikt in een eend. Hij leert hier niets van.

Een onderzoek uit 1889 naar reactietijd wordt gerepliceerd. Wij zijn vergeleken bij onze soortgenoten uit de victoriaanse tijd aanzienlijk trager geworden.

Dieren zonder hersenen slapen niet.

Zekere misantroop zegt tegen wie het maar horen wil: 'O, de mensen beschouwen zichzelf zo graag als superieur. De mens superieur? Laat me toch niet lachen! Een varken met een rijbewijs is het, de mens.' Hij zwijgt een uitgekiend aantal seconden, dan bitter lachend: 'Nu hoop ik maar dat ik de varkens niet beledig.'

'Sedert ik de mensen ken houd ik van dieren. Dat meen ik serieus.'

'Wauw, jij bent een filosoof! Een echte Immanuel Kant!'

'Die naam zegt mij niks.'

'Dat was een filosoof van vroeger.'

'Ja, dat snap ik.' Kijkt de barman aan en wijst op de twee lege glazen. Bijvullen.

'Dat verbaast me niks, dat jij dat ook snapt.'

'Je bent niet serieus. Ik ben serieus: als je ziet wat mensen elkaar aandoen, dan ga je vanzelf van dieren houden.'

'Ja, dat had ík dan alweer begrepen.'

Twee geliefden willen trouwen, maar de familie van de vrouw is ertegen. De man en het meisje trotseren het verbod van deze verwanten en treden voor de wet in het huwelijk. Een paar neven van de echtgenote vragen de jonggehuwden naar haar geboortedorp te komen zodat alles uitgepraat en vervolgens vergeven en vergeten kan worden. Als de twee in het dorp aankomen blijkt de uitnodiging een val. Beiden worden pal voor het ouderlijk huis van de bruid onthoofd.

Russische criminelen die een onwillige betaler onder druk willen zetten zoeken op straat een zwerver die er enigszins toonbaar uitziet. Die wordt in een hotel gezet en een paar weken verwend, tot hij netjes op gewicht is. Zijn nieuwe kameraden brengen hem intussen naar de kapper en de kleermaker, tot hij eruitziet als een echte heer, hij kan inmiddels wel voor fabrieksdirecteur of handelaar doorgaan. Nu gaan ze samen op bezoek bij de recalcitrante zakenman. Hun protegé krijgt instructies: 'Als we jou dadelijk gaan vragen geld aan ons terug te geven dan weiger jij dat, hè? Hou dit vol, hoe we ook aandringen.'

'Prima, vrienden. Jullie kunnen op me rekenen.'

In het huis van de zakenman wordt vrolijk gegeten en gedronken. Dan komt het geld ter sprake dat de zwerver-zakenman hun zogenaamd schuldig is. Of hij dat maar even terug wil geven. Een flink bedrag! Hij weigert beslist. Ze dringen aan.

'In geen honderd jaar!' zegt de ander, die zijn rol met verve speelt. Eén van de mafiosi trekt een pistool tevoorschijn en schiet hem voor de ogen van de gastheer dood.

Deze heeft geen problemen meer met betalen.

Een soennitische jongeman doodt na een slordig verhoor een doodsbange gevangene. Hij haalt vervolgens diens pasje uit diens portemonnee, waaruit blijkt dat de overledene sjiiet was. 'God is groot!' brult de moordenaar, 'ik heb een sjiiet gedood!'

Geërgerd omdat de ontvangst van de wedstrijd Nigeria-Argentinië zo slecht is in dit godverlaten dorp trekt de Boko Haram-strijder het meisje van elf op zijn schoot en verkracht het in haar nauwste opening. Hij komt te vlug klaar en ramt er met een stok die toevallig naast hem op de grond ligt nog een paar keer achteraan.

Zekere indianen dragen merkwaardige halstooi: ze rijgen een rode worm aan een koordje; als het dier blijft leven (wat meestal gebeurt, ze zijn er erg handig in) dan smeren ze voedsel vóór hem op het touw, opdat hij daarheen kruipt. Zo is de worm sieraad en huisdier tegelijk. Mak en vet overleeft het beestje dikwijls zijn eigenaar.

Zekere bendes naaien het hoofd op een voetbal, andere juist een voetbal op de schouders. Maar allemaal snijden ze lul en ballen af en proppen die voor de onthoofding in de mond van het slachtoffer. Dit gebeurt gewoonlijk des nachts in een klaslokaal met kapotte ruiten; bij het ochtendkrieken komen zwerfhonden het vloerzeil schoonlikken.

In West-Europa is iemand die een medemens neersteekt nu nog een even exotisch verschijnsel als een waterval. Het enige verschil: een waterval is steeds op dezelfde plaats.

Een Amerikaanse politicus rijdt met zijn team door een bosrijk gebied. Hij gaat in een kerkgebouwtje de waarde van het menselijk leven oneindig groot noemen, ook en juist als het ongeboren is. Vanwege diezelfde waarde moet eenieder in staat zijn zich een eigen machinegeweer te kopen. Hij zal het grapje maken: 'If babies had guns they wouldn't be aborted.' Het team rijdt een hert aan. Het wordt met het semi-automatisch pistool van de perschef afgemaakt en in de achterbak gelegd. De rest van de reis verloopt in een vrolijke stemming.

De voorman van een linkse partij is op weg naar de afdeling Wageningen. Hij zal zich daar keren tegen de berekening van de Gezondheidsraad dat een jaar van een mensenleven tachtigduizend euro waard is. Want een mensenleven, daar hang je geen prijskaartje aan. Het is een warme avond; op weg van Den Haag naar Wageningen vangt de grille van zijn wagen tienduizend insecten.

De voorman van een linkse partij heeft in een toespraak voor een afdeling op de Veluwe kritiek op de berekening van de Gezondheidsraad dat een jaar van een mensenleven tachtigduizend euro waard mag zijn. Niemand van de aanwezigen bereikt een ander standpunt dan het vooringenomene, maar menigeen wordt in zijn of haar opvattingen gesterkt. Op de terugreis rijdt de staffunctionaris die de auto bestuurt een hert aan. De twee socialisten trekken het zieltogende dier naar de kant van de weg. Wat moeten ze nu? Wie kunnen ze bellen? 112? De Wegenwacht?

Een dierenambulance onderweg naar een eend met een lamme vleugel betekent de dood voor duizenden insecten.

Na een flinke bui regen is een naaktslak de weg opgekropen. Hij heeft geen geluk, een autoband verplettert hem. De geur van zijn lijk trekt vier, vijf andere slakken aan. Ook zij worden tot pulp gereden terwijl ze zich tegoed doen aan hun broeder. Nieuwe slakken zijn alweer uit het lange gras van de berm op weg naar de feestdis. Ze weten niet dat ze leven, niet wat ze overkomt.

Een warme avond op de camping, de zon is nog niet achter de bergrug verdwenen maar het is wel tijd om het eten te gaan bereiden. Een pinnige conversatie.

'Nou is het zout weer op. We hebben de hele week al pech!'
'Stel je niet aan, ik ga zo even naar de kampwinkel.'
'Nou, ga dan!'
'Mag ik nog even dit hoofdstuk uitlezen?'

Maar omdat de sfeer niet goed is lukt het lezen niet meer. Nors kijken de echtelieden uit over het uitgetrapte grasperkje voor de tent. In het gelige leem marcheren mieren in lange rijen naar hun nest en terug. Maar dan, zonder aankondiging, vrijwel van de ene seconde op de andere, verandert het tafereel in een slagveld: de ordelijke rijen worden kluwens, alle mieren vallen elkaar aan, zetten hun kaken in het dichtstbijzijnde lijf, proberen de ander af te maken.

'Zie je dat? Dat bestaat toch niet!'

'Ja hoor interessant. Ga je nou nog naar de winkel?'

Ouder gewoonte scheldt een vrouw haar man uit. Hij laat het over zich heen komen, is intussen bezig met de administratie. Maar opeens kijkt hij verrast op: haar stem is aan het veranderen. Haar laatste scheldwoorden klinken nat, borrelig. En aldus komt er een eind aan een relatie die meer dan twintig jaar geduurd heeft: de huid van de vrouw verandert voor zijn ogen in een zee van zeepbelletjes. Ze wil hem nóg een verwijt toevoegen, maar de snauwerige trek om haar mond is verdwenen en geluid komt er niet meer. Haar ogen worden groot en starend, en dan, vreselijk om te zien, lijkt het of haar irissen beslaan, het worden dofgrijze kwartjes. De echtgenoot slaakt een kreet, slaat de handen voor zijn gezicht. Als hij weer durft kijken zijn haar ogen verdwenen, de gelaatstrekken vervagen, binnen enkele seconden is haar gezicht één grote schuimvlok. Niet alleen haar gezicht, haar hele lichaam verandert in een sneeuwpop van schuim die slagzij maakt en in elkaar zakt.

'Wally! Wally!' Hij strekt zijn hand uit, alsof in die vreselijke wolk wit schuim nog een klein vrouwtje met de trekken van zijn echtgenote zou zitten, dat hij naar zich toe kan halen, redden. De vlokken zakken echter snel in, en alles wat er van zijn gehate geliefde rest is een natte plek in het vloerkleed.

Maar nog terwijl hij vol afschuw naar de zich uitbreidende vlek staart, begint hij zich af te vragen waarom zijn hart als een razende in zijn keel klopt, waarom hij kokhalst. Heeft hij iets verkeerds gegeten? Waar komt die nattigheid op de vloer vandaan? Misschien hebben de bovenburen, verstrooide hippies, het bad aan laten staan? Maar het plafond is netjes wit en droog.

Hij is Wally vergeten. In de slaapkamer ligt één kussen op het grote bed, haar kleerkast is leeg, er staan boeken in, die hij al gelezen heeft en zelfs van aantekeningen voorzien.

Hij is haar vergeten, zijn kinderen zijn van een andere vrouw, die een paar jaar terug aan kanker overleden is en daar heeft hij nog elke dag verdriet van.

Een vrouw, die als kind mishandeld en gepest is, vergeet dit restloos en maakt er in retrospectief een heerlijke jeugd van.

Is het onjuist om iemand iets slechts te gunnen? Hoe onverschillig mag je zijn tegenover je medemensen? Elke burger die leest over een liquidatie op een industrieterrein of bij een Van der Valk denkt: goed zo! Maak mekaar maar af jongens, dan doe je het anderen niet.

Een man wordt in zijn auto met kogels doorzeefd, midden in een woonwijk. De politie veronderstelt dat de verkeerde man is doodgeschoten, maar zijn ex-vrouw juicht als ze het bericht hoort. Zij meent dat precies het goede slachtoffer gevallen is, ook al hadden de moordenaars misschien iemand anders op het oog.

'Het kan niet beter!'

Iemand rijdt op een mooie dag over een landweg, de autoramen staan open. Opeens schreeuwt hij het uit van schrik om een infernaal geraas. Een motorrijder haalt met waanzinnige snelheid in, is alweer om de hoek verdwenen. Twee minuten later ziet de automobilist de machine als een rokende puinhoop in een bocht rechtop tegen een boom staan. Het onthoofde lichaam van de snelheidsduivel ligt tientallen meters verderop in het weiland. Een paar koeien komen aanlopen om het object te bestuderen. De autobestuurder schatert luidkeels, hij slaat met zijn linkerhand op het buitenportier. 112 bellen om het ongeval te melden? Dan moet hij hier zeker op de politie wachten en later op het bureau aan het procesverbaal meewerken. Gekke Henkie! Hij gaat zijn vrije middag niet laten bederven.

De vriendelijke jonge christen met de open blik steekt hand

in hand met het mooie meisje op wie hij dol is, en zij op hem
– ze gaan fijne ouders zijn voor lieve kinderen –, de parkeerplaats van het verzorgingshuis over, waar zijn donkerblauwe
BMW X5 op hem wacht. Eenmaal op de snelweg wijst de meter na enkele minuten meer dan tweehonderd kilometer aan.
Zij leest intussen voor uit een brochure die ze van de directrice
heeft gekregen. Is dit een kandidaattehuis voor omaatje?
Want thuiszorg is geen optie meer. Het mensje vervuilt, is helemaal de weg kwijt. Niemand van de familie bekommert
zich erom, het komt allemaal op haar en haar vriend neer.
'Ik kan me daar toch echt kwaad over maken.'
'Ach, lieveling.' De jongeman legt even een hand op haar knie.
'In de Bijbel staat: niet oordelen, dan word je ook niet geoor-
deeld.'

Een vader rijdt op een tweebaans-honderdkilometerweg.
Achterin zitten de kinderen een nieuw aftelrijmpje te verzinnen. Het wordt almaar langer, ze willen het moment van het
'hem zijn' zo lang mogelijk uitstellen. De weg leidt over een
viaduct. Als het gezelschap bijna boven op het bruglichaam is
duikt een regenwolkkleurige BMW op, bezig een rij auto's in
te halen. Tien, twintig meter voor de wagens frontaal tegen elkaar aan zullen klappen duikt deze terug naar zijn eigen baan.
Omdat hersens langzamer werken dan auto's rijden komt de
schrik pas onder aan de brug. De bestuurder voelt een sidderen opkomen, alsof hij dadelijk moet huilen. Hij brengt de
auto tot stilstand op een vluchthaven.
'Waarom stoppen we, papa?'
'Hé, waarom stoppen we?'
's Avonds op verjaardagsvisite vertelt hij: 'Er was geen tijd om
te reageren, geen uitwijkmogelijkheid. Naast de weg was de
reling van het viaduct. Nul kans zouden we hebben gehad,
geen van drieën. Voor mij is dat niet erg. Zonder de kinderen
wíl ik niet eens leven. Maar deze tegenligger in zijn grijze
BMW…'

'Een monster!'

'Doodschieten, zulk tuig!'

'Nou, ik heb mezelf altijd gezien als iemand die nooit een ander mens zou kunnen vermoorden... Maar ik dacht wel: als ik nu een hendel in mijn hand kreeg waarmee je een einde kan maken niet alleen aan deze mens, maar ook aan alle wetenschap omtrent deze persoon... Dan zou ik die zeker en zonder aarzelen overhalen. Nóóit zou ik er spijt van krijgen.'

Die nacht in bed fluistert zijn vrouw hem in het oor dat ze hem op het feestje zo ontroerend vond, omdat hij ook de herinnering aan de BMW-rijder wilde uitwissen, zodat er geen mensen nodeloos verdriet zouden hebben.

Een BMW is een goede, veilige auto: een Russische zakenman rijdt met vier kinderen door de herfstnacht, de regen valt bij bakken uit de hemel. Voor hen ligt een brug die hersteld wordt. De chauffeur ziet te laat dat de weg eindigt, de BMW valt zes meter omlaag in een bouwschacht, met de neus loodrecht omlaag. De vijf inzittenden raakten slechts licht gewond.

Mercedes en BMW, allebei topmerken, maken voortreffelijke auto's. Maar met een BMW-rijder is vaker moreel iets mis dan met iemand die een Mercedes heeft.

Hoe zou ik over de doodstraf denken als het mogelijk was om door een hendel over te halen een einde te maken niet alleen aan een mens maar ook aan alle wetenschap omtrent deze persoon? Zijn liefhebbende moeder wordt na de executie wakker in de volkomen zekerheid dat ze nooit meer dan één zoon heeft gehad. Dat is dan zijn jongere broer, die hem ongetwijfeld zou willen wreken als hij maar wist van deze eliminatie zonder vorm van proces. Zijn kinderen groeien op in een eenoudergezin, zijn vrouw koestert geen wrok meer tegen haar man, zijn zoontje heeft geen respect meer voor hem. Waarom had het kind respect? Omdat zijn vader een paar weken geleden voor zijn ochtendplas op de weegschaal is gaan staan en daarna opnieuw. Hij bleek een halve liter urine te hebben geloosd, en nu riep het jongetje bij elk half pak vla en elke fles tomatenketchup: 'Dat kun jij plassen!' De vader heeft erover verteld op zijn Facebookpagina en kreeg tientallen *likes*. De Facebookpagina bestaat niet meer. De verdwenene is voor mij geen vreemde meer.

'Ik heb wel zin om iets te drinken, een glas vruchtensap of zo.'

'Dat heb ik niet in huis, ik kan wel een glas Nesquik voor je maken.'

'Doe dat dan maar. Prima!'

Maakt een glas Nesquik. Als hij terugkomt in de kamer is daar niemand. Wat doet hij met dat glas in zijn hand? Hij maakt nooit Nesquik. Het moet de alzheimer zijn die komt aansluipen.

Een Bekende Nederlander kust een vrouw, van wie alleen het achterhoofd te zien is. Als hij zijn gezicht van het hare terugtrekt is hij de kijker onbekend geworden.

Hoe zou ik, als bij mijn dood alle herinneringen aan mij meteen werden uitgewist, over *zelfmoord* denken?

Een paus die nog een appeltje te schillen heeft met een overleden paus laat deze opgraven, kleedt hem weer in pauselijk gewaad en berecht hem op een speciale synode, waarop het kadaver bittere verwijten te horen krijgt. Het lijk wordt ter dood veroordeeld en onthoofd, waarna zijn overblijfselen in de rivier worden gekwakt. De levende paus zet, onder meer vanwege deze handelswijze, zoveel kwaad bloed bij het kerkvolk dat ze hem lynchen.

Het leven is hard. Als het mogelijk was om zelfmoord te plegen door een halve minuut de adem in te houden, dan waren de nazigaskamers zinloze bouwsels geweest, hadden veel katholieke internaten leeggestaan... Voor Boko Haram-strijders zou er vrijwel geen elfjarig meisje om te verkrachten zijn.

Hoe zou de wereld eruitzien als na een boze daad een onuitwisbaar kenmerk zou verschijnen op of in het mensenlichaam? Zoiets als de neus van Pinokkio, die groeide na een leugen. Zoals een drinker een trosneus krijgt (maar niet altijd, en niet elke trosneus is een gevolg van te veel drinken). Dat een mens bijvoorbeeld enigszins zou verstijven, verhouten. Als je Willem Holleeder, Harry Stoeltie, Charles Manson, een Oost-Congolese krijgsheer of een Mexicaanse drugsbaron een hand gaf zou je steen voelen. Je eigen hand zou sponsachtig zijn in de hunne... Zou de wereld erdoor veranderen? Stoeltie en de krijgsheer weten heel goed dat ze kwaadaardig zijn; ze laten het toch al graag zien en genieten van jouw goedaardigheid, die ze macht geeft over jou.

Maar nu Lloyd Blankfein, de verdorven CEO van Goldman Sachs die wereldwijd ellende exporteert en bonussen opstrijkt. Wie hem een hand geeft zou een stuk ijs van tweehonderd graden onder nul voelen, de herinnering aan de kennismaking zou een dagenlange fysieke kwelling zijn. Nu denk je, ondanks je bezwaren tegen zijn doen en laten: wat een interessante, charmante figuur. Blankfein heeft charisma, het feit dat hij zo veel mogelijk mensen tot verliezers omtovert en de economie fuckt maakt hem niet minder aantrekkelijk. Misschien integendeel.

Verhouting of verijzing bij slecht gedrag maakt het werk in verhoorkamers makkelijker: de vrouw die in alle toonaarden ontkent dat ze weet van haar mans kinderverkrachtingen snikt het uit in de verhoorkamer. De rechercheur legt troostend een hand op haar schouder: droog hout.

De inhaler op de honderdkilometerweg, die vriendelijke man, die grensrechtert voor zijn voetbalclub, bloemen meeneemt op Valentijnsdag voor zijn lief vrouwtje. Waarom voelt hij altijd zo hard aan als hij thuiskomt? Hij heeft vele verkeersregels overtreden, constant tachtig gereden binnen de bebouwde kom en honderdtwintig op de landweg, talloze tegenliggers de stuipen op het lijf gejaagd.

De man die opeens hard wordt op het lichaam van zijn vrouw.

'Waar denk je aan?'

'Hoezo?'

'Heb je een ander? Denk je daaraan?'

Ontkennen heeft geen zin.

Maar een andere man, die eveneens een affaire heeft, blijft zacht als hij het met zijn vrouw doet. Waarom?

Het is voor een burger moeilijk om medelijden te hebben met bezoekers van een quadrace die door een uit de bocht vliegende deelnemer worden gedood, of met de zoon van Khadaffi als die een oneerlijk proces krijgt, of met een bommenmaker bij wie de bom in het gezicht explodeert.

'Als je nou serieus wilt dat de boel helemáál naar de bliksem gaat moet je de natuur aan de boeren overlaten, het geld aan de bankiers, en de wet aan de burgers!'

'En het leven aan de dieren en de planten. Dat dan ook, zeker?'

'Zo duidelijk is de scheidslijn tussen goed en kwaad vaak niet.'

'Nee? Geef eens een voorbeeld van iets goeds dat toch kwaad is, of omgekeerd.'

'Nou, bijvoorbeeld: zou jij Hitler vermoord hebben als je daartoe de gelegenheid zou hebben?'

'Ja.'

'Zie je! Dus je bent een potentiële moordenaar. Ooo, wat erg! Sliep uit! Schaakmat!'

Om een tegenligger te ontwijken bij een riskante inhaalmanoeuvre snijdt een BMW-rijder een kleine Peugeot zo scherp af dat deze in de flank geraakt wordt, van de weg schiet en tegen een boom botst. De bestuurder, dodelijk gewond, ziet in de achteruitkijkspiegel zijn dochtertje bewegingloos op de achterbank, het halsje geknakt. Oneindig verdrietig voelt hij het leven ook uit zichzelf wegruisen. Toch is hij zich nog bewust van zijn omgeving, merkt dat er kijkers en hulpverleners om het wrak zijn komen staan. Onder hen de bestuurder van de BMW, die tegenover anderen bezig is zijn rol in het ongeluk te bagatelliseren. Nu maakt het verdriet van de stervende, zonder dat hij daarop enige invloed heeft, plaats voor een bovenmenselijke, wraakzuchtige woede: hij geraakt in een staat van *riastradh*. Zijn lichaam, de botten gebroken, uit vele wonden bloedend, verbindt zich met het verwrongen metaal van de wagen. Met een kreunen en brullen niet van een menselijke stem afkomstig richt zich een onherkenbaar wezen op. Het kruipt, ondersteund door een wiel en een been, af op de in doodsschrik verstijfde BMW-rijder en plet deze met het gloeiende motorblok. Een wolk van stoom, een krijsen als van metaal op metaal.

'Ik wil in een wereld leven waar kwaad gestraft wordt.'

'Ik wil in een wereld leven waar kwaad gestraft kán worden.'

'Ik wil in een wereld leven waarin het kwaad wordt uitgeroeid. Gestraft hoeft van mij niet te worden; straffen, dat is maar voor de galerij. Om de orde te herstellen. Maar juist dat ostentatieve laat zien dat er geen onderliggende orde is. Daarom: stilweg afvoeren de boosaardigen, en de herinnering wissen. Want kijk, er zijn veel te veel mensen op aarde en ze zijn niet evenwaardig. Ze zijn ofwel overbodig, of schadelijk. Mijn voorstel is de overbodigen voorlopig het leven te laten, maar de schadelijken alvast weg te nemen.'

'Is dat onderscheid wel zo duidelijk?'

'Bij twijfelgevallen niets doen! In dubio abstine. Eerst de ergsten wegnemen: de wapenhandelaars, de warlords, de schemerfiguren van de zakenbanken. De honderd rijkste families.'

'In hun geheel?'

'Misschien niet in hun geheel. Maar ik beloof je: het kwaad is niet zo moeilijk te herkennen.'

Vladimir Poetin. Hel steekt zijn kleeftong uit: weg is ie. De lijfwachten staan met getrokken pistool om zich heen en elkaar aan te kijken. Ze zijn in staat elkaar neer te schieten, gek van paniek.

Op een vroege zondagochtend wordt de allerrijkste persoon op aarde vermist zonder enig spoor na te laten. Het onderzoek naar zijn verdwijning is nog maar pas op gang gekomen als er de volgende zondag weer een plaatsvindt, namelijk van degene die vorige week nog de op één na rijkste was. De zondag daarop gebeurt dit met nummer drie, en zo gaat het vanaf nu elke week. Na een paar maanden is het patroon de zeer rijken wel duidelijk. Degenen die aan de beurt zijn proberen hun bezit ijlings zo te structureren dat het formeel niet meer aan hen toebehoort, maar zij er nog wel zeggenschap over houden. Hun financiële adviseurs bedenken fantastische trucs, maar geen ervan helpt: de magnaten worden op zondagochtend door de aarde, zo lijkt het, verzwolgen. Nu breekt onder hen een ware paniek uit. Men probeert op alle mogelijke manieren armer te worden, in elk geval arm genoeg om het een paar jaar aan zondagen uit te kunnen zingen. Maar ze moeten zich haasten: gaandeweg wijzigt zich het patroon van de verdwijningen, de frequentie ervan neemt toe: inmiddels wordt het bed van de vermogendste man of vrouw van dat moment vrijwel dagelijks leeg aangetroffen. Soms verdwijnen hele families, erflaters én erfgenamen tegelijk.

De christenen onder de rijkaards herinneren zich opeens het woord van hun Verlosser: 'Het is zaliger te geven dan te ontvangen', de moslim-miljardairs de tekst van de Profeet: 'Degene die zijn maag vol eet en dan gaat slapen, terwijl zijn buurman honger lijdt, waarlijk, hij is geen goede moslim.' Donaties stromen over de wereld, noden worden gelenigd, crises verdampen.

Toen een oude tovenares werd onthoofd wierp ze haar hoofd naar de zon. Sedertdien treedt de ziel van een vermoord mens altijd over in zijn moordenaar, of hij dat nu merkt of niet.

'Overbevolking' heet de wrede vorstin van de mensheid, 'Kapitalisme' is haar sadistische beul.

Rond het vijftigste levensjaar zijn bij de burgerman de studieschulden afbetaald, de kinderen worden minder duur en hij is bezig overwaarde te creëren voor een comfortabele levensavond. Hij wordt steeds banger voor beweging, het schudden en kraken van de wereld.

Iemand realiseert zich met schrik dat hem nooit naar de diploma's is gevraagd waarvoor hij vroeger zo bloedig zijn best heeft gedaan om ze te behalen. En toen hij laatst zijn belastingadviseuse belde waar de aangifte toch bleef die ze zou verzorgen – hij was al weken over de aangiftedatum – zei ze: dat heeft zo'n haast niet meer. Tegenover hem wordt zonder vergunning een clubhuis gebouwd. De gemeente zegt 'dat ze het scherp in de gaten zullen houden', maar grijpt niet in.

Als mensen insecten zijn, van wat voor soort auto zijn wapenwetten dan de voorruit?

Een man en een vrouw, die elkaar ontmoet hebben toen hun eerste jeugd al voorbij was, willen dolgraag een kind; na drie jaar proberen lukt het. Nu vinden ze het belangrijk een tweede te krijgen. 'We zijn het aan nummer één verplicht,' vinden ze, 'anders is ze zo alleen als wij later verzorging nodig hebben en de begrafenis geregeld moet worden.' Na enige tijd gaat ook deze wens in vervulling, hun hart komt tot rust. Bij moeder treedt de menopauze in. Maar als hun eerstgeborene veertien jaar is komt ze bij een ongeluk om het leven.

Een echtpaar wil graag verscheidene kinderen, opdat deze de lasten kunnen verdelen als hun ouders zorgbehoeftig worden. Als hun eersteling al binnen het jaar de eerste tekenen van autisme vertoont, verdubbelt hun drang om er nog een te krijgen, want dit kind zal een leven lang zorg en aandacht nodig hebben van broers en zusters. De tweede heeft echter het syndroom van Down. Nummer drie is 'gaaf' zoals zij het zelf omschrijven, maar dit gezin heeft geen geluk: als deze jongen opgroeit blijkt hij volstrekt gevoelloos en refereert aan zijn naasten als 'menselijk afval'.

Een echtpaar krijgt in een vlot tempo zes kinderen.

'We vinden dat we het onze oudste zoon niet aan kunnen doen ons in zijn eentje te moeten begraven,' zegt moeder vrolijk als het kraambezoek weer eens op komt draven. Maar dat klinkt hun als een smoesje in de oren.

Een vliegramp kost het leven aan een gezin met zeven kinderen. Ook alle vier de grootouders waren aan boord. De ouders van het zevental hadden zelf broers noch zusters, daarom wordt de begrafenis door verre familie afgehandeld. Op de receptie rijst de vraag wie in de rij moet gaan staan om te condoleren en wie de rouwbetuigingen in ontvangst moet nemen. Aan menig tafeltje in het rouwcentrum wordt gememoreerd dat het 'een geluk bij een ongeluk' is dat de leden van de familie niet om elkaar hoeven te rouwen. Een achterneef, statisticus van beroep, vraagt zich hardop af of het mogelijk is een rouwcoëfficient op te stellen, waarin wordt uitgedrukt hoe erg het is dat iemand doodgaat. De omgekomen familie zou laag scoren. Anderen protesteren: er is een familie van dertien leden weggevaagd. Dit is juist een enorme ramp!

Door een radioactieve flits uit het heelal komt heel de mensheid in het bestek van enkele seconden om. Om het een ramp te vinden is er niemand meer.

De grote lijster heeft zich teruggetrokken in het diepst van het krimpende woud, er zijn nog maar enkele exemplaren van de soort over. Intussen is zijn genetische broer, de zanglijster, die er dezelfde leefgewoontes op na houdt en hetzelfde gedrag vertoont, een algemene en populaire tuinvogel geworden.

Er bestaan insecten die klein uit grote eieren komen, niets eten tot hun verpopping en na deze fase een nog kleiner imago vormen. Met elke generatie krimpt de afmeting van de hele soort met een factor tien.

In het China van de Mantsjoe-dynastie komt een vrouw op het idee de panda een appel te geven. Toevallig blijkt het een vrucht van de boom van de kennis van goed en kwaad. De panda nu, het onschuldigst ogende dier van het aardrijk en zich van dat uiterlijk welbewust, besluit de misdaden die de mens jegens varkens, slakken, muggen en zichzelf bedrijft op zich te nemen, als boetedoening geen seks meer te hebben en uit te sterven.

Voor de mens is het een onverdraaglijk idee dat er binnenkort geen panda's meer zouden zijn. In het wild komen de beren nauwelijks nog op het idee seks met elkaar te hebben, maar in dierentuinen willen ze het nog wel eens doen, aangemoedigd door bamboetaart, filmpjes van andere panda's die de liefde bedrijven, de belofte van een extra verwarmde kraamkamer. Maar als hun jongen eenmaal geboren zijn zijn de dieren er onmogelijk toe te bewegen ouderlijke zorg te geven. De welpen worden door als panda verklede onderzoekers opgevoed. Als ze gespeend zijn en zelfstandig bamboe kunnen verzamelen worden ze in het, door verdragen en hekken beschermde, natuurlijke bamboewoud gedropt. Door de in het wild levende soortgenoten worden ze echter verstoten, soms zelfs gedood.

Panda-onderzoekers kunnen niet zonder voorbereiding welpjes opvoeden en krijgen een cursus namaakouderschap: zelf in pandakleding gehuld, geven ze speelgoedberen de fles en dragen deze met het hoofdje op hun schouder tot ze een boertje laten. Als ze hierin vaardigheid hebben opgedaan wordt geoefend met jongen van niet-bedreigde beersoorten; dan pas worden de pandaatjes zelf aan hun hoede toevertrouwd.

De vrouwelijke schuifuit legt gedurende haar leven slechts één ei en halveert dusdoende met elke generatie de soort.

Vrouwen smaken op zeer hoge leeftijd soms het geluk het omslagpunt mee te maken waarop het aantal nakomelingen het aantal jaren begint te overtreffen. Voorwaarde is dat ze in hun jeugd flink gefokt hebben. Maar de grote veroveraar Djengis Khan, die met zijn eigen instrument meer dan tienduizend kinderen maakte, bereikte dit omslagpunt al in zijn veertiende levensjaar.

Niet alleen de kaken, maar ook het gehemelte en de tong van de snoek zijn bezaaid met tanden die naar achteren zijn gericht. Het dier groeit snel, tot meer dan een meter, maar krimpt weer even hard aan het eind van zijn leven, hetgeen hem ten slotte de gelegenheid geeft zichzelf in te slikken.

De reuzenalk bevat veel olie en laat zich makkelijk vangen. In enorme ketels worden de vogels gekookt op een vuur van brandende alken. Het laatste paar wordt op 17 mei 1844 in de late namiddag doodgeslagen op het eiland Eldey. Hun enige ei gaat diezelfde middag eveneens verloren.

In de jaren twintig van de vorige eeuw komt het gemeentebestuur van Maastricht op de gedachte voor duur geld een tweetal beren te kopen van een Duits circus en hen in een omheinde kuil in het stadspark onder te brengen. De dieren vormen een attractie voor de bevolking, maar gaandeweg wordt men zich ervan bewust dat ze een erg ongelukkig bestaan slijten, al zal het nog tot 1993 duren voor de laatste beer het onderkomen verlaat.

De Maastrichtse burgerij heeft warme herinneringen aan de beren, maar voelt zich tegelijk schuldig omdat ze deze toestand in het leven riep en zo lang liet voortbestaan. Een kunstenaar mag de plek ombouwen tot een monument dat aan beide sentimenten recht doet. De opdracht wordt na veel wikken en wegen gegund aan de Heerlenaar Michel Huisman. Diens oorspronkelijke plan voorziet in een portret van de laatste bewoner, Jo. Maar Jo verschijnt in een droom aan de kunstenaar en zegt dat hij 'om persoonlijke redenen' liever niet afgebeeld wordt. De beer adviseert het elegische element uit te drukken in een dode giraf, gestreeld door een jonge vrouw. Deze nieuwe gedachte stuit op veel verzet bij de Maastrichtse bevolking, die bang is dat de morbide voorstelling trauma's bij de kinderen zal veroorzaken. Bovendien wordt gevreesd dat men bij het zien van een dode giraffe geen kans meer zal zien nog aan beer Jo terug te denken, voor wie het monument toch bedoeld is. Als Huisman belooft dat hij buiten het hekwerk op eigen kosten een portret van de beer zal plaatsen komen de gemoederen enigszins tot bedaren: het kunstwerk wordt uitgevoerd.

De troostende hand van het meisje op de hals van de stervende giraffe wordt via een ondergronds assensysteem aangedreven door een draaimolen die het publiek zelf kan aanduwen. Het mechanisme is inmiddels stuk. In de onderaardse gang waardoorheen de as tussen draaimolen en troostarm loopt, bevinden zich rattennesten.

De beer zit op een bankje neerslachtig naar de grond te kijken met zijn rug naar de berenkuil. Zijn slap neerhangende handen zijn een afgietsel van die van de kunstenaar.

Behalve de giraffe en de beer heeft Huisman een groot aantal bronzen beelden neergezet van dieren die door menselijk toedoen zijn uitgestorven, zoals de olijfgroene ibis, de Tasmaanse buidelwolf, de lachuil en de reuzenalk.

In 2011 worden de meeste daarvan uit de voormalige berenkuil gestolen, vermoedelijk vanwege hun metaalwaarde. Maar in een natuurlijke nis in de muur is door onbekenden een liggend kaboutertje geplaatst. Elders staat een legopoppetje in pauselijk gewaad, dat een zegenend gebaar maakt.

Een Duitse zwerver, die met zijn hond in een rioolbuis leeft, wordt op een nacht aangevallen door honderden ratten. Overdekt met beten wordt de man in het ziekenhuis opgenomen, maar hij haalt de volgende dag niet.

Naast de berenkuil staat het beeld van d'Artagnan, gesneuveld voor de muren van Maastricht. Tot vreugde van kunstliefhebbers hoeft het kitscherige beeld, cadeau van een miljonair, vanwege deze sterflocatie niet in het centrum te staan, maar kan het worden weggemoffeld buiten de oude stadsmuur. De musketier heeft zijn handschoen op de granieten sokkel neergeworpen. De pogingen van het publiek deze op te nemen hebben gemaakt dat het brons als goud is gaan glimmen.

De lachuil is een liefhebber van de klank van de accordeon. Waar dit instrument bespeeld wordt, houdt hij zich in de nabije omgeving op tot de muziek is verstomd. Omdat de accordeonspelers de ratten waarmee de uil zich voedt met succes bestrijden sterft hun grootste fan uit.

De ivoorbruidsvogel is talrijk in Zuid-Afrika, maar de menselijke bevolking, die het vlees als lekkernij en de snavel als afrodisiacum beschouwt, neemt sterk toe. Binnen vijftig jaar is de soort verdwenen.

Een ooit talrijke, ja alomtegenwoordige robbensoort wordt zwaar bejaagd. Pas als een decennium lang geen exemplaren meer zijn aangetroffen wordt er alarm geslagen: een nautisch instituut, gefinancierd door de Verenigde Naties en het Wereld Natuur Fonds rust een zoekexpeditie uit. De miljoenen verslindende operatie duurt verscheidene jaren: de rob wordt inderdaad nergens meer aangetroffen en officieel uitgestorven verklaard.

De extinctie van de quagga stelt de wetenschap voor raadsels: deze zebra-achtige is betrekkelijk mak, loopt voor karretjes, wordt als lastdier gebruikt; er valt gemakkelijk mee te fokken. Desondanks sterft het laatste exemplaar in 1883 in een dierentuin.

Deskundigen hebben vastgesteld dat van het Sumatraanse zwarthert nog precies één exemplaar, een mannetje, in leven is. Als dit sterft zal de soort dus ophouden te bestaan. Nu wordt een geheime veiling georganiseerd waarop het recht om het hert te schieten verkocht wordt. De opbrengst zal ten goede komen aan het Wereld Natuur Fonds. Beroemdheden koning Juan Carlos en Vladimir Poetin doen via stromannen mee, maar het hoogste bod komt van een onbekende geldmagnaat. Deze slaagt er na een lastige helikopterexpeditie van enkele dagen in het majestueuze, in het verborgene levende dier om te leggen.

'Ongelofelijk: het voelt als ontmaagden!' vertelt hij de schemerfiguren die hij heeft uitgenodigd om het uitgestorven hert te komen opeten. 'Je zou denken dat er geen groter contrast is dan tussen "voor het eerst" en "voor het laatst", aan het begin van een proces staan en aan het eind ervan. Maar ik mag jullie na mijn ervaringen zeggen: er is geen verschil! Het is allebei... fris! Oneindig fris!'

De radiopresentator heeft een slechte dag, hij rijgt de ene dommigheid aan de andere. Een bioloog, die onderzoek doet naar papegaaiduikers legt uit waarom deze vaak ongunstige nestplaatsen verkiezen boven gunstige. De presentator heeft maar met een half oor geluisterd:

'Je wilt die dieren zo graag helpen, hè? Dat ze niet uitsterven.'

'Ja, nee...' De wetenschapper probeert een adequate reactie te vinden: 'Uitsterven is nooit leuk. Nu is dat bij duikers gelukkig nog niet het geval...'

'Ja, ja. Dat is dan maar weer gelukkig. Je hebt... ook muziek meegebracht?'

Op de schouders van een misdadiger groeien na verloop van tijd twee handen voor zelfwurging.

Een vrouw droomt dat een trein door haar keel rijdt. Ze wordt wakker en denkt met schrik: maar dit was een wensdroom, ik hoopte het! Ze probeert zich de misdaad te herinneren die haar de wens ingaf.

Amerikaans vuilbroed verandert de larven van de honingbij in een slijmerige, rokende massa.

'Sedert ik de mensen ken houd ik van dieren. Dat meen ik serieus.' Spreker geeft de barman een wenk om hem en zijn gespreksgenoot nog eens in te schenken. Die riposteert:

'Ja, van labradors! Van die lieve blindengeleidehonden. Van jonge poesjes houd jij! Niet van kakkerlakken of mieren! Daar gooi je gif overheen. Niet van bloedzuigers en spoelwormen, dat maak jij mij niet wijs.'

Rode bosmieren maken renmieren tot slaven en laten de larvenverzorging aan hen over. Als de renmiertjes jong zijn doen ze enthousiast hun best, maar eenmaal zelf volwassen veranderen ze dikwijls van instelling. De nesten van de rode mieren worden gesaboteerd, veel rode larfjes worden aan hun lot overgelaten of stiekem gedood.

Op elke plek in het bos ligt een zwam op mieren te wachten. Als er een langs komt lopen spuit hij er zijn sporen overheen. Ze nestelen zich in de hersens van de kleine wandelaar, zorgen ervoor dat het diertje het gloeiend heet krijgt en een koele, vochtige plaats opzoekt, een ideale plek voor de fungus om zich verder te ontwikkelen. Nu doden de sporen hun gastheer, laven zich aan het kadaver en worden volwassen. Deze 'zombiezwammen' zijn op de bosbodem alomtegenwoordig. Waarom zijn dan de mieren niet uitgestorven? Omdat een tweede zwam met een soort chemisch knipschaartje de mierenbedreiger castreert en onschadelijk maakt.

Maar welke beweegredenen heeft deze castreerzwam? Zelf beweert hij dat hij het doet om de mieren te helpen.

'Ik kan het gewoon niet aanzien, dat leed.'

Hij verzwijgt dat hij feitelijk een handlanger is van de zombiezwam zelf. Als deze niet regelmatig gecastreerd zou worden, zouden er inderdaad binnen de kortste keren geen mieren meer overschieten, maar dat zou dan ook zijn eigen einde betekenen. Welke ontwikkeling weer ten detrimente van de castreerzwam zou gaan.

Oude foto's: twee houthakkers staan aan weerszijden van een meterslange zaag voor een gigantische sequoia, die met opengesperde houtbek wacht op verder geveld worden. Een groep smerige mannen bij de buik van een walvis die ze met bijltjes en messen hebben opengesneden. Mijnwerkers met zwarte gezichten voor een schacht. Met bruine lijven op ladders in een modderige goudmijn. Slachtoffers bij hun slachtoffer.

Het totaalgewicht van de mieren op aarde is gelijk aan dat van de mensheid, maar dit zal niet meer voor lang zijn.

Als een mens omgerekend naar gewicht even sterk zou zijn als een mier, dan kon hij een auto optillen. Hij zou nooit in de file hoeven staan.

Een vlo springt gemakkelijk honderd keer zijn eigen lichaamslengte. Als de mens dit zou kunnen waren er geen trappen of liften nodig.

Een tijgervinkje laat na vijftien jaar in de volière het leven. Zijn bezitter weegt het op een brievenweegschaal: tien gram. Hij berekent dat hij, omgerekend naar lichaamsgewicht, tienduizend jaar zou moeten worden om de vink te evenaren. Hij zou de tijd hebben om de piramiden van de toekomst te helpen bouwen en ze weer te zien vervallen.

Ik geef de mensheid nog zestig jaar.

Eerst de mensheid, dan Roelof de Koning: dat is de correcte volgorde.

De wereld is om plaats te kunnen bieden aan de mensen en hun begeerten vliesdun uitgehamerd, er vallen op onverwachte plekken gaten in.

Een generatie heeft zich vergaapt aan het vuurwerk dat internet heette en de nachtelijke hemel verlichtte met steeds nieuwe effecten, rozen van licht. Dat de massa vanuit die rozen gefotografeerd werd vond de massa niet erg. Maar nu is internet uitgevallen, de nacht wordt weer donker. Zeer oude mensen zien geen verschil met vroeger en vragen zich af waarom al die jongelui jammerend en handenwringend door de straten lopen.

Nederland ontbindingsland. Het lijk van Nederland in namen: Hamrik, Broek, Wolde, Es, Made. Gecompliceerde landschapsaanduidingen verwijzen nu ouwelijk naar tankstations en zandopgespoten industrieterreinen.

Het want waarin wij mensen als matrozen op en neer en heen en weer klimmen, dat van internet en telefoon, valt uit;

tegelijk wordt al het asfalt onbegaanbaar, alle rails trekken krom. Een ramp, maar geen ramp van vuur of water, het is juni, de vogels fluiten in het frisse groen. Het gas- en elektriciteitsnet doet na aanvankelijke haperingen zijn werk weer. Blijkbaar zijn er nog oude besturingssystemen, en oude medewerkers die ze weer aan de praat kunnen krijgen. Ook ontstaat er doordat we een voortreffelijke, zorgzame regering hebben niet onmiddellijk honger of gebrek. Om de dag komt een vliegtuig levensmiddelen en alles wat nodig is afwerpen, beddengoed, schoonmaakdoekjes, maandverband, zeer kleine hoeveelheden benzine. Tv is niet meer te ontvangen, maar de ether krijgt men weer aan de praat, zodat er via schotel en antenne geluisterd en gekeken kan worden. Wel worden de uitzendingen wat primitiever omdat het voor personeel moeilijker is naar het werk te komen en op de vloer te communiceren. Het scherm geeft veel herhalingen van films.

De eerste dagen is het erg wennen: in het dorp gaat elk gesprek over de situatie. De buren staan bezorgd bij de snelweg te kijken, zijn bobbelige oppervlak strekt zich tot de horizon uit, het land is leeg. Iemand heeft zijn fiets meegebracht en probeert daarop te rijden, maar zakt tot de naaf weg. Hoe zou het ginds in de provinciehoofdstad zijn? Twee jeugdige dorpsbewoners die met moeite en voor duur geld kaartjes hadden bemachtigd voor een festival aan de andere kant van het land kunnen ze nu wel weggooien. Het begint over twee dagen, hoe moeten ze daar komen? Lopend? Op de trekker misschien... maar ze moeten zuinig zijn met brandstof. Over de radio komt de mededeling dat het festival niet doorgaat. Wie naar de stad wil gaat lopen. Het wordt drukker in de berm langs de snelweg, er komen tentjes waar men de melk van de koeien probeert te verkopen of te ruilen. Nieuws en geruchten worden daar uitgewisseld, er vinden soms onverwachte ontmoetingen plaats.

Iemand mist zijn zoon, die in Rotterdam woont, en zijn Parijse geliefde. Ze is emotioneel nogal een handenbinder, daarom vond hij de zevenhonderd kilometer die hen scheiden wel plezierig. Maar moet hij nu twee drie weken door de hitte of de regen gaan lopen om haar poezelige, geurige lijfje te omhelzen? Woonde ze maar twee dorpen verderop! Al zou er dan nog wel het probleem zijn dat hij haar niet kan laten weten dat hij op weg gaat. Stel dat zij langs een andere route op weg is naar hem! Wachten maar? Maar wellicht denkt zij hetzelfde en wacht eveneens.

Iemand vertelt zijn therapeut een terugkerende droom van een vloedgolf die in hun woonplaats aan land komt en waarvoor hij probeert te vluchten. Hij heeft het verhaal al dikwijls aan de psycholoog verteld, bijna tot vervelens toe, al is de ramp spectaculair genoeg: hoe het water zich eerst uit de baai waaraan hun stad ligt heeft teruggetrokken. Dan hoe de golf nadert, zestig, zeventig meter hoog, dat deze nadert met de snelheid van een straalvliegtuig. Hoe boten versplinteren, gebouwen worden weggevaagd door de kracht van het water. De therapeut zit dicht bij het venster, tilt min of meer gedachteloos een lamel van de zonwering op en overschouwt het havengebied, waaraan hij kantoor houdt op de vijfde verdieping. De haven is leeg, hij ziet modder en zand op de bodem, gekantelde schepen, rennende mensen op de kade. Aan de horizon nadert, met de snelheid van een vliegtuig, een muur van water.

'Gek, nietwaar?' mijmert zijn cliënt, en ook deze gedachte uit hij niet voor het eerst: 'Het zou een nachtmerrie moeten zijn, maar ik ben nooit meer echt bang, want ik weet, dat ik op elk moment wakker kan worden. Het is meer een soort vrolijke bezorgdheid die me bevangt. Als bij een spannend spel.'

De therapeut heeft de lamel weer laten zakken.

'Hebben we in uw droom nog tijd om te bidden?'

De interventie komt zo onverwacht dat de cliënt even de draad kwijt is en grote ogen opzet.

Een miljoen ton tsunamipuin drijft als een terras in zee, een deinende smurrie van vissersschepen, bomen, huisraad, een gevaar voor zeilmeisjes en vissers. Het dobbert naar de overzijde, dreigt in de Verenigde Staten aan te landen om daar een nieuwe beschaving te stichten.

Het beerdiertje lacht in zijn vuistje: alles overleeft het diertje van nog geen millimeter lang, bittere kou, verstikking, honger, hoge doses radioactiviteit. Als de omstandigheden te gortig worden vervalt het tot inactiviteit, maar het hervat zijn bezigheden zodra de omstandigheden dit maar even toestaan. De dame, die zichzelf als hypersensitief heeft gediagnostiseerd, die bij het minste zuchtje tocht haar omslagdoek zoekt of herschikt, voor wie een ingegroeide teennagel aanleiding is om een week niet naar kantoor te gaan, reageert: 'Heel knap hoor! Petje af voor beerdiertje! Maar ík noem dat geen leven. Een steen kan ook overal tegen, die is er over een miljoen jaar nog zonder een spier te vertrekken. Dat is dan zeker nóg knapper, wat die steen kan?'

Voor de vorm

Bij wijze van performance eet een wereldberoemde kunstenaar tussen twaalf en twee 's middags in een museumzaal zijn eigen dagboeken op. De geschriften die nog niet verorberd zijn mogen door het publiek ter plekke worden ingezien. Op zekere nacht overlijdt de man aan een hersenbloeding. Zijn assistent stelt voor om het werk af te maken door het restant van de dagboeken te consumeren. Het museum stemt met het plan in, maar wil de assistent geen extra gage en verblijfskosten betalen, omdat zijn handelen niet meer het eigenlijke kunstwerk is. De assistent ziet hierop van verder eten af.

Een vrouw staat in een wolk van roze kleding op een schommel, de minnaar is achterover in de struiken gevallen, de bisschop trekt aan de touwtjes, de tuinbeelden houden de vinger tegen de lippen, het weer gaat straks omslaan, de takken gaan breken, het lachen vergaat.

Voor het kunstwerk *Een en drie stoelen* van Joseph Kosuth wankelt een vrouw, ze valt flauw en wordt, ondersteund door haar begeleider en een toegesnelde suppoost, naar een bank gebracht. Als ze weer bijkomt hijgt ze: 'Ben jij het, John? Zag je dat hout? Dat oppervlak… Zo doorleefd!'

Een tafelblad gemaakt van een oude deur, met sporen van deurklink en scharnier, draagt een mandkandelaar van opengewerkt ijzer, waarin drie waxinelichtjes een warme gloed verspreiden. Schuin over de tafel een zeer groot boek: *Before They Pass Away*. Op de cover tuurt een Maasai-krijger, getooid met kleurig schild en leeuwenhoed, uit over een dorre vlakte.

Een oranje bal, bespat met vurige vlekken, waarvan een bruine juten doek afhangt, verdubbeld door een spiegel, waarachter drie pauwenveren.

Een achthoekige tonvorm van roestig ijzer, vanboven opengevouwen alsof er een grote kracht, een vuist, of een explosie van binnenuit gewerkt heeft. Hieruit rijst een ranke stenen Pierrette in zwart-wit op. Op haar bleke wang een mouche, de ogen, met lange wimpers, geloken.

Een door klimop van messing omrankt ijzeren lantaarntje.

Een staande lamp van twee meter hoog van een papierachtige substantie, bij aanraking verrassend stevig, vanbinnen gestut door een zevental hoepels ten opzichte van elkaar schuin geplaatst.

Een langwerpig ebbenhouten afgodsbeeld met geloken ogen, neergetrokken mondhoeken, een geërigeerde penis waarvan de kop de kin van het gezicht raakt. Tientallen spijkers in de schedel geslagen, bij wijze van hoed of haardracht.

Een manshoge schroef van zwarte kunststof met gebogen kop over een zwartgranieten bekken hangend, uit de gleuf druipt een dunne straal water.

Een schedel van veldspaat aan een ketting van gevlochten leder.

Een boek waarin alle geluiden die gedurende een bepaalde tijdsperiode in een kerkruimte zijn gemaakt nauwkeurig staan opgetekend. ('Een ratelen, steeds luider, na enige seconden weer wegstervend.')

Een schilderij van waterlelies, drijvende in water dat wolken reflecteert, twee meter hoog, haast dertien lang.

Een zelfgehaakt katoenen valletje, daarin afwisselend de afbeelding van een clownskopje en een tulp, zodanig gestileerd dat de clownskop ook een lachende tulp kan zijn en de tulp een hoedloze clown.

Er is een kalfje geboren dat door een speling van het lot een vlek in de vorm van een zeven op het voorhoofd heeft. Hallmark maakt er een originele ansichtkaart van, ideaal om iemand op zijn of haar zevende verjaardag te sturen.

In het erkerraam staat een danseresje in een bruinglanzende damasten baljurk waarover een gazen draperie over de tuin uit te kijken; het tengere lichaam en het minuscule hoofd van papier-maché, pruikje van dofzwarte plukken schapenwol.

'Mama, gek vraagje misschien, maar wil je dat nare kind niet uit het zicht zetten als ik op bezoek ben? Sinds ik aan de chemo ben kan ik er niet meer tegen om het te zien.'

Moeder springt op.

'Natuurlijk, kind! Ik vond het toch al een stofnest...'

Dochter: 'Het hoeft niet op stel en sprong.'

Een verzinkte melkkan met drie pareltakken.

Een stel canvas kussens met opdruk: N30+, UK56, X, in de hoek van de taupe sofa.

Aan elke hoek van het buitentafelkleed hangt een gietijzeren knikker in een kleurig netje.

Een drie meter hoog beeld van d'Artagnan, één handschoen op de grond, één aan zijn koppel, met zijn linkerhand de scherpte van zijn zwaard beproevend. Om de sokkel een halve cirkel van graniet, een bank, waarop zwervers bier drinken en tegen elkaar opsnijden.

Een dienblad met de voorstelling van een zeventiende-eeuwse zeeslag.

Een dienblad met de voorstelling van het toegangshek van Buchenwald. JEDEM DAS SEINE.

Een dieprode fluwelen baret met veren en kraaltjesvoile, bestudeerd nonchalant geplaatst op een presentatiehoofd van piepschuim. Dit hoofd staat op een brocante kabinet naast de kapstok in de vestibule. Het spotje boven de hoed werpt een silhouet op het tafelblad waarin men met enige goede wil de kaart van Kenia kan zien.

Een dienblad met de voorstelling van de geslachtsdelen van de kunstenaar.

Een dienblad met de voorstelling van onthoofdingen, slavenmeisjes en motorfietsen van Boko Haram; onderschrift op een krullende banier: GROETEN UIT MAIDUGURI.

Een beschilderde dakpan op de stoep onder de deurbel met de naam van de bewoners Grietje en Joris Evengoed omrankt door een bloeiende distelplant, daaronder WELKOM.

'Maar deze schaal is aan de rand beschadigd. Kijk die randjes eens, die verkleuringen. Daar betaal ik echt niet de volle prijs voor!'

'De randjes zijn zo bedoeld mevrouw, ze zijn bij Riverdale in de fabriek gemaakt. Dan is het aardewerk vast voorgeleefd, zullen ze gedacht hebben. Hij kan rustig in de afwasmachine, hoor.'

Misprijzend, maar met een elegant gebaar zet de dame de schaal terug op zijn staander.

'Op een goedkope beker uit het sportprijzenhuis hebben we toen een spuitbusje Instant Rust leeggespoten... Je had dat gezicht van haar moeten zien!'

'Instant Rust? Wat is dat?'

'Ken je dat niet? Als je het op een oppervlak spuit ziet dat er meteen uit als verroest ijzer. Maar ze vond het een schitterende grap hoor, ze heeft hem gewoon in haar prijzenkast gezet.'

'Jofel.'

Een kunstenaar in hart en nieren, wars van stromingen, bijt zich vast in het blijven ontdekken van zijn eigen bron en daaruit putten. Zijn werkelijkheid beweegt zich tussen figuratie en abstractie. Hij laat zich daarbij leiden door nieuwsgierigheid: de afloop van het avontuur staat nooit helemaal vast. Zijn kunstwerken kenmerken zich door textuur, verflagen en lijnenspel. Door in de verf te krassen bewerkstelligt hij dat de schilderijen als harmonieuze composities de stilte van vervlo-

gen tijden oproepen en de vitale scheppingskracht van de eeu-
wigdurende veranderingsprocessen in zich dragen.

Een atleet die een buik-*crunch* maakt met de armen aan
weerszijden van het hoofd, afgebeeld in zwart gepatineerd
brons. Op zijn onderarmen en knieën rust een dik glazen tafelblad. Hierop staan een vaas met witte asters en een leeg
whiskyglas. De knieën van de sculptuur worden aan het oog
onttrokken door het boek *Waits/Corbijn '77-'11*.

Een beeldhouwster laat zich inspireren door vormen in de
natuur en de doorgifte van het leven in de plantenwereld. In
organische vormen ziet zij de enorme kracht van het leven.
De vormen, die vruchtbeginselen verbeelden, worden van
klei gemaakt en na de biscuitstook bewerkt met oxides en gla-
zuren. Daarna worden ze tot bundels gemodelleerd met ijzerdraad, touw of rubber. Dit resulteert in staande sculpturen en
wandobjecten. Tegenwoordig bundelt ze al bij het modelle-
ren: de objecten stralen meer soliditeit uit. Ze maakt ook
schaal- en komvormen (als autonome objecten, niet als ge-
bruiksgoed), die veelal ook hun inspiratie hebben in en associaties oproepen met de natuur.

In een nis naast de voordeur een torchère, voorstellende
een negertje in livrei met een dienblaadje, waarop een paar
glacéhandschoenen ligt. Boven op de knaap een krulvaren,
vanuit de garderobe beschenen door twee ledspots.

Een schilder van naam en faam toont een minder bekende
kant van zijn kunstenaarschap: een keuze uit de honderden
tekeningen en schetsen die voorafgingen aan een serie of een
enkel doek. Door het bestuderen van beroemde voorgangers
en de vormoplossingen die zij vonden, heeft de kunstenaar
zijn arsenaal aan vaardigheden enorm uitgebreid. Daarbij
slaagde hij er weliswaar in zijn eigen handschrift te behouden
en ontwikkelen, maar verder zoeken volgens dit recept leek
hem een doodlopende weg. Dus is hij de uitdaging in een onderwerp gaan zoeken dat niet over oplossingen of vorm gaat:

hij is losse stenen gaan schilderen. Hij erkent dat kleur, vorm en compositie belangrijk zijn, want dat is wat je uiteindelijk ziet in een schilderij; maar meer en meer realiseert hij zich dat er nog iets nodig is, iets wat een goed schilderij tot een kunstwerk maakt. Hij beschrijft het zelf als 'de energie van een schilderij', je zou het ook bezieling kunnen noemen. Een bezieling die hij ook in een steen herkent: 'Of de steen lelijk of mooi is doet er niet toe. Het gaat om de vanzelfsprekendheid en een soort van samengebalde energie die de steen eigen is.'

Mieke Mathijsen bewerkt gepigmenteerde bijenwas met een speciaal klein strijkijzer. Het aantrekkelijke van de methode is dat je het proces nooit helemaal kunt controleren. In het resultaat kun je steeds nieuwe betekenissen en energieën lezen.

E nergie in hoge mate,
N ooit gedacht dat
C reëren helpen zou
A nders te worden, geeft
U itzonderlijk veel gemoedsrust.
S treven naar een hoger doel
T otaliteit in voelen, willen denken
I nwijding tot een
C reatieve mens

Voor een Zuid-Amerikaanse kunstenares ligt de essentie van het schilderen in de weergave van haar persoonlijke indruk van de omgeving of het innerlijk. Bij het maken van een landschap is het niet interessant het reeds bestaande te kopiëren, de uitdaging ligt in het voelen wat haar nu precies raakt in dat landschap, dat weer te geven in een nieuwe creatie, die vol beweging is en een directe uitdrukking in verf van haar gevoelens.

Een Belgische kunstenaar vertelt in een interview dat voor hem het succes begon toen hij zich ontworstelde aan de zelfgekozen verplichting *oprecht* te zijn. Het vraaggesprek zelf is befaamd geworden en wordt tegenwoordig eveneens als een belangrijk kunstwerk beschouwd, als een wezenlijk onderdeel van zijn oeuvre.

Glas spreekt een kunstenares aan om de lichtval en zonneschijneffecten. Ze maakt gebruik van verschillende soorten glas, diverse poeders, verven, koperdraad, mallen enzovoort, om tot een gewenst resultaat te komen. Ze maakt altijd weer iets anders, omdat ze het spannend vindt om te experimenteren en te fantaseren. Zo maakt ze schalen, raamhangers, sieraden en objecten.

Een stillevenschilder weet zijn werk een verstilde, tijdloze maar bovenal tere atmosfeer te doen uitstralen. Hij componeert weloverwogen met kleine en verfijnde voorwerpen, met veel details: prachtige insecten, broze veertjes, gekreukelde papiertjes, verdorde bladeren of een oud kommetje. Geïsoleerd worden ze weergegeven en zo subtiel gerangschikt dat ze haast meditatief werken en tot bezinning oproepen. Het weergeven van de juiste stofuitdrukking is een uitdaging op zich. De subtiele lichtinval in een oud kommetje met craquelé, het doorzichtige van een verdord blad of de fluwelige veren van een dood vogeltje.

Een beeldhouwster weet als geen ander het gedragsleven van dieren tastbaar te verbeelden. Haar liefde voor dieren en het geduld en vermogen om ze eindeloos te bestuderen maken haar in combinatie met een uitmuntend vakmanschap tot een ware expert op dit gebied: de dieren zijn onmiddellijk herkenbaar, haar beelden hebben een zeer eigen toets. De beelden zijn vaardig en los gekneed, hebben een dynamische oppervlaktehuid, vergaande detaillering en verfijnde afwerking met verschillende kleurenpatina's. De objecten zijn sterk figuratief, maar bergen de spanning van het eigen handschrift. Opvallend is haar voorkeur voor verschillende vogelsoorten, waarbij de kip wellicht een toppositie inneemt. Maar ook uil, zwaan en valk worden zo raak gekarakteriseerd dat je het gevoel krijgt dat ze ieder moment op kunnen stijgen om weg te vliegen.

Voor een schilderes, die haar onderwerpen in haar directe leefomgeving vindt, spelen lichtval en schaduwwerking de hoofdrol. Aanleiding voor een schilderij is vaak iets waar toevallig haar oog op valt, zoals de patronen die ontstaan als licht door een raam op het randje van een stoel valt. Al schetsend en schilderend wordt het tafereel steeds meer een samenspel van vormen en kleuren en minder een belicht voorwerp in een ruimte. De objecten worden weliswaar herkenbaar in beeld gebracht maar vormen niet het onderwerp van het schilderij, zij zijn alleen 'lichtvangers'.

Een kunstenaar heeft afstand genomen van de Nieuwe Figuratie, waarvan hij in de jaren zestig één van de grondleggers was, en ontwikkelde een zeer individuele en herkenbare stijl met als voornaamste thematiek het eeuwige spel tussen man en vrouw in de steeds terugkerende verdwazing van afstoten en aanhalen, van bedreigen en lonken. Zijn werk is nooit vrijblijvend. Naar eigen zeggen probeert hij 'kunst te maken met een sterke emotionele intensiteit en een dwingende beeldkracht.' Emotionele beeldkracht! Een beknoptere en treffender omschrijving van dit oeuvre is hoogstwaarschijnlijk niet mogelijk.

Een modeontwerpster onderzoekt uiteenlopende thema's in haar werk die vaak te maken hebben met identiteit, technologie en schoonheid. Deze vertaalt zij op ingenieuze wijze in opvallende outfits, die een combinatie zijn van puur handwerk en hightech. Kenmerkend voor haar handschrift zijn de contrastrijke grafische patronen, waarmee ze verwijst naar haar Surinaamse achtergrond. Een andere belangrijke basis voor haar ideeën is de voorstelling van een eigen modehuis. Dat vertegenwoordigt voor haar meer dan alleen een symbool van haar dromen en ambities: het modehuis loopt als een rode draad door haar werk en vormt een kader waarin alle ideeën voorkomen en voorgaande collecties, ambities en experimenten, evenals de klassiekers van de toekomst, een eigen plek hebben. Zo is haar collectie 'Lichaamsarchief' gemaakt naar het idee van een archief. De gekleurde plexiglazen kubussen die onderdeel vormen van de outfits staan symbool voor haar eigen DNA dat zij voor deze collectie voor een deel liet sequensen en omzetten naar een kleurenpatroon.

Kleurrijke wandkleden van Inuit-vrouwen uit het dorpje Baker Lake in Canada tonen taferelen en symbolen die karakteristiek zijn voor hun cultuur. Inuit-vrouwen naaiden van zeehondenhuiden kleding, dekens, tenten en zelfs kajaks. Halverwege de twintigste eeuw vonden er grote economische veranderingen plaats. Gestimuleerd door de Canadese overheid kwam rond 1960 bijna de hele Inuit-gemeenschap te wonen op plaatsen waar ook scholen, medische faciliteiten en winkels waren. De traditionele vaardigheden van de Inuit bleken in de nieuwe economie van weinig nut. Wel merkten de autoriteiten de artistieke kwaliteit ervan op. In door hen gefinancierde kunstcoöperaties gingen Inuit beeldhouwers, later ook grafici en textielkunstenaars aan de slag. Hun werk vindt gretig aftrek in de hele wereld: kunst is heden ten dage de grootste bron van inkomsten voor de streek.

Een Joodse vrouw uit 1943 kent haar familieleden, vermoord in de concentratiekampen, alleen van foto's. Na een bezoek aan Auschwitz in 2012 besluit zij een blijvende herinnering te maken: op een geschilderde ondergrond kerft ze hun portretten in, gebaseerd op die afbeeldingen.

Een dromenvanger, een stel samengebonden vogelveren gecombineerd met een kompas, staat op de flank van een vrouw getatoeëerd.

Een beeldend kunstenaar wil een pad aanleggen van honderden grafstenen van geruimde graven. Het moet komen te liggen bij een voormalig fort waar nooit strijd is geleverd en waar geen dode is gevallen. De oorspronkelijke functie van deze plek maakt het pad tot een 'sluipweg waarlangs de dood heeft weten te ontsnappen', aldus de bedenker.

Twee suppoosten in het MoMa tijdens de lunch in hun eigen kantine: '"Zag je dat hout? O, dat hout! Dat hout!" En die ouwe vent die bij haar was: 'Ja liefste, ja liefste... Ademen, ja, ja. Probeer aan iets anders te denken.' Toen we bij de EHBO zaten te wachten vertelde hij dat ze hypersensitief is. En natuurlijk had haar moeder in een concentratiekamp gezeten, het zal ook eens niet. Jezus christus, de crackpots die hier binnenkomen!'

'Waarom schrijven we het niet op in een boek, wat we hier meemaken?'

'Zullen we het doen? Dat zou verkopen! Helemaal geen gek idee, weet je!'

'Dan moeten we wel zorgen dat we eerst een andere baan hebben. Hahaha.'

'Jezus christus! Hahaha.'

Zekere kunstenaar onderneemt onophoudelijk zoektochten naar de relatie tussen mens en natuur, waarbij vrijheid van denken en handelen leidend is. Natuur, kunst en wetenschap zijn niet van elkaar te scheiden, maar doorlopend verweven. In het veelomvattende oeuvre is de natuur vaak direct aanwezig: 'zijn' in plaats van 'representeren' is leidraad. Het werk kan zeer diverse vormen aannemen, zoals verzamelingen, collages, kunstenaarsboeken, teksten, foto's en films. Zo heeft hij in enige tientallen foto's de maaginhoud van een auerhoen gedocumenteerd.

Een drietal jonge avant-gardisten staat in de grote zaal verveeld naar *Cross Currents* van Terry Rodgers te kijken. Ze bedenken hoeveel anders hun werk is, of minstens hun plannen voor nieuw werk zijn. Hun minachting grenst aan bewondering. Ze waarderen de provocatie en het succes van de schilder, maar verbeelden zich een verder zijn. Hun manier van kijken is als een agressief zuur: wíj hebben het nu gezien en er iets van gevonden. Omdat we zelf kunstenaars zijn is Terry Rodgers automatisch passé. Zo proberen ze de toekomst bij zichzelf binnen te trekken. Hun hoofd tolt als ze weer op straat staan.

'Vind je het mooi, Winy?'

'Prachtig! Dat kleurgebruik… Maar dat vind ik sowieso bij al het werk van Carola.'

'Dat is waar ook, jij kent haar persoonlijk.'

'Nou, kennen, kennen… We hebben ooit een aquarel van haar gekocht en sindsdien altijd contact gehouden. Heel af en toe hoor. Kunstenaars moet je met rust laten, vind ik.'

'Maar dat mens kan helemaal niet tekenen.'

'Daar gaat het toch helemaal niet om! Bij mij roept het veel op. Iets kwetsbaars.'

'Dus jij vindt dat kunst therapeutisch werkt? Je bent het eens met Alain de Botton.'

'Absoluut! Hoewel… therapie is het wegnemen van spanning in je leven. Maar kunst creëert juist spanning, of kan dat doen… Natuurlijk kunnen sommige kunstwerken je ook rustig maken. Kalmeren. Dat effect heeft het werk van Gubbels op mij. Maar dat is iets anders dan een therapeutische werking. Een kunstwerk, ja, dat stelt volgens mij meer een vraag. Of het toont iets. Therapie probeert juist antwoorden te geven, spanning weg te nemen.'

'Kusje?'

Ze kussen.

'Flipje, Flipje, ik heb dat gezwam van je gemist toen je in de States was.'

De jonge schrijver grinnikt, een beetje geschrokken: 'Kusje terug.'

'Nee, daar komt de ober! Wat wil jij?'

'Begint ze zichzelf nou weer te snijden?'

'Ja, de video is opnieuw begonnen.'

'Hij staat natuurlijk in een *loop*… Kom, we gaan verder. Om drie uur moeten we Inez van de trein halen.'

Haar man – hij draagt de gele trui die ze 's ochtends voor hem heeft klaargelegd – zegt met geheven wijsvinger, met haarzelf, een zus en een nicht als publiek: 'Dit is een van de belangrijkste stukken in de collectie.' Precies zo, weet ze, stond het op de website. De echtgenote rent naar de toiletten, belt het nummer van de man die verliefd op haar is.
'Ik moet met je neuken... Nee, ik wéét dat ik dat eerder nooit wou. Maar nu dus wel. Vanavond ben ik om acht uur bij je. Vanavond, begrepen? Geen gemaar!'
Ze denkt dat ze alleen is, maar in een van de wc-cabines wordt het gesprek door een andere bezoekster woord voor woord verstaan.

De vriendin met wie Tony afgesproken had belt op: kind ziek geworden, kan echt de deur niet uit. Tony heeft een kaartje over. Roelof is met Eddy in het huisje op het land. Dus heeft ze Arnold gebeld of híj met haar naar *Ein Deutsches Requiem* wil.
'Ik moet tenslotte iets aan je opvoeding doen... Grapje, Arnold. Grapje!'
Nu zitten ze op de harde banken van de Jozefkerk. Arnold kijkt om zich heen, zij luistert met gesloten ogen, soms veegt ze met een hand langs haar wang.
'Herr, lehre mich doch, dass ein Ende mit mir haben muss, und mein Leben ein Ziel hat, und ich davon muss.'
Arnolds aandacht gaat naar een man drie rijen voor hen, die bij het luisteren steeds dieper wegzinkt, het lijkt of hij zich onzichtbaar wil maken voor het koor en het orkest. Dan valt zijn hoofd opzij, het verdwijnt achter de bankleuning. Mensen om hem heen kijken geschrokken.
'Siehe, meine Tage sind ein Hand breit vor dir.'
Tegen de kerkbanken klinkt een geluid als van een hamer, steeds toenemend in sterkte: tektektekketekTEKTEKTEK.
Tony spert haar ogen open alsof ze uit een diep water opduikt,

de mensen om de plaats des onheils buigen zich omlaag, een vrouw probeert haar tas open te rukken. Ook in het koor is nu onrust.

TEKTEKtektektek!

Op het moment dat de dirigent aftikt wordt het gehamer alweer zachter, maar nu klinkt van tussen de banken een luid gekreun op. Een heer rolt zijn jasje op, geeft die aan een vrouw die ermee naar de vloer verdwijnt. Vijf mensen zijn opgestaan en verlaten de rij om een nieuw persoon – een familielid? een arts? – erbij te laten. Arnold hangt, om niets te missen, over de fleurig bedoekte schouder en het grijze hoofd van de dame voor hem. Deze kijkt met een blik vol afkeer en verachting om naar de magere jongeman.

De arts spreekt luid in het gat tussen de banken: 'Kunt u mij horen? Ja? Waar bent u dan? Waar bent u nu?'

Het slachtoffer wordt overeind gehesen, op de bank gezet. Verdwaasd staart hij naar het orkest en het koor, een pluk grijs haar steekt als een veer uit zijn hoofd. Hij legt een arm over de leuning alsof hij in de tuin zit.

'Jacques!' roept de vrouw in zijn oor, 'we gaan naar huis, Jacques!' De epilepticus die tegen de banken schopte en zijn entourage worden eerbiedig voorbijgelaten. Een damestas wordt nagebracht, de wankel stappende man wordt naar de deur geleid, die valt met een rammelende klap achter het gezelschap dicht.

De solisten en de orkestmeester overleggen met de dirigent, hij tikt op de lezenaar, een woord tot het koor; de bariton heeft zijn plaats voor het orkest weer ingenomen...

'Herr, lehre mich doch, dass ein Ende mit mir haben muss...'

Na het concert: 'Kan het bij jou?'

'Dat Requiem! Ik word altijd weer meegesleept. Gek, hoe een componist je kan krijgen waar hij je hebben wil, al is hij honderd jaar dood!'

Hij loopt harder dan zij door de donkere straat die van de kerk wegleidt, ze pakt zijn hand.

Hij: 'Kan het bij jou?'

'Ja… Vond je het mooi?'

'Ik vond het gek. Die kerk, die absorberende kleuren, die crucifix van jute. Zou die dokter zijn geld terug hebben gehad?'

'Waarom?'

'Hij ging toch met die mensen mee naar buiten, ik heb hem niet terug zien komen, dus hij heeft het grootste deel gemist.'

Hij drukt haar hard tegen zich aan, zodat ze geen lucht meer krijgt, dan is het voorbij. Hij rolt van haar af.

'Blijf je vannacht?'

'Oké.'

'Je bent een schatje.'

Hij kijkt boos.

'Hoe gaat het met je werk? Wanneer kwam die expositie in Rotterdam?'

'Kwam? Die komt nog.'

'Ik bedoel: wanneer kwam die ook alweer? Dat kun je toch zeggen?'

'In januari.'

'Ben je er al mee bezig?'

'Een beetje experimenteren. Ik heb een idéé gehad!' Opeens gaat hij rechtop zitten, kijkt haar met schitterende ogen aan. Maar hij bedenkt zich, werpt een vlugge blik langs haar lichaam, gaat weer liggen.

'Wat voor idee?'

'Niks. Geen idee.'

'Je zei dat je een idee had.'

'Het is niet goed om erover te praten als je er nog niet uit bent.'

'Je hebt me nu wel nieuwsgierig gemaakt, Arnold!'

'Dat kan ik niet helpen.'

'Je hebt me wel lekker gemaakt.'

'Hou op. Je bent mijn moeder niet…'

Ze pakt het laken waaronder ze zullen slapen, trekt het tot onder haar kin. Hij blijft naakt liggen.

'… al scheelt het weinig.'

Klaaglijk: 'Nou, nou, nou…'

Hij staart naar het plafond, zij kijkt langs zijn lichaam omlaag, de botten van zijn heupen steken als vleugels uit, het is net of hij geen darmen heeft. Aan zijn eikel hangt nog een zoete druppel wit.

Als hij ziet dat ze hem bekijkt wendt hij zich af.

Een uur later wordt ze wakker omdat ze merkt dat hij opstaat. Door het licht van de straatlantaarn is de kamer nooit helemaal donker. Hij trekt bij de spiegel zijn kleren aan.

Precies zo'n lange pezige man als zijn vader. Aan mannen van dit type hángt wat bij vrouwen zít. Haar eigen lichaam is stevig als dat van een zeehond. Ze laat niet merken dat ze wakker is. Als ze iets zei zou hij niet reageren, dat weet ze zeker. Kras ook maar op, snotjoch.

Hij beent langs haar bed, laat de slaapkamerdeur half openstaan.

De buitendeur valt in het slot.

Ze ziet, alweer half in slaap, muzikale beelden voor zich. (Kan het haar zo weinig schelen dat ze verlaten wordt? Is het wel verlaten worden als het zo weinig indruk maakt, zelfs als opluchting voelt?) Ze ziet het koor voor zich van vanavond, vlak voor er werd afgetikt. De zangers zingen nog, maar de meesten zijn zich al zeer bewust van dat andere geluid. Riet dat niet meer beweegt op de wind alleen, er zijn tegenbewegingen, verschillende snelheden, de halmen buigen naar elkaar… Een hert, dat dieper het moeras inrent.

Iemand droomt dat hij in een boek vijftigduizend gulden vindt in briefjes van tienduizend. Of is het nog veel meer geld? In de droom ademt het stapeltje: veel, meer, veel, meer, veel meer. De dromer weegt het pakje tienduizendjes op zijn hand: dat moet als je erover nadenkt een reusachtig bedrag zijn. Tegelijk weet hij dat het eigenlijk vijftigduizend is. Hij vraagt zich nog tijdens de droom af of de briefjes nog in euro's te wisselen zijn, of zijn ze al waardeloos papier? Dromen en denken lijken veel op elkaar. Ook in de droom stelt men vast dat men dingen niet weet. De dromer neemt dingen aan, maakt gevolgtrekkingen. Een groot verschil is dat in de slaap de waarneming onmiddellijk gehoorzaamt aan het denken, dit gebeurt in de wereld niet. Ook blijft datgene waar men niet aan denkt buiten de waarneming, ongewis, mistiger dan in de buitenwereld. De wakende kan door waarneming op gedachten worden gebracht, bij de slaper gaat het andersom. Dromen is kijken naar denken. Papiergeld wisselen kan nog tot 2032.

In een toestand van halfslaap krijgt een kunstenares het schitterendste schilderij voor zich dat ze ooit gezien heeft: een dynamische compositie waarin een paar vrouwenfiguren omringd worden door een donkere menigte. Ze kan zich elk detail in het helle licht van de droom inprenten, zelfs het formaat wordt nauwkeurig gemeten. 'Morgen ga ik het onmiddellijk maken, dit wordt het beste wat ik ooit gemaakt heb en wat er ooit gemaakt is...' Als de droom uit haar wegsluipt is ze volmaakt gelukkig. De volgende ochtend vroeg herinnert ze zich het prachtdoek, de blijdschap komt terug, maar dan stelt ze met schrik vast dat het met een expressionistische toets, snelle halen, nat in nat, is geschilderd. Een dergelijk handschrift laat zich niet kopiëren. En als ze nog meer bij haar positieven komt realiseert ze zich dat het schilderij al bestaat! Het is een van de befaamde *Strassenszenen* van Ernst Ludwig Kirchner. Ze wist niet dat ze dat schilderij en die manier van werken zo bewonderde – zelf werkt ze abstract – maar deze droom brengt haar, voor korte tijd althans, op andere gedachten.

Een muziekliefhebster droomt dat zij naar de hemel gaat, ze mag een pianist meenemen. Ze twijfelt tussen Glenn Gould en Tatiana Nikolayeva, de een is onderzoekender, de ander intiemer. Als ze hoort dat Tatiana Nikolayeva in dronken toestand bij het verlaten van een parkeergarage een voetganger heeft doodgereden kiest ze voor Gould. Maar bij aankomst in de hemel zegt een engel verontwaardigd: 'Waarom heb je Glenn Gould meegenomen, hij was nu juist de doodrijder!' Haar metgezel moet terug naar de kring der moordenaars. Omdat hij de hemel heeft gezien is de straf nog erger. Dit verdient hij niet, denkt de droomster. Bij het wakker worden realiseert ze zich dat geen van hen beiden ooit iets met de dood van een voetganger te maken hadden.

Een jonge vrouw wil – het is een droom – een bekentenis doen, half door ons gedwongen, half uit zichzelf. We worden allemaal stil, eerbiedig en stimulerend. Het duurt heel lang maar dan komt het hoge woord eruit: tien jaar geleden is ze min of meer hoer geweest. Niet omdat haar vriend haar ertoe dwong, maar omdat ze seks heerlijk vindt en de omgang met mannen en de ontroerende lompheid van hun begeerte. Wij, de groep om haar heen, hebben haar vriend ten onrechte verantwoordelijk gehouden. (Want, zoals dat in dromen gaat, opeens wisten we dit altijd al.) Daar voelt ze zich nu klote over. Maar het eigenlijke probleem was dat ze het beroep moreel niet aankon en toen bij wijze van straf had gekozen voor haar zeemonster dat haar echt niet slecht behandelde, ook niet op seksgebied, maar het blijft een keus tegen haar natuur in, geen natuurlijke liefde.

Het monster zit in een hoek van de kamer terneergeslagen aan zijn wier te plukken.

Een paaldanseres is van onder tot boven met teksten van Guy Debord getatoeëerd.

'Het was mijn ambitie de lelijkste vrouw ter wereld te worden,' vertelt ze de galeriehouder waar ze te koop wordt aangeboden.

'Nou, ik denk zeker dat dat aardig gelukt is.'

Een *cutting edge* museum vindt een terreurgroep bereid in de grote toegangshal een onthoofding uit te voeren.

Een kleine groep Himalayabewoners springt van een rots

met de voeten omlaag naar beneden. Ze weten dat ze vanaf de andere helling gedroomd worden en kijken peinzend in die richting tot ze dood neervallen.

In de film *Black Narcissus* kan zuster Clodagh haar vaginale contracties niet meer de baas als ze haar rivale in de diepte ziet storten.

Een groep Tibetaanse nonnen loopt als een reusachtige rups van stoom langs de besneeuwde berghelling omdat de vrouwen al mediterend hun eigen lichaamstemperatuur enorm hebben opgevoerd.

Een groep ideeën maakt op de theaterbezoekers een onplezierige indruk omdat ze te dicht op elkaar staan.

Een cryptogramopgave: 'Deze scherpe analyse kan iedereen maken.'

Op een vlakte graast een kudde samenhangende concepten op te grote afstand van elkaar. Een groep roofideeën isoleert het zwakste exemplaar en rijt het uiteen.

In een wetenschapsmuseum wordt een reeks baanbrekende gedachten in een willekeurige opeenvolging getoond. De bezoeker wordt uitgenodigd om ze in de juiste volgorde te zetten; wie hierin slaagt krijgt een certificaat.

Een stel jonge kunstenaars staat verveeld naar de sculptuur *Shifty* van Frank Stella te staren. Ze zien eruit of ze geassembleerd zijn, met een dertigerjarenkapsel, een Buddy Hollybril, een Indiase pofbroek en balletschoenen.

Twee jonge kunstenaars hebben een atelier in twee vleugels van hetzelfde gebouw. In een rookpauze raken ze aan de praat. Ze worden nieuwsgierig naar elkaars werk en de een neemt de ander mee naar zijn werkruimte. Op de ezel staat een rechthoekig dienblad van kunststof, ernaast aan de muur een foto van zijn eigen penis en ballen. Hij is bezig dit nauwkeurig na te schilderen. Nummer twee raakt in verwarring: 'Nu moet jij toch ook even met mij meekomen.'
Ze steken de binnenplaats over. Op de werktafel van de ande-

re kunstenaar ligt een rond chroomstalen serveerblad. Ook hij is, zij het in een wat andere stijl dan de collega, bezig zijn geslachtsdeel daarop af te beelden.

Twee dichters zijn samen op vakantie. Ed Hoornik wijst: 'Kijk, die berg heeft de vorm van een biddende vrouw.'
Gerrit Achterberg is niet te genieten omdat Hoornik net heeft uitgesproken wat hij stiekem ook al had gedacht en hoopte in een gedicht te gebruiken.

'Wat vind je van dit idee zeg: moslimporno! Meisjes met hoofddoekjes en niqaabs in alle standen. Dat lijkt me geil! Lekker gevaarlijk ook: fundamentalisten achter je aan en zo.'
'Denk je nou serieus dat je de eerste bent die moslimporno bedenkt? Get a life, jongen, dat bestaat allang!'

Een meisje wil een rol in een pornofilm. De dame van de screening: 'Doe de kleertjes maar eens uit... Maar je hebt een tattoo op je flank! Waarom heb je dat nou gedaan, kindje? Dat vinden kijkers één keer leuk, dan is het over.'
'Ik kan hem wegschminken.'
'Schmink! Denk je dat dat houdt als ze goed met je bezig zijn?'
Het meisje moet huilen. Ze stelde zich veel van deze carrière voor. De goedhartige productieleidster: ''t Is anders wel een mooie. Stelt het ook iets voor?'
'Een dromenvanger.'
'Nou, daar heb je het dus: een dromenvanger! Hij doet zijn werk goed, zullen we maar zeggen.'

Iemand die in de buurt een zekere bekendheid geniet omdat hij altijd gaat wandelen met een Deense dog en een dwergpincher ziet op een kwade dag dat een andere buurtbewoner een Ierse wolfshond samen met een teckel uitlaat. Wandelaar één is verontwaardigd:
'Maar dat is afgekeken! Plagiaat!'

De filmmaatschappij Warner Brothers wordt gered door een herdershond.

'Maar liefje, hoe wil je voor ons werken met zo'n tattoo?

Een reetgewei, dat kan nog, dat is gewoon. Maar dit is een hele spreuk, wat staat er?'

'Art macht frei.'

'Art macht frei. Art, dat is kunst, niet? Ik bedoel maar: de mannen die straks naar je moeten kijken gaat dat boven de pet. Die ergeren zich omdat ze het niet snappen.'

Het kalf 269.

Een radio-dj slaagt erin het record 'lang radio maken' te verbreken. Zijn collega is hiervan zo onder de indruk dat hij een tattoo laat zetten om het moment in de gedachtenis te bewaren.

'Je had ook gewoon een foto kunnen maken.'

'Oké, daar heb ik aan gedacht, maar daar zijn er al zoveel van.'

Een vernielde Rothko is door een aantrekkelijke restauratrice zo goed nagemaakt dat het doek voor echt kan doorgaan. Een romanauteur vertelt het verhaal alleraardigst na, waarbij hij de thematiek van authenticiteit in de kunst en de bijbehorende geldwaarde op originele wijze behandelt.

Iemand herstelt de vernielingen aan een beroemd kunstwerk met ducttape en verfroller. Het museum dat het kunstwerk bezit wil het resultaat niet accepteren, waarop de restaurateur ze een claim wegens reputatieschade in het vooruitzicht stelt. Het bedrag van de schadevergoeding zou veel hoger zijn dan het jaarbudget van het museum zelf. Het museum voelt zich gedwongen bakzeil te halen en beschouwt de restauratie voor de buitenwereld als geslaagd.

'Fictie maakt gedachtenexperimenten mogelijk.'

'Wow, dat is een diepe!'

Een acteur belt bij een vriendin aan.

'Tygo, wat een verrassing. Wat brengt jou hier?'

'Ik wilde alleen even mededelen dat mijn moeder vorige week overleden is.'

'Ja, dat weet ik al. Ik zag de rouwadvertentie in de krant.'

Nu schrikt hij, want hij had het verhaal verzonnen.

Een jonge kunstenaar doet mee aan een tentoonstelling over beeldend talent in Nederland. Hij heeft een enorm publicitair succes met levensgrote foto's waarin rustige woonsituaties worden ontregeld. Op één ervan vliegt een steen door de voorruit bij een gezin dat televisie zit te kijken. De afbeelding is door hem en een kameraad gemaakt vanuit een opstelling in zijn auto. Als bij een krantenartikel over de tentoonstelling de foto staat afgedrukt herkent het gezin zichzelf en doet aangifte tegen de stenengooier.

Een huisvriend zegt op de begrafenis tegen de weduwe:
'Ik wilde je maandagavond na het Journaal bellen om te vragen hoe het met Gerard ging, maar toen werd ik zelf gebeld en daarna vond ik het te laat worden om jullie nog te storen.'
'Na het Journaal? Dus om half negen? Dat is ongelofelijk: precies op dat moment is hij gestorven.'
Nu kan de vriend niet meer zeggen dat het een leugen was.

Twee kameraden besluiten als ze een auto van Google Streetview in de buurt zien rijden vlug een drama in scène te zetten. Een gaat op het trottoir liggen, de ander bebloedt een bijl en de omgeving met ketchup en gaat met een boos gezicht bij het zogenaamde slachtoffer staan. De scène verschijnt korte tijd later inderdaad op Google Maps. Enkele weken later staat de politie op de stoep.

Een groep huilende mannen biedt twee dode jongetjes aan de camera aan bij zo'n eigenaardige belichting dat de afbeelding bewerkt lijkt of zelfs geënsceneerd. De Deense fotograaf, die de prijs voor beste nieuwsfoto ontvangt, bezweert dat hij niet gemanipuleerd heeft; de instantie die de prijs uitreikt steunt hem, na eigen onderzoek, in deze claim. Dat de oudste man roept: 'Geen foto's godverdomme! Kunnen we hier in Gaza niet eens meer in vrede kinderen begraven?' was voor de fotograaf, die geen Arabisch kent, niet te verstaan.

Een groep verdrietige en opgewonden mannen biedt twee dode jongetjes aan de camera aan. Als de fotograaf, diep onder de indruk van het drama, maar blij met de schitterende plaat, terugkeert naar zijn hotel worden de kinderen uit hun wikkels gerold en onder de douche gezet om vuil en namaakwonden af te spoelen. De foto krijgt de prijs voor beste nieuwsfoto van 2013.

Een verslaggever van de Amerikaanse Burgeroorlog neemt na de slag bij Gettysburg een foto van een gesneuvelde scherpschutter in een geïmproviseerde bunker. Dan ontdekt hij een paar meter verderop een grazige helling met weids uitzicht over de velden. Hij sleept het lijk hierheen en neemt opnieuw een foto. Vanaf deze positie lijkt de dode soldaat als het ware uit te zien over het land dat hij wilde verdedigen.

Een Syrisch jongetje lijkt te slapen tussen de graven van zijn ouders, omgekomen in de burgeroorlog. Maar de graven zijn niet echt: de foto is in scène gezet door een conceptueel kunstenaar.

Matthijs van Nieuwkerk: 'Ja, het zal je maar gebeuren. Je bent aanstormend kunstenaar zoals dat heet. D'r hangen een paar grote foto's van je op een overzichtstentoonstelling, de NRC en *Trouw* schrijven erover en opeens heb je een strafzaak aan je broek en een… miljoenenclaim, Arnold Dikkers, zeg ik dat goed?'

'Nou… een flink bedrag.'

'Hoeveel dan, driehonderdduizend, vierhonderdduizend?'

'Zestigduizend euro vraagt de advocaat van de familie.'

'Toch een heel bedrag voor een beginnend… want… wacht ik moet het even uitleggen, Arnold Dikkers, jij bent beeldend, jij bent fotokunstenaar… hebt al tentoonstellingen op verschillende plaatsen in de hele wereld gehad onder andere in Moskou, de biënnale van Condroz, spreek ik dat goed uit, zeg ik dat goed?'

'Condroz.'

'Condroz, dat ligt in…'

'Wallonië. België.'

'Nou ja, ook buitenland, België, en je hebt succes en dan zit je hier in het Boijmans van Beuningen in een tentoonstelling van jong talent, aanstormend talent zullen we maar zeggen, "35 onder 35" heet die en opeens zit je midden in... Nou ja, vertel het zelf maar.'

'Zelf vertellen... Nou Matthijs, ik ben daar vertegenwoordigd met drie werken; ik moet erbij zeggen het thema van die tentoonstelling was "Confrontatie met identiteit".'

'Confrontatie, ja... ga verder.'

'Met identiteit. Dus dat paste heel goed bij een project waar ik mee bezig ben waarbij ik mensen fotografeer in een gewone situatie, maar die ontregel ik. En dan documenteer ik wat er dan gebeurt.'

'We hebben een voorbeeld, laten we even kijken.'

Foto op het screen, gelach.

Van Nieuwkerk: 'Ontregeld, zeg je. We zien hier... Ja, zeg het maar...'

'Ja, we zien hier een voorkamer met een grote glazen pui, en een gezin, of een man en een vrouw en nog twee mensen zitten tv te kijken.'

'Dus een gezin, 't is heel scherp, scherpe foto, we kunnen ook zien wat er op de buis is. Dat is Nelleke van der Krogt, *Tussen Kunst en Kitsch*.'

'Ja, een boeiend programma.' Gelach.

'Maar jij ontregelt dat. Want iedereen zit in een soort verkrampte houding, die mevrouw springt op, helemaal vertrokken dat gezicht... Ik zie ook glasscherven in het rond vliegen...'

'Ja, en daar in de hoek zie je de baksteen nog vallen.'

'De baksteen, want jij...'

'Ja, we hadden een opstelling gemaakt in een auto, met flitsapparatuur en een foto, en op een bepaald moment gaat die steen door de ruit en dan maak ik deze opname die je nu ziet.'

'We, dat is...'

'Een kameraad van me die me hielp en de auto bestuurde en…'
'Hihihi, terwijl de mensen rustig tv zitten te kijken, bam een steen door de ruit. Die schrikken zich helemaal het schompes, nou ja dat kun je wel zien.'
'Dat klopt wel ja.'
'En toen…'
'Toen zijn we doorgereden.'
'Zonder excuses, zonder niks… Die mensen hebben geen idee wie of wat… Heb je niet de neiging om het even uit te leggen?'
'Wat valt er uit te leggen? Ik ben een kunstenaar, en ik heb een hekel aan dat gezapige leven van Nederland, dus dat mogen de mensen dan best even voelen.'
'Ja maar… wat vinden we hiervan, Angelique Houtveen, onze tafelgast, wat vind jij hiervan?'
'Ja, best heftig, schokkend best wel. Ik wist dit niet, ik zit helemaal een beetje op mijn stoel te shaken als ik dit zie.'
Arnold Dikkers neemt zonder een spier te vertrekken een slokje water.
'En jij, Jan Boone, jij bent advocaat, hoe reageer… wat vind jij als…'
'Ja, als jurist lijkt me, zo op het eerste gezicht hoor, dat hier een flinke claim aan wordt gehangen. Dat is wel te verstaan.'
'Ja, maar als gedrag? Ik vind het iets sadistisch hebben.'
'Nou ja, ik ken de motieven van meneer niet, maar het lijkt…'
'Kunst maken. Dat is toch je motief Arnold? Kunst maken!'
'Kunst moet altijd een commentaar zijn, een protest tegen…'
'Kunst maken! Jan Boone.'
'Ja, mij als persoon lijkt dit de apex van onfatsoen.'
'De apex? Leg dat…'
'Het hoogtepunt van hoe burgers niet met elkaar om moeten gaan.'
Arnold: 'U verdedigde Klaas Bruinsma, meen ik? Dan bent u in elk geval een expert op het gebied van onfatsoen.'
Matthijs: 'Zo! Nou! De toon is gezet! Welkom bij *De Wereld*

Draait Door. Maar Arnold, je muisje... Het muisje kreeg nog een staartje. Want je werk is spraakmakend, je kreeg besprekingen, hè, in verschillende kranten, en deze foto stond ook in de NRC en *De Telegraaf* en zo kwam die familie erachter wie die steen...'

'Bij hen door de ruit gekeild had. Dat klopt. En dat heeft tot een claim geleid.'

'Begrijpelijk?'

'Begrijpelijk... Ja, ze zeggen dat die mevrouw er een poosje niet van heeft kunnen werken.'

Boone: 'Een strafklacht én een claim heb ik begrepen.'

'Én een strafklacht. Gaat ie... ga je de gevangenis in, Arnold. Moet hij de gevangenis in meneer Boone?'

Boone: 'Dat, dat... laten we nou eerst de rechtszaken eens afwachten.'

Van Nieuwkerk: 'Maar als je moet dokken...'

Dikkers: 'Dan moet ik dokken.'

Boone: 'Het is te hopen dat meneer door de publiciteit die hij onder meer aan deze tafel krijgt zijn foto's zo goed verkoopt dat hij zijn verzamelaars voor de schadevergoeding kan laten opdraaien.'

'Ja, maar ik zit natuurlijk niet voor het geld in deze business.'

Van Nieuwkerk: 'Succesvolle kunstenaars kunnen heel wat verdienen, verdienen toch heel wat.'

Dikkers: 'Ja, maar jij weet ook dat het in de kunst meestal sappelen is.'

'Dat is zo, dat weet ik.'

'Het is een oude wet van het socialisme weet je, we zitten hier bij de VARA: de producenten van de grondstoffen verdienen het minst. En de mensen die ze verhandelen het meest. Ik praatte voor de uitzending met het duo dat zonet optrad.'

'Ja, Pyke en Anne, steengoed, komen straks nog even terug. Ja...?'

'Ik vroeg: wat krijgen jullie voor dit optreden? Nou, reiskosten en een flesje wijn geloof ik. Dan krijg jij toch meer neem ik aan...'

'Nou ja, daar ga ik niet over wat zij krijgen, dat is een andere afdeling. Maar wat is dat nou voor een vergelijking? Je doet nou of ik hun geld in mijn zak steek.'

'Nee, nou ja... Maar eerlijk delen is iets anders.'

'Nou, de discussie gaat een heel andere kant op. Succes met je werk Arnold, en met de rechtszaken die je gaat krijgen. We gaan verder... O nee, de data! Zie je ik ben er helemaal confuus van. Ik moet de data van de tentoonstelling nog noemen waarop deze foto en ander werk van jonge kunstenaars te zien is...'

Applaus. Trippel trippel en de voorstelling is afgelopen.

Achter de coulissen wordt alweer geruzied.

Het jongetje zit nog overweldigd in de schouwburgstoel.

Een psychiatrische patiënt claimt een beruchte pedofiel te zijn die zijn gevangenisstraf heeft uitgezeten. De man moet vanwege deze waan door de politie beschermd worden.

Een schrijver trekt met een geit door het land, opdat journalisten iets te schrijven hebben en bezoekers van lezingen en signeersessies iets om over te praten.

Het syndroom van Capgras: in de overtuiging leven dat andere mensen namaak zijn.

Het syndroom van Cotard: de patiënt is er zeker van dat hij dood is. Dientengevolge begeeft hij zich onbevreesd in bedreigende situaties.

Iemand als ik past in niets. In alles.

Iemand kan niet aanvaarden dat zijn vriendin voor een leven zonder hem gaat kiezen. Omdat hij een baan in de hoogbouw heeft, draagt hij vaak een lichaamstuig met een beveiliging tegen neerstorten. Hij neemt zo'n apparaat mee naar huis en trekt daaroverheen zijn gewone kleren aan. Nu belt hij zijn voormalige geliefde.

'Kom je even langs? Ik heb nog wat spullen voor je klaargezet die je kunt meenemen.'

De man klimt in een boom, slaat een touw dat vastzit aan het harnas om een tak en gaat hangen. Het meisje, dat hem zo bungelend aantreft, belt overstuur het alarmnummer.

Een flatbewoner krijgt regelmatig voor een partijtje schaak een geschiedenisleraar op bezoek. Het is een vriendelijke, intelligente man, die echter, zodra hij een paar glazen whisky opheeft, de vreselijkste dingen begint te zeggen over Joden. Hij begint dan over 'die haakneuzen', beweert geloof te hechten aan de protocollen van de wijzen van Zion en zegt dingen als: 'Eeuwig zonde dat de nazi's hun werk niet goed gedaan hebben indertijd.'

Zijn schaakvriend heeft hierover dikwijls zijn ergernis uitgesproken, maar de neiging is blijkbaar te sterk. Op een avond raakt zijn gast weer geheel van het padje: 'Ik zou Leon de Winter wel eens willen zien als Mengele probeerde zijn oogkleur te veranderen, hihihi.' Hij kijkt de ander verwachtingsvol aan. Die neemt zijn toevlucht tot een drastisch verzinsel: 'Jaap, misschien kun je het aan mijn donkere krullen zien, of misschien ook niet, maar... mijn moeder is zelf ook Jodin. Zelf heeft ze de oorlog als door een wonder overleefd, maar heel mijn familie van moederskant is in de gaskamers omgekomen. Dus ik zou je echt willen vragen met dit soort opmerkingen op te houden.'

Zijn gesprekspartner drinkt zijn glas leeg, zet het met een klap op tafel en staat moeizaam op. Hij kan opeens niet meer recht lopen, mompelt dat hij maar eens op huis aan moet. Zijn gastheer drukt hem zijn jas in de armen en doet de voordeur open. Het is winderig herfstweer, het gaanderijhek, zeshoog, rinkelt op de wind.

'Tot ziens, Jaap. We spreken vlug weer af, hè?'

Zijn kameraad, wankel op weg naar het flatportaal, steekt zijn hand op maar kijkt niet om. Als hij bijna bij de uitgang is staat hij stil. Dan slaat hij, onverwacht lenig, een been over de reling en laat zich omlaagvallen.

'Is dit nu een mooi bedacht verhaal of is het allemaal echt waar?'

'Dat moet je nooit aan een schrijver vragen. Hahaha.'

'Vind je niet dat we vaak te ingewikkeld doen als we naar kunst kijken?'

'Absoluut! Het gaat er niet om om een schilderij of een foto netjes te kunnen beschrijven of labelen, in technische termen. Ik deed dat ook wel destijds als ik in het Louvre rondzwierf. We maken het onszelf veel te moeilijk. Schilderij één, schilderij twee, schilderij drie: we doen net of we al die muren af moeten werken, alsof het huiswerk is. En als we dan iets tegenkomen wat ons echt diep raakt zijn we te moe om het te appreciëren.'

'Wat moeten we dan?'

'Gewoon maar kijken: hé, wat vind ik hier nou goed aan?'

'Ik leef, ik zeg het eerlijk, voor de muziek! Muziek staat op één, staat op twee staat op drie staat op vier. Dan komt de rest.'

'Eddy, ik heb je telefoonnummer van Arnold gekregen. Heb je hem gezien gisteravond?'

'Astrid! Dat is… een verrassing! Hoe gaat…'

'Hij was gisteren bij *De Wereld Draait Door*. Iedereen heeft het erover.'

'Hij durft wel van zich af te bijten, hè?'

'Dus je hebt het gezien. Had hij je gewaarschuwd?'

'Nee, dat niet.'

'Mij wel.'

'Logisch, jullie hebben de band. En? Ben je een trots moedertje?'

'Het doet me wel wat om zo'n jongen met wie ik zoveel heb meegemaakt bij Matthijs van Nieuwkerk te zien.'

'Hij is altijd een practical joker geweest hè? Was het niet bij zijn examenfeest van de havo? Kom, jij was er ook. Dat ie opeens deed of het hem geweldig in de rug was geschoten. Ik moest hem met een kameraad zowat het podium op tillen voor de diploma-uitreiking.'

'Hij heeft een zwakke rug omdat ie zo lang is.'

'Maar achter het toneel stond ie grinnikend op, Astrid!'

'Dat had je wel eens mogen vertellen.'

'Niks tegen mama zeggen, zei hij. Dat was niet zo moeilijk want we wisselden toch al nauwelijks een woord meer, jij en ik.'

Even is het stil.

'Ben je al naar de tentoonstelling van je beroemde zoon geweest?'

'Moet nog gebeuren. Maar gezien de publiciteit lijkt me zijn kostje wel gekocht!'

'Nou, Ed, dat is nog maar de vraag...'

Het blijkt dat de schade-eis van de televisiekijkende familie niet de enige gaat zijn. Door Arnold zijn meer schrikmomenten geconstrueerd en gefotografeerd: de advocaat is de betrokkenen aan het bewerken om ook te claimen. Het kan gemakkelijk over de twee ton gaan en daarom moet er gezocht worden naar potjes om de schade op te vangen.

'Zie het maar als een soort investering, snap je? Als hij gaat verkopen krijg je het met dikke rente terug.'

'Ach... nu snap ik de achtergrond van je telefoontje opeens beter!'

Hij hoort dat ze moeite moet doen om zich te beheersen. Als ze dadelijk opgehangen heeft gaat er ongetwijfeld iets aan gruzelementen in haar keuken. Hij vervolgt: 'Als ik Arnold uit de brand moet helpen kan hij dat zelf met me opnemen.'

'Dat durft hij niet.'

'O, dát durft hij níet!'

'Inderdaad, Ed. Dát durft hij níet! Met die grote mond van hem is hij toch bang voor jou. Dat je zijn kunstopvattingen afkeurt.'

'Ik geloof dat ik dat inderdaad doe. Maar zijn waaghalzerij bewonder ik.'

'Je bent er jaloers op.'

Eddy geeft het toe. Zelf heeft hij het in de publiciteit de laatste jaren nooit verder geschopt dan wat geleuter op de radio rond het middernachtelijk uur. Kool en geit sparend.

Iemand met weinig zin voor werkelijkheid veracht succesvolle cultuurdragers die zich gerieflijk naar de toekomst laten vervoeren. Hem wordt een eersteklaskaartje aangeboden, maar dit wijst hij af. Liever loopt hij met een krampachtige glimlach naast de trein. Hij heeft verschrikkelijk veel zin in foeteren, maar meent dat hij daarmee 'zijn tegenstanders in de kaart speelt'. Intussen erkent hij dat er feitelijk geen tegenstanders zijn; en wie het niet met zichzelf eens is, die scheldt slecht. Binnen leest Joost Zwagerman de courant, buiten is het begonnen te waaien en te sneeuwen, de reiziger voelt zijn krachten snel afnemen. Heeft hij op het verkeerde paard gewed?

Enkele van zijn beste vrienden zitten in de trein, die met steeds hogere snelheid afstuift op een catastrofe. Moet hij nu blij zijn? Omdat hij hijgend achterblijft in een nat en koud landschap? Een nat en koud landschap. Een nat en koud landschap. Nat en koud, nat en koud en nat en koud.

De auteur van een vers stuk literatuur stemt toe in een interview. Hij laat zich ontvallen: 'Het schrijven aan dit boek heeft me veel gedaan.' Waarop de interviewer domweg verplicht is te vragen: 'Wat dan?'

Nu is de auteur onaangenaam getroffen, hoewel de vraag niet onverwacht kon komen. Uit hem rolt een tekst die interessant genoeg is om als antwoord te dienen, niet gelogen bovendien. Zijn denkend gehakkel komt charmant en authentiek over op interviewer en luisteraars. Zijn reactie is adequaat, eerlijk, en toch komt het hem voor dat hij hiermee de stop uit het bad heeft getrokken. Zodat het heilzame, geurige bad van tekst, dat zoveel tijd nodig had om vol te lopen, nog voor het lezend publiek zich erin heeft neergevlijd alweer leeg is, een koude witte schaal. De vrienden en bekenden in het nachtelijk luisterpubliek zijn blij dat hij zoveel succes heeft, dat hij in elk geval weer op de radio is. Op de webcam is te zien hoe de auteur zijn gezicht al denkend in de vreemdste plooien wringt alsof hij gepijnigd wordt, al is hij ook vrolijk. Wat is het toch een rare man, een soort schattig, maar wel raar.

De NRC wil ook een gesprek, bericht de uitgever blij. Ed heeft niet de moed te weigeren. Een fotograaf komt een foto maken, waarop hij met een vinger aan de kin uit het raam van zijn werkkamer kijkt bij mooie lichtval. Uit zijn blik spreekt iets van esprit. Ed heeft gevraagd: 'Wat krijg je nou voor zo'n foto?' Nerveus vanwege het fotografenbezoek is het antwoord hem meteen ontschoten. In elk geval heel wat meer dan hij voor het vraaggesprek vangt, namelijk niets. Maar volgens de uitgever moet je bedenken hoeveel duizenden exemplaren extra hij zal verkopen vanwege het antwoord op de vraag: 'Ik leer de hoofdpersonen niet goed kennen. Had u daar een reden voor, om het zo fragmentarisch te houden?'

Hij bespaart zichzelf de kwelling de tekst te lezen.

'Maak het nou maar niet belangrijker dan het is,' zegt vriendin Myra. 'Er staat niets in wat niet waar is, ik vond het best een leuk gesprek, Femke en Ibrahim vonden het ook. Heel herkenbaar.'

'Herkenbaar!' roept hij met een gezicht dat walging uitdrukt.

'Nou ja, als het je niet bevalt moet je maar bedenken: morgen wordt de vis er weer in verpakt.'

Vis? In een krant?

De volgende dag staat in dezelfde krant de recensie: twee ballen. Twee ballen maar! Nu heeft hij pas echt spijt als haren op zijn hoofd van het interview. Hij vergelijkt interviewers met koeien die gebruikelijke antwoorden uit de ruif staan te trekken.

Desondanks wordt het boek redelijk verkocht, want in de publiciteit wordt handig benadrukt dat hier, 'na lang zwijgen', weer een boek is van de auteur van *De amethist*, ooit succesvol verfilmd met in de hoofdrol een overrompelende Monique van der Ven.

'Wat is Nana nou voor iemand, behalve dat ze achtentwintig is en radiodocumentaires maakt?'

Schrijfster: 'Nou, ze is een zoekend iemand. Ze zoekt zichzelf, wie ze is waarom ze in de steek is gelaten door haar vader wat ook een belangrijk thema in het boek is en ze is nieuwsgierig want anders maak je geen radiodocumentaires denk ik en ze... is ontzettend zoekende in dit boek.'

'En voor wat of wie? Want wat is dan wat je... Eh, waarom moet het? Want het moet een heilig moeten zijn, want je moet eindeloos in gesprek met allemaal van die ambtenaren om het allemaal voor elkaar te krijgen.'

Beeldend kunstenaar: 'Ja waar doe je 't voor hè? Je vraagt het je soms af.'

'Ja ja, dat moet jij je soms toch ook afvragen.'

'Ja ja. Dan moet er een lampje in je project worden vervangen en dan moet je uitzoeken wie van het ambtenarenapparaat dat moet doen. Voor je erachter bent ben je vier uur verder. Dan denk je dan koop ik zelf wel een lampje voor vijf euro en dan stuur ik de rekening wel. Maar ja, weet je, soms wordt dat ook niet gewaardeerd en soms zegt die ambtenaar godbetert ook nog: ja weet je, ik betaal jou hè, jij wordt als kunstenaar betaald van mijn belastingcenten, mijn salaris gaat naar jou. Dan denk ik jonge jonge ik ik heb helemaal geen zin in die discussie weet je wel, jij bent gewoon een ambtenaar weet je. Ik betaal jou!'

'En voor jouzelf? Waar haal jij het vandaan van dit is echt belangrijk, dat dit werk van mij hier te zien is?'

'Nou ja ik vind het ook heel fijn als ik mooi werk van iemand anders zie hè? Daar kan ik echt blij van worden. Zonder dat ik er iets van weet raakt het me je hoeft er alleen maar naar te kijken.'

'Ja.'

'Maar ik vind... om te beginnen vind ik het hele onderscheid tussen ironie zou geen ernst zijn, dat is alleen maar de slechte ironie, is geen ernst. Slechte ironie is puur omdraaien van wat je wilt zeggen eigenlijk.'

'Ja, ja.'

'Dat vind ik ook niet interessant, dat vind ik eigenlijk heel saai. Ik vind het een foute veronderstelling te denken dat je hier ergens, aan je linkerhand, heb je de humor, en aan je rechterhand de ernst en de humor is niet ernstig bedoeld. Ik vind dat humor een zeer ernstige aangelegenheid is.'

'Oké, maar als het nou zo is dat toch een vrij behoorlijk percentage van je lezers – en dat merk je als je met mensen praat, als je stukken leest en zo – als het nou toch zo is dat een behoorlijk percentage van je lezers de wanhoop in zo'n boek uiteindelijk niet meer voelt, zeg je dan toch van nou, soit, dit is mijn lijn… Of doet dat iets met je, ga je daar over nadenken?'

'Ja, ik, ik ben geen televisiezender, ik ben geen politicus. De enige lezer die, ik bedoel ik hou geen opiniepeiling naar wat de mensen willen en de enige lezer die ik mij kan voorstellen ben ikzelf als lezer… Uiteindelijk ben ik ook een lezer want ik lees. Ik schrijf iets waarvan ik denk: dit zou ik willen lezen.'

'Oké, maar in vele bewoordingen in dit boek staat: kunst wil emotie overbrengen. Nou zeg ik niet dat wat die mensen zeggen in jouw boek, dat dat dus jouw opinie is.'

'Nee, maar ik… Tuurlijk, kunst die geen emotie overbrengt, dat zijn zoals Karel Appel het formuleert, dat zijn liflafjes.'

'Nee, maar dat is dus wel degelijk iets wat je zelf ook wil hè? Sterker nog: "Het moet gruwelijk zijn iets te maken, jarenlang aan iets te werken," citeer ik, "en er dan achter komen dat het die emotie niet overbrengt." Dus dan herhaal ik toch even de vraag: in hoeverre vormt het niet of wel een probleem voor je dat een fiks deel van de lezers zegt: die emotie bereikt me niet.'

'Ja… jíj zegt…'

'Nou ja, lees de recensies. Natuurlijk, dat zijn dan maar twintig mensen in dit land, maar je zult ongetwijfeld ook lezers tegenkomen behalve ondergetekende bij wie dat speelt. Of nooit?'

'Ik kan me, ja god, van dit boek heb ik nog maar twee recensies gelezen. Maar van vorige boeken kan ik me tamelijk goeie recensies herinneren waarin helemaal niet werd gesproken over emoties die niet werden overgebracht. Dus ik weet, ja god, ik weet dat ik weet niet op welke recensies je doelt, op welke lezers je doelt.'

Als de overgang naar de reclame heeft ingezet leunt de interviewer in zijn stoel achterover.

'Pff... dat was hard werken met jou.'

'Had me dan niet uitgenodigd.'

'Had dan niet ja gezegd.'

'Ja, godverdomme!'

'Zullen we u of jij zeggen?'

'Doe maar u. Dan durf ik meer. Ik durf bijvoorbeeld wel te vragen: 'Hoe zien uw borsten eruit?' maar niet 'Hoe zien jouw borsten eruit?''

Uit *Jellie Brouwer from Hell, radiofragmenten ter verdediging van de cultuurjournalistiek.*

– 'Ik was van jongs af met ritme bezig. Ik sloeg altijd op tafeltjes en met pannendeksels, dus er is nooit een andere optie geweest dan dat ik drummer zou worden.'

Jellie Brouwer: 'Bokkie bêh! Waarom ben je dan zo'n beroerde muzikant geworden?'

– 'Ik leef voor literatuur! Literatuur staat op één, staat op twee staat op drie staat op vier. Dan komt de rest.'

Jellie Brouwer: 'Hoe kun je dan zinnen bedenken of laten staan als "Het verbale onweer dondert en regent over mij heen als een denkbeeldige zee."?'

– 'Wat ik door mijn beelden probeer terug te geven aan de maatschappij is rust, is aandacht, want dat ontbreekt.'

Jellie Brouwer: 'Maatschappij blij, neem ik aan.'

– Willem Jan Otten kan er niet tegen als iemand in een roman zegt: 'Hij dacht: ik ben gelukkig.' Dat komt hem onrealistisch voor.

Jellie Brouwer: 'En om dat te vermijden bedenk je dan maar een pratend schilderij met oogjes.'

– 'Aan die wand hangt in neonletters de tekst: AR T MACHT FREI.'

Jellie Brouwer: 'Ja hoor, Dachau! Goeie god, daar hebben we die belegen grap weer. Je hebt de hele dag niks anders te doen dan kunst maken en waarmee kom je op de proppen? Met een flauwiteit die al twintig keer is bedacht!'

– Jellie Brouwer: 'En toen kwamen jullie op het idee een foto-tentoonstelling van alleen maar lijkwagens te maken.'

'Ja, nou ja, inderdaad.'

Jellie Brouwer: '…In de hoop dat dat een interessant interview zou opleveren. Want laten we wel wezen: het enige uitzonderlijke aan het hele project is dat je nou eens in *Kunststof* kan komen vertellen hoe interessant het allemaal is.'

– 'Op het gebied van design en interieur kun je er heel radicaal voor kiezen om nihilist te zijn, dat je bijna niets meer wilt. Dat heeft dus niets te maken met minimalisme, want dat is burgerlijk vergeleken met het nihilisme. Dat je dus nog maar een paar dingen koopt, maar die kies je zo goed uit dat ze lang bij je blijven dat ze een verhouding met je aangaan. Of je kunt anarchist worden dat je zegt ik heb het helemaal gezien. Als iedereen smaak heeft want dat is zo, we hebben allemaal smaak verworven, dan heeft het geen enkele zin meer om smaak te hebben.'

Jellie Brouwer onderbreekt: 'Ja hoor, ja hoor. "Talking of Michelangelo", zullen we maar zeggen. "And do I have the right to smile?"'

– Ed Hameetman: 'Er is nog zoveel niet geschreven.'

Jellie Brouwer: 'Dus dat de literatuur een uitgeputte indruk maakt, ligt niet aan de literatuur.'

'Vind ik niet. Dat ligt aan ons schrijvers.'

'Dus aan jou. Met één boek in de twintig jaar zal de redding niet van jou komen.'

'Dat... dat zal ik niet beweren, nee.'

'Maar je gaat door?'

'Ik ga gewoon door, ja.'

'Nou, we zijn alweer aan het eind van het uur gekomen. Ik ga dadelijk de traditionele tegel op je hoofd kapotslaan. Maar daarvoor wil ik nog weten: is er iets waarvan je spijt hebt, of juist iets wat je nog had willen zeggen?'

'Ja, wat ik zei over de kleingeestigheid van Ingmar Heytze. Dat zit me niet lekker.'

Jellie Brouwer: 'Voor de goede orde: je vindt hem níet kleingeestig?'

'Het ontviel me min of meer. Ik vind dat je zulke dingen niet in het openbaar moet zeggen.'

Jellie Brouwer: 'Nou, dat is goed om te weten voor de luisteraars: Ed Hameetman wil niet in het openbaar zeggen wat hij denkt. Fijn dat je er was.'

[Tune klinkt.]

'Het boek heet *Hartskelet*, is vanaf morgen overal in de boekhandel, ga het kopen of niet. Dadelijk, na het nieuws, Rob Oudkerk met...'

Roelof: 'Nou Ed, ik wil het niet te ingewikkeld maken, die cultuurinterviews zijn inderdaad faciel en muf, maar zelf erger ik me meer aan politieke interviewers: die maken worst van goedkoop vlees. Zo'n onderbreekkundige als Sven Kockelman maakt elk gesprek onmogelijk, en feitelijk is dat in het voordeel van de beleidsmakers. Omdat ze de ruimte niet krijgen hun visie uit te leggen kunnen ze verdonkeremanen hoe mager of non-existent die visie is.'

'Scherp geformuleerd!'

Een raadslid van de PVV ter vergadering: 'Daarom meteen maar de eerste vraag aan de wethouder: hoeveel subsidie kregen de grote Nederlandse schilders uit de Gouden Eeuw tijdens hun carrière? André Rieu ging al een paar keer bijna failliet, maar die werkte door, zonder subsidie, zonder klagen.

Maar een geslaagd cultureel ondernemer past niet in het straatje van wethouder De Jong. Om maar meteen met de deur in huis te vallen: graag de toezegging dat u bereid bent om André Rieu te faciliteren middels soepele regelgeving om op te komen treden op het Binnenhof? Als u die toezegging doet, dan nodig ik hem persoonlijk uit en maken we er samen een mooi cultuurfestijn van op de mooiste historische plek van Den Haag! Voor Henk en Ingrid, voor Achmed en Fatima en voor Roderick-Jan en Babs. Zonder subsidie.'

(In den beginne was het verkooppraatje en het verkooppraatje was bij kunstenaar en het verkooppraatje was kunstenaar. Alle dingen zijn door het verkooppraatje geworden en zonder dit is geen ding geworden, dat geworden is. In het verkooppraatje was leven en het leven was het licht der mensen; het licht schijnt in de duisternis en de duisternis heeft het niet gegrepen.)

Iemand staat te schilderen in het gewoel van het winkelend publiek. Hij draagt een pij met verfvlekken, heeft grijs haar onder een baret, intelligente blauwe ogen in een scherpgesneden gezicht. Geconcentreerd neemt hij het lijnen- en kleurenspel van de haven in zich op. Wie over zijn schouder meekijkt ziet een traditionele compositie en fletse kleuren. Hij is als kunstenaar een middelmatige poseur, maar overigens een alleraardigste kerel met een boeiend levensverhaal. Hij heeft in het Vreemdelingenlegioen gezeten en is getrouwd met een Kirgizische, die hij met gevaar voor eigen leven de toenmalige Sovjet-Unie heeft uitgesmokkeld. Wie hem een glas rode wijn in een café aan de boulevard aanbiedt vertelt hij graag en smakelijk over zijn avonturen.

'Papa, jij bent toch Bart-Jan Blasberg?'

'Ja, dat weet je toch?'

Bart-Jan Blasberg is teammanager van de Ondernemersdesk van de Westlandbank in Utrecht. Op LinkedIn schrijft hij over zichzelf: *Enthousiaste en gedreven people manager, die in op-*

lossingen denkt. Bruggenbouwer, die energie krijgt van het werken met mensen die zichzelf willen ontwikkelen. Brengt hen op hoger niveau door coaching en begeleiding. Resultaatgericht, welbespraakt, analytisch en in staat om anderen te overtuigen. Houdt van een duidelijke, directe en open communicatie, geduldig en in het bezit van gevoel voor humor. Legt de lat hoog, zowel voor zichzelf als voor anderen. Een besluitvaardige doorzetter, die onafhankelijk opereert en graag (eind-)verantwoordelijkheid draagt.

'Want ik was bij Lenny. Daar hebben ze oude *Donald Ducks* en daar stond een brief van jou in.

Avé eend, ik vind DD *een kinds blad! Er zit geen humor in. Moet ik lachen om de stomme verhaaltjes van Rakker en Broer Konijn? Moet ik daarvoor nu 1,20 per week voor betalen? hoe durft u op de kaft te zetten dat het een* STRIPBLAD *is? Waarom zet u er niet* KLEUTERROMANS *op? Verder slaat het nergens op dat die heilige boontjes allemaal vragen: 'Kom ik erin?' Aan iemand die in een bodemloos gat valt vraag je toch ook niet of 't diep is? Uiteraard neem ik dit niet langer en ga op* EPPO! *Bart-Jan Blasberg – Woerden*

In de musea vecht intussen de laatste realiteit om aandacht.

'Mocht ik ooit van een boek bevallen, dan verdrink ik het meteen.'

Een beeldhouwer voedt zijn objecten op, daarna gaan ze in de maatschappij werken als welzijnswerker of politieagent.

Een streng protestantse legerkolonel is verzot op modern ballet, hoewel hij verder geen enkele culturele belangstelling heeft. Zijn vrouw meent dat het hem enkel om de blote tietjes van de danseressen begonnen is.

'U hebt twee mensenbenen in uw tas. Wat is dat nu? Hiervoor wordt u doodgeschoten.'

Bij Toneelgroep Amsterdam laten ze met een ernstig gezicht hun piemel uit de broek van hun ss-uniform hangen of ze smeren zichzelf met pruimensap in. Intussen stellen ze zich in hun beleidsnota's de vraag: waar blijft de Marokkaanse gemeenschap?

Conceptueel schrijven vloekt met de verwachting, ondanks alle idealistische verzekeringen van het tegendeel gekoesterd, dat poëzie haar lezer weliswaar niet troosten, maar wel een reeks meeslepende associaties en inzichten aanbieden kan. Conceptueel schrijven wil niet aardig gevonden worden, zoals gewone poëzie, die in een reservaat van infantilisme leeft. Want haar beoefenaren zijn zich er allang van bewust dat ze wordt geduld in een gemeenschap, zolang ze de leden daarvan maar een quotum troost bezorgen. Tegen dit conformisme zweert Conceptueel schrijven samen! Het laat zich aan zijn lezer zien als wat het is, niets meer dan een aaneenschakeling van oppervlakte-effecten van een retorische vertoning. De virtuositeit daarvan, uitgevloeid of opgesteven in de vorm van linguïstisch kapitaal, kan nog maar op één manier troost bieden: zij kan verleiden tot het geloof dat er niets echts meer te doen valt, dat er geen geschiedenis meer te maken is. Wat deze manier van schrijven dus bereikt is eigenaardig genoeg dit: de kloof van de verdeling van arbeid te hebben geheeld door aan te dringen op een vorm van productie isomorf met het leven zelf, ervoor zorgend dat het ondernemen met winstoogmerk niet te onderscheiden valt van normatieve sociale processen, zich gedragend als goede renteniers, wier functie het is alle schijn van functie te verbergen. Rob Halpern

'Je probeert de poëzie te vermoorden, maar luister naar me! Luister naar me! Je hebt je handen om de verkeerde nek!'

'Dus ze verstopte die medicijnen maar alle mensen om haar heen waren satans.'

'La Femme sans Tête, dat is toch een riviertje?'

'Rond die opslagplaatsen spelen zich letterlijk veldslagen af.'

'Ik vond dat dus ook raar! Toen ik de volgende dag opbelde kreeg ik zo'n melding van dit nummer bestaat niet.'

'Toen raakte u in paniek.'

'Nou ja, wel even. En vooral toen het adres ook niet bleek te bestaan.'
    'Dat het gehoor bij die proefmuizen juist scherper wordt!'
    'Iedereen veracht toch zeker iedereen?'
'En jij dan?'
'Ik? Iedereen!'
    'Ik haal gewoon maar wat gemeenplaatsen aan uit dit Beleidskader, dat er werkelijk vol mee staat en waardoor de fractie van de PVV de indruk krijgt dat het Kader geschreven is door de Dichter des Vaderlands. Die kan zich inderdaad redelijk meten aan het niveau van dit Kader.'

De Chinese president Xi Jinping heeft beeldende kunstenaars, acteurs en schrijvers in zijn land opgeroepen zich aan socialistische waarden te houden. De president waarschuwde in een toespraak dat hun werk niet 'de vieze lucht van geld' mag hebben. Volgens de president doet het najagen van winst afbreuk aan de artistieke en morele waarde van een werk. Kunstwerken moeten volgens hem zijn als 'zonneschijn bij een blauwe hemel en een bries in de lente die de geest inspireren, het hart verwarmen, de smaak ontwikkelen en onwenselijke werkwijzen opruimen'.

Een westerse musicus geeft in Noord-Korea een cursus Mahler dirigeren. Zijn cursisten hebben de naam van de componist nog nooit gehoord: men vindt de muziek knap geschreven maar wat al te emotioneel.

A true design work must move people, convey emotions, bring back memories, surprise, and go against... Alberto Alessi

Uitgever: 'Achteraf vind ik dat we niet voor *Hartskelet* als titel hadden moeten kiezen Ed. Het is een gemiste kans. Het is best een bijzonder begrip, maar het valt een beetje weg tussen soortgelijke titels. Je moet moderner denken tegenwoordig, meer vanuit de verkoop.'
'Hadden we het dan toch *Avia pieridum* moeten noemen, wat, mag ik je daaraan herinneren, mijn eerste keus was?'

'Nee, nee, dat is veel te intellectueel... Als je lezers weg wilt jagen moet je Latijnse titels nemen. Nou, ja, het doet er niet meer toe het boek is er nou eenmaal en het loopt keurig..'

'*De amethist* was ook geen topper onder de boekennamen.'

'Nee, maar in die periode deed het er niet toe hoe een boek heette, het was toen nog niet zo'n gedrang... Kom, ik bestel er nog een voor je.'

De gedichten van Dik Verhaar onderscheiden zich van die van de meeste andere dichters door hun zeer menselijke, en dus gebrekkige, karakter. Dik Verhaar

Jezus Christus kwam hier als asielzoeker en verdronk bijna voor de kust van Lampedusa. Nu vechten de verzamelaars om Zijn Werk. Een groot wonder!

De doktoren hadden hem opgegeven, maar Hij gaf niet op, vocht zich terug uit de dood, thans is Hij voorzitter van de jury om te richten de levenden en de doden. Ontsluiering nu. Nooit iets verzinnen. De wereld is onvoorstelbaar.

Onvoorstelbaar, de wereld is onvoorstelbaar de wereld, de wereld. Nam Jun Paiks grote verdienste was dat hij ontdekte dat Joseph Beuys geen Duitse kunstenaar was maar een Vlaming. Niemand geloofde hem, zozeer was Nam Jun Paik zijn tijd vooruit! Maar door ijverig spitwerk van een kunstkenner is boven water gekomen dat Beuys inderdaad van Friese afkomst was. Zo scherp had Nam Jun Paik dingen door! En dit is maar één van de scènes uit het Laatste Oordeel.

Een in honing geconserveerde paardmens.

Leven als een oordeel. Een vlinder met een vogelstaart, zijn rug een allerdiepste schacht, grijpt met verschillend gekleurde klauwen een vallende naakte man bij arm en been. In girum imus nocte et consumimur igni. Een reuzenrad sproeit in steeds snellere wenteling dronken Russen. Een man springt met een kind van een flat, van verschillende hoogtes, in verschillende familierelaties en met verschillende uitkomsten.

'Ik ben wel onschuldig, maar ook weer niet zo onschuldig

dat ik niet supergeil word als er in mijn appartement een roof-moord wordt gepleegd.'

'Naar de insecten met benen met hem!'

In Noord-India delven mieren met grote hoorns goud uit holen in de grond. Ze hebben de kleur van wilde katten en het formaat van Egyptische wolven. Als de dieren zich voor de zomerhitte in hun gangen verschuilen proberen waaghalzen onder de Indiërs het goud wel eens op te graven. Maar gealarmeerd door mensengeur stuiven de mieren vaak naar buiten en dan verscheuren ze de dieven, hoewel die op uiterst snelle kamelen vluchten. Snelheid en wreedheid gaan samen met de liefde voor goud.

Een groep dolgeworden hoornaars overvalt een Chinees dorp: er vallen zesenveertig doden.

Zekere fotograaf is het nooit goed genoeg. Steeds moet het anders, eindeloos prutst hij met lenzen en belichting. Als het naaktmodel van verveling in slaap is gevallen laat hij uit een doos een stilvliegende daas los. Die gaat zonder omwegen op de lucht van huid af en steekt. Als de vrouw met een gil opspringt drukt de artiest af.

Een kunstenaar moet het vooral van de hoeveelheid ideeën hebben, meer dan van de kwaliteit. De meeste krijgt hij 's nachts, en hij heeft gemerkt dat de oogst rijker is als hij naakt slaapt zonder dekens. Toch merkt hij dikwijls, als hij wakker wordt van de kou, dat er geen idee te noteren valt.

Bij quatremains zit de vrouw eigenlijk altijd boven.

De wetten van de harmonie dwingen de natuur met zichzelf in proportie te zijn.

Wat is kunst? Een dementerende man streelt beurtelings zijn hond en zijn lappenpop, zegt: 'Geen ruzie maken. Ik houd van jullie allebei evenveel.'

Anton Mauve en Vincent van Gogh gaan uit schilderen. Mauve loopt in de schaduw onder de bomen, maar Van Gogh ploetert in de volle zon door het mulle zand.

'Kom toch hier lopen, mafketel.'

'Voor de kunst moet men lijden, Anton.'

Het is hierom dat Vincent van Gogh een onvergelijkelijk veel groter kunstenaar is dan Anton Mauve.

'De poëzie van conceptueel schrijven wil aan twee polen rijp zijn, volwassen, snap je? Ze wekt de instinctsfeer van projectie en zelfherkenning, die "gewone" poëzie alleen wekt als het sociaal gecensureerd is en retorisch gefalsifieerd. Maar tegelijk...' – spreker ontwijkt een boomstronk in het pad – 'tegelijk vraagt ze een enorme, geconcentreerde intellectuele energie, het principe van een ego, sterk genoeg om deze instincten niet te hoeven ontkennen.'

'Hmhm... Even tussendoor: moeten we hier nu links- of rechtsaf?'

'Jeetje... Ik weet het eigenlijk niet.'

'Mooi, we zijn dus verdwaald! Praat dan ook niet zo ingewikkeld in een bos dat je niet kent.'

Avia pieridum.

Een kapstokje in de vorm van een rij katjes met de ruggen naar de kijker toe, de jassen kunnen aan de staartjes worden gehangen.

Een spaarpot in de vorm van een auto.

Een onderzetter in de vorm van een biscuitje.

'Even kijken of ze hier nog leuke kitsch hebben.'

'Vast wel... Zou je vader deze bieropener bijvoorbeeld niet leuk vinden?'

'Omdat ie altijd zijn leesbril kwijt is! Goed! Mag jij het rijmpje maken...'

Een doppenwipper in de vorm van een bril.

Een kurkentrekker in de vorm van een dolfijn.

Een pannenlikker met een rood tongetje.

Een ansichtkaart in de vorm van een schilderij.

Een witstenen hangplantenbakje in de vorm van een zwartepietenkopje, dikke lippen en een ringetje in het oor. Zijn krullenbol wordt gevormd door een bosje dwergpeper.

Een badeend in het kostuum van een kruisridder.

Een rij katten in de vorm van een kapstok.

Een gekantkloste deukhoed.

Een orkest dat een dirigent laat dansen.

Een berg tilt de zon boven zijn hoofd, die de berg in een mand van licht naar elders draagt.

Een fles in de vorm van een nog veel grotere fles.

Het werk van Marc Ruygrok, dat van Claes Oldenburg, dat van Marc Manders.

De havenvullende badeend van Florentijn Hofman is in de museumshop verkrijgbaar met de afmetingen van een gewone badeend.

'Hoe ik jóu in bed heb gekregen? Nou wordt ie goed! Het was precies andersom, meneertje.'

Een auto in de vorm van een brandstof. In de vorm van een spaarpot.

Een namaakschedel in de vorm van een echte.

Een bezetting in de vorm van een bevrijding. Een bevrijding in de vorm van een onderdrukking.

Hij was altijd aan het werk, hij verdiende het om te sterven.

Een badeend van dertien meter hoog is volgens de maker tot twee dingen in staat: mondiale spanningen opheffen én ze definiëren.

Een kogeltje in de vorm van een dobbelsteen.

Een sleutelhanger in de vorm van een badeend.

Een sleutelhanger in de vorm van duurzaamheid. Een duurzaamheidssymbool in de vorm van een onderdrukkingssymbool. Een vredessymbool in de vorm van een hakenkruis.

Een dobbelsteen die aan alle kanten rond is. Een dobbelsteen zonder stippen. Een dobbelsteen waar je ook zeven mee kunt gooien. Een zeven die je alleen met een dobbelsteen kunt gooien.

Een kunstenaar in de vorm van een warhoofd.

Elke buil van zekere varkensboer krijgt de vorm van een varkensoor.

Een vrolijk knorrende varkensboer.

Een bakijzer van plastic dat bij de geringste warmtetoevoer in een taart verandert.

Een koude oven.

Een kurkentrekker die onthoudt waar je hem hebt neergelegd.

Publiek dat door schilderijen kritisch bekeken wordt.

Een kwelling in de vorm van een garderobe.

Een genezer in de vorm van een dode.

Een kaars in de gedaante van een heilige.

Een geslaagde grap, verpakt als een flauwe. Omgekeerd. Dit opnieuw omkeren.

Een boek dat honderd musea vol conceptuele kunst waard is.

'Nou mag jij het zelf proberen. Ik zeg bijvoorbeeld: een shampoo waaraan cederappelvruchtvlees is toegevoegd, een Mercedes gemaakt van baksteen.'

'Een shampoo waaraan baksteenpulp is toegevoegd, een Mercedes gemaakt van cederappelpulp.'

'Geweldig. Origineel! Bestond nog niet. Zie je? Iedereen kan het.'

De straten rond een museum zijn de gelukkigste. Een straat wil bij een museum naar binnen, maar heeft geen toegangsbewijs. Een bouwput wil naar binnen, maar die mag niet door het raam.

'Fijn hè? Eindelijk musea zonder kunstlicht!'

Een man wordt gedronken door een groep wodkaflessen.

Een vrouw wordt gesnoven door een lijn cocaïne van heb ik jou daar.

Een paus wordt in het Latijn gebeden voor miljoenen gelovigen.

Een worm wordt door bladresten verteerd.

Een bult lacht zich een varkensboer, omdat het ziekenhuis hem alleen door de ramen mag bekijken.

Een epidemie op zoek naar een landstreek.

De aarde kleedt zich uit voor een kapstok.

Een vergeetachtige staat naakt voor de kapstok.

'Heb ik iets verkeerd gedaan?'

Een garderobe geeft iemand zijn naaktheid niet terug na een museumbezoek. De bezoeker heeft het juiste nummer niet in zijn kleren zitten.

Een emaillen bordje, aan de zijkanten met roestverf bewerkt, waarop een uitspraak van Einstein: IK HEB NERGENS TALENT VOOR, IK BEN GEWOON ONGENEESLIJK NIEUWS-GIERIG.

Het heelal gaat harder dan men zich kan voorstellen.

Stilstand duurt veel langer dan je je kunt voorstellen.

Een steen droomt dat hij langzaam leeft.

Het heelal heeft de vorm van onverschillig opgehaalde schouders.

Een jurk is uitgevoerd als vloerbedekking. Een vloer is van pindakaas. De kosten voor de jurk kunnen worden uitgedrukt in eenheden pindakaasvloer. Hoeveel beleidsplan kunnen een badeend en een pindakaasvloer verdragen waar geen Henk en geen Ingrid naar kijkt, tenzij in *De Wereld Draait Door* en dan hoofdschuddend?

Een reuzenrad wordt door omlaag kukelende dronken Russen in beweging gehouden.

Een patiënt bezorgt een harteloze chirurg een aandoening.

Een nijlpaard dat zijn gids ontveld heeft, kreeg na zijn dood, zelf ontveld en in brons vereeuwigd, een prachtige plek pal voor het museum.

Het paard Salinero is in brons uitgevoerd omdat het veel medailles heeft gewonnen.

Het paard Bonfire, in brons uitgevoerd omdat het talloze medailles heeft gewonnen.

Een nijlpaard in de vorm van een dressuurpaard.

Wat moet ik me bij deze onzin voorstellen? Zulke beledigende teksten in een mij onbekende taal heb ik over de Koran nog nooit horen uitbraken. Zo anoniem heb ik nog nooit haatmail gelezen. Zo onverstandig als de haatbrakende blogger was om zijn camera open te laten staan heb ik nog nooit een haatblogger gelezen. Je mag je fantasie niet sturen, maar je móet hem sturen. Stuur je fantasie maar. Je hebt meer fantasie dan aanleg voor de dressuursport. Gestuurde fantasie. Tien titels uit een titelgenerator: *Pastel nada. De zeven poetsdoeken. Licht van rook. Kanohorizon. De oude vrijster van de woestijn. Ravijn van het ijzeren dagboek. De schat van de geboorte. Maan van de buffel. De fluweelboom.* Tien uit een plaatselijke bibliotheek. *Jasmijn. Politiek. Zeven zonnige dagen. Verbannen. Zonsondergang in St. Tropez. Kern van kristal. Vervulde wensen. De ondergang en triomf van Katie Castle. Koen is op Loes. Ieder jaar bloeit de goudenregen.* Tien rondslingerend in mijn kamer: *Extreem weer. Sämtliche Erzählungen und Anekdoten. De wereld. Realismus. Salammbô. Nooit meer Bacalhau. Vrouwenwerk. Het verlangen van de egel. Een, twee, hupsakee.* Van verschillende vindplaatsen: *De stilte van de havik. Sterrenstroom. Bleve. Ulysses. Rethood Onroda's 'Conceptueel schrijven'. Donderdagskinderen. Outlaw. Overspel. Hartskelet. De clitoris van Mieke van der Weij.* De laatste titel doet stof opwaaien, vooral vanwege de op het omslag afgebeelde vagina, een vinger aan de klit. De radiopresentatrice verzet zich tegen de suggestie dat het afgebeelde geslachtsdeel het hare is en eist vernietiging van de oplage. De uitgever vraagt juridisch advies: het is zeker dat de rechter Van der Weij in het gelijk zal stellen. Het restant wordt teruggehaald en vernietigd, de nieuwe druk krijgt een neutrale illustratie, natuurschoon met een watervalletje. Maar het goede kwaad van de publiciteit is geschied.

'De behaagfunctie van fictie vind ik afstotelijk.'

'O, maar dat bedoelde de president van China ook helemaal niet. Dáár had hij het niet over.'

'De president van China? Waar heb jíj het over?'

In het museum vecht de laatste realiteit om aandacht. Maar realiteit die moet vechten, verliest. Alberto Alessi.

De tentoonstelling 'Flauwiteiten afstotelijk gemaakt door zorgvuldige uitwerking' met onder andere Paco Pomet, Magritte, Jean Thomassen en Gerrit Sol blijkt een geweldige publiekstrekker.

Een groep ideeën wordt eerst in de verkeerde volgorde gepresenteerd, daarna in de juiste.

Een jurk van bouclé tapijtstof gaat over in de vloerbedekking van de expositieruimte. 'Draagbare mode boeit me niet zozeer,' zegt de maker.

Een donkerbruine hendel van kunststof. Daarboven bevinden zich door de bezoeker zelf te openen ruitjes met sterk geurende stoffen, zoals kerrie, kaas en zo verder. Wie een ruitje opent en de geur daarachter opsnuift krijgt verschillende gevoelssensaties in het handvat. Van kaneel wordt het boterzacht en kneedbaar, bij koffie daarentegen lijken stekels de hand binnen te dringen, peper geeft een ijskoud gevoel.

Een zon van honderden gele lampen opgehangen in een kunstmatige mist met boven dit alles een spiegelplafond.

Een vrijwel verduisterde ruimte met op de vloer een vierkant van zwart pigment.

Tegen een bleekgroene achtergrond een bos karmijnrode rozen.

Een boomgaard met oranje en witte bloesems op blauwe stammen die in groene gedachtestreepjes knielen.

Blauwe wolkenblokken tillen groene weiden op.

'Kijk, hoe die vogel daar naar beneden dwarrelt...' (Handgebaar.) 'Die dynamiek bepaalt de hele compositie.'

Een BLEVE-achtige vuurbal houdt zich op in een park, dat uitziet op een vijver met roeiers getooid met eendenbekken. Deze lijken het verschijnsel niet op te merken.

Het model gaat gekleed in een metershoge golf. 'Mode moet, net als alle kunst, gevaarlijk zijn,' meent de maker volgens het persbericht.

Een houtsnede van een oude heks. Ze voedert drie impen die in een kist wonen.

Twee reuzenfiguren met de trekken van volwassenen maar met de verhoudingen van babies, het hoofd even groot als de romp, die even lang als de benen, uitgevoerd in polyester, van achteren open.

Een groep naakte en halfnaakte jongelui in een donker glimmende ruimte. Niemand heeft contact met een ander op dit feest van blikrichtingen.

Een koperen stang met een knop, omwonden door aan elkaar geknoopte broekriemen en ceintuurs, op een geribbelde koeienhuid. Naast de stang, maar nog op de koeienhuid, glazen bollen met vlammotieven.

'Vind je het mooi?'
'Mooi... mooi misschien niet. Wel sterk! Onontkoombaar.'

Een slachtoffer, een hulpverlener en een moordenaar in een dramatische collage, van zwart-witfoto's en silhouetten in heldere kleuren. De aanslag op het slachtoffer is gepleegd door een lichtgroene mesvorm.

Enige tientallen nagels in het plafond. Daaraan afhangend de karkassen van fabeldieren, uiteengetrokken en weer verlijmd tot een vlees- en beenkleurig net. Op de vloer eronder een grote vierkante bak gevuld met donkerblauwe vloeistof. Uit de karkassen valt nu en dan een schilfer, een zeen of een druppel in de bak, waarop kort een borrelen en sissen volgt.

Droom: het schilderij *Stranda* op een wand van het eigen museum geschilderd door de museumdirecteur en zijn vrouw, veroorzaakt veel ophef in de kunstwereld. Een primatenkenner maakt als commentaar een installatie waarbij het licht in de zaal uitgaat als de vissen in een aquarium onrustig worden. 'Dierenmishandeling!' schreeuwen actiegroepen.

Twee magere peuters op de rug gezien in een kist of bak vlak onder een plafond. Wollen dekens met grote koperen nieten slordig rondom bevestigd. Nummer één, met viezigheid of bloed tussen de schouderbladen, wordt door een snelle volwassenenhand doodgestoken. De kleine valt met een vlugge beweging naar voren. De andere probeert min of meer kruipend te vluchten, maar weet niet waarheen, is al eerder blind gemaakt en doof. Inwendig trauma.

'Begint ie nou opnieuw? Ja, hij is opnieuw begonnen. Hij staat natuurlijk in een *loop*. Kom, we gaan verder.'

Een wandvullende foto van enige opstandelingen die een verrader bajonetteren, zodanig digitaal bewerkt dat wie ze van links benadert Indiërs ziet, vanuit het midden Russen, rechts Congolezen.

'Hoe ik jóu in bed heb gekregen? Nou wordt ie goed! Het was precies andersom jonged...'

Bezoeker: 'Ssssst...'

'Wat?'

'Wat is er?'

'Zien jullie niet dat hier een performance bezig is?'

Omringd door een dertigtal bezoekers brengt de jonge kunstenaar met een hand voor de betraande ogen de Hitlergroet.

'Om het werk van Gerard Jan van Bladeren af te maken was blijkbaar een Goldreyer nodig.'

Een bebaarde kunstenaar met verfvlekken op zijn bruin manchester jasje, staat voor een object van Rhonda Zwillinger met zijn armen te zwaaien: 'Dass ist doch alles Schaufensterkunst.'

Suppoost: 'U moet niet zo dichtbij komen, meneer.'

De kunstenaar gaat nog iets dichterbij staan en zwaait wild met zijn armen.

'Schaufensterkunst!'

De suppoost brengt zijn portofoon naar de mond en vraagt om assistentie van de beveiliging.

Een bezoeker, hoofdschuddend: 'Wat een vertoning.'

Een zaal met een landschap van glimmende objecten wordt gemonsterd door een man met gele schoenen: 'Aardig. Niet hemelbestormend.'

Een bezoekster ruikt zo sterk naar flit dat het voor het publiek in de zaal onmogelijk is de schilderijen op zich in te laten werken.

'Moet je die twee in dat tekeningenkabinet zien! Hij heeft gewoon zijn hand op haar dinges liggen. Hij staat haar gewoon vanonder te kneden! Zo'n museum, dat is toch ook een baltsplaats, hè?'

'Voor sommige mensen wel, ja.'

'Kunst maakt veel los, zullen we maar zeggen.'

Een kunstenares heeft door een plastisch chirurg haar wangen en haar borsten van plaats laten veranderen. Enige jaren later, als haar kinderen opgroeien, wil ze weer normaal over straat kunnen en laat de lichaamsdelen terug op hun oude plaats zetten. De verhuizingen blijven echter gemarkeerd door dieppaarse hypertrofische littekens.

'Wie had die bevroren BMW ook weer gemaakt?'

'Geen idee.'

'Kom, je was erbij. In Kassel.'

'Herman Brood?'

'Ach, Herman Brood in Kassel! Welnee. Mocht ie willen! Dat was trouwens een beschilderde BMW. Ik heb het over een bevroren BMW.'

'Die heb je zeker op zo'n goedkope ijssculpturententoonstelling gezien. Die worden altijd door anonieme Chinezen of Russen gemaakt.'

'Nee, nee! Het was een echte BMW, maar dan diepgevroren... Je bent lekker behulpzaam vandaag.'

'Ik krijg langzamerhand een beetje honger.'

'Ik ook! Kom, we halen oma. Die staat nog bij de Kandinsky's.'

'Nee hoor, ik sta achter jullie.'

'Ik schrik me dood!'

'Ik trakteer.'

'Nee hoor, het was mijn idee om hierheen te gaan. Ík trakteer.'

'Schildklier.'

'Booglamp.'

'Goedele is net weer geopereerd. Het is allemaal goed verlopen. Maar ja... hè? Je weet wat ik bedoel. In feite weet ze het zelf ook wel.'

'Je moet zo'n ding ook nooit vanbinnen laten zetten.'

'Deze is wel vrolijk.'

'Je moet altijd luisteren als een dirigent. Dus alsof je er iets aan kunt doen. Ook al is dat niet zo en weet iedereen dat.'

'Dat geldt eigenlijk voor het hele leven.'

'Leven zoals een dirigent luistert. Dat klinkt mooi!'

'In spin, de bocht gaat in.'

'Ik word gedanst.'

'Lieve kinderen, doe dat nou buiten maar. Kom, we gaan even naar de kantine.'

'De kantine! Dat heet niet zo in een museum, oma!'

'Nou ja, het restaurant.'

'Ja, maar het grote verschil tussen de beschilderde BMW van Karel Appel en die van Jeff Koons is dat Appel ook de ruiten beschilderde en Koons niet. Dus in die Appel kon je niet de straat op, kon je niet rijden.'

'Sorry Miel, maar die Appel was een Mercedes. Ik waardeer het bijzonder dat je jouw hoogst originele meningen over kunst komt debiteren, maar dan moet je om te beginnen wel weten waar je het over hebt.'

'Dit is toch lauw? Dit is puur lauw. Gadverdamme. Juffrouw, u verwacht toch niet dat we voor deze paardenpis betalen?'

'Ssssttt. Maak toch niet overal zo'n vertoning van.'

In de museumshop: 'Kijk Gied, die voorbeschadigde borden hebben ze hier ook! God, moet je zien wat een prijs! Ik vond ze bij dat servieszaakje laatst al zo duur.'

'Nou, wat denk je dat die originelen op zaal kosten?'

'Op zaal? Hihi, we zijn hier niet in je ziekenhuis!'

'Wacht, ik koop voor we weggaan nog even een paar ansichtkaarten van Rothko.'

'Als je 't maar laat, cultuurbarbaar.'

'Waarom? Ik vond het prachtige schilderijen. Jij toch ook?'

'Daarom juist! Dat lumineuze krijg je nooit op zo'n domme kaart.'

'Maar het is voor de herinnering. Dan kan ik het schilderij terughalen voor mijn geestesoog.'

'Juist niet!'

'Nou, dan laat ik het wel. Ik wil er geen ruzie over maken.'

Ronde dobbelstenen. Voor drie cent geproduceerd, voor tien ingekocht, voor vijf euro naast de kassa van de museumshop.

'Is dat niet geinig voor dat dochtertje van Ricky?'

'Lieverd, ze is nog geen jaar oud! Dit stopt ze toch meteen in haar mond? Hier, is dit niet veel geschikter? Een badeendje met het haar en de bril van Andy Warhol!'

Rossig buiskussen

Mannen tussen de zestig en zeventig zijn tot alles in staat.

John Donne zegt dat de mens een boek is dat God telkens opnieuw laat vertalen. Een van de vertalers is de leeftijd.

Roelof de Koning heeft zich uit de maatschap teruggetrokken, maar komt nog wel eens een handje toesteken als een van de collega's ziek is of als iemand zijn dier per se door 'de oude dokter' behandeld wil hebben. Hij voelt zich gauw moe, wordt mager, hoest veel. Op aandringen van zijn vriendin laat hij zich onderzoeken. Het is longkanker.

Hij vertelt Tony van het gesprek met de oncoloog en hoe zijn kansen worden ingeschat: als ze hem niet proberen te genezen, alleen wat aan de klachten doen, heeft hij nog vier tot acht maanden. Als ze de tumoren aanpakken misschien twee, drie jaar. De kans dat hij nog langer leeft: hooguit vijf procent. 'Maar om dat goed in te schatten is er meer onderzoek nodig.' Roelof heeft zonder omslag gekozen voor de eerste optie. Zijn vriendin moet huilen, dringt aan op behandeling.

'Ik heb er geen zin in, schatje. Moet ik me kaal en misselijk laten spuiten om nog twee jaar duimen te kunnen draaien?'

'Maar ik wil met jou samenzijn! Elke minuut die we kunnen krijgen is er één.'

Ze betuigt dat ze voor hem wil zorgen. Ze belooft ontslag te nemen als schooljuf. Hij wil dat niet. Hij moet van haar genezing zoeken, ze kan er niet over ophouden, al voelt ze dat ze tegen graniet praat, tegen de grafsteen zelf.

Ze kan niet ophouden erover te beginnen. Hij krijgt er genoeg van: het wordt de eerste grote crisis in hun relatie. Hij belt Eddy, aan wie hij zijn weekendhuisje bij de Duitse grens heeft uitgeleend. Die heeft ruim zeven maanden bij Myra gewoond maar onlangs gaf ze hem zijn congé. Hij kon niet naar zijn eigen huis terug, want dat is voor een jaar verhuurd aan een Australische zakenman.

'Ed, ik kom een paar weken bij je wonen.'

'Ah, gelukkig. Ik verveel me hier wezenloos.'

Juni is grandioos warm aan het worden. Het is een uur of vier in de middag, de twee zitten op het terras uit te kijken over de tuin.

'Hoor! Daar is hij weer,' – Roelof steekt zijn vinger op – 'het geluid komt vanachter die beuk.'

Het vogeltje springt over de takken van de struiken achter nieuwe zangideeën aan. Soms klaagt het 'wèèh, wèèh'; het leed klinkt niet diep.

'Een beetje speelgoedachtig, vind je niet? Alsof hij een heel klein bekje heeft.'

'Juist! Wat denk jij, Eddy? Hebben we een spotvogel in de tuin?'

'Ik weet niets van vogels.'

'Volgens mij is het een spotvogel.'

De vrienden zijn omringd door vogelgeluiden. Links en rechts roepen mees en tjiftjaf hun eenvoudige strofen, in de spar op de erfscheiding begint een merel majesteitelijk te orgelen.

Roelof: 'Ik vraag me wel eens af of vogels van verschillende soorten elkaar horen. Zou de merel wachten tot de roodborst is uitgepraat? Zou die het idee hebben in te vallen als de zwartkop al begonnen is? In hoeverre vormen ze een koor?'

'Een koor, dat maken wij ervan.'

'Hoe weet je dat? Als jouw buurman *Harvest* draait en jij *Ein*

Deutsches Requiem en aan de andere kant staat de radio op de sportzender, dan ervaar je dat niet als een koor, maar als een kakofonie. Misschien ergeren die vogels zich ook wel aan dat geschetter van twee nesten verderop. Maar vogels zitten toch meer in hetzelfde register, ze doen ongeveer hetzelfde muzikaal, ook al klinkt het chaotisch.'

'Dat klopt. En er is nog iets: we zijn er zo aan gewend dat vogels door elkaar zingen dat we het als samenhang ervaren. Met de kleuren om ons heen is het net zo. Kijk naar die beuk, dat niet helemaal uitgedonkerde purper, naast die bleke paarsheid van de sering. Die kleuren vloeken toch? Daarvoor staat de ribes, weer uit een heel ander palet... Alleen een blinde zou zo'n combinatie uit zijn klerenkast trekken.'

De vrienden draaien op dezelfde manier en in hetzelfde tempo hun wijnglas rond, alsof ze een veilige plaats zoeken om er hun lippen aan te zetten.

Een grijs vogeltje steekt zijn gezicht door de twijgen van de ribes, springt zwijgend naar een volgende tak omlaag, kijkt schuin omhoog om de onderkant van een blad te inspecteren.

'Vogels zien er altijd bezorgd uit.'

'Vanwege dat achterovergekamde haar.' Ze lachen.

'Wat snappen we ervan, Roel, wat snappen wij ervan? Zijn mensen de enigen die inzicht moeten verwerven of veroveren? Of maak ik nu een denkfout? Alle andere dingen in de wereld weten alles en kennen hun plaats. Ze begrijpen het ook niet, maar ze omvatten het. Ze spiegelen, ze zingen in harmonie al luisteren ze niet naar elkaar.'

'Hersenonderzoekers zijn erin geslaagd bij proefpersonen een bepaald deel van de hersenen elektrisch te stimuleren waardoor ze opeens het gevoel hebben dat ze een probleem kunnen oplossen, en dan kunnen ze dat ook inderdaad.'

'Zelfs onoplosbare problemen?'

'Inzicht is maar een kleurtje dat de hersenen aan de omgeving geven, Ed.'

'Zagen we het vroeger ook zo? Nee hè? Weet je nog hoe we in Kralingen Misja Mengelberg en Han Bennink hoorden?'

'Ik herinner het me niet, maar wel dat jij daar heel mooi over geschreven hebt in *De amethist*. Dat het afschuwelijk klonk, maar tegelijk wist je dat het voortaan tot je rijk zou behoren. Hoe zei je dat? Dat het onder je bewind kwam. Dat vond ik heel treffend.'

'Erbij zijn, dat wás al snappen.'

'Dus net als de vogels hier.'

'Ik wilde de chaos reduceren en vergat dat begrip en chaos naast elkaar leven.'

Een paar takken in de hoek van de tuin beginnen heen en weer te bewegen alsof er zich iemand een weg door de struiken baant. Een witte kwikstaart haast zich weg, een merel slaakt een schelle alarmkreet, maar alles is alweer stil. Het was een klein windhoosje. De geuren van sering en vlier worden even heel sterk. Roelof hoest, hij zet zijn glas al hoestend neer en slaat zijn handen voor zijn gezicht.

'Het wordt er niet beter op met dat gehoest van jou.'

''t Gaat weer over. Ik heb er tabletjes voor, die liggen binnen.'

'Ik zal ze dadelijk voor je ophalen... Als ik serieus met een boek bezig ben krijg ik vaak inzichtdromen. Meestal zie ik dan opeens een zin voor me die alles zegt, heel het wereldraadsel is opgelost. "Terwijl we hoe dan ook verstomd staan," droom ik dan bijvoorbeeld. Of: "De koning zal spoedig sterven."'

'Dat ís ook een mooie zin.'

'Maar niet de oplossing voor alles.'

'Nee, dat misschien niet.'

'Misschien vuren op dat moment de neuronen in dat hersengebiedje waar jij het over had.'

'Het doet me aan 'De Aleph' van Borges denken.'

'Ja. Die man heeft veel kapotgemaakt.'

Ed schenkt de glazen bij. Hoewel de twee vrienden weinig op

elkaar lijken hebben ze altijd zo gepraat. In hun discussies zwerven ze rond, zonder te botsen, elkaar volgend in de bochten die ze maken. Een school van twee vissen.

'Epifanieën, zou daar een roman in zitten?' mijmert de schrijver. 'Maar een roman! Daarvoor heb ik personages nodig. En gebeurtenissen.'

Buurman Meine komt zo langzaam op zijn fiets langsrijden dat Roelof hem wel moet uitnodigen er even bij te komen zitten. Nee, nee, hij heeft nog van alles te doen... maar stapt toch af en neemt, moeizaam lopend, de fiets aan de hand de tuin in.

'Wijn?' Ed houdt uitnodigend de fles omhoog.

'Nee! Man! Ik heb nog van alles te doen. Overdag drink ik niet, ja, alleen bier.'

'Bier heb ik nog niet in huis. Het spijt me.'

'Dat maakt niets. Dokter, ik heb een boek gelezen dat jij eens zou moeten lezen. Van twintigduizend jaar oud.'

'Klinkt interessant.'

'In welke taal is het geschreven?' vraagt Ed.

'Het Homerisch.'

'Die taal ken ik niet.'

'Homerisch, Hoemerisch. Ik las het vertaald natuurlijk. Maar dokter...' – toornige blik op de vreemdeling. Begrijpt die niet dat het altijd het beste is als je Meine uit laat praten? – 'toen had je nog geen godsdienst. Ja, natuurgodsdienst! Iedereen kon met elkaar praten, ook met dieren. En met planten. Iedereen wist welke plant je moest gebruiken als je, zeg maar, kiespijn had of als je paard kreupelde. Of bij een gebroken been: die en die bessen koken, niet elke plant van, laat ik zeggen, de weegbree, maar alleen als die bij een muur groeit. Daar thee van drinken en na een paar dagen liepen ze weer.'

Roelof: 'Oude kennis. Toen hadden ze geen dokters nodig en geen dierenartsen.'

'Nee! In die tijd had jij dit huisje en dit terrein niet kopen kunnen! Want dan had jij niets verdiend met aan beesten sleutelen. Haha. Maar, dat staat ook in dat boek: als je droomt, dan weet je precies wat geneest en wat niet. Alleen...' Hij leunt over het zadel en prikt met zijn vinger naar de borst van zijn buurman. Hij ruikt fris, naar iets wat Eddy niet kan benoemen. 'Dan moet je met de goede instelling gaan dromen. En een of ander gras branden in je slaapkamer, voor je gaat slapen.'

'Heb jij dat al eens gedaan, Meine?'

'Ik niet. Want ik heb dat gras niet in huis, ik ken dat gras niet, het is niet van hier. In het boek staat hoe het heet. Maar een kameraad van mij heeft het wel. Die is ook heiden. Die had dat gras besteld. En nou heb ik dat ongeluk gehad, ja, lang geleden hoor,' – tot Ed, die niet over deze informatie beschikt – 'vijftien jaar terug. Maar ik verneem het nog altijd, zeker in de zomer doet mij de heup zo zeer, jij weet dat wel, dokter.'

'Ja, het hinken is wat duidelijker, ik zag het.' Roelof legt de hand boven de ogen, de zon schijnt over Meines schouder fel in zijn gezicht.

'Dus die kameraad droomt over mij en die ziet een oude vrouw bij mij taxus staan fijnsnijden en er ja, pap van koken en mij op de heup smeren. Nou jij weer.'

Hij schudt zijn zware kop. Kijkt over uit het grasveld waar de witte kwikstaart speurend rondloopt.

'En heb jij dat gedaan Meine?'

'Nog niet! Want ik heb geen taxus bij mij in de tuin. Maar als ik van jou een paar takjes mag snijden, jij hebt ja hierachter dat bosje staan.'

'Maar dan moet je mij één ding beloven.'

'Wat moet ik jou dan beloven?'

'Dat je dat papje in een plastic zak of zo doet, zodat het niet direct met de huid in aanraking komt. Taxus is gemeen spul. Het geeft lelijke blaren op je huid.'

Meine kijkt bedenkelijk. Blijkbaar wil hij het er, zoals de

droom voorschreef, vers opsmeren. Roelof: 'En als het via de huid in je bloedsomloop komt kan het problemen met de ogen geven en zelfs met je hart. Misschien heeft je kameraad je vergeten te vertellen dat hij dat ook gedroomd heeft, dat die vrouw het in een zakje deed.'

Ed probeert leuk te zijn: 'Twintigduizend jaar geleden had je nog geen plastic. Daarom kon je vriend het niet dromen.'

'Zo'n zak eromheen, Meine. De geneeskracht trekt daar vast wel doorheen.'

'Ik ben benieuwd of hij het doet,' zegt Roelof, als ze weer alleen zijn. 'Ik denk het wel, hij is niet gek.'

'Alleen maar slecht geïnformeerd.'

Roelof moet lachen, als studenten maakten ze deel uit van de socialistische beweging. Dat betekende op kussens in een grote kring avondenlang discussiëren over de massa's. De slecht geïnformeerde arbeidersmassa's. Soms zeeg een godinnetje tussen hen in, net zo communistisch als zij of nog linkser. Ze konden allebei niet van haar afblijven. 'Het was net tussen twee paaltjes door fietsen,' zei het meisje er later van.

'Maar Meine is geen arbeider, Meine is heiden.'

Het lachen wordt scheurend hoesten, hij moet opstaan en loopt even rond om de longen tot rust te brengen. Uiteindelijk moet hij in de bijkeuken de hoestbui de baas worden. Waar is de codeïne nog maar? Hij komt terug en laat zich in de tuinstoel zakken, voorzichtig om de longen te ontzien. Het is laat in de middag geworden, de esdoorn en de beuk leggen een groot deel van de tuin in de schaduw. Een jonge kat komt het grasveld oplopen en precies waar de zon nog is slaat hij zijn voorste klauwtjes naar een vlinder, met een gebaar alsof hij een boek openslaat. Hij mist de witte vlinder, kijkt hem na, maakt dan nog eens een grote sprong in de lucht met hetzelfde gebaar, laat zich vallen, doet of hij worstelt met iets veel groter dan hijzelf, een olifant ligt boven op hem, maar hij weert zich dapper. Het spel wordt abstracter, een achterpoot en een voorpoot gaan omhoog, dan de andere achter- en voorpoot. De vrienden kijken gefascineerd naar de voorstelling die de kat geeft.

'Katten breken de nek van hun prooi door met hun achterpoten hard tegen het lijf te duwen,' zegt Roelof.

'Maar het lijkt wel of deze vallende ziekte heeft, of sint-vitusdans.'

'Die halfwilde katten die hier rondstruinen zijn nooit gezond.'

Opeens duwt het diertje zich overeind, krabt zich genotvol achter zijn oor, en begint zich uitgebreid te likken. Soms bekijkt het de twee in de schaduw, maar het maakt geen aanstalten naar hen toe te komen.

Nacht. Roelof kan niet goed in slaap komen. Het is nog altijd warm, hij heeft te veel gezopen. Lastig om een houding te vinden waarin de hoestprikkel hem met rust laat. Zweet hij? Nee. Ja. Nee, maar er ligt wel iets zwaars en nats op hem en over hem heen, zijn laken is een reuzenrog en hij moet maar door de kieuwen zien mee te ademen. Hebben ze daar niets tegen achter in de auto van papa? Maar als hij zich dit afvraagt droomt hij toch? Maar hij slaapt niet, zijn gedachten keren terug in het gelid en de rog is alweer lang een laken.

Hij is nooit een terugkijker geweest, maar opeens wordt hij langs gebeurtenissen van weleer gesleurd als over nat grind. Zijn het wel ware gebeurtenissen? Uit zijn schedeldak vallen zinloze herinneringen zijn hersens binnen die nergens op slaan, die hij niet kan plaatsen.

De hoek van een zonnige laan waaraan een enorme dieppaarse beuk staat, hij kan de bladeren tellen; daarvoor een ANWB-paddenstoel met WOLFHEZE erop. Wanneer was hij daar? Was het een waarneming? Maar hij ging toch niet op de fiets naar de boeren? Want hij heeft een fiets in de hand.

Hij trekt zijn oranje hemd aan met koperen belletjes, en Chrétien is juist binnengekomen en zegt: 'Is dat míjn hemd?' Ja hoor Chrétien, alles is van jou.

Een breipen die rechtop in een mand steekt uit een knot angorawol. Een stem zegt: 'Het blíjft maar warm deze zomer!' De spreker is niet te zien.

Hoe je een knop een klein beetje naar links moest trekken voor je hem kunt uittrekken bij de buitenste rij van de automatiek aan de Amsterdamsestraatweg, die met de eierballen. De gedachte: raar dat daar nooit iets aan gedaan wordt.

Een s-vormige bocht in een wandelpad de berg op en de schaduwplek van een wolk die over het pad de helling afrent.

Een foto van een groep razende mannen die een van hen, die ze als verrader zien, met bajonetten gaan doodsteken. Het slachtoffer ligt al op de grond en weert met zijn armen af. Er was in die tijd een conflict in India. Of was het in Congo? Waarom kan hij op een foto die hij zo helder voor zich ziet de identiteit niet vaststellen?

Een hals met dons en een kettinkje waaraan een rood steentje hangt, daarachter behang met kalkfiguurtjes. Van wie is het halsje?

Een stapel papieren in de vensterbank waar een ontbijtbordje onder uitsteekt. Daarop ligt een mes. Poes ruikt aan het mes.

Hij hoort zichzelf zeggen: 'Niet zo erg', en kijkt daarbij naar Tony's grootmachtig donker achterhoofd. Wat? Wat is niet zo erg?

Een klamboe... hij maakt zijn pompbewegingen op Eddy's ritme in de kamer naast hem, die tekeergaat alsof hij een tenniswedstrijd speelt. Het meisje en hij moeten allebei lachen omdat ze op Eds muziek dansen.

'Zoe, ik wil je wat vertellen: bij veel vogelsoorten zijn er sterke mannetjes, die gevechten winnen en territoriums in stand houden, en smiechterige mannetjes die stiekem met de dames paren als de macho niet oplet. Maar bij de kemphaan is er nog een derde variant: een man die eruitziet als een grote, aantrekkelijke vrouw. Die gaat bij een paring boven op het eigenlijke vrouwtje zitten en laat zich neuken door de krachtpatser,

die denkt dat hij een fantastisch wijfje heeft gevonden, terwijl
die zijn zaad op de rug van de pseudovrouw verspilt voorziet
hijzelf de dame.'

'Dus met drie? Lekker met drie? Jullie lekker ontspannen,
Zoe doet alles.'

'Nee hoor, zulke goede vrienden zijn we ook weer niet.'

Ik kom jong uit je grot, je keert me om en ik kom jong uit je
grot.

Een berg op Curaçao, waartegen in de vroege ochtend zich
vogels te pletter vliegen. Kan dat? Tip Marugg heeft het gezien: iedere ochtend gebeurt volgens hem hetzelfde. De kleur
trekt weg.

Twee magere peutertjes op de rug gezien, in een soort kist of
bed onder het plafond met dekens. Een vuil raam op de achtergrond. Nummer één, met viezigheid of bloed op de schouderbladen, wordt door een snelle volwassenenhand in de rug
doodgestoken. Het lichaampje valt krimpend naar voren.
Nummer twee gaat van die onverwachte beweging min of
meer kruipend vluchten of ervandoor, het blijkt al eerder
blind gemaakt te zijn.

Een mist met draadfiguren die de handen heffen en laten da-
len. Consumimur igni. Het schaap wordt rams als het licht af-
neemt. Na de zomer wordt de ooi rams. In girum imus in nocte. Ja, nu slaapt hij toch duidelijk. Nu slaapt hij toch duidelijk
de hele soortenbank van het juiste woord, de doodsslaap.

Een jongetje van acht mag logeren bij opa in de caravan, omdat het daar altijd een gezellige en feestelijke drukte is. Er blijven zo'n vijftien mensen drinken, dansen en slapen, de caravan kraakt in zijn voegen. Midden in de nacht breekt brand
uit. Het jongetje waarschuwt iedereen en dirigeert ze naar buiten. Daarna gaat hij terug om opa en een oom, die een been
mist, uit de vuurzee te halen. Dit lukt niet, ook hijzelf komt om.

Iemand ziet een neger inbreken in een schuurtje in de verte, het staat in de ochtendmist. Hij legt aan en schiet, nochtans klinkt geen geluid. Het silhouet zijgt neer en is verdwenen. Hij denkt nog: dit kan niet waar zijn, dit is het gevolg van uitzaaiingen in de hersens.

Iemand heeft een droom dat het donker en stil is.

Iemand anders droomt lichtloos geluidloos.

Ed Hameetman noteert de ideeën van de dag zoals hij dat al veertig jaar doet voor hij gaat slapen. Als een bij of een kolibrie gaat hij langs de uren van de dag en noteert wat hij kan gebruiken. Hij inspecteert ogenschijnlijk chaotisch, heen en weer vliegend met zijn aandacht, tot hij nergens meer de zoete nasmaak van honing proeft. De notities worden bewaard, ze vormen een archief van tienduizenden bladzijden, dat hij nog maar zelden bezoekt, maar dat hij intussen als zijn meest waardevol, ja, zijn enig bezit beschouwt. Het heeft hem gediend bij het schrijven van zijn drie romans, een paar essaybundels, een toneelstuk en een paar scenario's, een schrale opbrengst voor vier decennia, dat weet hij zelf. Dit nachtelijk noteren echter is zijn eigenlijke werk en zijn levensgeluk. Als hij de kans krijgt zal hij alles vernietigen voor hij sterft, het is niet voor andermans ogen, maar de stapels papier bevatten toch een parallelle wereld die hem evenwicht geeft. De notities hebben gedeeltelijk een dagboekkarakter: de ontmoeting met Meine en de kennismaking met het Hoemerisch krijgen een plek. Maar voornamelijk zijn het aantekeningen, plannen, ideeën, soms te lapidair genoteerd om er later nog wijs uit te kunnen.

Een roman is een dictator. Omdat hij niet álles zegt, zegt hij iets beperkts, mag je dat lezers aandoen? Erbuiten valt bijvoorbeeld Myra, die domme koe. H.M. en A.S. zijn precies zo: geef ze een vinger en ze nemen de hele hand.
Het is hun schuld niet: ze denken dat ze een hand krijgen.

Tsjechov hield het bij korte verhalen, omdat hij zijn theorieën naar zijn personen plooide, humanistisch keek. Klopt dit? Uitwerken. Of hield hij het juist kort omdat hij essayist wilde blijven, zich de dictatoriale trekjes van de roman bewust was? Edgar Allan Poe plooide gebeurtenissen naar theorieën. Nee, het is anders. Charlotte Mutsaers: ijzeren vlinder. Wie zei dat? R? Ikzelf?

Hij luistert naar het scheurende hoesten van zijn kameraad in de kamer naast hem. Dagen in het gezelschap van Roelof hebben al vanaf dat ze twintig waren, tweemaal zo veel notities opgeleverd als wanneer hij zonder hem was.

'Mijn onwaarschijnlijke muze!' heeft hij hem wel eens genoemd. *De amethist* was nooit geschreven als Roel er niet geweest was. Zou hij nu pijn hebben? Zou hij slapen? Kun je hoesten in je slaap? Misschien als je het gewend bent. Zou hij pijn hebben in zijn slaap?

Nu moet R /(toch) nog/ mens worden. Op zijn ouwe dag. Mensch.
Is het mogelijk pijn te hebben in je slaap?
Wie pijn onthoudt is gek.
Epifanie. Inzicht. Het gevoel eruit te zijn. Na zestig jaar niet belangrijk meer. Tijd: punt? Contradictie?
Zinnen, vandaag weer herinnerd:
'Terwijl we hoe dan ook verstomd staan.'
'De koning zal spoedig sterven.'
Hoe vrij kan [kun je in] een roman zijn?
Ik wil er alles in binnentrekken.
Freedom Aretha Franklin

Hij loopt de aantekeningen nog eens na, schrikt: *De koning zal spoedig sterven.* En wat is de achternaam van zijn vriend? Hij heeft er geen ogenblik aan gedacht!

'Dat ís ook een mooie zin,' had Roelof met een stalen gezicht geantwoord. En toen hij, Ed:
'Niet de oplossing voor alles.'
'Dat misschien niet.' Dat misschien niet! Reken maar dat ie zich onmiddellijk gerealiseerd had wat de zin betekende! Een onvervalste Roelof de Koning-truc.

De twee zitten op een bank in het overdekte winkelcentrum te wachten tot Roelof weer adem genoeg heeft om de parkeerplaats te bereiken. De dierenarts zit wat ineengedoken om de hoestprikkel zo weinig mogelijk aangrijpingspunten te geven. Hij is erg klein nu, denkt Ed.
'Roel, ken je die beschrijving in *De tijgerkat* over de laatste periode in het leven van de prins van Salina? Hij voelt hoe er iets uit hem wegvloeit, iets als zand. Hij beseft dat hij die ervaring al jaren kent, misschien al zolang hij bestaat. Toen hij nog in het leven stond en omringd was door gebeurtenissen bleef het proces op de achtergrond. Alleen als het stil om hem heen is hoort hij het zacht maar onophoudelijk ruisen. Nu zijn einde dichterbij komt wordt de stroom steeds sterker, het geluid zwelt aan tot het alle andere geluiden overstemt.'
'Dat is prachtig!...' Lang zwijgen om niet te hoeven hoesten.
'Prachtig gezegd. En waar gaat dat zand heen?'
'Ik herinner me het niet precies, misschien is Di Lampedusa er zelf vaag over. Hij was katholiek, hè? Misschien wordt er in het universum iets nieuws van gebouwd.'
'Een nieuw Jeruzalem... Dat ruisen herken ik, Ed... Ja, ik hoor het ook! Maar de richting is... eerder omgekeerd.'
Nu hij spreekt, keert de adem terug, hij wordt weer langer van stof.
'Het lijkt of er iets binnenstroomt. De wereld komt binnen en in me liggen. Elke beweging kost moeite omdat ik alles mee moet zeulen, daarom ben ik zo moe. Zelfs in mijn slaap ben ik moe. En uiteindelijk zal ik vol zand zijn en gelijk aan mijn om-

geving, dan verlies ik het laatste beetje functie en betekenis. Dan ben ik er niet meer. Of ik ben er nog, maar niet meer herkenbaar…'

Op een bankje vlakbij is een bleek meisje van een jaar of zeventien komen zitten voor haar pauzesigaretje. Ze draagt een lichtblauw schort met logo. Terwijl ze met snelle halen rookt kijkt ze naar haar blote enkels, draait ze soms naar buiten en dan naar binnen, alsof er een tekst op te lezen staat.

De schuifdeuren van haar winkel gaan met een mechanische zucht open en dicht. Open… en weer dicht. Ze kijkt op, iemand binnen wenkt haar. Ze kijkt op, ergernis op haar muizensnuitje: 'Ja, ja! Toe effe!' Drukt haar sigaret uit op de siertegels, gaat weer naar binnen.

'Ik weet alles van onze buurvrouw van zonet.'

'Ik ook: haar bed staat onder een schuin dak met een tuimelraam. Het dekbed stelt een berglandschap voor.'

'Haar vriendje is nooit op haar slaapkamer geweest en eigenlijk is het haar vriendje ook niet.'

'Ik weet ook wat ze over ons denkt: oude flikkers.'

Roel: 'Juist, en ze denkt ook: die kléine viezerik heeft aids. Maar kom, het is al elf uur. Tussen de middag komt mijn klusjesman om te bespreken wat er in huis kan worden aangepast. Voor het geval ik écht invalide word.'

Eddy draagt de tassen, ze steken het grote plein over naar de parking. Na vijftig meter moet Roelof alweer pauzeren. Jezus, denkt Ed, haalt hij de winter nog?

Een hond danst traag langs, keert terug naar een prullenbak, waarvan hij uitgebreid de geur opneemt voor hij zijn poot ertegen optilt. Een zeer oude vrouw, kaal op een paar witte pluisjes na, benen als stokjes in bruine kousen, kijkt zoekend om zich heen. Een tweede vrouw, zij heeft nog kuiten, haar grijze haar is lang en vet: 'Waar wilt u heen mevrouw?'

De ander antwoordt zacht en onverstaanbaar, haar roze tongetje komt een paar keer naar buiten.

'Nini? Zegt u Nini? Is dat uw dochter misschien?'
'Widi... Nee... Nee...'
De vrouw met het roze schedeltje schudt verdrietig haar hoofd, de ander zwaait haar donkere schouderdoek uit en slaat die in een omhelzing om de ander heen.
'We hebben geen haast mevrouw. Ik hoef ook nergens heen, lieverd.'
Ze zijn in hun donkere kleren allebei te dik gekleed voor de hitte. De jongste huilt opeens weldadig dikke tranen, als het ware voor hen tweeën.
'Widi... Tate... Nee.'
Op de hoek van de straat aan de overkant moet Roelof alweer stilstaan om bij te komen. Hij wijst naar de Kijkshop, beplakt met borden ALLES MOET WEG.
'Die affiches hangen hier al twee jaar... en over twee jaar... hangen ze nog.'
In de zijstraat is schaduw, ademen gaat er makkelijker, hij schiet sneller op. Maar zijn longen fluiten als hij zich in de passagiersstoel van de auto laat ploffen.
'Het moet maar gauw winter worden... Beter voor me.'

Ze zijn nog maar een kwartier thuis, Ed heeft de boodschappen weggezet, Roelof wil zich juist in de leunstoel op het terras laten zakken, als de Iveco-pick-up van de klusjesman door het hek komt rijden. De chauffeur draait zijn raampje verder open, maar hij zet de motor niet af.
'Heren van het goede leven! Dokter!'
'Bertus!'
'Heren van het goede leven!'
'Kom uit je rijdende doodkist, Bertus! Bertus,' – Roelof de Koning wrijft zich bedrijvig in de handen – 'dit is mijn vriend Ed; Ed, Bertus, Bertus, Ed.'
'Ed Hameetman.'
'Bertus.' De man gooit eerst zijn sigaret op het grind, neemt

vanuit het portier de toegestoken hand, opent dan de deur en laat zich uit de wagen zakken.

'Druk, Bertus?'

'Stilstaan doen we niet dokter. Daar doen we niet aan.'

Bertus kijkt langs hen heen naar de landerijen, een hand aan het portier, alsof hij aan het stuurwiel van een boot staat. Dan loopt hij om de Iveco heen en trekt uit de achterbak bij de staart een grote vos tevoorschijn. De kop bungelt scheef omlaag, er valt een druppeltje bloed en slijm langs zijn neus op het grind.

'Net overreden. Op de Hanterweg. Hij kwam uit het koren en hij liep me er zo onder.'

De vos heeft zijn ogen niet open en niet dicht, het is of hij over een bergje kijkt, net als dieren van een paar dagen oud.

Ed: 'Wat een beest! Ik wist niet dat ze zo groot konden zijn.'

''t Is vooral staart, hè?'

Bertus' grote hand verdwijnt in de vacht. 't Is of hij een oranje kerstboom vasthoudt.

'Wilt u hem niet dokter? Opgezet op de schoorsteen?'

'Alsof ik hem zelf heb geschoten? Dank je feestelijk. Ik heb een beter idee: laat een kraagje van hem maken voor je vrouw. Of een van je dochters.'

'Nee dat vinden zij niet mooi, ik ook niet. Meneer Ed misschien interesse?' Hij laat de kop uitnodigend voor zijn gezicht slingeren, er valt nog een draadje slijm op straat.

'Hij zal wel ziek zijn geweest, anders lopen ze niet op het heetst van de dag op straat.'

'Hondsdol.'

'Je hebt ook nog wel andere ziektes.'

'Ja, die heb je ook.'

Opeens deinst Ed achteruit. De vossenbek vertrekt tot een scheve geeuw, zijn tanden worden zichtbaar. Alsof de discussie het dier de keel uitkomt, de diagnose interesseert hem niet.

'Hij leeft nog, verdomme!'

'Nee, dat zijn stuipen. Hij gaapt in zijn dood.'

'Dat kan.'

'Hij is nog maar een minuut of vijf weg. Voel maar dokter, hij is nog helemaal warm.'

De vos gaat terug in de laadbak, naast een stapel planken, bouwstempels, H-stukken, een omgekeerde kruiwagen.

'Bertus, ik heb je hard nodig, ik zei het al over de telefoon. Er moeten een paar dingen worden aangepast in mijn huis. Mijn vrouw wil hier de zomer alleen doorbrengen als er een ligbad is. En er moeten wat beugels komen. Misschien wat drempels weggewerkt.'

'Loopt ze moeilijk?'

'Nee, het is voor mezelf.'

'Dat kan ook.' Bertus had het al gezien toen ie binnenreed. De arme man is vel over been. Als deze opdrachtgever nog iets aan zijn werk wil hebben is haast geboden.

De twee gaan het huis in. Ed kan het niet laten nog even naar de vos in de laadbak te gaan kijken, laat zijn hand langs de rode haren gaan.

Wat is de functie van een vorstelijke staart als deze? Misschien kan Roelof het zeggen. Heeft het beestje voor zijn staart geleefd zoals een gereformeerde voor zijn zielenheil? Is de functie van de vos het in stand houden van de staart? Vanavond opschrijven, uitwerken. Hij heeft vaag het idee dat hier in Bouvard en Pécuchet over gesproken wordt. Roel heeft het boek hier staan. Nakijken.

Staart vos.

'*Bouvard trok oorzaken in twijfel: "Uit het feit dat het ene verschijnsel op het andere volgt, concludeert men dat het eruit voortvloeit. Bewijs het maar!"*'

'*Maar wanneer je het universum beschouwt, wijst alles op een bedoeling, een plan!*'

'*Waarom? Het kwaad zit even volmaakt in elkaar als het goe-*

de. De worm die in de kop van een schaap groeit en een eind
aan zijn leven maakt, staat anatomisch gezien gelijk aan het
schaap. Monsterlijkheden overtreffen de normale functies.
Het menselijk lichaam had beter gebouwd kunnen zijn. Drie-
kwart van de aarde is onvruchtbaar. De maan, die lantaarn in
de nacht, laat zich niet altijd zien. Denk je dat de Oceaan ge-
schapen is voor de schepen en het hout van de bomen voor
het verwarmen van onze huizen?'
Pécuchet zei: 'En toch is de maag gemaakt om te verteren, het
been om te lopen, en het oog om te zien, al kan er sprake zijn
van een slechte spijsvertering, breuken of grauwe staar. Er
wordt niets opgezet zonder een bepaald doel! De effecten zijn
nu of later merkbaar. Alles vloeit voort uit wetten. Dus zijn er
doeloorzaken.'
Nog meer vossenstaart:
Vgl. selfish gene, selfish meme. Kun je bij elk verschijnsel dat
een ander verschijnsel als drager of begeleider nodig heeft de
draaglast omkeren?
En bij vergelijkingen? Een ontwakende computer klinkt als
een broedse kip -> een broedse kip klinkt als een ontwakende
computer. In de Bodyshop ruikt het naar bos, in het bos ruikt
het naar Bodyshop.
Elckerlycboeken. De dood van Ivan Iljitsj. Sterben. Wel of
niet zoals de hoofdpersonen leven, de memen overnemen. Le-
ren, wijsheid, wijsheidsliteratuur?

Bontmantel willen / zijn

Aantekeningen voor begrafenis. Roelof, verdomme, jongen,
doe ik je tekort? En ik heb me in je verdiept, erewoord! Ik kan
je uittekenen, ik heb foto's van je. Van toen je nog smeüige
blonde caesarkrullen had, en van nu die droog en grijs zijn ge-
worden en je haardos diepe inhammen vertoont. Ongekamd
zie je eruit als een grijs kuiken, maar mag het misschien? Je

bent zowat zeventig + ernstig ziek. Roelof, hoe je groeide: plezierig langzaam. Je zag er jonger uit dan wij allemaal, jonger
dan je was. Met een kinderlijke glimlach liep je tussen je leef-
tijdgenoten die harig en harkerig boven je uittorenden, overbe-
deeld met borsten, heupen en zweetklieren om je heen hingen.
Op de middelbare school stond je bij gymnastiek vooraan
vanwege je geringe lengte, maar je bewoog harmonisch. Je
kon zware lasten tillen omdat je optimaal gebruikmaakte van
je lichaamsstructuur. Omdat je zo gaaf was konden meisjes,
juist de rijpere, moeilijk van je afblijven. Wij gunden het je/
Wij jaloers.

Over alles nadenken, niet geniaal maar zelfstandig. Jezelf
nooit als onderwerp voor reflectie beschouwd. De neiging om
je aan andere mensen te spiegelen ken je niet. Eigenaardig,
heeft het verband met dat trage groeien? Je wachtte tot je er
was, tot je erbij kon, en toen je erbij kon nam je ervan. Een
dierlijke eigenschap van je. Ikzelf ben, of was, anders, ik heb
dikwijls als een soort hengel mezelf uitgeworpen in de hoop
om een vangst binnen te halen. Ik ben wat dobbers en haken
kwijtgeraakt op die manier!

Ik zou dat niet-projecterende aspect graag (wijsheidsliteratuur) ten voorbeeld stellen: kijk mensen, zo kan het ook!

Je komt als gewoon over, je bent niet opvallend, je hebt geen
uitsteeksels. Je uitzonderlijkste eigenschap is misschien dat te-
lepathisch vermogen. (Voorbeelden opzoeken.) Als je een
hond was geweest, dan een van het type dat over een afstand
van vierduizend kilometer, dwars door Amerika, naar huis
komt wandelen. Niet omdat hij daar zo gelukkig was, maar
omdat hij daar woont. Dieren en mensen roep je naar je toe
zonder je stem te gebruiken en je legt hun je wil op.

Wat meer? Uitstekende dierenarts (Tom vragen), waardig vertegenwoordiger van dat heldhaftige beroep, maar één zonder
ambitie; trouwe vriend, enthousiaste en onvermoeibare minnaar.

Het is of ik een lucifer bij je afsteek, Roelof. Meer om te con-
troleren of jij er nog bent dan om je te bestuderen. Ik wilde
een schijnwerper op je zetten, een mooie portretstudie van je
maken, dat verdien je. Maar de stop sloeg door.

Ver weg in de weilanden worden jonge haasjes door kraaien
aangevallen. De rovers pakken het slim aan. Ze putten eerst
het moertje uit, tot ze bij het jong kunnen. Dat pikken ze de
ogen uit. Vervolgens nemen ze het hoog mee in de lucht en laten het vallen. De kraaien beitelen het aarsgat open en eten
hun prooi van achteruit leeg.
Een duif vliegt met een smak tegen de ruit van een kantoorgebouw en dwarrelt naar beneden. Zodra hij het trottoir raakt
landen de kraaien bij hem. Ze onthoofden de vogel en veror-
beren de hersentjes.
Een vriendelijk katje komt met zijn staart tussen de deur en
krijgt aanvallen van agressie, waarin het alle nagels in het
vlees van zijn verzorger slaat en hem bijt.
Een prinses van een eenzaam bergland, een echt buiten-
kind, ziet een vos en verlangt er sterk naar hem terug te zien.
Ze zoekt hem in de eindeloze bossen, volgt sporen in de
sneeuw, maar hoort opeens vlakbij wolven huilen. In paniek
vlucht ze naar huis, waarbij ze haar enkel breekt. Gelukkig
weet ze haar woning te bereiken. Ze moet maanden thuisblij-
ven om te revalideren.
In de lente vindt ze het vossenhol waarin de vos inmiddels
jongen heeft geworpen, maar de vos is bang en verhuist haar
kinderen naar een andere schuilplaats. Als de welpen opgroei-
en wordt het moertje wat minder schuw. Met stukjes spek uit
de paleiskeuken lokt het meisje het dier dichterbij; na verloop
van tijd durft het uit de hand te eten en zich zelfs te laten strelen. Uiteindelijk mag de prinses zelfs bij de jongen komen en
de vos laat haar het bos zien.
Nu het ijs gebroken is beleven de twee allerlei avonturen. Ze

dwalen door grotten, zwemmen een bergrivier over, slapen 's nachts buiten. Ze komen een beer tegen (die in zichzelf kan praten). Ze redt de vossenkinderen van een meute wolven door hard te schreeuwen, op en neer te springen en met grote takken op de rotsen te slaan.

Aan het eind van de zomer leidt ze de vos naar haar torenkamer, maar die raakt in paniek doordat er geen uitwegen zijn. Maakt van alles kapot, breekt de ruit en snijdt zich. Ze verliest bloed en raakt in een soort coma.

Haar vriendin weet niets beters te bedenken dan haar terug naar het leger te brengen, waar de jongen hun moeder likken en verzorgen. De vos overleeft, maar voortaan bewaren de twee een respectvolle afstand tot elkaar.

Tien jaar gaan voorbij, de prinses trouwt en krijgt een kind, dat zelf een beetje een spits snuitje heeft hoewel haar man meer lijkt op Gérard Depardieu. Ze vertelt de kleine prins: áls je van dieren houdt moet je hén de spelregels laten bepalen.

'Ja mam.'

'Dat verdomde temmen willen. Kunnen we de natuur niet wild laten?'

'Laten we de natuur dan niet wild, mama?'

Geruzie tussen verschillende diersoorten, witte kwikstaart en mus, ekster en valk.

Gaat het op leven en dood? Soms, maar lang niet altijd.

Eddy: 'Goeie kerel, lijkt me, die Bertus.'

'Absoluut! 't Is intussen wel een van de grootste stropers van het gebied, maar een beste kerel is het. Vroeger kreeg je een premie van vijftien gulden voor een vos. Veel jagers zijn nog verontwaardigd omdat die regeling is afgeschaft. Maar omdat ze ganzen pakken is de vos nu weer populair bij de boeren.'

Een vrouw breekt spontaan haar arm wegens nierkanker.

Iemand merkt dat zijn vader niet meer behoorlijk de telefoon kan aannemen. Verdrietig denkt hij: wij mensen krijgen precies genoeg verstand om het anderen te zien verliezen.

Een heer van middelbare leeftijd zit achter zijn koffie aan het tafeltje in de Albert Heijn naar het plafond te kijken. Alles ging zo goed – hij heeft een boodschappenlijstje gemaakt en bij zich gestoken; de weg naar de supermarkt liep hij als in een droom. Toen kwam de paniek: plaats, tijd en reden van zijn aanwezigheid werden hem afgetild als in een restaurant zijn mantel. In de gauwigheid vond hij gelukkig deze koffie-automaat en de tafel om zich mee te bedekken. Hij is om zijn overmoed zwaar gestraft, beseft hij, al herinnert hij zich niet waaruit deze overmoed bestond. De man wrijft met zijn hand over zijn keurige stoppels, die zijn allemaal even lang en staan keurig in het gelid. Hij kijkt naar zijn handen, die zijn schoon. Zijn kleren zien er netjes uit. Iemand zorgt voor hem, dat kan niet anders.

Een man krijgt in het gangpad van een supermarkt een hart-aanval. Hij probeert overeind te blijven, maar struikelt over een peuter, die zich bezeert en het op een krijsen zet. Moeders snellen toe, ze schoppen de man waar ze maar kunnen.

Een vogel die een smeulende peuk van straat oppikte en naar zijn nest op het dak meenam, is volgens de brandweer in Londen verantwoordelijk voor het uitbreken van een brand in het zuiden van de Britse hoofdstad.

Een ooievaar neemt een brandende tak mee naar zijn nest op het dak van een kerk. De kerk brandt af.

De paus laat om vrede te symboliseren uit het venster van zijn paleis twee witte duiven vrij. De een wordt onmiddellijk aangevallen door een zeemeeuw, de ander door een kraai.

'Vind jij dat je mensen mag beoordelen?'
'Mogen, mogen… Misschien niet, maar je kunt niet anders. Je móet wel om te overleven.'
'Ik ben er zozeer van overtuigd dat ik een nietswaardige worm ben dat ik ook anderen het recht op bestaan mag ontzeggen als iemand nog dommer of slechter is als ik.'
Johann Sebastian Bach heeft betekenis. Er moeten uitvoer-

ders van zijn werk zijn, dus een paar orkestjes en zangers in dienst van hem. Er moet wat publiek zijn. Deze groep moet gevoed worden door een paar boeren, gekleed door een kleermaker. Er moet een koster zijn voor de kerk waarin gespeeld wordt. Voor het overige mag de aarde leeg van mensen zijn.

Bertus komt nog dezelfde week het ligbad installeren. De badkamer wordt opnieuw betegeld, langs wanden worden beugels aangebracht.

'Een keurige bejaardenwoning.' vindt Roelof over het resultaat. 'Een fijn hospice.'

Naarmate juni vordert belt Myra steeds vaker naar Ed; deze belt regelmatig terug, de gesprekken worden langer. De strijdbijl wordt begraven, ze willen het graag weer met elkaar proberen, eerst op een vakantie naar Lanzarote. Dat komt zeer goed uit: nu de schoolvakanties bijna beginnen wil Tony graag hier komen.

'...Om mij in mijn laatste uren bij te staan.'

'Hahaha. Dat zal zíj niet zo formuleren.'

Ed vertrekt, twee dagen later komt Roelofs vriendin. Ze heeft beloofd niet meer op behandeling aan te dringen.

Een vrouwelijke dichter voor wie woordspelingen maken een tweede natuur is gaat overlijden aan longkanker. Ze verlaat haar bed niet meer, haar beenderen zijn te bros geworden. Door schrijfgerei en papieren omringd blaast ze de laatste adem uit, eigenlijk is het meer stikken. Het lichaam wordt naar het uitvaartcentrum overgebracht. Haar weduwnaar haalt het bed af. Onder de lakens vindt hij drie losse velletjes. Op het eerste staat EIND, op het tweede EX, op het derde AMEN. Dit is echt gebeurd, dus ontroerend. Het is bedacht en kitsch. Nee, in dit geval is het bedacht én echt waar, dus ontroerend en afstotelijke kitsch tegelijk.

'Ik mocht haar graag. Ze was heel anders dan de anekdote suggereert.'

Wat suggereert deze anekdote dan?

De film over Cor Vaandrager, *Exit-ing*.

Dier en arts en…

Een hasjiesj-gebruiker ('Relax, man, relax!') wacht in de kamer van een vriendin op haar terugkeer uit de supermarkt. Opeens vlucht zijn gebruikelijke ontspannen gemoedstoestand uit hem weg, de haren rijzen hem te berge. Hij begrijpt niet waarom, maar dan merkt hij dat de poes van de vriendin al een paar minuten naar hem zit te kijken. Het is geen groot dier, maar de ogen zijn groene schroeven. De man kan geen vin meer verroeren, de spanning wordt ondraaglijk. Dan springt het beest hem naar de keel. Hij slaakt een kreet, slaat de handen voor zijn gezicht, want de kat probeert hem blind te klauwen.

Iemand die zich altijd kalm gedroeg wordt eensklaps een luidkeelse billenknijper en pedofiel. Hij verliest alle respect van zijn omgeving, zijn huwelijk gaat naar de filistijnen, hij kan geen baan meer houden. Wat is hier in godsnaam aan de hand? In zijn hersenen wordt een tumor zo groot als een duivenei ontdekt. Er volgt een operatie. Na herstel wordt de man weer de keurige burgerman die hij was, zijn vrouw vergeeft hem.

Een rustig persoon verliest alle zelfcontrole, maakt ruzie, rijdt in openbare gelegenheden als een reu tegen vrouwen en mannen op en lacht dan luidkeels alsof hij een goede grap maakt. Hij verliest vrienden, werk, sociale contacten, zijn huwelijk gaat naar de knoppen. Dan wordt in zijn brein een tumor zo groot als een duivenei ontdekt, die blijkt gelukkig operabel. De man herwint de macht over zichzelf. Zijn vrouw vergeeft hem, maar hem in huis nemen doet ze niet meer: de schok is te groot geweest.

Een nette huisvader krijgt steeds vaker driftbuien, begint zijn puberdochter op haar kamertje te belagen.
'Kom Nina, lekker vies doen! Laat me je kutje zien! Laat zien laat zien laat zien.'

Ze doet de deur op slot en roept vandaar: 'Ga liever naar je werk griezel.'

'Ach wat kan dat werk mij schelen!'

Na een operatie aan een hersentumor hervindt hij zijn oude karakter. Hij vraagt vrouw en kind vergeving voor zijn walgelijk optreden. Zijn vrouw kan hem die schenken, zijn dochter niet. Het meisje verwijt haar moeder gebrek aan loyaliteit met haar dochter en breekt met beide ouders.

'Het bijzondere bij dementie is dat het eigenlijke karakter van iemand steeds meer naar voren komt. Dus een kwaaiig persoon wordt steeds agressiever, een behulpzaam persoon steeds vriendelijker. We hadden een man op de afdeling die al vrolijk was toen ie binnenkwam. Na een jaar was er helemaal geen houden meer aan, hij zat maar te zingen en grapjes te maken.'

'Dat zou je wel willen hè? Dat er ten minste nog iets rechtvaardigs in alzheimer zat. Maar daarvoor is helaas geen spoor van bewijs.'

'Kom, zeg, ik zie het toch zeker zelf. Ik werk in de zorg.'

'Ik ook hoor!'

Een plezierige collega wordt agressief tegen jan en alleman in zijn omgeving, ook begint hij zwaar te drinken. In beschonken toestand rijdt hij een kind dood, hij toont geen enkel berouw. Een tumor in het hoofd blijkt verantwoordelijk voor de gedragsverandering. Zijn lieve vrouw is na de operatie, als hij zijn oude karakter terug heeft, in staat hem te vergeven. Maar na enige tijd komt de tumor terug en begint het liedje van voren af aan.

Een kwaadaardige man wordt door een hersentumor vriendelijk, behulpzaam, meelevend met zijn omgeving. Zijn vrouw verlaat hem voor een ander.

Het EEG van een krankzinnige blijkt normaal te worden bij het beluisteren van muziek.

Een vriendelijk poesje krijgt haar staart tussen de deur en

moet met een knak daarin verder. Korte tijd later krijgt ze aanvallen van agressie, waarin ze haar nagels in het vlees van zijn verzorgster zet en niet meer los kan laten als ze eenmaal toegebeten heeft.

Een geïmplanteerd machientje dat iemand helpt tegen klachten van depressiviteit heeft als bijeffect dat de patiënt een luidkeelse en agressieve billenknijper, drinker en pedofiel wordt. Maar zo wil hij niet leven! Hij kiest ervoor om het apparaat te laten verwijderen. Korte tijd later springt de man van zevenhoog uit zijn hotelkamer.

Iemand die een persoonlijkheidsverandering heeft ondergaan krijgt na zijn overlijden twee grafstenen, één voor de persoon die hij voor zijn verandering was, één voor daarna.

Een bekeerling laat zich tweemaal begraven. Of eigenlijk driemaal. In de wereld, in de golven, opnieuw in de wereld.

De neuroloog Quodlibet en zijn knecht Quasimodo. De vrije wil meet je het best met je handen.

Nu brengen ze getweeën hun dagen en nachten door in het huisje op het land. Tony houdt de tuin zo'n beetje bij en Roelof ziet het vanuit een stoel in de schaduw met welgevallen aan, zijn lekkere zeehond, die het gras maait, die bloemen opbindt. Haar huid, haar bewegingen winden hem op, haar geur als ze langs hem loopt, en ze laat zich met een glimlach naar binnen noden. Het is nu echt 'de liefde bedrijven' geworden, het gaat niet meer vanzelf, elke beweging moet met beleid geschieden. Want hij verdraagt geen gewicht meer op zich, een bruuske draai brengt verschrikkelijke hoestbuien teweeg.

's Avonds lezen ze tot de schemer het onmogelijk maakt. Ze kijken uit over de tuin.

'Hoe heten die hoge blauwe bloemen, Tony? Ik vergeet dat steeds.'

'Monnikskap. Pas op, ze zijn vergiftig hoor!'

''t Is net of je ze beter ziet nu het donker wordt.'

'Zal ik toch maar even een lampje halen?'

'Dat kan wachten…'

Het gekke katje is weer in de tuin, maar het gedraagt zich anders. Ditmaal loopt het ernstig langs de rand van de border, het neemt met open bekje de geuren op die daar hangen. Bij de verwerking van de informatie kijkt het de man en de vrouw in de tuinstoelen peinzend aan.

Tony: 'Ik word er bijna verlegen van als die poes me zo aankijkt.'

Hij pakt haar hand.

'Wat doe je met dit huisje als ik er straks niet meer ben? In de verkoop zeker?'

'Zou het dan van mij worden, Roel? In Amsterdam wonen we officieel niet eens samen.'

'Dan moeten we vlug trouwen. Anders krijgt Wies het nog, dat zou ze zelf niet willen!'

Ze kijkt hem vreemd aan, bijt op haar lip, staat dan vlug op om in huis een lampje te halen en een nieuwe fles wijn.

Ze schenkt de glazen vol, ze heffen het glas.

'Proost.'

'Proost schatje.'

Het glas valt uit zijn hand. De wijn loopt over de bladzijden van John Donnes *Devotions*… Ze proberen hun schrik voor elkaar te verbergen, maar ze weten meteen wat er aan de hand is: hersenmetastasen. De dood komt het hoofdkwartier innemen. De volgende dag maken ze een afspraak met de oncoloog. Nog voor het eind van de week wordt Roelofs schedel gescand. Inmiddels is hij dubbel gaan zien.

''t Gaat opeens hard,' zegt hij tegen de radiotherapeut.

'Maar wij zijn ook niet voor één gat te vangen!' antwoordt die, terwijl hij het immobiliserend masker over het gezicht van zijn patiënt aanbrengt.

Palliatieve radiatie, drie sessies. Dexomethason. Plukken haar op het kussen. Overgeven. Geen zin in seks.

'Dat is ook wel het laatste waar ik aan denk, Roeltje.'

'Maar ik niet, Tony! Ik baal ervan.'

Na een week of twee is Roelof bijna kaal, maar hij heeft weer wat kracht in zijn rechterhand, het zien gaat weer beter, vooral als de dosis dexomethason wordt verhoogd. Verdubbeld.

'Je hoest duidelijk minder Roel.'

'Echt? Zou ik beter worden?'

'Geen grapjes.'

'Van de winter gaan we naar jouw land, naar Suriname.'

Ze rent het huis in om te huilen.

Er komt kracht terug in zijn rechterhand. Het begin van onvastheid in zijn gang, die hem soms naar zijn evenwicht deed zoeken, verdwijnt weer.

'Dit keer haal ík de fles.'

Maar als hij terug is uit de kelder moet hij een kwartier bijkomen. Hij is zowat bewusteloos van moeheid.

'Ik zie sterretjes. Met die bestraling schiet het ook niet op.'

Ze pakt zijn hand.

'Ik ga zo eenzaam zijn als jij er niet meer bent.'

'Dat zal wel meevallen. Volgens mij ben je nú eenzaam.'

'Omdat jij het er niet moeilijker mee hebt. Ik wou dat ík ziek was. Dan zou ik je eens voordoen hoe het moest…'

Ze lachen, maar ze blijft verdrietig.

'Je laat me je niet troosten. Ik kan niet goed bij je komen.'

'Je troost me al. Je bent er al.'

'Zeur ik, Roel?'

'Dat valt best mee.'

Nog drie weken gaan voorbij.

Ze zitten naast elkaar op de bank in de woonkamer. Het weer is omgeslagen, grauw en koud geworden. Ze hebben zelfs de verwarming aangestoken. Zij bladert door oude nummers van *Groei en Bloei*. Hij probeerde John Donne te lezen, maar hij begrijpt er niets meer van. Dan maar plaatjes kijken in de *Consumentengids*. Soms kijkt hij tersluiks onder het tijdschrift of daar soms het boek ligt. Maar dat ligt naast hem op de bijzettafel.

'We moeten niet op reis gaan. Tony. Niet, maar.'

'Hoe bedoel je dat lieve jongen? Waarom zouden we op reis gaan?'

'Naar... nou...'

Hij bladert ijverig in het tijdschrift. Daar stond toch iets relevants, iets wat hij voor wilde lezen?

Tony: 'Heeft iemand slechte ervaringen met een reisbureau? Dat geloof ik best.'

'Misschien een dag... zeevitrage.'

'Zwemmen? Bedoel je dat?'

'Zwemmen ja. Zwemmen! Strandgapen.'

'Nu maar niet, hè? Volgende week misschien. Voor volgende week hebben ze beter weer beloofd. Ik kijk straks wel even op internet.'

'Goed lieverd graag gedaan. Geen buien hoor.'

'Het lijkt wel herfst zo grijs.'

'As, hè?'

'Ja, as.'

Ze doen of ze weer lezen maar er zoemt in hun hoofd een besluit. Ze hebben voor zichzelf vastgesteld dat ze dit, nu het spraakcentrum eraan gaat, niet langer willen. Zij heeft buiten zijn weten een afspraak gemaakt met de arts. Ze wil de machinerie in beweging brengen om hem naar een verzorgingscentrum of een hospice te laten brengen als de schoolvakanties zijn afgelopen. Ze wil het hem pas voorstellen als het in kannen en kruiken is, want ze weet dat hij anders weigert. Kan hij zijn toestand nog overzien? Ze betwijfelt het.

En hij weet dit, en hij heeft iets anders besloten.

Ze slapen deze nacht weinig, liggen hand in hand te wachten op de as van de volgende dag. Hoewel ze aan elkaars ademhaling horen dat ze wakker zijn is dat geen reden om te spreken. Hij denkt een zin uit waarmee hij haar iets liefs zegt, iets gelukkigmakends; omdat hij alle tijd heeft kan hij de frase mentaal opbouwen en repeteren. Maar als hij dan klaar is om hem uit te spreken en nog eens goed naar zijn innerlijke stem luistert, beseft hij dat hij met alle zorgvuldigheid een nonsensuiting heeft gecomponeerd.

'Om onopgeheimde redenen kan de zwarte lepel beter tegen muggen dan de gevorkte.'

Ze zou schrikken als hij dat opeens hardop zei. Hij moet bij die gedachte grinniken.

'Waarom lach je?'

Hij schudt zijn hoofd, legt zijn vinger op haar lippen, dan op de zijne. Voortaan moeten ze maar onverstaanbaar zijn.

(En loech. Hij leep door het veld en loech.) Er komen nog wat dromen. Hij ziet een neger inbreken in een schuurtje in de verte, het schuurtje staat in de ochtendmist. Hij legt aan, schiet zonder geluid. Is dit echt gebeurd? Ja. Ergens anders.

Een reuzenrad, in steeds snellere wenteling dronken Russen sproeiend. Iedereen staat met open mond omhoog te kijken. Een van de Russen roept, al vallend met zijn armen wiekend: 'Hebben we in uw droom tijd om te bidden?' Dan wordt Roelof op de schouder getikt. Een stem zegt: 'Kijk vrolijk, anders leer je nooit voorkomen dat ons vervangen een last is.' De zin lijkt grote betekenis te hebben, net als... wat Eddy noemde. Wat noemde Eddy ook weer? Opnieuw wakker – het eerste grauw komt in de lucht – ligt hij over deze regel na te denken. De betekenis verstopt zich. Speelt verstoppertje met de vorm.

Het regent dat het giet als ze opstaan. Hun plannen en de slapeloze nacht verhinderen hen niet normaal te ontbijten. Met thee, brood en beschuit, appelstroop. Intussen loopt de koffie door.

'Kaas op.'

'Bijna wel, hè? Je hebt gelijk. Ik zal straks nieuwe meenemen uit de stad. We maken dadelijk een lijstje.'

Om tien uur vertrekt ze.

'Ik ben niet voor vijven terug hoor.'

'Goed.'

Een kus. Een kus terug.

Hij kijkt de auto na, die in de spoelende regen verdwijnt. Hij drinkt nog een kop koffie, tekent een poppetje in de wasem op de ruit. Het wordt een... dennenmoorder? Dan gaat hij naar het schuurtje, waar de kist staat met spullen die tot voor kort altijd achter in de auto stond, alles wat altijd van pas kwam in de dierenartspraktijk, rekbanden, medicijnen. Hij haalt een infuus tevoorschijn, vult de zak met roze pentobarbital. Terug binnen schrijft hij wat woorden op een briefje. Voor zijn vrouw. Hij heeft plotseling niet het geduld meer om het geschrevene te controleren. Er zal wel weer onzin staan, maar het moet maar zo. In de slaapkamer hangt hij het infuus aan de gordijnrails, haalt een T-shirt uit de wasmand en maakt er met twee breinaalden van Tony een garrote van. Als de ader blauw omhoogkomt drukt hij de naald erin. Nu kan hij nog tot twintig tellen. Hij gaat liggen, maar komt weer overeind om het briefje voor zijn vrouw nog op het nachtkastje te leggen. Op dat moment echter beginnen zijn benen te bibberen, hij kiept naar voren over de stoel die daar staat en blijft met zijn gezicht omlaag hangen. Verdomme, nu is mijn gezicht helemaal zwart als Tony thuiskomt, denkt hij. Want hij weet dat bloed zich op de laagste plaats van het lichaam verzamelt.

Het mensenvlees ontspant zich, klinkt in en tevoorschijn komt de dierensnuit, snuffelend, wantrouwig, vangnetloos.

En toch: soms word ik met ontroering de mensenwereld weer binnengetrokken.

Een bekeerling wordt bij het dopen in zee door een golf gegrepen en komt om.

Wat voelt het goed om door het water te worden meegesleurd...

En toch word ik door ontroering weer op het strand van de mensenwereld geworpen.

Het verschil tussen leven en dood is waarschijnlijk vrij groot. Men moet een lijk zijn om dit goed te begrijpen.

En toch: Johann Sebastian Bach leeft even lang als het mensdom minus de tijd dat de wereld voor Bach bestond.

Te laat... De hekgolf van een schip bereikt de oevers pas als het schip al verderop is. Opkijken en het schip verderop zien. Opkijken van een geur en het meisje verderop zien... De kamelenstoet...

Mensen, dieren en planten zullen altijd geboren blijven worden want de dood is een leugen.

Een jager redt een stekelvarkentje uit de buik van een dood hert.

Een genade van de goden: een halve seconde voor de dood intreedt hoort ieder mens een luide pieptoon, met instrumenten niet waar te nemen. Indien de stervende op dit moment luid 'Amen' roept krijgt hij of zij een jaar respijt. Deze procedure is het jaar daarop niet herhaalbaar.

Een paard valt om in een verzegelde vrachtwagen. De chauffeur gebruikt om het weer op te laten staan een stroomstok. De dood bestaat niet.

Een pesterij van de onsterfelijken: ieder mens krijgt, een halve seconde voor de dood intreedt, een luide pieptoon te horen. Als de stervende hierop reageert door luidkeels 'Amen!' te roepen krijgt hij een jaar respijt. Dit uitstel is naar believen herhaalbaar. Deze kleinigheid maakt duidelijk wat een sadisten de goden zijn.

Maar denk eens aan de pijn die een folteraar voelt als hij niet verder komt met een lichaam. Hij moet de persoon afmaken omdat het lijden aan zijn grens zit. Bij Chinese martelingen verkeert de marteling in genot. Bij deze grens begint het verdriet van de folteraar. Hij weet: als zich hier een limiet bevindt, dan was álles wat ik deed verkeerd.

Bij het eten van de Sardijnse wormenkaas casu marzu moet de consument oppassen dat de wormen niet in de ogen springen. Als de wormen echter dood zijn is de kaas te giftig voor consumptie.

Vissen van een bepaalde soort smaken alleen goed als ze vlak voor het bakken woedend worden gemaakt, bijvoorbeeld door een gevecht met een rivaal. Sterft het dier bezorgd of angstig, dan smaakt hij flauw. Toprestaurants die de vis op het menu hebben huren specialisten in die hem vlak voor zijn dood in een toestand van razernij kunnen brengen.

De ober brengt een levende inktvis en knipt boven elk bord een kronkelende arm af. Het lijf keert, met één kronkelende arm vanwege het aantal gasten, terug naar de keuken. De bezoeker brengt de kronkel naar zijn mond voor een rauwe hap.

'Voorzichtig!' roept zijn buurman, die al meer ervaring heeft met deze godenspijs. Zap! De inktvisarm zuigt zich met één zuignap vast aan de ene, met een tweede aan de andere wang.

De mannetjesinktvis vuurt zaadpakketjes op vrouwtjes af, voorzien van weerhaakjes opdat ze niet worden afgeschud. Als de ongenode gast zich heeft vastgeklampt geeft hij een enzym af dat de huid oplost en de toegang tot de bloedbaan ontsluit. Na het eten van inktvis moet een Japanner geopereerd worden omdat zich een spermatofoor in zijn keel genesteld heeft.

Hemel en hel bestaan niet, maar daar komen de meeste mensen pas na hun leven achter. Weer een pesterijtje van de onsterfelijke en alwetende Schepper.

Negatieve theologie: wij mogen niet zeggen dat God wijs is, want daarmee plaatsen we Hem op een schaal die we menen te kennen en Gods dimensies zijn onkenbaar. Wel is het toegestaan te beweren dat Hij níet dom is, níet op zijn achterhoofd gevallen, enzovoort. Want door dat vast te stellen zeggen we niet wat Hij wel is. Het is vanuit dezelfde premisse oneerbiedig en dwaas om te zeggen dat Hij bestaat. Maar wij begaan geen zonde als we beweren dat Hij niet níet bestaat.

'Ongetwijfeld is het enige en eeuwige doel van de ziel dat wat niet bestaat; wat was, en niet meer is; wat zal zijn en nog niet is; wat mogelijk is, wat onmogelijk is... dat is wat de ziel bezighoudt, maar nooit, nóóit dat wat is!'

Wanneer het oog gefixeerd is houdt het na enkele tellen op iets te zien. De hersens zijn niet op bewegingloosheid ingericht. De dood bestaat niet.

Bij sensorische deprivatie (het lichaam in een bad op lichaamstemperatuur, voorzien van oorpluggen en translucent goggles) begint het brein onmiddellijk beelden te maken. De dood is een verschrikking.

De verleden tijd bestaat niet.

De kans bestaat.

Hoe lang heeft Roelof niet de eigenaardige zekerheid gehad dat niets er veel toe deed, dat er met zijn dood niets verloren ging, voor hem noch voor de wereld? Hij wilde enkel niet sterven om dit besef nog wat te kunnen vasthouden en ervan te genieten.

Wees mijn tripsitter.

Sterven moet je doen met middelen die op leven zijn ingericht, dat maakt het ingewikkeld. Alsof je van een rijdende fiets wilt afstappen. Om er zonder kleerscheuren vanaf te komen moet je durven en ontspannen tegelijk.

Wees mijn tripsitter.

'Ik heb de laatste tijd jeuk ín mijn hoofd.'

'Onmogelijk! In de hersenen zitten geen gevoelszenuwen.'

'Maar ze kunnen zich die blijkbaar wel verbeelden.'

Er zijn gelukkige mensen die dood willen, gelukkige mensen die niet dood willen, ongelukkige mensen die niet dood willen, ongelukkige mensen die dood willen.

Behalve iets om te ontlopen en iets om naar te verlangen is de dood een oplossing voor veel kleine problemen van praktische aard.

Vlak bij de dood worden de mensen heel klein. Dit maakt het makkelijker afscheid nemen.

De natuur voltrekt de gebeurtenis zoals de beul het vonnis.

'Si tu veux le néant, viens! Si tu veux la béatitude, viens! Ténèbres ou lumières, annihilation ou extase, inconnu quel qu'il soit... Allons, partons...'

Een boekje van veertig bladzijden met twee leeslinten. Duur uitgegeven wijsheidsliteratuur.

Mensen, dieren en planten zullen altijd geboren blijven worden om de leugen van het bestaan voedsel te geven.

Wees mijn tripsitter, weid mijn schapen. Ayahuasca, de onbewegelijke reis.

Bepoederde rupsendoder.

Zandvarkensgras.

Gegroefde haarwaterroofkever, roodborsttapuit, melkeppe, klapmuts, schedefonteinkruid.

Pontische rododendron, slanke knotsslak, meidoornbesgeweizwam.

Linzenknotsje. Week oorzwammetje, vroegeling, dollekervel, diklipharder, vlasdolk, gevlochten fuikhoorn, bloedcicade, ree, laatvlieger, dubbelgangerbundelzwam, echt judasoor, echt moederkoren, franjestaart.

Vlashuttentut, ijle lamsoor, fijn schapengras, gewoon varkensblad, grove varkenskers, spektor, grote beer, spekzwoerdzwam, gewoon biggenkruid, gewone hertenzwam, eikelmuis, kleinste egelskop, hertshoorn, hertshoornkever, liggend hertshooi, elrits, lynx, lidrus, herik, serpeling, gifsumak, wandelend geraamte, slanke knotsslak, tengere vetmuur, plooivlieswaaiertje, ijle lamsoor, teer guichelheil, speldenprikzwam, beukenweerschijnzwam, doorschijnend sterrenkroos, bosogentroost, rood bosvogeltje, duivenluis, drietand, hoge fijnstraal, pijptorkruid, zittende zannichellia, distelvink, wasbeerhond, grote harsbij, harsige taaiplaat, plakkaattolzwam, kokkel, gevlochten fuikhoorn, hartgespan, riempjes, lange zeedraad, vijfdradige meun, waterpunge, zeekat, stomp fonteinkruid, speenkruid, of vanuit taaiplaat tabaksborstplaat, gouden metselbij, ruige scheefkelk, veerdelig tandzaad, machospookkreeft, ruig zoutkruid, shiitake, gramper, viskruik, figuurzaagje, ingekorven vleermuis, omgebogen vetkruid, gehakkelde aurelia, of vanuit gouden metselbij blonde zegge, paarbladig goudveil, oranjebruine kleefparasol, fijn goudscherm, bruinvis, roze vetkruid, koperen ploert, haarlems klokkenspel, rossig fonteinkruid, geelrode naaldaar, schilderereprijs, verfbrem, blauwe haarkwal, weerschijnvlinder, penseelschimmel, roze hemelsleutel, kaneelkleurig breeksteeltje, witsnuitdolfijn, bont schaapje, groenwordende koraalzwam, witte dunschaal, grauwe klauwier, gireet, bruine korenbout, groot avondrood die vliegt op kamperfoelie, blauwe knoop, weerschijnvlinder.

Kikkerbeet, paddenrus, dubbelgangersbundelzwam, vroegeling, laatvlieger, engerling, kikker, kompassla, pad, aardappelklokje, drie-urenbloem, levendbarende hagedis, elzenkatjesmummiekelkje, eenbloemige zeekraal, gorgelpijp, schedefonteinkruid, ffffrrrrr, grottensprinkhaan, toefige labyrintzwam, beverneltorkruid, klein liefdegras, mosdierslak, sponspootkrab, grote tepelhoorn, truffelknotszwam, stijf ijzerhard, melige toorts, blauwe scheenbeenjuffer, pilvaren, zomerbitterling.

Halmruitertje, zeepaardje, gewone paardenbloem, zadelzwam, reuzenpaardenstaart, tweetandige obelia, of vanuit rood bosvogeltje Amerikaanse vogelkers, bermooievaarsbek, fladderiep, ghaaaauuwww, koekoeksbloem, neerwatertje, houtduif, geel vogelpootje, grote ijsvogelvlinder, het varken met van alles op zijn rug, het paard met op zijn rug heel wat, de ijsvogel met iets op zijn rug, een mol met een rus op zijn rug, kruidje-roer-me-niet, juffertje-in-het-groen, dampstapel. Damp.

Strandbiet

              echte gamander   panteramaniet
wasgagel   witte satijnvezelkop   cedergrondbekerzwam
    ree   wijdbloeiende rus   duitse dot
    alpenspanner klein darmwier veranderlijke steurgarnaal
zwarte galathea   saffloer vlasdolk zure kers bolletjeskool
        gewimperde aardster   heelbeen
                                        geoorde spiesmelde

              zwarte ruiter
                        wulde

        echte salie
                  tef   sorgo

        zeeden

Geelhalstermiet, laksteeltje, azijnboom, bochtig look, gordel-
champignon, peksteel, otter, kwispelgerst. Nachtegaal. Stin-
kende ballote tegen hysterie.

Haarboskever, larikskankerviltkelkje, potloodrussula, inkt-
zwerm, zwerminkt, klein alles, sla, oneetbare brui, zalm-
zwam, wilde kool, botercollybia, sombere honingzwam, vors-
kwab, wilde peterselie, wilde kool, peer, waterpeper, genade-
kruid, heelblaadjes, hazenpootje, klapmuts, stofzaad.

Echt judasoor, kleine honingklaver, liggend bergvlas, gewone steenraket, gewone hertenzwam, groot glaskruid, grote
bonte specht, gevlekte scheerling, groot moerasscherm, be-
renklauw, tomaat, zure kers.

Bergwoelrat, meidoornbesgeweizwam, gepeperde melkzwam, alpenspikkeldikkopje, noordkromp, barstende leem-
hoed, citroenvlinder, buizerd, bandheidelibel, dolik, konings-
kruid, asgrauwe kaaszwam, pruim, fint, gekraagde roodstaart,
mantelmeeuw, adderzeenaald, soldaatje, harsharpoenzwam,

wrangwortel, dubbeloog, griend, vroege krokus, grootsporige harszwam, brave hendrik, takotsubo-syndroom, tektektektekTEKTEKTEK, auerhoen, epidemium of elfenbloem, beverneltorkruid, dakloze huiszwam.

Addertong, bloedcicade, wortelende bovist, tapijtschelp.

Boerenwormkruidgalmug, kweek, mammoet, slakdolf. Saucijsjeswier met andijvie. Tongwier en hartgespan. Pos en oosterse morgenster. Odeurzwam en okkernoot. Korsthoutskoolzwam en marmergrondel, de laatste is bezig met een niet te stuiten opmars in de Nederlandse wateren. Blinde bij en behaarde bijenwolf. Salomonszegel en bolletjeskool. Kropaar en donkere slakkenvreter. Bisschopsmuts strekt vreemd speenkruid uit naar stekend loogkruid. Naar de gevangeniswants! Beekmijtertje en gekield sterrenkroos. Merel en hond. Diefmier en kiekendief. Paarse pronkridder schrijft met rode heidelucifer op papierzwammetje 'Slofhak'. Glad parelzaad en zilte schijnspurrie. Wezel en halmruitertje en sparrenveertje en draaigatje en kuifvleugeltjesbloem en roerdomp en handjesereprijs en vroege haver en welriekende agrimonie en kwartelkoning en valeriaan en berkensigarenmaker... Berkensigarenmaker gaat over in peppelvlag wordt eikenprocessierups was haringgraat terug naar veldleeuwerik vervangt in duizeling talloze figuren en halve manen, de zaden zijn menigvoud en minuscuul. Op het water vormen ze kleren voor kikkers en oesters. Op heuveltjes wordt het plantijn; als ze mest krijgen worden het kraaienpoten. De wortels van de kraaienpoten worden struiken en de bladeren daarvan vlinders. De vlinder wordt een ander insect, dat komt onder een oven tot leven in de vorm van een mot. De mot wordt na duizend dagen een vogel, het speeksel daarvan wordt zaad en dat brengt zuureter voort. Zuureter verandert in hangwang, muis komt voort uit braaksel. En zo verder: een beest omhelst het riet dat allang niet meer bloeide en het riet krijgt een dwergmispel, die een paard, dat een mens. Deze gaat terug naar klein kruis-

kruid en de melkzwam, de vaaggegordelde. Sommige mannetjes veranderen in vrouwtjes als ze een groter mannetje zien
aankomen, sommige vrouwtjes in mannetjes als ze merken
dat er alleen vrouwen in de omgeving zijn. Als de steenvlieg
merkt dat zijn soort uitsterft maakt het vrouwtje zich aantrekkelijk voor de robuustere elzenvlieg, terwijl het laatste mannetje de vervliegende pantserlibel bevrucht, die elders een beek
koloniseert met nakomelingen die óók steenvliegeigenschap-
pen hebben. Hieruit kan zich een nieuwe groep steenvliegen
vormen. Iets duwt iets anders opzij en het is er. Een kind dat
op school dagelijks getreiterd wordt rolt zich op en wordt een
steen. In deze vorm paart het met andere stenen, want niemand is een eiland, totdat een onafzienbare woestenij ontstaat. Een groep wilgalanten merkt dat ze nog maar met zijn
vijven zijn, vrouwenbloempjes allemaal, met geen begin van
een kans op een (Nederlandse) man, ze gaan dicht bij elkaar
in een kransje staan en doen of ze een bloem van een nieuwe
soort zijn. Om de wezenloze persona van Rihanna springen
talloze net-niet-Rihanna's uit de grond. 'I'm Terri, she's Sherri.' 'I'm Sherri, she's Terri.' Nadat een bevruchte eicel zich een
aantal malen gedeeld heeft splitst het klompje cellen zich en
gaan de cellen als een kleine kolonie langs de wand van de
baarmoeder op zoek naar een geschikte nestelplaats om daar
weer samen te klonteren. Eencelligen reizen langs slijmnetten
naar elkaar en doen elkaar de groeten van tante Pia. Extremo-
filie. In de wereld van de rosse wondergameet staan de individuen versteld als ze vernemen dat elders in het dierenrijk
maar twee of drie geslachten bestaan. In hun eigen kolonies
komen altijd tientallen voor en als de omstandigheden daartoe aanleiding geven zelfs honderden. Vleesvliegen en graafwespen hebben een dodelijk verbond: de vrouwtjesvleesvlie-
gen leggen eieren in graafwespen, die de larfjes tot voedsel
zullen dienen. Ze lokken de graafwespen naar zich toe door
hen het kleine mannetje, dat hen bevrucht heeft, als voedsel

aan te bieden. Veel insectencopulaties zijn man-man terwijl de partners toch niet homoseksueel zijn: maar nadat een man seks heeft gehad met een vrouwtje heeft hij haar lokstof op zijn lichaam en wordt dientengevolge herhaaldelijk verkracht door andere mannetjes.

Muggensperma heeft een neus.

Een jonge vrouw brengt de nacht door met een prachtige indo-jongen. Zijn okselgeur is echter, ondanks het feit dat hij ruim deodorant heeft gebruikt, heel onplezierig en bederft haar plezier in de seks. Na deze ontmoeting lukt het de vrouw niet bedpartners te vinden. De bacterie die de geur veroorzaakte is naar haar lichaam overgestapt.

Wie foto's ziet van Lucia D., de beroemdste prostituee uit het fin de siècle, verbaast zich: men ziet een plompe, harige vrouw met een onregelmatig gelaat, ontsierd door een huidafwijking. Hoe kan zij als de aantrekkelijkste vrouw van Europa hebben gegolden? Recent DNA-onderzoek aan haar overblijfselen werpt licht op de zaak. Door een genetische speling pasten de feromonen van D. zich aan aan alwie bij haar in de buurt kwam, zowel mannen als vrouwen. Iedereen met een neus kon niet anders dan haar begeren.

Sommige mensen hebben een isolerende geur. Ze weten het niet en kunnen er niets aan doen. Ook de ruikers weten het niet. Collega's snappen niet waarom ze geen vrienden worden. Kandidaten voor een relatie hebben geen idee waarom deze volmaakte schoonheid hun verlangen niet opwekt.

Een oude bruine beer in de Pyreneeën bedrijft de liefde zo graag en zoveel dat hij tegelijk vader, grootvader en overgrootvader is van zijn jongste spruiten, die hij verwekt heeft bij dochters en kleindochters.

'Ik zal doorgaan tot ik mezelf weer terug heb gefokt,' belooft de beer.

Een jongeman is zo gigantisch vruchtbaar, dat op elk oppervlak waar zijn zaad valt wezens groeien met zijn trekken.

Als er een druppel op een slak valt, zijn er het volgend jaar slakken met borsthaar. De jonge scheut van de plataan vormt een extra tak met zijn portret. Bevrucht de man asfalt, dan slingert de weg zich vroeg of laat naar zijn woning, ook al moet hij helemaal uit Frankrijk komen.

Een man moet erkennen dat de vrouw van zijn dromen op een aantrekkelijke woesteling valt en dat de passie wederzijds is. Hij legt zich ogenschijnlijk bij de situatie neer, trouwt een tweede keus en sluit vriendschap met de stoere rivaal. Maar als ze samen in Afrika een rally rijden en hij bij heldere sterrenhemel de wacht houdt ruilt hij, terwijl de ander diep in slaap is, hun geslachtsdelen om, opdat de geweldenaar niet zijn eigen genen maar die van de verliefde zal doorgeven aan de droomvrouw. Ongelukkigerwijs komt de aantrekkelijke enige weken later bij een quadrace om het leven. Nu heeft de verliefde enkel nog de genen van zijn concurrent door te geven aan een echtgenote die hij nooit gewenst heeft.

De kringspier van de vagina van de verkrachte vrouw is spastisch samengetrokken. De verkrachter kan zijn lid er niet meer uittrekken.

'Laat me godverdomme los hoer! Laat me los!'

Hij slaat haar, bijt haar, ze huilt. Het lukt haar niet. Wat nu? Een dokter bellen? Dan wordt hij meteen gearresteerd! Hij zou haar dood willen maken, vindt ook dat ze erom vraagt, maar is bang dat de toestand dan permanent wordt; hij heeft wel eens van lijkstijfheid gehoord.

Als het koud wordt gaan de vrouwtjes van de muisoorvleermuis in winterslaap. De man van de soort houdt zijn eigen temperatuur nog een paar dagen hoog, zodat hij beweeglijk genoeg blijft om de vrouwtjes te verkrachten en bevruchten.

Bepaalde knutjes zijn gespecialiseerd in het zuigen op netvleugelige insecten. Op gaasvliegen kunnen verscheidene exemplaren tegelijk worden aangetroffen. Andere variëteiten lusten vooral graag het bloed van oliekevers, hoewel die voor andere dieren meestal giftig zijn. Er zijn ook knutjes die een voorliefde voor steekmuggen hebben.

De larve van de donkere slakkendoder heeft uitstulpsels waarmee ze zich op het huisje van een slak kan nestelen. Vanaf deze post dient ze haar slachtoffer bij herhaling vergiftige beten toe en verlamt hem. Ze sleept haar prooi dan naar een beschutte plek, eet hem daar op, en overwintert in het leeggekomen huis.

Een gezonde slak en een exemplaar dat door rondworm is aangetast schieten hun spermatoforen in elkaar. De zieke slak besmet zijn gezonde partner, maar omgekeerd geneest de gezonde zijn geliefde niet.

De kleine diefmier bouwt haar nest bij andere mierennesten en maakt zeer nauwe verbindingsgangen daarheen. Nu gaan de miniwerksters uit stelen in het nest van de buurmier. De bestolen mieren kunnen de kleine diefmiertjes niet vervolgen in de nauwe gangen.

De bruine rouwbij speelt koekoek bij de gewone sachembij, soms ook bij de schoorsteensachem.

Garrarufavisjes die huidschilfers en dode huidcellen van handen en voeten afknabbelen in sauna's en wellnessresorts kunnen infecties overdragen, want niemand is een eiland. Rijke mensen laten daarom hun eigen, hygiënische, garrarufavisjes kweken. Deze worden na gebruik vernietigd.

Een rode bloedzuiger zoekt de staart van een witte regenworm en begint te zuigen. Als hij zich dusdoende halverwege om de worm heeft gestulpt vindt een blauwe vogel hem en slikt het hele systeem in één hap weg.

Een sok eet een voet op, de schoen vervolgens de sok, maar de sneeuw de schoen. De dood bestaat niet.

Ontkennen van de zwaartekracht helpt daadwerkelijk, maar de atleet mag hier niet te ver mee gaan.

Amusie: geen muziek horen in muziek.

Avrouwie: vetblobs zien in plaats van dijen, heupen, billen, borsten en hun betoverend samenspel.

Amensie: het syndroom van Cotard, het syndroom van Capgras; de doodstraf uitspreken. Macht. Te veel geld. Bittere armoede.

Wie mensen ziet hardlopen moet het wel opvallen hoeveel organen niet meedoen, dwarszitten, mee moeten hobbelen. Vooral bij sportende vrouwen valt dit op. Met denken en met sterven is de situatie niet anders.

Adodie: niet gevoelig zijn voor het idee van de dood. Gezien bij waterarians en breatharians: deze mensen leven zo lang ze willen (heel lang) op de directe energie van het universum, hetgeen ze soms demonstreren door een pijpje te roken en de rook door de aarsopening weer te laten ontsnappen. Een enkele keer verliezen ze het leven bij een hartaanval tijdens een cruise waarop ze een lezing zouden geven.

'Is het moeilijk onsterfelijk te worden? Moet je er niet allerlei uitputtende en pijnlijke oefeningen voor doen en abstineren van fijne dingen zoals seks?'

'Welnee,' grinnikt Dr. Leonard Orr, 'het is juist een pretje. "Immortal" worden moet wel makkelijk gaan want als het een kwelling was, dan zou God een sadist zijn.'

'Hahaha, dat is scherp gezien!'

Absurdie: de verlegen, zachtaardige en impressionabele kaartenmaker woont onder één dak met die stoere blonde wilsmens, de navigator.

Zoals loodsmannetjes bescherming krijgen van een haai zoeken we bescherming bij het monster Hoe-het-werkelijk-is, zo dicht mogelijk onder de buik van het beest. Maar als hij ons ziet zijn we er geweest.

Aschuldie: katoengoed bij Zeeman en Hennes & Mauritz kopen, apparatuur van Samsung en Apple, vlees voor minder dan een euro het ons. Klagen over het eigen pensioengat, verwildering van zeden en gebrek aan zingeving en niet beseffen dat men alle plagen van Egypte dubbel en dwars verdient.

Het kost een vermogen de werkelijkheid na te bootsen, vooral als die werkelijkheid een fictieve is, zoals die van *In de ban van de Ring.* De minder wilskrachtige regisseur is gedwongen low budget te werken en kiest daarom liever een ander genre.

Ze steekt haar dunne grijze haar op alsof het nog dik en blond is.

'Prima, dan hou je toch al je kleren aan.'

'Ik voel me gewoon niet prettig met blote borstjes.'

'Ik zeg er toch ook niks van? Vrijheid blijheid hoor...' Hij loopt weg.

'Blote borstjes!' zegt hij geërgerd in zichzelf.

De hippie met de grijsblonde baard haalt een diepe haal uit zijn pijpje, nog dieper, ogen dicht, houdt de adem in, heft zijn rookgerei als een trofee boven zijn hoofd, lacht, hoest en geeft het pijpje door.

'Breath of life! De dood bestaat niet!'

'Nee, Chrétien, die bestaat niet.'

'Weg met dat concept. We gaan... gewóón... door!'

Een halve scrupule zonnequintessentie is genoeg voor jaren leven.

'Op één tank thorium kan een auto honderd jaar blijven rijden en het spul is in de natuur in overvloed aanwezig. Alleen de grote oliemaatschappijen, die zien de bui al hangen: door thorium zou de vraag naar hun olie totaal opdrogen. Dus zij houden de ontwikkeling ervan tegen.'

'Wow!'

'Ze kunnen ook allang op waterstof rijden heb ik gehoord. Totaal schone brandstof!'

'Ik heb alle vertrouwen in de mensheid.'

'Anders ik wel.'

'Uiteindelijk komen er altijd oplossingen. Dat is altijd zo geweest en dat zal altijd zo blijven.'

'Ware woorden! Effe... pisse.'

Met een hoofdknik: 'Pak maar een boom. Ze staan ervoor!'

Vanaf de bosrand klinkt geklater op struweel. Onder het pissen: 'Aahh... Wat een avond, jongens. Net vroeger, toch?'

De gitaar heeft een bescheiden geluid, maar kan opeens heerlijk uitbuiken. Als bespeler om het concertzaaltje van zijn klankkast zitten is een feest. Dat jouw *Hotel California* niet helemaal op toon is, dat je de helft van de tekst niet kent, wat geeft het? Zolang je maar uithaalt bij 'Back in sixty nine...', en 'Some dance to remember, some dance to forget'.

Muizen die na een ingreep geen pijn meer kunnen voelen leven langer.

Na een TIA kan een bejaarde muziekliefhebber niet meer vioolspelen: zijn linkerhand is vrijwel doof. In het voorjaar plukt hij er graag brandnetels mee om toch nog wat te voelen.

Een hoogbejaarde Italiaan ontdekt in een oude schoenendoos een stapel liefdesbrieven van zijn vrouw aan een ander. Ze dateren van zestig jaar geleden, toen ze nog maar vijf jaar getrouwd waren. Tot in het diepst van zijn ziel gekwetst vraagt hij scheiding aan.

De onsterfelijke Tithonius belandt in een rolstoel, hij is incontinent, kraamt onzin uit, onverstaanbaar omdat hij geen tand meer in zijn mond heeft. Maar vanaf hier weet het verouderingsproces niets meer te verzinnen en het stopt. Na duizend jaar is Tithonius precies hetzelfde uitgedroogde, kale dwaasje als toen hij honderd was.

Het beeld dat de mensen die nu zeventig zijn hadden van het buitenland: flics met bâtons, een slingerweg langs zee, Grace Kelly neuriënd achter het stuur. Petticoats en pistolen. Nederland was de voetbal met de veter, de donkerbruine voetbalschoen, het stadion met hoeden, sigaren, houten banken. Er waren de fietsen, de zwarte rook uitbrakende vrachtauto's, de riekende autobussen, de sterfbedden zonder verdovingsmiddelen, de kookwas, de hemel zonder vliegtuigstrepen, hoge tarwe in plaats van lage. Maar de tijden veranderden en zij waren erbij en reden *the crest of the wave*. En ze weten heel goed dat er niets onschuldigs was aan vroeger tijden, maar waarom lijkt het dan zo? Als de aarde een gezicht had, zou ze hen dan aankijken?

Men maakt iemand die men overreden heeft niet weer levend door achteruit over hem heen te rijden.

De aarde vliegt om de zon, de zon veel harder in het sterrenstelsel, de melkwegen wieken weer duizendmaal harder in hun leegte... maar nog sneller zakt het lichaam uit de gezondheid weg de dood in.

'Van het ene moment op het andere smaakt me niets meer, geniet ik niet meer van een sprankelende oogopslag en wordt me de slaap ontroofd, die de dood nadoet, opdat de dood zelf kan binnenkomen en slagen.'
'Laat me raden: John Donne.'

Ook geloof ik dat de natuur de ernstig zieke helpt om van zijn steviger primitiever organen af te komen door een reeksje bloedingen in de hersenen. Dat de hersenen de stervende een handje helpen. Dat het lichaam zichzelf een hand toesteekt.

Een spiegelbeeld aan de binnenkant van de kist. Het spiegelbeeld begraven met de schaduw.

Bij de meeste ziekten betekent de dood het einde van de besmettelijkheid. Maar bij ebola niet. Raak de overledene niet aan, de dood komt met weerhaakjes.

Op Sulawesi groeit een eeuwenoude heilige babyboom. Doodgeboren kinderen worden in een gat in de stam geschoven, een deksel van atap en hout erop. Na enkele jaren is de baby geheel in de sapstroom opgenomen, het litteken op de schors verdwijnt. 'Dreaming' bout my bundle of joy.'

In het beste café ter wereld wordt de avond altijd aldus afgesloten: eerst *Wholesale Love* van Otis Redding, teken om nu tot zaken te komen met het meisje dat steeds zo om je lachen moest. Dan *Ich habe genug* van Johann Sebastian Bach. Als de sfeer ernaar is laat de kroegbaas de hele cantate horen, dus ook *Schlummert ein, ihr matten Augen* en *Ich freue mich auf meinen Tod*.

Brombeer bromt, onweer komt, leven verstomt.

Balseming

In de kerstnacht zingen de bijen.

Spiegelgrond.
Waterspiegel.
Maagbroeder.
Vroedmeesterpad.

'Papa als je doodgaat waar ga je dan heen?'
'Geen idee.'
'Naar God.'
'O ja, naar God.'

Het zielloze dier kijkt mij vragend aan.

Elke gedachte is een natuur waard.

'Zie je geen verschil?'
'Nee.'
'Echt niet? Zelfs geen klein beetje?'
'Nee!'
'Dan is er geen verschil.'
'Lul.'

Het lijk moet nog warm zijn anders kun je dat balsemen wel
vergeten. Wees blij dat je aan de beurt bent.

Het gebouw stort in. Wij drukken onze handen tegen onze oren en roepen elkaar toe:
'Het is enkel de wind om het huis.'

Nee, het is de wind om het huis niet. Het is allesverslindend woordbederf. Namen van oude plaatsen die landelijk gebied aanduiden. Geringe verhogingen, doorwaadbare plaatsen bepaalden de gangen van de mensen, de bruikbaarheid van het land. Maar wit zand erover, platgewalst, woningen, infrastructuur, klaar voor de toekomst. Alleen de namen zijn nog prima bruikbaar, die gooi je niet weg. Voorde. Broek. Es. De zwarte toetsen van de piano klinken altijd goed. Het goedkope effect, zo makkelijk mag het zijn. Fijne namen als hart... – Hart! Vers! Kracht! Balans! – krioelen rond verschijnselen om ze naar hun nest te dragen. Verdringen zich om verschijnselen te benoemen en commercieel op te tillen. Een leuke observatie van SP-kamerlid Van Raak: bedrijven krijgen na overnames en fusies namen, die aan fijne dingen doen denken maar waaraan je niets meer kunt zien. Niet waar ze vandaan komen, niet wat ze doen of maken, niet hoe ze werken. Corus, Coris, Corio, Corbis en Cordares, allemaal wijzend naar het Latijnse woord voor 'hart' zijn respectievelijk een staalbedrijf, een verzekeringsbedrijf, een vastgoedbelegger, een fotorechtenhandel, nog een verzekeraar. Allemaal Hart voor de Zaak en Cor als vaandrager. *Op het moment dat u dit leest, kunnen houtworm, huisboktor, zwam, rot of schimmel bezig zijn met hun vernietigend werk aan uw kostbare eigendommen.* – Cor Vaandrager
Welkom in het woordenboek. Het juiste woord! *Het juiste woord*: 'Mijn welkomstgroet aan dit kloeke boek, gelijk mijn hart begeert.' Afhoren, kondschap krijgen, de reuk van iets hebben. Vatten, doorschouwen, dat paard zal mij niet meer slaan. Een wonder van geleerdheid, polyhistor, Jan Weetal. Vroeger waren we mond, wij zijn nu maagzuur. Straks endel-

darm. Ooit was voedsel ons hartsbegeren, nu zijn het voedingsstoffen. Straks is het ruften en stront, één groot vegen met de spons van Blanus. Peristaltiek. Knijpen, loslaten.

Niemand is een eiland, blijf hier op me wachten, lief meisje, ik moet naar een begrafenis. Een man van begin zeventig, een afgesloten darm, het blijkt het gevolg van een tumor. Die moet op stel en sprong verwijderd worden maar het hart is te zwak, het kan de operatie niet aan. De echtgenote is dement, de enige dochter depressief, een krantenredactie overhoop geschoten, welkom in 2015, ik hoef je niks te vertellen. Het is niet erger dan vroeger. Ik heb kinderen gezien, oude mensen, alles ertussenin – knijpen loslaten knijpen loslaten in het woordenboek – en ik ben het zelf allemaal geweest. Vroeger dacht ik: het gaat soms sneller, soms trager, maar nu weet ik of meen ik: het gaat allemaal even snel; of traag. Ik lees dat af van *whatever instruments we have*. Naar mezelf kijk ik jaren niet meer, ik ben Roelof, óók Roelof, net Roelof, niet gelukkig, ongelukkig evenmin, ook niet gevoelloos, niet vervreemd maar ook niet 'vol' of 'rijk'. De beker waar het in hoort, of kan, is er gewoon niet (meer). Ik ben er maar zo'n beetje met zand in mijn neus. In Saoedi-Arabië haalden verbaasde artsen een tand uit de neus van een man, bij wie verkoudheid niet wilde overgaan. Verkouden in Saoedi-Arabië! Ongeloofwaardig? Maar het hangt daar vol ijzige airco, je moet daar je best doen niet verkouden te worden.

Oma legde destijds in het bejaardenhuis, als ze haar nachtkleren aan ging doen, een kleedje over het tv-scherm. De KRO, de AVRO en het Journaal hoefden niet mee te genieten! Niet dat er nog veel te genieten viel, ze moest zelf om de gedachte lachen. En ze wist eigenlijk ook wel dat de KRO niets kon zien. Maar toch! Voor de zekerheid! Tegenwoordig worden bejaarden niet zo oud meer, wel in jaren maar in… achterlijkheid? Weer een woord waar niet op te komen is, wat is dat toch? Waar gaat het heen allemaal? Iets voor iets anders, eromheen.

Iets om het lichaam heen? Een exoskelet. Kijk, zo'n moeilijk woord geven de hersenen dan weer wel. Iets als bescherming. Burgerbescherming. Burgerlijke schemering. Een persoon is een scherm. Een trommelvel. Per sona: erdoorheen klinken. Correcte etymologie toch? Klopt het niet? Ja het klopt, het klopt, het moet kloppen. Het menselijk gelaat is een Chladni-patroon: als de toon zuiver is een mooi rasterwerk, maar in de overgangen een chaotische soep van wolfsklauwsporen.

Zal ik over de wereld beginnen of over mezelf? Ik bedoel: moet ik over de wereld bij mezelf beginnen? Of juist bij de wereld over mezelf? Welk van de twee is de voorkant? Geweien of visioenen van geweien. Op de takken ervan zijn als sinaasappels levewezens geprikt die zich niet kunnen bewegen, waar wel tastorganen en vangarmen van zich afwikkelen, waarin kleinere organismen komen schuilen, die bejaagd worden door wezens met vage omtrekken die zich tegen de zon aftekenen. Wij zijn niet vrij.

Gangenstelsels waarin elke geringste drukverandering wordt geregistreerd en een schokgolf aan reacties teweegbrengt. Waarin gehoorzaamd wordt aan vluchtwetten gecombineerd met zwaartekracht, en iets neemt dit waar en wat is waarnemen anders dan een neerslag van de mogelijkheid op meer dan één manier te reageren? Denken wij. Dat wij vrij zijn; maar wij zijn niet vrij.

Door ons en alles met ogen, oren, hersens, of alleen maar een buitenkant, kijkt de natuur bij zichzelf naar binnen; zij is eerst blij met wat ze in de spiegel ziet om het in de spiegel zien, maar wordt dan ontevreden. Ze vindt de reflectie niet helder genoeg, gooit haar instrument kapot. Wij zijn niet vrij.

Een bathyscaaf. Doordat het inktzwart is beneden en ons instrument tegen waanzinnige druk bestand, en omdat we door piepkleine raampjes zien dat er vrijwel niets beweegt, beschouwen de miljonairs de haast onbetaalbare expeditie als waardevol. Iets wat je meegemaakt moet hebben. Ook hierin zijn wij niet vrij.

Mescaline dwingt ons overal te krabben terwijl we de zinderende frequenties ervaren, waarop ons denken geweven wordt: Zzzzzzzzzzzzzz. Hoger, kleiner: zzzzzzzzzzzzzzzz. Het geluid van een mug, maar hoger, veel veel hoger, het is of we met facetogen zien en met facetoren horen, want het komt van alle kanten. Terwijl de octopus intussen helemaal geen huid heeft. En toch, zo, onbeschermd, zwemt dit domme dier nieuwsgierig naar een mensenhand. Maar beter nieuwsgierig dan bevreesd de viskruik in. De viskruik takotsubo. Er zijn echter ook middelen die een besef van afnemend ritme geven, trager en trager gaat het, via de onverdraaglijke, kippen dodende thetagolven. Een gevoel van verstilling en vervreemding trekt het linkerbeen in, dan in het rechter. De dollekervel doet zijn werk stil en goed. In de geslachtsdelen wordt ons gevoel van ontheemdheid zeer sterk – nu beseffen we pas wat een machtig verdeelcentrum we aan hen hadden toen ze nog van ons waren. Vanhier vloeit de wezensvreemdheid uit naar de romp, de armen, de oneindige vertakkingen van het gelaat. dan dringt zij als besef het laatste orgaan in, de grijze steenklomp bovenin, en iedere keer dat we onze naam noemen: 'Zo noem ik mezelf nu maar even voor het gemak,' en gereageerd wordt met: 'Zullen we dan maar gewoon meneer of mevrouw De Koning invullen? Ook voor het gemak?' kunnen we ons alleen met grote inspanning realiseren dat de functionaris het niet kwaad meent, vertegenwoordiger is van de natuur en de onnatuur tegelijk. Later, op de foto, blijken de ogen half dicht te hangen, vooral het linkeroog. Doorgrond worden, doorwoeld. De pijn voelen van de zeebodem die wordt omgewoeld door de moderne trawler 'Wat kan het ons verrekken jongens?', ooit gedoopt de 'Volharding' of 'Vertrouwen', namen uit de tijd dat er nog vergaan kon worden op zee.
Volharding. Vertrouwen. Geduld. Draagkracht. Bruto, bolwerken, voldracht, voortarbeiden, de kop ervoor, we gaan er

niet op slapen. Onophoudelijk, onverpoosd, geduld, geduld... 'Steeds opnieuw wordt de mensheid zich bewust dat de woorden in betekenisgroepen bij elkaar horen,' meent *Het juiste woord*. 'Wij kennen als lichtgewaarwordingstrits: zwart, wit, grauw.' O ja? Kennen wij die? 'Het is immers niet zonder betekenis dat er in de Meijerij mens voor man en in Volendam mens voor vrouw gezegd wordt'; 'Wat een zicht is, weet men pas goed als men er een zeis tegenoverstelt'; 'Vooral in Vlaanderen, waar de kennis van de Nederlandse cultuurtaal voor een gedeelte nog te zeer slechts passief is, maar waar toch ook de oprechte wil aanwezig is om dit te verhelpen is dit boek van het allergrootste nut.'

Op maanverlichte nachten komen delen van zeemonsters boven water, omdat de visserij met haar gruwelijke stekelgordijnen over de bodem schraapte. Het zijn onderdelen zo groot als tractorbanden, vol ribbelputjes. Amechtig hangen ze over de reling te glanzen, en dan niet meer te glanzen. Opdrogen en beseffen, deze twee dingen lijken op elkaar. Eigenlijk, vertelt de wetenschap, zijn dit geen delen van dieren maar koloniestructuren, waar duizenden, soms miljoenen klonen van kleine organismen in passen, die alle plankton opvangen dat naar de zeebodem komt gedwarreld. De slangen waarin deze wezentjes, volstrekt identiek aan elkaar en hun voorgeslacht van eonen geleden, zich verzamelen, zijn soms honderd meter lang... en tegenwoordig steeds vaker van plastic.

'Dat wist ik niet.'

'Dan weet je het nu.'

Lantaarnvissen eten steeds vaker plastic, omdat dit in grote hoeveelheden onder de oppervlakte van de oceaan zweeft. Ze hebben niet veel aan die voeding en verhongeren met volle buik. Zo worden ze gegeten door tonijnen, die daarmee ook weer plastic verzamelen en uiteindelijk het verhongeringslot van de lantaarnvissen moeten delen. Maar er zijn ook al plastic vissen die plastic eendjes eten en omsmelten. Er zijn Harley Davidsons, overboord geslagen met kist en al, die hebben geleerd zich te redden op een zoutwaterdieet, afgekeken van scheepswrakken. De organismen zijn ongeschikt voor menselijke consumptie en wachten zich er wel voor om zich voort te planten of zelfs maar te klonen. De mensen worden afgeschud, de spiegels breken. Aan Tom, collega van de maatschap, maar al vele jaren weg, zich als kamerlid voor het CDA sterk makend voor het productschap Vee, Vlees en Eieren, kan men het met een gerust hart overlaten op de begrafenis Bram Vermeulen te citeren: 'Dood ben ik pas als jij me bent vergeten.' En dan naar de kist kijken en moeilijk ademend erachteraan: 'Wíj… zullen je niet vergeten, Roelof.'

Eén persoon die dat citaat grote onzin zou vinden is er niet bij: Roelof zelf. Hij was een groot vergeter op het gebied van eigen biografie.

'Weet je dat niet meer? Toen zei jij nog…'

'Meen je dat nou?'

Waar is dat mooie gedicht van Vaandrager? 'Waar is de harlekijn?'

Wat tuimelen soms herinneringen de gedachtestroom in, die soms wel, maar heel vaak ook niet in de eigen biografie te plaatsen zijn, ze lijken wel uit andermans geheugen te komen: een enorme beuk aan een laan, windstil, hoogzomer. Het beeld is zo scherp dat je de bladeren kan tellen als je wilt. In het gras een ANWB-paddenstoel met de tekst 'Wolfheze 2,7'.

Een paars shantungzijden hemd met koperen Nepalese belletjes als knopen. Het raam staat open, de zon schijnt warm. Van Morrison zingt Madame George. Iemand vraagt:

'Mijn hemd?'

'Niet alles is van jou.'

De inhoud van een keukenkastje, de lichtinval zorgt voor een troffelvormige schaduw, de donkere vorm van de gootsteenontstopper achterin, de blikken erwten vooraan, en de dop van een koperen kruik.

De bruine-beervormige vochtvlek naast de deur in het systeemplafond.

In een kampeerbusje wakker worden uit een droom waarin alles blauw is. Ook de ochtend is blauw.

Hoe je een knop iets moest indrukken voor je hem kon uittrekken bij de meest linkse rij van de automatiek aan de Amsterdamsestraatweg, de rij met de eierballen.

'Hij leep langs het water, hij loech en kliep in zijn handen.' Vervoegingen verbasteren was ooit kinderspel. 'Ik heb gezuld.'

Een groep gek geworden mannen die iemand, die ze als verrader zien, met bajonetten gaan doodsteken, foto in de krant. Rusland? India? Congo?

Een donzig halsje met een koraalkettinkje.

'Wacht, wacht, ik doe hem even af, hij is erg kwetsbaar en ik heb hem van mijn oma gekregen.'

Een stapel papieren in de vensterbank waar een ontbijtbordje onder uitsteekt. Daarop ligt een mes. Poes ruikt aan het mes.

Popcornonderzoek wijst uit dat de mond tot het geheugen moet worden gerekend.

Internet verandert de structuur van het geheugen, zo blijkt uit internetonderzoek.

Maar hoe het werkt? Neem eens aan dat we vanaf een gaanderij uitkijken over een druk stationsplein. We spelen detective, hebben de opdracht één persoon goed in de gaten te houden. Wie ontmoet hij, in de richting van welke straat beweegt hij zich? We kennen de persoon goed, weten hoe hij gekleed is, hoe hij zich beweegt, het is geen enkel probleem hem uit duizenden te herkennen. Nu tikt een Koreaanse toerist ons op de schouder en houdt ons een kaart van de stad voor. Hij vraagt hoe hij bij het Museum komt. We zijn niet onbeleefd, wijzen op de kaart hoe hij moet lopen, lezen de straatnamen voor. Duurt de interactie meer dan tien seconden? Vijftien, want de toerist laat de kaart vallen en wij rapen die voor hem op. 'Sorry, sir, sorry!'

'No problem! Have a good day.' Nu kunnen we ons weer concentreren op onze taak. Op de plaats waar we ons target voor het laatst zagen, daar is hij natuurlijk niet meer. Onze blik zoekt in het vervolg van zijn looprichting van zo-even. Onttrekt gindse friteskraam hem misschien aan het gezicht? Zou hij dadelijk aan de andere kant tevoorschijn komen? Dan gaat hij dertig meter verderop het gat van de metro in. Maar misschien koopt hij iets bij de kraam. Nee, dat is onwaarschijnlijk. We hebben een halfuur geleden samen met hem iets gegeten. Voor onderweg? In dat geval gaat hij niet waar hij zei heen te gaan. Of zou hij, juist toen we de toerist te woord stonden, van richting zijn veranderd? In dat geval hebben we twintig seconden in de verkeerde richting staan turen, twintig seconden waarin hij vijftig meter in elke richting kan zijn gelopen. Tel dat op bij de cirkel die door het gesprek met de Koreaan is ontstaan, en we moeten inmiddels een enorm gebied afzoeken, een gebied waar zich honderden mensen bevinden. Maar we herkenden hem toch onmiddellijk? Aan zijn donkere jas, die van een heel eigenaardige gladde stof is. Maar die stof is van deze afstand niet te onderscheiden. Welke kleur sjaal had hij om? Of geen sjaal?

We zijn verdwaald. Geen stap gezet, maar hopeloos verdwaald. Zo komt er steeds meer en het blijft en we voelen ons onzichtbaar. Zullen we daar blij om zijn? De mensen worden steeds intelligenter en de structuur van het geheugen verandert door internet.

Een Engelse wijk blijkt vanuit de lucht te lijken op een penis. De internetgemeenschap maakt zich er vrolijk om, maar de bewoners zijn boos en bang, omdat ze nu hun huis niet meer behoorlijk zullen verkopen en tot hun dood in een lul zijn opgesloten.

Iets ziet eruit als een hand maar het is een handschoen. Iets ziet eruit als een handschoen maar het is een hand. Snoep in de vorm van een vis of een vogel.

Als je het je niet kunt herinneren, dan kun je het beter nog een keer verzinnen; dat levert meestal meer op dan zoeken.

Polaroidfoto's verbleken na tien jaar.

'Ja? Zit je recht voor het raampje? Zwaai dan maar! Zwaai maar naar de toekomst, vlug een beetje!'

De natuurinformatieborden zijn op palen en in kaders geplaatst die eeuwen kunnen doorstaan, maar de foto's erop zijn met een te goedkoop procedé gedrukt. Alle kleuren zijn verbleekt, de vogels staan wit of doorzichtig in fletse poelen.

Op deze bayardfoto ziet u het lijk van meneer Bayard die een procedé heeft uitgevonden waarvan u de meest schitterende resultaten kunt zien of al hebt gezien. Voor zover wij weten heeft deze onderzoeker drie jaar lang dag en nacht gewerkt aan het verbeteren van zijn uitvinding. De Académie Française was ook onder de indruk, maar heeft meneer Daguerre rijkelijk beloond en Bayard kreeg geen stuiver. De arme duivel heeft zich verdronken. Ga hem maar niet opzoeken in het lijkenhuis, want hij stinkt al.

*

Dan wringt de uitvaartleider zijn handen, uit onbewuste nervositeit, niet uit wanhoop, het staat hem goed: 'Hiermee is de plechtigheid, waarin we afscheid namen van Roelof de Koning, tot een einde gekomen. Ik wil u vragen dadelijk allemaal op te staan om daarmee nog eenmaal ons respect voor de overledene te betuigen. Na korte tijd gaat de muziek spelen. Dan zal de familie met de kist eerst de aula verlaten, u kunt volgen. We brengen gezamenlijk Roelof de Koning naar zijn laatste rustplaats. Bij het graf zullen geen toespraken meer gehouden worden, dus de teraardebestelling zal in stilte plaatsvinden. Nadien bent u van harte uitgenodigd om nog wat te eten en te drinken in de ruimte hierachter.'

Geruis, gestommel, allen staan op. Hier en daar een snik. Na een halve minuut begint orgelmuziek, een knikje van de begrafenisondernemer, zes dragers begeven zich naar het podium waar de kist staat. Schuifelen. Kuchen. Zich verzamelen. Naar buiten. Alles verloopt in goede orde. Gesprekken nadien.

'Wie heeft de muziek uitgekozen?'

'Dat zal zij wel gedaan hebben. Waar zij vandaan komt vinden ze dat waarschijnlijk passend.'

'Ik vond het wel leuk, dat ritmische.'

'Wonderlijk contrast met dat koor van Brahms.'

'Hu, dat vond ik griezelige muziek.'

'Denn alles Fleisch es ist wie Gras und alle Herrlichkeit des Menschen wie des Grases Blumen. Das Gras ist verdorret und die Blume abgefallen.'

'Wat weet je dat goed!'

'Ik zing zelf in een koor. Als wij het zingen lopen de rillingen me over de rug.'

'De installatie stond te zacht.'

'Vond jij dat nou ook? Wie is daar verantwoordelijk voor?'

'Eén ding weet ik zeker: Roel heeft de muziek niet uitgezocht. Hij had veel goede eigenschappen...'

'Zeg dat wel.'

'Maar hij was zo muzikaal als een kwartel.'

'Hahaha, een kwartel!'

'Ik heb nog met hem gestudeerd. Hij was goed hoor. Hij keek goed! Hij kreeg een hond om te diagnosticeren, die voel je dan af met je handen, hè? Toen zei hij: "Hij heeft een gat in zijn hoofd." "Verrek, je hebt gelijk!" zei de professor die hem tentamineerde. Dat had ie zelf nog niet ontdekt.'

'Kijken! Zo belangrijk, goed kijken. Onbevooroordeeld kijken.'

'Het belangrijkste wat er is!'

Chrétien pakt Wies bij beide handen. Hij ziet haar diep in de ogen: 'Voor mij... Voor mij was je broer één van de lamed woow.'

Wies lispelt een bedankje, ze gaat ervan uit dat ze de griezelige man verkeerd verstaan heeft maar wil het gesprek niet rekken. Ze kijkt alweer over zijn schouder naar de volgende in de rij van condolerenden, die langs haar en Tony trekken. Haar twee kinderen, Roels oomzeggers, staan buiten een sigaret te roken.

'Absoluut! Dat was jouw broer! Een van hen!' Hij knijpt nog eens extra in haar handen, en ze heeft de gewaarwording dat hij haar botjes wil voelen.

'De muziek stond wel erg zacht.'

'Mee eens. Maar je kunt zo'n plechtigheid niet overdoen.'

'Ik heb veel over jullie gehoord.'

'Jammer dat we elkaar onder deze omstandigheden moeten ontmoeten.'

'Ja. Ontzettend verdrietig, hè?'

'Zijn vader, die was toch ook dierenarts?'

'Nee. Wel zoiets: hij zat meen ik in veeverzekeringen.'

'Nee, het zat anders. Hij is begonnen als dierenarts, maar hij kon niet bij nacht en ontij de deur uit vanwege zijn vrouw, dus toen is hij overgestapt op verzekeringen.'

'O ja, dat gekke mens! Die is er uiteindelijk ook zelf tussenuit geknepen. Net als Roelof.'

'Toch erfelijk, zie je wel?'

'Tyler? Ben jij dat echt? Wat zie jij er goed uit!'

'Hahaha. Nou dank je wel!'

'Woon je nog steeds in Nederland?'

'Nee ik ben al teruggegaan in wat was het, 1972? 1972, ja. En in Amerika mijn studies chemistrie afgemaakt. Maar ik ben in Europa voor zaken en ik las de advertentie van poor Roelof, dus ik dacht ik moet gaan.'

'Wow. En wat doe je voor zaken?'

'Ik verkoop wateroplossingen.'

'Wateroplossingen?'

'Ja, weet je, water is de belangrijkste stof voor onze gezondheid, die maakt al het leven mogelijk, dat weet je.'

'Hmhm... Ja...'

'Maar water heeft unieke eigenschappen waar de natuurkunde eigenlijk van zegt: hoe kán dat zijn? Wist je bijvoorbeeld dat water een geheugen heeft?'

'Nee… Ik verbaas me nog steeds dat ik jou voor me zie, Tyler. En je ziet er zo jong uit!'

'Well, water heeft dat. Een geheugen, bedoel ik. Maar wij verstoren de moleculaire structuur door het onder hoge druk door leidingen te pompen en onder hoeken van negentig graden te willen leiden. Eens als het onze huizen en bedrijven binnenstroomt heeft het al haar levenskracht en positieve eigenschappen verloren.'

'Tyler, weet je dat ik altijd het gevoel had: die jongen gaat het eerste van ons allemaal. Omdat je altijd experimenteerde met drugs.'

'Great! Well, je hebt je vergist blijkbaar.'

'En je spreekt nog zo goed Nederlands!'

'Ik kom hier nog wel eens twee, drie keer per jaar. Onze hoofdkantoor is in Seattle, maar ik heb een Europese branch hier, in Alkmaar, om precies te zijn. Als je geïnteresseerd bent, hier is mijn kaartje.'

'Je moet het wel durven, je zo te verdoen.'

'Ík vind het hoe dan ook laf.'

'Dat kun je nooit voor een ander zeggen.'

'Ja, dat ben ik wel met Chris eens.'

'Maar van hem had ik het toch niet verwacht. Hij was niet depressief of zo.'

'Niemand zag het aankomen, denk ik.'

'Misschien was het een opwelling.'

'Roelof? Die deed nooit iets zomaar.'

'Nee. Of… nou ja… of alles.'

'Hij durfde wel veel.'

'Voor hem was het geen durven, denk ik.'

'Hebben jullie ook wel eens gedacht, heel idioot misschien, maar dat hij zélf veel op een dier leek? Daarom kon hij zo goed met beesten omgaan.'

'Nee, dat is nooit in mij opgekomen. Maar ik snap precies wat je bedoelt.'

'Ik herken het hier opeens. Hebben we hier destijds collega Wilkes ook niet begraven?'

'Destijds! Nog geen tien jaar geleden!'

'Dat noem ik destijds, Geke.'

'Die kauw, zeg! Die voor de stoet uitliep zo-even.'

'Prachtig, hè? Met dat eigenwijze koppie. Zo van ik weet waar het is, loop maar achter mij aan. We zeiden nog tegen elkaar: dat is nou weer typisch een De Koning-stunt.'

'Bij mijn oma in het verzorgingshuis hebben ze een sterfkat.'

'Pardon?'

'Serieus! Die kat loopt vrij door het huis en hij voelt, of hij ruikt, wanneer iemand gaat overlijden en dan springt hij bij die persoon op bed.'

'Waanzin! En hij zit altijd goed met zijn voorspellingen?'

'Beter dan mensen. Soms denken ze: mevrouw die-en-die loopt op haar eind, laten we de sterfkat erbij zetten. Dan springt hij van bed en gaat weer door de gangen lopen of in de tuin liggen. Maar hij gaat ook wel bij mensen waar ze nog helemaal geen problemen bij zien aan het voeteneind liggen en dan is die persoon een paar uur later dood.'

'Vraag niet voor wie de kat mauwt. Hij mauwt voor jou!'

'En vangt hij ook muizen, die kat?'

'Anke! Jurg! We hadden jullie gemist. Kom je net binnenlopen?'

'Feitelijk wel ja. Dit is onze zoon Wietse.'

'Wietse.'

'Ha Wietse, ik ben Tom. Ik was een collega van Roelof en Jurg in, wanneer was het? 1990?'

'Zoiets. Daarna ben jij de inspectie ingegaan en weer later de politiek, hè? Maar Roel en ik hebben nog jaren samengewerkt. Ik heb nog altijd het gevoel dat ik het vak van hem geleerd heb.'

'Daarom dacht ik al: Anke en Jurg, die moeten er vast zijn.'

Anke: 'We hebben Roel vleugeltjes gegeven.'

'Vleugeltjes?'

'Dat zeiden we net tegen elkaar. Op een afslag was er een kippentruck van de weg geraakt en omgevallen. Toen wij erlangs kwamen was het net gebeurd.'

'Nee toch zeker!'

'Ja joh. Het was een verschrikkelijke ravage: opengesprongen kratten, witte pluimenbolletjes waar je ook keek, bloed! Bloed, stront, bloed. Van die kippen die niet eens kunnen lopen, hebben ze nooit gekund. Ze sleepten zich zo'n beetje door het gras en langs het talud. Gadverdamme, hè Wietse?'

De jongen knikt stom, hij kijkt over de menigte heen, meer dan twee meter lang is hij.

'De chauffeur stond er een beetje sukkelig bij. Een Bulgaar of een Pool, sprak geen woord over de grens natuurlijk. Even te hard de bocht in waarschijnlijk...'

'Ja, en dan komen in Jurg en mij de reddertjes boven, hè, Jurg?'

'Je kan die wrakke beestjes toch niet hup bij elkaar vegen en de weg weer opsturen? Dus zijn wij de ergste gevallen maar de nek om gaan draaien.'

'Zo goor Tom! Gebroken poten, vleugels geknakt. Drek en bloed door mekaar, zo afschuwelijk goor!'

'Was er geen politie bij?'

'Zeker wel! Die wou ons tegenhouden. Maar toen zei Jurg: wij zijn dierenartsen en we zijn gehouden aan de eed van Absyrtus. Dus we móeten deze dieren uit hun lijden helpen. Toen mocht het ineens wel.'

'De eed van Absyrtus!'

Jurg: 'Goed hè? Ja, Tom, ik heb nog wel eens een geniaal moment!'

Anke: 'Hoeveel hebben we er naar de kippenhemel gebracht? Wat denk jij, Wietse? Met zijn drieën? Wietse deed ook dapper mee.'

'Een paar honderd? Zeshonderd?'

'Vast wel duizend! Hard werken, hahaha. Ja, toen kwam er natuurlijk zo'n proleet van een eigenaar met een ploeg assistenten om wat er nog leefde in kratten te flikkeren en toen was het uit met het feest.'

Jurg: 'Hij wou me nog een rekening sturen voor gederfde inkomsten. Je doet maar jongen, zei ik, we gaan het lekker voor de rechter uitvechten.'

Anke: 'Daarom zeg ik, Tom: we hebben Roel zijn vleugeltjes gegeven.'

'Jij bent altijd zo onduidelijk! Ik weet nooit wat je wilt.'

'Ik wil misschien wel niet zoveel.'

'Maar als ík dan iets doe is het nooit goed.'

'Noem een voorbeeld.'

'Die vakantie naar Barbados.'

'Dat was drie jaar geleden! Is dat je meest recente voorbeeld?'

'Heeft ie ooit geprobeerd om te stoppen?'

'Met roken? Bij mijn weten niet. Je bedoelt dat ie de kanker feitelijk over zichzelf heeft afgeroepen?'

'Al die stoere paardrijmannen uit de Marlboro-reclame zijn al dood, las ik laatst.'

'Waar staat de auto nou? Wat een enorme parkeerplaats hebben ze hier, ze mogen wel nummers in de parkeervakken zetten, zoals in de Ikea. Ahh, ik zie hem.'

De auto begroet de aankomenden met lichtsignalen en een vrolijke melodie.

'Nou, instappen, kinders.'

'Kinders! Collega's voor jou.'

'De toon is weer gezet.'

'Wat vond jij van die toespraak van Ed Hameetman?'

'Net als alles bij die man: het gaat meer over hemzelf dan over iets anders.'

'Nou doe je hem werkelijk onrecht. Hij was duidelijk uit zijn doen.'

'Hm.'

Een trage vlieg loopt steeds naar de olijven midden op de statafel. Een van de bezoekers heeft hem al een paar keer geprobeerd te verdrijven, maar het insect weet van geen wijken. Als de gast zijn glas jus d'orange leegt, probeert hij de vlieg daaronder te vangen. Die is opeens sneller dan verwacht en komt met zijn achterlijf onder de rand.

'Och jezus! Wat doe ik nou?'

Uit het gekneusde pantsertje komt een geel stukje ingewand. De gewonde loopt dapper naar de rand van de tafelrok en vandaar langs de vouwen omlaag.

'Kijk er maar niet meer naar.'

'Er lopen hier zoveel dierenartsen rond, misschien kan een van hen hem hechten.'

'Hahaha. Zou er wel eens een vlieg geopereerd zijn?'

'Zo nu en dan lees je dat ze een goudvis opereren.'

'Ga weg!'

'Eentje had een darmafsluiting en die is weggenomen.'

'Hoe doe je dat onder water?'

'Weet ik niet. Maar de operatie kostte vierhonderd euro.'

'Voor een goudvis!'

'Weet je wat ik net van Ymke hoorde? Dat die buurman van haar nu ook botkanker heeft. Hoe heette die? Hè, dat vergeten van die namen! Dat namen vergeten is het enigste wat ik lastig vind aan ouder worden, onder andere.'

'Denk jij dat die Marokkaantjes zo hard zouden radicaliseren als ze huisdieren hadden? Honden en katten zijn veel belangrijker voor een middenklassencultuur dan je denkt.'

'Het blijft een verdrietige reünie.'

'Ja, hè? Zijn jullie ook met de tram? Mogen wij anders meerijden?'

'Hij was helemaal koud en stijf toen ik hem vond. Dat was zo afschuwelijk!'

'Ach lieverd.'

'Dat is die lijkstijfheid, hè. Maar die gaat dan over en toen werd hij weer zacht en hij voelde... hij voelde warm aan. Ik dacht echt even dat het leven in hem terugkeerde. Stom hè?'

'Ja, huil maar even. Je hoeft je niet de hele tijd goed te houden.'

'Laat jij je begraven of cremeren?'

'Cremeren, absoluut. Jij?'

'Ik weet het nog niet. Ik vind het allebei wel iets hebben.'

'Gek idee misschien, maar even zuiver theoretisch: zou het mogelijk zijn om één deel van je lichaam te cremeren als je dood bent en een ander deel te begraven?'

'Zou wel moeten kunnen, hè? Maar als je daarvoor vergunningen wilt hebben kun je beter nu alvast beginnen aan te vragen.'

'Kom effe. Ik ben nog geen dertig, Annie!'

'Maar dit is Nederland, Lex-Jan! Met papierwerk ben je zo vijftig jaar bezig.'

Derde persoon: 'Om het nog ingewikkelder te maken: en dan laat je het hoofd invriezen, zodat je in het jaar, laat ik zeggen, 2666 weer tot leven gewekt kan worden.'

'Yo. Mooi nieuw lijf eronder, en Lex-Jan is er weer klaar voor!'

'Nou... Gelukkig is het nog niet zover.'

'Hij heeft nou nog een mooi nieuw lijf van zijn eigen, hè Lexie?'

'Als ik weer wat ruik als we thuiskomen, dan gaat ie definitief naar het asiel!'

'Het is een dier, klootzak... Meneer, meneer! U bent een collega van Roelof, u had die mooie toespraak over hoe hij was als dokter. Nou is mijn man boos omdat onze hond tegen de gordijnen piest als we weg zijn.'

Tom: 'Eh... Is het zenuwachtigheid, misschien?'

'Ik ben totaal niet zenuwachtig.'

Echtgenote heft handen in wanhoop ten hemel.

'Jij niet, hij bedoelt die hond!'
    'Nou, we lopen nog even naar het graf. Voor ze het dichtge-gooid hebben. Waar hangt Wietse uit?'
'Wietse hoeft niet mee. 't Is al mooi genoeg dat ie meeging naar de begrafenis.'
Op weg naar het graf: 'Zag je Tom kijken? We maakten het hem wel moeilijk hè?'
'Tom is praktisch in dienst van die massamoordenaars.'
'Nou ja, hij heeft volgens iedereen prachtig over Roel gespro-ken.'
'Ja, vast.'
'En alles gemeend.'
'Ongetwijfeld.'
Bij het graf zucht ze diep.
Jurg: 'Jij was gek op dat mannetje, hè? Destijds.'
'Jij toch ook?'
'Anders, Anke. Heel anders! Jij was verliefd.'
Ze moet springen om hem in zijn hals te kunnen kussen.
'Ik ben gek op jou!'
'Blêhh. Klef!'
'Je wordt steeds groter, Jurg.'
'Nee meisje. Ik word kleiner. Maar jij wordt nog harder klein. Vrouwen krimpen sneller.'
    'Chrétien?'
'Wacht even, wacht even… Jezus… Josee, ik herkende je niet…'
'Er is ook veel gebeurd.'
'Gokarna?'
'Yana…'
'Lang geleden. Wat goed! Wat goed je te zien.'
Hij probeert haar beide handen in de zijne te nemen, wil haar enorme lijf tegen zich aantrekken en omhelzen. Maar zij trekt haar vingers met geweld uit de zijne, loopt nee schuddend achteruit tot ze tegen een andere gast opbotst. Die kan nog

net zijn koffie op de statafel neerzetten voor er gemorst wordt.

'Als ik mijn ouders mag geloven ben ik op deze begraafplaats verwekt.'

'Geert! Niet wéér dat verhaal!'

'Serieus. Ze waren pasgetrouwd en woonden hierachter in de Groen van Prinstererstraat in bij hun ouders en een zus van mijn moeder, ook net getrouwd met haar gezin. D'r waren twee kamers voor de hele familie dus je kon niet met goed fatsoen van bil gaan, excusez le mot.'

'Geert!'

'Dus dat gebeurde achter de Gasfabriek, of hier. Hier schijn ik dus ontstaan te zijn.'

'Haha! Heeft je vader het graf misschien nog aangewezen? Hahaha.'

Robotzwermen zijn nuttig in elke situatie waar je veel overtollige werkers nodig hebt. Als één robotje kapotgaat is de missie niet meteen helemaal mislukt, want een ander exemplaar neemt gewoon zijn plaats in. Zwermen kunnen nuttig zijn bij het van binnenuit repareren van machines, vervuilde gebieden schoonmaken of zelfs behandelingen uitvoeren in het menselijk lichaam. Opereren, of ingewikkelde permanente taken uitvoeren, bijvoorbeeld een peristaltiek opstarten en in stand houden.

Slangen zijn ondanks hun gebrek aan ledematen erg mobiel. Ze kunnen in bomen klimmen, over en tussen rotsen glijden en zelfs zwemmen. Er waren al robots die beter zwommen of klommen, maar machines die beide dingen beter kunnen dan een slang waren er nog niet. Maar nu is er een slangachtige robot, of *snakebot*. Het is een goede ontdekkingsreiziger, want welk type terrein de snakebot ook tegenkomt, hij kan er overheen, onder- of tussendoor, langs of dwars doorheen.

Delfly.

Een robot die wordt gebruikt om te opereren weigert nadat hij een wond heeft opengehouden het weefsel los te laten. De patient bloedt snel leeg.

De trips, het onweersbeestje, heeft als larve exact dezelfde vorm en afmeting als de volwassene. Omdat de tijd dus in hem stilstaat is hij daarvan volkomen onafhankelijk.

Biologen zijn erin geslaagd een proefdier door te laten leven als zijn eigen zoon, en dat enkele keren achtereen. Hun universiteit heeft het beest aangemeld bij het Guinness Book of Records als het oudste nog levende proefdier.

Een vrouw lijdt aan een zeldzame ziekte waardoor haar schedelbot steeds dikker wordt. Als dit proces doorzet is er binnenkort in haar hoofd geen plaats meer voor hersenen. Daarom wordt voor haar met een 3D-printer een vervangende schedel van kunststof gemaakt.

De eerste generatie borstimplantaten was gemaakt van materiaal dat opzwol als er röntgenstraling doorheen ging.

Nonnen trekken door een besneeuwde Tibetaanse vallei in een staat van Tummo-meditatie. Om zelfontbranding te voorkomen moeten ze natte lappen op hun lichaam dragen, daarom wordt de stoet gevolgd door een kolom van mist.

'Het is geen schuim wat je daar ziet. Dat zijn nesten van ijsvogels die broeden op de golven.'

De zandspiering zwemt door het zand.

De rotsward zwemt door steen zoals een vis door water.

Zekere zwarte kever kan zich alleen vlot bewegen op zwarte oppervlakken. Op alle andere kleuren verstijft hij.

De steendwaalvlam wordt pas wakker in gesteente dat meer dan duizend graden is, het leeft en plant zich voort in magma. Soms mislukt het werk van een pottenbakker omdat er steendwaalvlam in actief is geworden.

Noachs dieren gingen twee aan twee in de ark, dat weten we. Maar hoe ging het met de meer- en ongeslachtelijken? En met de diersoorten waarvan er evenveel geslachten als exemplaren zijn?

Hommels wandelen door oud metselwerk alsof het er niet is, grote gaten achterlatend en huizen doende instorten.

Een afvaardiging van een mierenkolonie is op werkbezoek bij een bijenkorf, om nieuwe ideeën over organisatie op te doen. Onderling doen ze neerbuigend over wat ze aantreffen, vooral over de gebrekkige specialisatiegraad bij de bijen.

Bij de wandelende tak is in de evolutie tot viermaal toe de kunst van het vliegen ontstaan en weer verloren gegaan.

Pygmeeën zijn minstens twee keer ontstaan.

Cafeïne is wel vier keer door de natuur gemaakt, in verschillende levensvormen.

Een cyclaam kan zich kapotgroeien. Onder ongunstige omstandigheden, namelijk als hij veel licht en voedsel krijgt, wordt de bol groter en groter tot hij barst.

In uitzonderlijk langdurige periodes van hitte en droogte blijkt water in staat zich te omringen met een keiharde steenlaag. Ingekluisterd wacht het de dingen af die komen gaan.

'Leg een babylijkje onder een pas geplante boom, en hij zal driemaal zo hard groeien en tienmaal zoveel vrucht geven.'

'Zijn er ook bijwerkingen?'

In een retrograde woordenboek ontmoeten haringkoning en rattenkoning elkaar.

Roelof de Koning droomt dat hij op een grote, glimmende bal klimt die in zee drijft, maar hij krijgt geen grip op het gladde oppervlak en de bal rolt steeds om en dan komt hij dieper te liggen en kan hij erop klimmen maar eenmaal bovenop rolt de wereld om hem heen en is hij toch weer onder water en dat geeft niet want daar kan hij ook ademen, maar hij heeft opnieuw geen overzicht. Dan wordt iedereen wakker en gaat weer aan het werk.

'Nee, dit zijn geen oogproblemen, het valt mee. Annie heeft alleen een wratje onder haar ooglid. Hoe oud is Annie?'

'Twaalf.'

'Een hele leeftijd! Zeker voor een labrador. Oude honden krijgen steeds vaker van die rare groeiseltjes. Ik zag er al wat meer op haar lijf. Geeft allemaal niets, maar dit is een lastige plek.'

'Ja het is duidelijk dat ze het vervelend vindt. En het ooglid ziet er ook geïrriteerd uit.'

'Hmhm, snap ik. Op zich makkelijk te verhelpen. Ik kan het plekje met stikstof bevriezen, dan is Annie ervan verlost. Maar daarvoor moet ze wel onder zeil, want het lijf en het ooglid moeten natuurlijk even onbewegelijk zijn.'

'Dat moet dan maar.'

'Goed, als u een uurtje heeft kunnen we het meteen doen of anders een afspraak maken. Dan wil ik wel eerst even naar het hart luisteren; 't is al een bejaarde dame, en het hartje moet nog wel tegen de narcose kunnen...'

Een dierenarts leert een boer mestanalyse volgens de Macmaster-methode. De boer tuurt door de microscoop.

'Mooi plaatje hè?'

'Wat zijn die ronde bollen?'

'Dat zijn gewoon luchtbelletjes.'

'Die kleine is dus zweepworm, en die zwarte, dat is voorjaarsworm. Oké.'

'Hoeveel zie je in dit raster?'

'Eh... elf...'

'Laat mij eens kijken? Elf, twaalf, ja, dat klopt wel zo'n beetje. En in het andere zag je er elf.'

'Keer vijftig is ...'

'Dan kom ik op elfhonderdvijftig.'

'Elfhonderdvijftig e.p.g., eieren per gram. Netjes in de computer zetten. Datum erbij... Nou, dan kun je dit ook alweer zelf.'

Het katje probeert te ontsnappen.

'Hohoho! Niet zo nerveus, dame. We gaan je weer helemaal mooi maken.'

'Hij krabt steeds achter zijn oor in de lucht... Zelfs onder het lopen.'

'Jankt ie?'

'Niet bij het krabben, maar soms zomaar, inderdaad.'

'Nou, het kán een oorontsteking zijn, of oormijt, ik zal dat allemaal even nakijken. Maar de kans bestaat dat het probleem veel ernstiger is, mevrouw.'

'Toch geen kanker?'

Hij zoekt een lamp waarmee hij in het oortje kan schijnen.

'Een te klein schedeltje. Veel van deze Pim Fortuynhondjes verrekken hun leven lang van de koppijn. Want van de fokvereniging mag het schedeltje niet te groot zijn. Die fokkers gun ik goddomme alle raskenmerken die ze bij hun lievelingetjes kweken.'

'Wat kunt u fel zijn...'

   'Ik onderteken die verklaring niet voor je.'

'Kom effe...'

'Ik ga dat niet ondertekenen. Ik noem dat fraude.'

'Dan kom ik met een hamer om je knieën te breken.'

'Je doet maar, vriend. Zoek een andere dierenarts voor die praktijken. Je gaat ze makkelijk genoeg vinden, ben ik bang.'

   'Dag Reinier.'

'Dag dokter. Kijk!' De jongen wijst op het ratje in de kooi. 'Hij doet zo gek.' Ze kijken samen naar het liggende ratje, dat soms de ogen een beetje dichtknijpt. Opeens springt het tot tegen de boventralies, maar als het neerkomt blijft hij weer doodstil liggen. Tot de nieuwe sprong.

'Hoe lang doet hij dit al?'

'Toen ik terugkwam uit school zag ik het hem opeens doen. Misschien is het vandaag begonnen.'

'Hoe oud ben je, Reinier? Dertien? Veertien?'

'Dertien.'

'Dit beestje heeft zo te zien pijn, Reinier. We zullen hem eens uit de kooi halen om hem goed te bekijken. Even mijn handschoenen pakken.'

'Kost het zó veel?' Ze haalt een kanten zakdoekje tevoorschijn en dept snel haar ogen. 'Jim betaalt zijn alimentatie nooit!'

'Anaalklieren uitdrukken kunt u ook zelf, hè? Wilt u dat ik het u leer? Ik wil het u gerust leren. Dan houdt u elke keer een paar tientjes in de knip.'

Het zakdoekje wordt snel weer weggestopt. De hond heft zijn grijze kop op en begint alvast naar de uitgang te scharrelen.

'Ho meneertje, ho meneertje. Mag ik u edele nog even op de weegschaal zetten? Maar ik zie het zo ook wel: hij heeft nog steeds behoorlijk overgewicht.'

'Jawel, jawel. Ik probéér erop te letten, maar als hij me dan zo aankijkt… Hij heeft al zo weinig.'

'Tja, maar zo maakt u het alleen maar moeilijker, voor hem en voor uzelf. We hebben het er al eerder over gehad.'

'Ja, dat weet ik wel. Maar ja.'

'Neemt u hem wel regelmatig mee naar buiten? Lekker laten scharrelen in het park.'

'Met dit weer? Ze noemen het hondenweer, maar ik zou nog geen hond de deur uit sturen.'

'Straks wordt het weer droog. De lente komt eraan. Echt hoor, juist oude honden hebben beweging nodig. Meer bewegen, minder eten.'

'Was het maar zo eenvoudig!'

De dokter onderdrukt een geeuw.

'Zo eenvoudig is het.'

Een dierenarts meent bij zijn echtgenote een liposuctie te kunnen uitvoeren, maar ze sterft op de operatietafel. In paniek snijdt de man haar in stukken en brengt haar naar het destructiebedrijf als grote hond.

Bij een visvijver wordt door een paar hengelaars een blauwe ton gevonden. Het deksel wordt eraf gehaald. Vreselijke stank!

'Mij leek het rundvlees maar mijn kameraad zag meteen dat

het een mens was. De nek zo, en de schouders en het hoofd wat naar beneden.' Hij doet de houding voor.

Een schildpadbezitter over zijn lusteloze huisdier: 'Als ik hem onder de kin aai is dat een teken van vertrouwen dus dat doe ik dan maar.'

'Kijk, dokter, ik deed de deur van het kooitje waar mijn vogelspin in woont te schielijk dicht en toen kwam hij met een poot tussen het deurtje.'

'Ik zie het. Het pootje hangt helemaal scheef hè?'

'Kunt u er iets aan doen?'

'Een spinnenpoot spalken? Ik weet niet zo een-twee-drie of dat wel kan en zin heeft, dat zeg ik u eerlijk. Heeft spin er last van, naar uw idee?'

'Natuurlijk eten we kip van de Albert Heijn, zeker wel! We zijn heel normale mensen hoor. Ik kom oorspronkelijk van de boerderij en ik stond er zelf bij als mijn moeder de kippen de nek omdraaide en plukte. Dat was heel gewoon. Maar dat was een andere tijd.'

'Een andere tijd, precies! En omdat we haar Tineke hebben genoemd kunnen we haar nu niet meer opeten.'

'Als je een dier een naam geeft komt het opeens heel dichtbij.'

'Nou,' zegt de dierenarts. 'Dan ga ik haar straks toch maar in laten slapen, hè?'

De klanten pakken elkaars hand vast. De vrouw streelt haar kip, die de ogen genietend sluit.

'En wilt u erbij zijn als ze... de overgang maakt?'

'Ik zou het wel willen maar ik durf het niet aan.'

'Goed. En wilt u Tineke daarna mee naar huis nemen? ... Of hebt u liever dat ik voor de afhandeling zorg?'

Een koning probeert zijn geliefde herdershond te redden wanneer deze met een aap in gevecht is geraakt. Een tweede aap bijt de koning in het been. Eén van de beide apen wordt doodgeschoten, de andere vlucht de natuur in.

De beenwond raakt ontstoken. De lijfarts van de vorst

durft de levensreddende, maar risicovolle beenamputatie niet aan: als deze mislukt wacht hemzelf hoogstwaarschijnlijk de doodstraf. In dubio abstine. De koning overlijdt. De hofdierenarts weet de hond wel voor het ondermaanse te behouden, al moet het dier een oor verliezen.

'Luister: een papegaai kan ik niet meer van hem maken. Nog wel een schildpad.'

'Ach Ricky, Ricky! Waarom moest uitgerekend jou dit overkomen?'

Een hamster die vrij in huis mag rondlopen komt vast te zitten onder de wc-pot. Midden in de nacht rukt de brandweer uit om het diertje te bevrijden.

Een kanariehouder vindt de volièredeur geforceerd en zijn vogels gevlogen. Hij weet bijna zeker dat de dieren gestolen zijn. Een goede kanarie levert tweehonderd euro op.

'Is er dan werkelijk niets meer heilig?' Hij leefde van de fokkerij, maar zijn beestjes waren niet verzekerd.

Een katje speelt met een rat, die het al van jongs af aan kent. De moederrat is in een laboratorium aan kanker doodgegaan.

Een kat is bij een conflict in de tuin door een ander gebeten en heeft een pijnlijke wond aan de staart. De dierenarts stelt vast dat er nog geen vechtabces is ontstaan, ze geeft een pijnstiller en een antibioticum. Tot de eigenaars: 'Je moet nu snel verbetering zien, anders krijg ik wel een belletje, hè?'

Tot kat: 'En volgende keer zorgen dat je iets sneller weg bent, hè? Beloof je me dat?'

De kat heft, tot hilariteit van de aanwezigen, zijn rechterpoot, alsof hij inderdaad zweert dit te zullen doen.

'Oei oei, wat een buik heeft jullie konijntje! Goed dat jullie gekomen zijn.'

'We dachten dat hij gewoon grieperig was, maar het wordt steeds erger.'

'Nee, trommelzucht is bepaald geen griepje. Ik ga gauw een

paar injecties klaarmaken. Wat pijnstilling, een middeltje om de darmen weer op gang te brengen. Er is zeker al een poosje niks meer ingegaan?'

'Nee, hij zit maar te zitten, minstens sinds gisteren.' Begint te huilen.

'Nou, laten we nog niet wanhopen... Maar konijnen, ja, het zijn tere beestjes. Wally, de Finadyne was toch net weer binnengekomen?'

'Ja.'

'Waarom zie ik die dan niet?'

'Hierzo... Dokter, dokter!'

De assistente knipoogt hoofdschuddend naar de konijnenbezitters.

'Hij kijkt weer met zijn neus, de dokter.'

Maar zij zijn niet in de stemming om te lachen.

Iemand staat midden in de nacht in de hoek van de kamer te plassen. Zijn vriendin durft hem niet te wekken, want slaapwandelaars mag je onder geen beding wakker maken. De volgende dag wil hij het niet geloven, maar hij moet bekennen dat het gordijn vochtig aanvoelt en naar urine ruikt.

'Zie je wel,' zegt ze, 'ik dacht al dat het de hond niet was! Die ruikt heel anders.'

Ze hebben een paar weken geleden op zijn initiatief de hond weggedaan omdat hij niet zindelijk wou worden.

Een gepensioneerde Limburger fokt konijnen in vervuilde hokken, ze zitten dikwijls zonder drinkwater. De sterfte is hoog, maar als de diertjes groot genoeg worden laat hij ze vrij in een veldje en schiet ze samen met wat kameraden af. De Dierenbescherming heeft hem gewaarschuwd, maar hij volhardt in zijn gedrag, scheldt de inspecteurs uit en bedreigt ze. Uiteindelijk worden de dieren in beslag genomen. De kosten van de opvang worden op de amateurjager verhaald.

Een invalide inwoner van Roermond wordt bij het vissen door een grote karper het water ingetrokken. De man valt met scootmobiel en al in de beek. Geen van de omstanders schiet de man te hulp; wel belt één van hen de brandweer.

Een meisje wil afscheid nemen van haar pony voor de dierenarts hem gaat laten inslapen. Een stel paarden dat ook in de wei staat slaat (op een teken van de pony?) op hol. Het kind probeert te vluchten, maar struikelt en wordt vertrappeld.

In een weide graast een stier. Een jongen probeert er zijn vlieger op te laten. Het beest raakt in paniek als het de kleurige vorm de lucht in ziet gaan. De boer probeert het te bedwingen maar raakt ernstig gewond. De inmiddels dol geworden stier neemt nu ook de hoogzwangere boerin op de hoorns en rijt haar buik open. Dit wordt de oorzaak van de vroeggeboorte van een dochtertje. De ouders overleven hun kwetsuren niet. Het gezin van de vliegeraar neemt het meisje uit schuldgevoel op.

Een inwoner van Venlo wil van een geitje af. Hij bindt het vast aan het hek van het hertenkamp. Als de dierenambulance het doodnerveuze diertje komt ophalen weet het zich een ogenblik aan de greep van de medewerker te ontworstelen, rent de rijweg op en wordt aangereden door een motorrijder, die zelf onderuitgaat en gewond raakt.

De politie in Weert redt een aantal wilde zwijnen die te water zijn geraakt. Als de jachtopziener erbij wordt gehaald, schiet hij ze af. De tijding hiervan wekt verontwaardiging bij het publiek, maar de man stelt dat hij alleen de wet uitvoerde: volgens de landelijke wetgeving moeten wilde zwijnen die buiten de natuurparken komen, worden afgeschoten. Dit heeft te maken met ziektes die ze kunnen overdragen op vee, zoals varkenspest, met de schade die ze kunnen aanrichten aan gewassen en tuinen, en met de verkeersveiligheid. De provincie Limburg stelt na een onderzoek vast dat de functionaris desondanks fout zat: hij had de zwijnen wel mogen doodschieten, maar niet op zondag. Want op zondag mag niet worden gejaagd.

Een zwerver schuilt in een abri voor een onweersbui en de zware windstoten. De boom achter het bushokje raakt ontworteld, valt op het hokje en doodt de man.

De Kinderbescherming stelt vast dat de ouders van een meisje niet goed in staat zijn voor haar te zorgen. Ze wordt in een pleeggezin ondergebracht. Daar wordt ze in de garage opgesloten samen met een aap en een hond. De pleegmoeder geeft haar met een riem slaag als ze probeert voedsel van de dieren af te pakken, zelf krijgt het kind water en droog brood. Het meisje is vijftien jaar oud als de politie haar bevrijdt, ze weegt dan twintig kilo.

Een kattenbezitter meldt op zijn Facebookpagina dat jongens op oudejaarsdag een stuk vuurwerk in de anus van zijn poes hebben geduwd en aangestoken. De dierenarts moet het huisdier laten inslapen. De vermeende daders worden opgespoord door wraaklustige buurtbewoners en hun ruiten worden ingegooid. De dierenkliniek meldt tegenover de politie dat er geen sprake was van vuurwerk in de anus, de politie maakt een persbericht van deze mededeling om de gemoederen te bedaren. Nu worden echter de ruiten ingegooid bij de dierenkliniek, die volgens omwonenden gemene zaak maakt met de politie om de buurt in een kwaad daglicht te stellen. De vriendin van de kattenbezitter bekent tegenover een collega dat er inderdaad geen sprake was van een rotje in de anus, maar dat het diertje in paniek voor het vuurwerk in de buurt door een rijdende auto is geraakt. De collega plaatst deze bekentenis op Twitter, waarop de buurtbewoners de ruiten bij de eigenaar van de kat ingooien. Hij heeft hen immers voor de gek gehouden. De eigenaar gooit een baksteen door de ruit van zijn (inmiddels ex-)vriendin omdat zij hem heeft verraden en daardoor in gevaar gebracht. De ruitenspecialist belooft zo snel mogelijk te komen om de schade te herstellen, maar door het vuurwerk van oud en nieuw is er veel schade en wie het eerst komt, die het eerst maalt.

Iemand steelt een paspoort, waarmee hij aan boord van een vliegtuig gaat dat vervolgens neerstort.

Een vrouw met obesitas staat bij de tandarts op uit de behandelstoel en wankelt, nog enigszins versuft door de verdoving, tegen het aquarium aan dat bij hem in de behandelruimte staat. Het glas van het aquarium breekt, ze krijgt een scherf in haar halsslagader. De tandarts slaagt er niet op tijd in het bloeden te stelpen, de vrouw overlijdt.

Een vrouw is een paar minuten te laat om een vliegtuig te halen naar een stad vijfhonderd kilometer verderop. De afspraak ginds is zo belangrijk dat ze besluit dan maar met de auto te gaan. Als ze haast maakt, dan moet het lukken! Op de snelweg luistert de automobiliste naar muziek op de radio. De uitzending wordt onderbroken voor een extra nieuwsbericht: het toestel dat zij gemist heeft is zo-even bij het opstijgen van de baan geraakt en in een vlammenzee ten onder gegaan. Terwijl de vrouw nog beeft van emotie omdat ze aan een wisse dood is ontsnapt, begint voor haar een vrachtauto aan een inhaalmanoeuvre. Aangezien haar snelheid veel te hoog is kan ze niet tijdig afremmen, botst ze tegen de achterkant van het voertuig en stort in een ravijn.

Een amoureus ingestelde automobilist ziet in zijn achteruitkijkspiegel een jongedame haar lippen stiften en daarbij niet erg op de weg letten. Hij remt, als het ware ter kennismaking, hopend op een kleine kop-staartbotsing. Het meisje gooit het stuur om, rijdt tegen een muur en is dood.

Iemand treft na het boodschappen doen zijn auto aan met een ingeslagen ruit. Na een winderige tocht huiswaarts moet hij vaststellen dat ook zijn huis door inbrekers is bezocht. De onverlaten hebben een spoor van vernielingen nagelaten.

Een trouwe werknemer van een betonfabriek krijgt te horen dat hij vanwege bezuinigingen zijn baan gaat verliezen. Aangeslagen neemt de man de rest van de middag vrij. Als hij bij zijn huis aankomt staat dit in lichterlaaie.

Een tweejarig jongetje is bang voor een metershoge wolvenkop met rode lampjes als ogen, ornament boven het spookhuis op de kermis.

'Daar hoef je toch niet bang voor te zijn, schatje, hij doet niks hoor. Echt niet!'

Aan de hand van moeder durft het ventje een paar stapjes dichterbij te komen. Op dat moment laat de wolvenkop, die niet goed bevestigd is, los en valt op moeder en kind.

'Hoe vaak komt het voor dat iemand longkanker heeft en dan aan een hartaanval sterft?'

'Best vaak.'

'Haha. Bizar, hè?'

'Niet zo bijzonder als je bedenkt dat het hart steeds harder moet werken als de longfunctie minder wordt. Niet elk hart kan die extra belasting aan.'

Een Indiase vrouw wil als ze met haar familie door de huurbaas uit huis is gezet zelfmoord plegen door de zee in te lopen. De poging mislukt: ze spoelt, nog levend, weer aan op het strand. Daar wordt ze verkracht door een groep vissers.

Iemand die zichzelf als ethiek-kunstenaar beschouwt pleegt afwisselend een heldendaad, een weldaad en een misdaad.

Iemand heeft genoeg van het leven en wil van de brug springen. Op weg naar de rivier wordt hij tegengehouden door een stel straatrovers. Of hij zijn portemonnee en telefoon maar even wil afgeven. De zelfmoordenaar weigert, trapt een van de aanvallers van zich af en rent voor zijn leven naar de veiligheid van een politiebureau.

Een reddingsboot rukt ijlings uit om hulp te verlenen aan een man die dreigt in de Theems te springen. Onderweg zien ze een andere man per ongeluk van een plankier glijden en bijna verdrinken. Hij moet eerst gered worden. Wanneer ze, met hun doorweekte slachtoffer nog aan boord bij de London Bridge aankomen, is de politie er al in geslaagd de zelfmoordenaar van de reling te praten.

Een jongeman wordt bij klaarlichte dag vermoord vanwege een drugskwestie. Als zijn vader van de moord verneemt en tegelijk te horen krijgt dat zijn zoon een zware crimineel was, schrikt hij zo dat hij zelf een hartaanval krijgt. De twee worden op dezelfde dag begraven.

Een ekster valt een reiger aan de slootkant aan. Zwaluwen verjagen de ekster. De reiger is ze dankbaar, maar de vissen keren teleurgesteld naar dieper water terug. Zij waren voor de ekster.

Een seriemoordenaar maakt op de nachtboot contact met een potentieel slachtoffer en biedt hem een lift aan naar de hoofdstad van het eiland. Zijn nieuwe vriend komt daar nooit aan. De dader weet niet dat de lifter eveneens seriemoordenaar was en dat de politie hem op de hielen zat. Zo loopt hij zelf tegen de lamp.

Een worm kruipt na een regenbui de weg op, maar de zon breekt door en hij verdroogt. Zijn lijk wordt gevonden door een slak die ervan smult maar vervolgens ook zelf te veel uitdroogt om het veilige vochtige gras nog te bereiken. Een groenglimmende strontvlieg landt op de slak en doet zich aan zijn overblijfselen tegoed.

Een oogverblindend mooi punkmeisje repeteert voor een schoolvoorstelling waarin zij nazi-officier zal spelen. Ze struikelt op het toneel over haar lange uniformjas en komt terecht op haar ratje, dat ze voor de duur van de repetitie in één van de zijzakken had ondergebracht. Het ratje, Karol, wordt geplet. Ze had een sterke band met het diertje, dat haar mond likte en soms ook haar kut.
'Dat voelt wel lekker, maar ook eng: het blijft toch een knaagdier.'
Een paar jaar later wordt ze verliefd op een jongen die ook Karol heet, ze noemt hem Karol Twee. Hij is bijna altijd stoned en zijn brave pitbull Onheil is ook de hele dag lodderig van de dampen. Soms mengt Karol bovendien nog wiet door

het voer. Als Onheil genoeg van de wereld is gooien hij en zijn vrienden hem door de kamer naar elkaar toe.

'Vang!'

'Vang!'

'Ja, vangen!'

Bij een poging een vergane sponning open te schuiven krijgt Karol Twee een splinter in zijn pols. Het wondje wordt niet verzorgd, er ontstaat een bloedvergiftiging: de jongen overlijdt aan een septische shock.

Een jonge vrouw wordt belaagd door een vasthoudende minnaar.

'Kom! Toe! Dag en nacht denk ik aan jou.'

'Maar ik ben niet eens verliefd op je. Ik ben heel gelukkig met mijn man.'

Hij houdt aan, week in, week uit, maand in, maand uit, zoals verkopers van telefoonsystemen of de Postcodeloterij. Op een zwak moment geeft ze toe aan zijn wens. De seks is niet prettig en ze voelt er zich ellendig over. Nog geen week later wordt ze door een toevallige insluiper aangerand en verkracht.

Een hond valt in een put. Zijn jonge bezitter gaat langs een touwladder omlaag om de hond te redden. Na een uur wordt moeder ongerust en klimt naar beneden. Als de buurman de vrouw niet ziet terugkeren laat ook hij zich langs de putwand zakken. Na een zoektocht van dagen vindt de politie op de bodem drie mensenlijken en het hondenkadaver.

Een Noorse jager krijgt een eland in het vizier. Hij drukt af, de kogel mist het dier, maar treft verderop een boswachter die in een houten toiletgebouw zit te poepen in de maag.

Op een keizerlijke troonopvolger is een bomaanslag gepleegd. Deze is mislukt, maar er zijn gewonden gevallen. Hoewel zijn entourage het sterk ontraadt, wil de onverschrokken prins hen voor zijn vertrek met alle geweld in het ziekenhuis bezoeken. De chauffeur wordt te laat op de hoogte gesteld van het feit dat hij niet naar het station, maar naar het hospitaal moet rijden. Om weer op de juiste route te geraken moet de auto gekeerd worden. Op het trottoir loopt een van de samenzweerders teleurgesteld terug naar huis. Als hij de wagen bijna stil ziet staan bedenkt hij zich niet, trekt zijn pistool en voltooit de aanslag.

Een automobilist wijkt uit voor een hond die de de straat oversteekt, maar raakt daardoor een lantaarnpaal, die omvalt en de baas van het diertje doodt.

Een krokodil valt een transgender man aan. Deze weet te ontsnappen, maar voortaan moet hij een been missen.

Een dronken Rus neemt bij een inbraak onder zijn ene arm een geldkistje mee en onder de andere een grote teddybeer voor zijn dochter. De gealarmeerde militia kan door de sneeuw zijn spoor gemakkelijk volgen, maar komt te laat om hem in te rekenen. Op een sneeuwvrij treinspoor meende hij even uit te kunnen rusten met de teddybeer als hoofdkussen. Zijn schedel is tot moes gereden.

Een realityster die volgens alle kijkers haar kinderen verwaarloost wordt tijdens de opnames van een nieuwe aflevering aangevallen door moordbijen.

Een slak en een kikkertje naast elkaar op de vochtige weg. Er naderen twee fietsers. De man rijdt over de slak heen zonder hem te zien, de vrouw probeert de kikker te ontwijken maar deze komt in een poging weg te springen precies onder haar band terecht en spat uiteen.

Bij een arts worden de ruiten ingegooid omdat hij heeft geweigerd mee te werken aan een euthanasie.

Na meer dan tien jaar samenwonen trouwt een chirurg met zijn operatieassistente. Op het bruiloftsfeest, dat in de tuin van hun eigen huis plaatsvindt, plaagt ze hem met de voorwaarden waaronder het huwelijk voltrokken is. De bruidegom verbleekt, gaat naar boven om na te kijken hoe de vork in de steel zit, keert terug en eist dat de voorwaarden zo moeten worden gewijzigd dat ze er bij scheiding of overlijden niet beter op wordt. Ze weigert, eerst op luchtige toon, maar dan wordt de sfeer grimmig. Verscheidene bruiloftsgasten bemoeien zich met het conflict, anderen verlaten het partijtje omdat de situatie te pijnlijk wordt. De man gaat opnieuw het huis in, ditmaal haalt hij zijn pistool.

'Mijn geld krijg je niet, nooit!' Hij schiet zijn vrouw dood en daarna zichzelf.

Een jonge vrouw wordt woedend omdat haar vriend nu alweer klaarkomt terwijl zij haar hoogtepunt nog niet heeft gehad. Ze zwaait met een pistool. Hij voelt zich zo bedreigd dat hij het alarmnummer belt.

Op het parkeerdek van het winkelcentrum komt een vrouw met kar uit de lift. Ze kijkt sacherijnig om zich heen. Man zwaait naar haar.

'Mieke! Hier ben ik!'

Ze haalt een lok van haar voorhoofd.

'Wat heb je nou weer gedaan?'

'De auto alvast andersom gezet.'

'Zo kan ik er toch precies níet bij met de kar? Kluns, kluns! O, wat ben je toch een kluns!'

Een vrouw wordt in een parkeergaragage met verschillende verdiepingen gedood doordat een auto van een hoger parkeerdek, die niet op de handrem stond, snelheid krijgt, door het hek breekt en boven op haar valt.

'Vind je niet dat we een schattig kind hebben? Ik mag ons meisje heel graag.'

'Ja, jij hebt makkelijk praten. Ík moet elke dag met haar optrekken.'

'Ja, ik snap dat dat een andere situatie is. Dus... jij mag haar niet heel graag.'

'Dat zeg ik niet. Jij verdraait mijn woorden.'

'Wat zeg je dan?'

'Dat het een grotere... prestatie is dat ik haar mag.'

'Dat kan zijn. Maar het resultaat is dat we allebei dol op haar zijn.'

'Ach! Jij bent onmogelijk!'

Een man moet geopereerd worden aan een spinnennest in zijn wang. Na de ingreep blijkt een resistente ziekenhuisbacterie zich in hem genesteld te hebben en hij overlijdt.

Een boer die gek op paarden is maar zijn vrouw verwaarloost wil de dokter niet roepen als zij almaar zieker wordt. Als de arts eindelijk een keer bij haar bed komt voelt hij de pols en zegt: 'Je had me eerder moeten roepen, boer. Nu is het te laat, ik kan niets meer voor haar doen.'

'Niks ervan! Er zullen eerder paarden op de trap lopen dan dat zij doodgaat.'

De volgende dag wordt een prachtig zwart veulen geboren dat meteen kan lopen. De boer is er geweldig mee in zijn schik. Maar die nacht schrikt hij wakker van het geluid van hoeven in huis en op zolder. Als hij gaat kijken is het dat veulen, dat met wapperende manen en gloeiende ogen de trap op en neer loopt. Zijn vrouw is gestorven.

Een Indiaas meisje moet met een zwerfhond trouwen om een boze geest in hem over te laten gaan. Daarna mag ze met de man van haar vaders keuze trouwen, maar het huwelijk met de reu moet wel eerst met alle egards voltrokken worden.

In de hemel wordt besloten dat vrouwen pas hun vruchtbaarheid verliezen als ze één kind hebben gehad en dat mannen dan hun belangstelling voor seks kwijtraken. Niet slim van de hemel, want als de mensheid dit doorkrijgt gaan vrouwen én mannen nog veel langer wachten met kinderen krijgen dan ze toch al doen.

'Dus komen er steeds minder kinderen. Dus is er hoop voor de mensheid. Het is met andere woorden van de hemel...'

'...zo dom nog niet, je hebt gelijk.'

Behalve veel anders en iets om te vrezen en te ontlopen is de dood een oplossing voor veel kleinere problemen op het gebied van financiën, relaties, gezondheid.

'Ik wil er vanaf zijn,' zegt de man op de dakrand.

Mannen worden kleiner als ze ouder worden, maar vrouwen krimpen harder. Hun ruggengraat zakt verder en verder tot de ribbenkast op de heupen rust, dan houdt het op. Maar inmiddels zijn ze twaalf centimeter lager dan toen ze jong waren! De taille is weg, en het effect is bij langbenige vrouwen dat ze op ooievaars beginnen te lijken.

Sommige vrouwen vertonen vanaf de overgang steeds fellere kleuren. De huid wordt accentvoller door groeven en vet, en donkerder, geel- of roodbruin. Ze gaan zich behangen met sieraden, grote vrolijke ringen in de oren, een zwarte tas geheel uit ritsen opgetrokken. Het haar wordt rood gespoten en getoupeerd. De vrouwen zien eruit alsof ze in brand zouden vliegen als je er een lucifer bijhield. Hormonentotempalen, hormonenindianen.

Menstruatievocht behoort tot de smerigste en meest ongezonde substanties die de natuur kent. Zelfs diertjes als mieren zijn er gevoelig voor: ze werpen graankorrels die ernaar smaken weg en komen ze later niet meer ophalen. Maar precies deze eigenschap maakt dat het spul een uitstekend preservatief vormt: koningen worden ermee gebalsemd.

'Het gebruik van maandverband of tampons beschouw ik als een uitvinding van de mannen, om de vrouwen eronder te houden. Menstruatie is een kwestie van wilskracht en macht over de spieren. Je kunt het eenvoudig inhouden en dan, op de zesde dag, lozen zoals urine.'

'Fijn voor jou dat je dat pas ontdekte toen je zelf niet meer bloedde. Je wordt er niet milder op, oma.'

'Waarom zou ik milder worden? Ik hoef niet meer aardig gevonden te worden. Nou, geef me nog een saffie.'

'Nee. Roken is vies oma.'

Een mannelijk konijn heeft al verscheidene rondes kinderen verwekt bij diverse ooien. Op een dag baart hij echter zelf. De worp bestaat uit zowel mannetjes als vrouwtjes. Hij blijkt zichzelf bevrucht te hebben, want, zo wordt in de dierenkli-

'En dat hele eind liep voor de kist uit een kraai, heel parmantig, alsof hij de weg wel even zou wijzen.'

'Maar daar was ik bij! Toen werd Roelof de Koning begraven!'

'Ach god ja, natuurlijk, daar was jij ook. Het was extra bijzonder dat die kraai dat deed omdat Roelof dierenarts was.'

'Klopt! Mooi hè? Het dierenrijk deed uitgeleide.'

'Roelof zelf zou het natuurlijk heel anders verklaard hebben: die kraai hoopte dat er insecten zouden opgeschrikt worden door de stoet en dat hij die dan kon oppikken. Roel geloofde pas in wonderen als ie echt geen logische uitweg meer zag.'

'Ik zie nog voor me hoe dat beest daar liep, hij hing met zijn schouder zo tegen de wind in, net een zeeman. Je kunt moeilijk een foto nemen op zo'n moment.'

'Maar het was toch stralend weer?'

'Hè? Nee hoor, het was een nare dag, een van de eerste herfstdagen dat jaar. We hadden geluk dat het net even droog was toen we hem wegbrachten.'

'Nou word ik gek! Ik zie die kraai in de zon lopen! Het was een mooie, stille nazomerdag!'

Nu mag verder alles kapot.

De achterkant van een vrachtauto vol varkens onderweg naar het abattoir: *Gezellig op weg met Boemaars Business Class dierenvervoer. Verwarming. Airconditioning. Luchtvering. Riant uitzicht. Ligplaatsen. Gekoelde dranken. Vriendelijke reisleiders.*

Een jongeman commandeert zijn pitbull bij het stoplicht: 'Zit. Zit! Zitten goddomme... Ennn... Ga!'

Een man op leeftijd ziet het en zegt: 'Je moet ze stevig aanpakken, die hondjes, anders worden ze vals.'

'Wat? Moet ik? Wat móet ik van jou?'

'Niks, niks. 't Was maar bij wijze van spreken.'

'O. Bij wijze van spreken, hè?'

Een beverig hondje trekt aan de lijn waar een straatmuzikante haar ukelele en haar stoeltje uit haar fietstas haalt, alsof het een Engel des Heeren met een vlammend zwaard achter de pui ontwaart. Maar zij gaat naast haar fiets zitten en zingt een liedje. Een man op leeftijd hoort haar aan en zegt: 'Wat u aan volume tekortkomt vergoedt u met zuiverheid,' en hij gooit de eerste vijftig cent van die dag in haar bakje. De munt mist het bakje en rolt onder haar bergschoen. Zij knikt dankbaar en zingt voort.

> *Libellen naaien als je gaat slapen,*
> *als je gaat slapen, als je gaat slapen...*
> *Libellen naaien als je gaat slapen,*
> *als je gaat slapen je ogen dicht.*

Een hond kijkt kwispelend op naar zijn baasje, de bruine ogen vol verlangen.
'Nee! Nee, hè hondje? Jij hebt geen ziel, hè? Héb jij niet!'
'W...woefff,' blaft de hond gesmoord, laat zich door de poten zakken en kijkt baasje nog verwachtingsvoller aan.
'Jij doet maar wat hè?'
De hond pakt een stok die toevallig in de buurt ligt, neemt hem in de bek en gromt.
'O, wil je spelen? Wil jij spelen?'
De baas pakt de stok, de hond gromt blij, terwijl hij de stok steviger vastpakt.
'En geloof je wel dat er iets is? Ja? Geloof je dat wel?'
Hond schudt heftig met zijn kop om de stok uit de hand van baasje te rukken, hoewel hij hoopt dat hij vasthoudt.
'O, niet? Geloof je dat niet? Dus je bent atheïst?' Nee schudt de hond, zachtjes grommend. Ik heb de stok. Nee, nee.
'Ook niet? Agnost?'
    Kindje loopt door de keuken achter de poes aan en kraait het uit. Moeder: 'Kijk haar eens lopen, nog geen anderhalf jaar oud. Sjoera, wie loopt er? Wie loopt er dan? Ja, jij hè? Wie loopt er.'

388

'Sjoera lopen.'
'Ja Sjoera! Sjoera loopt. Wie loopt er?'
'Sjoera.'
'Ja! Sjoera! Wil je de poes vangen? Wil je de poes vangen dan?'
'Sjoera poes.'
'Hahahaha. God ik lach me dood. Hahaha. Dit is toch koste-lijk! Hier leef je toch voor?'
'Sjoera poes lopen.'
'Wow. Loop jij achter de poes aan Sjoera? Wie loopt er dan?'
'Sjoera.'

Geiten kunnen uitstekend leren, maar alleen door zelf na te denken, niet van afkijken.

Een blauwe parkiet begint te baltsen voor een slapende poes en zijn snavel tegen haar neus te wrijven. Het katje is niet in de stemming, probeert zich van hem af te duwen, maar nu begint de parkiet tussen de pootkussentjes te kroelen en te bijten. Om verder te kunnen dutten moet poes wel de kamer verlaten.

Iets in mannen doet hen baby's haten. Dat gekrijs, die vage lucht, die onduidelijkheid over wat ze zelf voelen! Bah, weg ermee, uit de trein gooien gaat te ver, maar in elk geval niet voeren. Maar hun moeders, die mogen ze toch zeker wel de trein uitgooien? Zij hebben hen bedrogen, die moeders, die zich als iets zeer begeerlijks voordeden tot ze hun vetblob ge-baard hadden.

'Er zit jam in je haar.'
Het helderziende kind: 'Nu jam, straks gel, dan grafaarde.'

Australische hulpverleners moeten een naakte man uit een wasmachine bevrijden als die erin is geklommen om zijn part-ner bij thuiskomst te verrassen. Met hulp van enkele liters olijfolie duurt de reddingsactie een halfuur.
'Het hielp dat de man naakt was,' verklaart een woordvoer-der van de brandweer.

Door een muilezelin regelmatig wijn te laten drinken kan men voorkomen dat ze naar achteren trapt.

Een Amsterdamse paardenslager ontwerpt eind negentiende eeuw een takel voor in de gracht geraakte paarden. Als de paarden heelhuids bovenkomen krijgt de eigenaar ze terug, dood of anderszins niet meer bruikbaar zijn ze voor de slager.

Hooi en schapen besluiten voortaan samen op te trekken.

In *Utopia* zijn Charlotte en Billy de koeien aan het melken. Plotseling schreeuwt Charlotte het uit van de pijn.

'Wat gebeurt er?' vraagt Billy verschrikt.

'Die koe schopt tegen me knie, dit doet echt pijn joh ik kan wel janken,' reageert Charlotte. Ze herpakt zich snel. Ze neemt even rust, maar gaat dan stoer weer verder.

'Ik laat me niet kennen.'

Later op de avond blijkt haar knie toch erg op te zwellen. Van Isabella moet ze rust nemen en met haar been omhoog. Wij wensen Charlotte veel beterschap toe!

Utopia Utøya.

Op een klein schiereiland zijn tientallen mensen bij een aanslag omgekomen. Ter herinnering aan de gruwelijke gebeurtenis wordt de landtong naar het vasteland doorgesneden. Vier jaar later blijken veel gewone planten- en diersoorten op het nieuw ontstane eiland zich vreemd te gedragen: mussen jagen op insecten vanuit boomtoppen. Vinken worden zo groot als lijsters. Beuken laten onderbegroeiing toe. Zwaluwen zwermen op akkers en over zee. De braam wordt niet rijp meer voor de winter, de steenmarter jaagt bij klaarlichte dag op katten.

'Paarden hebben benen.'

'Poten.'

'Benen. Het is een edel dier.'

'Ik noem het poten.'

'Jij bent gek, jij.'

IJslandse paardjes zijn moeilijk in de omgang, maar als hun ruiter dronken is houden ze het roer onder hem recht.

'Je hebt mooie ogen, maar facetogen zijn het niet.'

'Dus je vindt dat ik mooie benen heb? Ja, mooi zijn ze wel, maar het zijn er geen zes. Die had ik graag voor jou willen kweken.'

'Hoe geil het ook is, dat getweebeen, het verveelt me langzaamaan mateloos.'

Een hond probeert wat te slapen, maar zijn kameraad, een poes, wil spelen. Ze rust niet tot ze haar kop helemaal in zijn bek heeft gepropt. De grote hond verlegt zijn kop naar de andere kant van het kussen, maar poes weet hem daar wel te vinden. Zodra de slaap hem weer overmant en zijn spieren zich ontspannen wrikt zij de bek weer open en begraaft haar kopje erin.

Een peuter loopt wijdbeens achter haar eigen zitwagentje. In het zitje troont, met ernstige blik om zich heen ziend, de cyperse kat.

'Wandele!'

'Ja Sjoera? En waar wandel je heen?'

'Inke!'

'Naar de winkel!'

Een chauffeur kan zijn cockerspaniël geen groter plezier doen dan hem mee te nemen voor een ritje in zijn Triumph Spitfire. Met de voorpootjes op het portier, oren en roze tong wapperend in de wind, vertedert de hond elke tegenligger. Op de vloer heeft baasje een bak water klaargezet, anders zou het dier binnen een halfuur uitgedroogd zijn.

Een poesje kent geen groter plezier dan haar kop onder de kraan te houden als baasje zich wil wassen of tanden gaat poetsen. Ze likt het van haar kop druipende water op en steekt die dan weer tot de oortjes in de straal.

Een tienjarig meisje, met ruitercapje op en laarzen aan, laat zien dat ze geenszins voor haar pony onderdoet: in de manege is een circuit gemaakt met hindernissen van een meter hoog, waar zij viervoetig overheen duikt. Het paardje loopt verbaasd achter haar aan.

Poes eet met een ernstig gezicht zijn brokjes geperste as besproeid met bouillon van slachtafval.

Troskalknetje. Rossig buiskussen.

Een mug rust op de binnenruit van een autodeur. De automobiliste draait onder het rijden het raam open om hem vrij te laten. De mug snapt het niet, zinkt met het glas mee het portier in en komt niet meer boven.

'Och hemel... Sorry mug.'

Iemand probeert een meesje te redden dat te vroeg uit het nest wilde vliegen en nu stilletjes in het gras verscholen zit. De redder zet het op een tak van een struik, maar de vliegdrang is te sterk en na een minuut of wat zit het kleintje weer op straat. De ouder probeert het met een larfje naar een hogere plek, het tuinhek, te lokken, maar deze hoogte haalt het jong niet.

Een meisje van zestien, door haar loverboy in een hotel opgesloten, moet in enkele dagen tijd met meer dan tachtig Limburgse mannen seks hebben.

Iemand begint een lichamelijke verhouding met zijn dementerende moeder: 'Omdat me duidelijk werd hoeveel ze vroeger tekort is gekomen.'

Na een TIA kan een oude meneer niet meer vioolspelen, zijn linkerhand is vrijwel doof. In de tuin plukt hij graag brandnetels met het gehandicapte lichaamsdeel om toch nog wat te voelen.

Wolven paren verrassend vaak met honden. Het relatief hoge aantal kruisingen verklaart mogelijk waarom wolven zich steeds vaker in dorpen en steden in de Kaukasus wagen: ze gaan als het ware op familiebezoek.

Een groep mannetjesdolfijnen houdt een vrouwtje dat niet bereid is tot paren met vereende krachten net zo lang onder water tot ze haar verzet staakt.

Limburgse mannen paren verrassend vaak met zestienjarige meisjes, ofschoon die juist gefokt zijn om hen op een afstand te houden. Het relatief hoge aantal kruisingen verklaart misschien waarom Limburgers zich steeds vaker in de dorpen en steden van de provincie wagen.

Een Indiase boer stenigt een paar honden op zijn land en krijgt daarna last van verschillende kwalen en uitvallen. Dokters kunnen hem niet helpen, maar een astroloog legt uit dat hij de vloek alleen kan opheffen door een hond te trouwen.

Een indiaan trouwt, als zijn verloofde niet op komt dagen, met een aarden pot.

Een meisje van tien gaat de volgende dag trouwen. Haar moeder heeft een gesprek met haar om haar op het huwelijk voor te bereiden.

'Hij gaat je eerst met een tang ruimer maken.' Ze zendt een vervloeking naar de hemel.

Een mannetjeszeekoe pakt zijn veel kleinere vrouwtje stevig bij de nek als hij wil paren. Soms bijt hij per ongeluk te hoog, in de schedel. Dit overleeft de echtgenote niet.

Een gewezen commando leent een shovel van de bouwplaats, rijdt naar het huis van zijn ex-vrouw en drukt de pui in om haar te laten zien hoeveel hij nog steeds van haar houdt.

Een aap klimt bij een geit op de rug en trekt van daaraf haar jongen aan de staart. De omstanders lachen. De geit probeert de aap af te schudden, maar als dit niet lukt lijkt hij van het vlooien te genieten.

Een aap in een Indiase negorij ontdekt hoe je bij een geit melk kunt drinken. De omstanders vinden het eerst een goede grap, maar het dier leert het zijn soortgenoten ook en voortaan moeten de geiten opgesloten worden, anders worden ze doodgemolken.

'We hadden die aap die het ontdekte meteen moeten afmaken, in plaats van erom te lachen,' zegt het dorpshoofd.

Een geitenbok krijgt altijd een erectie als zijn baas een meisje dat het erf opkomt er leuk vindt uitzien.

Een aap zorgt voor een baby als de moeder van huis is om te werken. Het stiefmoederlijk gedrag trekt veel bekijks en zelfs enig toerisme uit andere dorpen. Enige maanden gaan aldus in harmonie voorbij, dan wil de aap het kind bij thuiskomst niet meer aan de moeder afstaan en het beest wordt afgemaakt.

Een Australische vrouw haalt een oude, maar nog patent ogende sofa van straat. Ze gebruikt die enkele maanden tot volle tevredenheid, maar krijgt dan de schrik van haar leven. Uit de vulling kruipt een python tevoorschijn. Al die tijd heeft hij liggen slapen.

Een drank gemaakt van slangenhuid geeft overweldigende hallucinaties boven in de bergen, maar op zeeniveau doet hij niets. Voor hen die de effecten willen ervaren worden busreizen naar Andes-toppen georganiseerd. Bij een van de excursies verliest de chauffeur de macht over het stuur. De bus met gedrogeerde passagiers tuimelt een bergmeer in.

Een bladrest droomt dat hij een worm verteert, maar ook tijdens de droom beseft hij heel goed dat de situatie in werkelijkheid omgekeerd is.

Sommige vlinders hebben zulke goede ogen dat ze zelfs uit een papieren bloem honing kunnen peuren.

Twee gelieven aan het strand van Kowloon.

'Kijk, de zee licht blauw op! Speciaal voor ons...Wat romantisch!'

'Helaas komt dit verschijnsel alleen voor in dood water. De alg die dit veroorzaakt verbruikt de laatste zuurstof.'

Op het half vergane lichaam van een verongelukte wandelaar hebben twee roodwangvliegen elkaar hartstochtelijk lief.

Kalmpjes over de aarde gaan. Over de aarde stil gaan.

Zo moeilijk is het.

Een zwarte vlieg neukt een dode spin. Hij zoekt openingen in het lijk en steekt er fanatiek zijn achterlijf in.

Uit een beukentak groeit een esdoornblad, uit een esdoornstammetje een tak met beukenbladeren.

Het is gemakkelijk.

Een jongetje van elf spreidt zijn armen uit naar de flonkerende sterrenhemel.

'Hierbij verklaar ik de vergadering voor geopend!'

Een kleine aanrijding: de twee chauffeurs stappen opgewonden en boos uit, maar als ze zien dat ze exact dezelfde jas aanhebben barsten ze in lachen uit.

Een blauwe papegaai draait de kraan in de tuin, die altijd gebruikt wordt om het gazon te sproeien, open en begint zich onder de straal uitgebreid te wassen.

Een jonge jachtluipaard is beste maatjes met een snelle hond. De hond houdt ervan tegen zijn kop te springen. Soms houdt de cheetah de pas in om zijn vriend het tegen de kop springen mogelijk te maken.

Een panter klimt des nachts met gevaar voor eigen leven de veekraal in om te slapen met een kalfje waar hij zielsveel van houdt.

Wees

Voor één anekdote kon ik geen goede plaats vinden; geen van de hoofdstukken wilde zich voor de regels openen. Toch is hij te belangrijk om achterwege te laten.

Josee ontmoet in Zuid-India een dunne jongeman. Vanwege zijn fluwelige bruine ogen en omdat hij zo aardig wiegelt met zijn hoofd kent ze hem de eigenschappen mildheid en wijsheid toe, meer dan haar reisgezel Chrétien, die inmiddels overal rondneukt. De jongeman vraagt haar met een ernstig gezicht ten huwelijk, neemt haar mee naar zijn dorp waar hij haar opsluit in een geitenschuur, samen met zijn vier broers regelmatig verkracht en uitleent aan vrienden en kennissen. Na enkele maanden hebben de mannen genoeg van hun slavin en wordt ze vrijgelaten.

Chrétien is nooit naar haar op zoek gegaan.

De slordige stapel informatie en desinformatie waaruit dit boek bestaat is slechts voor een deel aan mijn eigen verbeelding ontsproten. Is verbeelding trouwens iets anders dan herschikking van wat de omgeving aanreikt?

Enkele van mijn vele bronnen en vindplaatsen, auteurs, tijdschriften, boeken, internetsites, mondelinge informanten dooreen: Plinius, Olivia Judson, Buzzfeed, WTF, *De Telegraaf*, *Kroniek van het vuur*, Jules Renard, NOS, *The Daily Mirror*, Jaap Keller, Toon Tellegen, Dorothé Faber, Dick Willems, Eyes on Animals, Dick Scholten, Laurens Krüger, DWDD, IMDB, *Kunststof*, *Aloha*, Neel Min, Begrafenisclown, *The Story of a Conscience*, Groninger Museum, MoMa, Openbare Bibliotheek, *Cats' Paws and Catapults*, Tessa Arnold, Begrafenistubaïst, Rouwdoedelzakspeler, *Legenda aurea*, Félix Fénéon, *Groot Groningen*, Heinrich von Kleist, YouTube, Goeievraag, Rechtsspraak, Ignobel, Soortenbank, Etymologiebank, Ancilla Tilia, Peter Koolmees, Marja Goeman, K. Michel, Huffington Post, Wikipedia, Jeroen Mettes, Maarten 't Hart, *Medisch contact*, Gezondheidsplein, Chuang Tze, Exoskelet Zwemblaas, *De halfautomatische troostmachine van Maastricht*, *Het juiste woord*, Archief *de Volkskrant*, James Henry, *Donald Duck*, Artnet, Elisabeth van Uden, Gustave Flaubert.

INHOUD